U0667130

字字回荡着中华崛起的呐喊
行行激扬着民族复兴的梦想

Bainian Cangsang

古耜◎选编

# 中国梦散文读本

中国言实出版社

图书在版编目(CIP)数据

百年沧桑：中国梦散文读本 / 古耜选编. -- 北京：中国言实出版社, 2014.1

ISBN 978-7-5171-0339-4

Ⅰ. ①百… Ⅱ. ①古… Ⅲ. ①散文集—中国—近现代 Ⅳ. ①I26

中国版本图书馆 CIP 数据核字(2013)第 310126 号

责任编辑：马晓冉

出版发行　中国言实出版社

地　址：北京市朝阳区北苑路 180 号加利大厦 5 号楼 105 室

邮　编：100101

编辑部：北京市西城区百万庄大街甲 16 号五层

邮　编：100037

电　话：64924853（总编室）64924716（发行部）

网　址：www.zgyscbs.cn

E-mail：zgyscbs@263.net

经　销　新华书店

印　刷　三河市祥达印刷包装有限公司

版　次　2014 年 5 月第 1 版　2014 年 5 月第 1 次印刷

规　格　710 毫米 × 1000 毫米　1/16　26 印张

字　数　413 千字

定　价　48.90 元　ISBN 978-7-5171-0339-4

# 散文长廊里的中国梦

## ——《百年沧桑——中国梦散文读本》序言

古　耜

一个具有人类意识的国家，在开拓前行或艰难崛起的道路上，必然会产生属于自己的追求与憧憬，即一种集合并浓缩了人民意愿的国家梦想。如果说这种国家梦想在美国曾经被定义为：通过努力工作、节俭和牺牲，每个人都可以实现财务独立；那么，它在近现代中国的核心内容，就是实现中华民族的伟大复兴。正如习近平总书记所指出的：“实现中华民族伟大复兴，是近代以来中国人民最伟大的梦想，我们称之为中国梦，基本内涵是实现国家富强、民族振兴、人民幸福。”

在近代以来的中国历史上，实现以民族伟大复兴为核心内容的中国梦，是最为重要也最为壮观的社会实践。由于这一实践牵动乃至震撼了一代又一代中国人的情感世界与灵魂天地，所以它近乎必然地获得了素有“心史”之称的近现代散文的高度关注与有力彰显。一个多世纪以来，许多散文作家，包括一些职业革命者，怀着民族解放、人民幸福、祖国昌盛和社会进步的远大目标与强烈渴望，不约而同地将艺术目光，聚焦中国尽管曾经“山重水复”，但最终依旧“柳暗花明”的历史进程，以饱含深情与睿思的笔墨，写出了一系列裹挟大地风云，传递时代衷曲的优秀篇章，以此构成了百态千姿而又大气磅礴的艺术长廊，进而成为意蕴丰富的精神遗产和毋庸置疑的历史见证。记得有学者指出，美国作家德莱赛的长篇小说“欲望三部曲”，再现了美国人的美国梦；那么，在我看来，中国梦的形象投影和文学诠释，庶几就在近现代散文里。换句话说，近现代散文的艺术长廊，恰恰承载了几代中国人寻梦、追梦和圆梦路上的足音、心律与面影。

进入近现代散文长廊，但见梁启超的《少年中国说》、秋瑾的《敬告中国二万万女同胞》、胡适的《吴虞文录·序》、鲁迅的《关于太炎先生二三事》、朱自清的《执政府大屠杀记》，会同熊育群的《辛亥年的血》、方方的《恶之花——关于租界》等等，纷至沓来。这些作品以或激扬或沉重的声音，告诉今天的读者：曾几何时，神州大地风雨如晦，灾难深重。为了改变这种状况，谋求民族重生，一大批仁人志士凭借不同的思想和主张，进行过勇敢的呐喊、虔诚的实验和殊死的抗争，不幸的是，他们一次次咽下了失败和失望的苦果，以致搁浅了中国梦的航船。

最初的梦想幻灭了，但做梦的民族还在，因而中国人的中国梦仍在继续。正如鲁迅五四时期的诗歌所写：“很多的梦，趁黄昏起哄。前梦才挤却大前梦时，后梦又赶走了前梦……你来你来！明白的梦。”于是，在近现代散文长廊里，我们读到了一系列踔厉风发，铿锵有力的追梦之作。这里有出自著名共产党人之手的经典文献，如李大钊的《新的！旧的!》，陈独秀的《新青年》，毛泽东的《湘江评论·创刊宣言》，瞿秋白的《饿乡纪程·绪言》等等。这些篇章以敢为天下先的精神，疾声呼唤着全社会的革故鼎新，兴利除弊，以求为国家和人民“开辟一条光明的路。”（瞿秋白语）而更多的散文家笔下的作品，则透过亲历者或追思者的视角，写下了一系列意义非凡的历史事件或个人场景。如刘上洋的《高路入云端》重温了毛泽东和他的井冈山道路；冯至的《八月十日灯下所记》记述了抗战胜利后“我”的所思所想；王巨才的《回望延安》从新的角度发掘了延安精神；方纪的《挥手之间》定格了毛泽东赴重庆谈判前告别延安军民的生动瞬间；柳萌的《这个秋天没有乡愁》传递出“文革”结束后春回大地的消息；萧乾的《看待二十一世纪中国》，则披露了老作家面对新时期和新世纪所产生的乐观情怀。还有朱增泉的《一飞惊世界》，韩少功的《笛鸣香港》，彭程的《上帝之眼》，潘向黎的《亲爱的岛，亲爱的海》等，都以独特而精彩的文笔，展示了今日中国正在经历的巨大而深刻的变化，以及它在许多领域呈现出的蓬勃向上的姿容。显而易见，诸如此类的散文作品，很自然地勾画出现代中国忍辱负重，不屈不挠，顽强崛起的轨迹。它使人们异常清晰地感受到，中华民族的圆梦时刻已经不再遥远。

在实现中国梦的漫长历程中，中华民族不仅创造了经济与物质上的辉煌成就，而且积累了思想和精神上的宝贵财富。后者在近现代散文长廊中，同样获得了充分体现。许多厚重而隽永的散文作品，如方志敏的《清贫》，叶挺的《囚语》，陶铸的《松树的风格》，以及王充闾解读瞿秋白英勇就义的《守护着灵魂上路》，高洪波讲述中央党校学习收获的《中央党校日记》序与跋等，都是散射出思想与精神芳香的艺术之花。它们映现了一个民族、特别是其先锋队所具有的崇高理想、美好情操和坚强意志，同时又构成了中华民族实现梦想的强大精神资源。

中国梦归根到底是人民的梦。人民是中国梦的主体，也是实现中国梦的根本力量。正因为如此，人民群众的形象天经地义地活跃在现当代散文长廊里，成为许多进步作家倾情书写的重要对象。尤其是新中国成立后，伴随着人民当家作主的时代强音，无数工农兵、知识分子和普通劳动者，携带着他们鲜活生动的性情气质与生活场景，空前踊跃地进入散文的艺术空间，交织成一道异态纷呈，美不胜收的风景线。在这方面，我们几乎不用斟酌，就可以列出一个长长的篇目：丁宁的《硝烟散去》，魏巍的《依依惜别的深情》，李若冰的《昆仑飞瀑》，铁凝的《车轮滚滚》，王宗仁的《嫂镜》，裘山山的《沿着雪线走》，王昕朋的《山神的女儿》，陆梅的《美丽世界的孤儿》……这些作品不仅折映出人民的伟大，奉献的可贵和事业的不朽，而且从一个较深的层面昭示了中华民族必将梦想成真的内在原因。

正是基于以上认知，笔者在中国言实出版社的大力支持下，选编了《百年沧桑——中国梦散文读本》，但愿它能为追梦路上的读者，增添一点心灵的陶冶和精神的力量。

# 目 录
CONTENTS

# 少年中国说

梁启超

日本人之称我中国也，一则曰老大帝国，再则曰老大帝国。是语也，盖袭译欧西人之言也。呜呼！我中国其果老大矣乎？任公曰：恶，是何言！是何言！吾心目中有一少年中国在。

欲言国之老少，请先言人之老少：老年人常思既往，少年人常思将来。惟思既往也，故生留恋心；惟思将来也，故生希望心。惟留恋也，故保守；惟希望也，故进取。惟保守也，故永旧；惟进取也，故日新。惟思既往也，事事皆其所已经者，故惟知照例；惟思将来也，事事皆其所未经者，故常敢破格。老年人常多忧虑，少年人常好行乐。惟多忧也，故灰心；惟行乐也，故盛气。惟灰心也，故怯懦；惟盛气也，故豪壮。惟怯懦也，故苟且；惟豪壮也，故冒险。惟苟且也，故能灭世界；惟冒险也，故能造世界。老年人常厌事，少年人常喜事。惟厌事也，故常觉一切事无可为者；惟好事也，故常觉一切事无不可为者。老年人如夕照，少年人如朝阳。老年人如瘠牛，少年人如乳虎。老年人如僧，少年人如侠。老年人如字典，少年人如戏文。老年人如鸦片烟，少年人如泼兰地酒。老年人如别行星之陨石，少年人如大洋海之珊瑚岛。老年人如埃及沙漠之金字塔，少年人如西伯利亚之铁路。

老年人如秋后之柳，少年人如春前之草。老年人如死海之潴为泽，少年人如长江之初发源。此老年与少年性格不同之大略也。任公曰：人固有之，国亦宜然。

任公曰：伤哉，老大也！浔阳江头琵琶妇，当明月绕船，枫叶瑟瑟，衾寒于铁，似梦非梦之时，追想洛阳尘中春花秋月之佳趣。西宫南内，白发宫娥，一灯如穗，三五对坐，谈开元、天宝间遗事，谱霓裳羽衣曲。青门种瓜人，左对孺人，顾弄孺子，忆侯门似海珠履杂遝之盛事。拿破伦之流于厄蔑，阿剌飞之幽于锡兰，与三两监守吏，或过访之好事者，道当年短刀匹马驰骋中原，席卷欧洲，血战海楼，一声叱咤，万国震恐之丰功伟烈，初而拍案，继而抚髀，终而揽镜。呜呼，面皴齿尽，白发盈把，颓然老矣！若是者，舍幽郁之外无心事，舍悲惨之外无天地；舍颓唐之外无日月，舍叹息之外无音声；舍待死之外无事业。美人豪杰且然，而况于寻常碌碌者耶？生平亲友，皆在墟墓，起居饮食，待命于人。今日且过，遑知他日？今年且过，遑恤明年？普天下灰心短气之事，未有甚于老大者。于此人也，而欲望以拿云之手段，回天之事功，挟山超海之意气，能乎不能？

呜呼！我中国其果老大矣乎？立乎今日以指畴昔，唐虞三代，若何之郅治；秦皇汉武，若何之雄杰；汉唐来之文学，若何之隆盛；康乾间之武功，若何之烜赫。历史家所铺叙，词章家所讴歌，何一非我国民少年时代良辰美景、赏心乐事之陈迹哉！而今颓然老矣！昨日割五城，明日割十城，处处雀鼠尽，夜夜鸡犬惊。十八省之土地财产，已为人怀中之肉；四百兆之父兄子弟，已为人注籍之奴，岂所谓“老大嫁作商人妇”者耶？呜呼！凭君莫话当年事，憔悴韶光不忍看！楚囚相对，岌岌顾影，人命危浅，朝不虑夕。国为待死之国，一国之民为待死之民。万事付之奈何，一切凭人作弄，亦何足怪！

任公曰：我中国其果老大矣乎？是今日全地球之一大问题也。如其老大也，则是中国为过去之国，即地球上昔本有此国，而今渐澌灭，他日之命运殆将尽也。如其非老大也，则是中国为未来之国，即地球上昔未现此国，而今渐发达，他日之前程且方长也。欲断今日之中国为老大耶？为少年耶？则不可不先明国字之意义。夫国也者，何物也？有土地，有人民，以居于其土地之人民，而治其所居之土地之事，自制法律而自守之；有主权，有服从，人人皆主权者，人人皆服从者。夫如是，斯谓之完全成立之国。地球上之有完全成立之国也，自百年以来也。完全成立者，壮年之事也。未能完全成立而渐进于完全成立者，少年之事也。故吾得一言以断之曰：欧洲列邦在今日为壮年国，而我中国在今日为少年国。

夫古昔之中国者，虽有国之名，而未成国之形也。或为家族之国，或为酋长之国，或为诸侯封建之国，或为一王专制之国。虽种类不一，要之，其于国家之体质也，有其一部而缺其一部。正如婴儿自胚胎以迄成童，其身体之一二官支，先行长成，此外则全体虽粗具，然未能得其用也。故唐虞以前为胚胎时代，殷商之际为乳哺时代，由孔子而来至于今为童子时代。逐渐发达，而今乃始将入成童以上少年之界焉。其长成所以若是之迟者，则历代之民贼有窒其生机者也。譬犹童年多病，转类老态，或且疑其死期之将至焉，而不知皆由未完成未成立也。非过去之谓，而未来之谓也。

且我中国畴昔，岂尝有国家哉？不过有朝廷耳！我黄帝子孙，聚族而居，立于此地球之上者既数千年，而问其国之为何名，则无有也。夫所谓唐虞、夏、商、周、秦、汉、魏、晋、宋、齐、梁、陈、隋、唐、宋、元、明、清者，则皆朝名耳。朝也者，一家之私产也。国也者，人民之公产也。朝有朝之老少，国有国之老少。朝与国既异物，则不能以朝之老少而指为国之老少明矣。文、武、成、康，周朝之少年时代也。幽、厉、桓、赧，则其老年时代也。高、文、景、武，汉朝之少年时代也。元、平、桓、灵，则其老年时代也。自余历朝，莫不有之。凡此者谓为一朝廷之老也则可，谓为一国之老也则不可。一朝廷之老且死，犹一人之老且死也，于吾所谓中国者何与焉。然则，吾中国者，前此尚未出现于世界，而今乃始萌芽云尔。天地大矣，前途辽矣，美哉我少年中国乎！

玛志尼者，意大利三杰之魁也。以国事被罪，逃窜异邦。乃创立一会，名曰“少年意大利”。举国志士，云涌雾集以应之。卒乃光复旧物，使意大利为欧洲之一雄邦。夫意大利者，欧洲之第一老大国也。自罗马亡后，土地隶于教皇，政权归于奥国，殆所谓老而濒于死者矣。而得一玛志尼，且能举全国而少年之，况我中国之实为少年时代者耶！堂堂四百余州之国土，凛凛四百余兆之国民，岂遂无一玛志尼其人者！

龚自珍氏之集有诗一章，题曰能令公少年行。吾尝爱读之，而有味乎其用意之所存。我国民而自谓其国之老大矣，斯果老大矣；我国民而自知其国之少年也，斯乃少年矣。西谚有之曰："有三岁之翁，有百岁之童。"然则，国之老少，又无定形，而实随国民之心力以为消长者也。吾见乎玛志尼之能令国少年也，吾又见乎我国之官吏士民能令国老大也。吾为此惧！夫以如此壮丽浓郁翩翩绝世之少年中国，而使欧西日本人谓我为老大者，何也？则以握国权者皆老朽之人也。非哦几十年八股，非写几十年白折，非当几十年差，非捱几十年俸，非递几十年手本，非唱几十年喏，非磕几十年头，非请几十年安，则必不能得一官，进一职。其内任卿贰以上，外任监司以上者，百人之中，其五官不备者，殆九十六七人也。非眼盲则耳聋，非手颤则足跛，否则半身不遂也。彼其一身饮食步履视听言语，尚且不能自了，须三四人左右扶之捉之，乃能度日，于此而乃欲责之以国事，是何异立无数木偶而使治天下也！且彼辈者，自其少壮之时既已不知亚细亚、欧罗巴为何处地方，汉祖唐宗是那朝皇帝，犹嫌其顽钝腐败之未臻其极，又必搓磨之，陶冶之，待其脑髓已涸，血管已塞，气息奄奄，与鬼为邻之时，然后将我二万里山河、四万万人命，一举而畀于其手。呜呼！老大帝国，诚哉其老大也！而彼辈者，积其数十年八股、白折、当差、捱俸、手本、唱诺、磕头、请安，千辛万苦，千苦万辛，乃始得此红顶花翎之服色，中堂大人之名号，乃出其全副精神，竭其毕生力量，以保持之。如彼乞儿拾金一锭，虽轰雷盘旋其顶上，而两手犹紧抱其荷包，他事非所顾也，非所知也，非所闻也。于此而告之以亡国也，瓜分也，彼乌从而听之，乌从而信之！即使果亡矣，果分矣，而吾今年既七十矣，八十矣，但求其一两年内，洋人不来，强盗不起，我已快活过了一世矣！若不得已，则割三头两省之土地奉申贺敬，以换我几个衙门；卖三几百万之人民作仆为奴，以赎我一条老命，有何不可？有何难办？呜呼！今以所谓老后老臣老将老吏者，其修身齐家治国平天下之手段，皆具于是矣。"西风一夜催人老，凋尽朱颜白尽头。”使走无常当医生，携催命符以祝寿，嗟乎痛哉！以此为国，是安得不老且死，且吾恐其未及岁而殇也。

任公曰：造成今日之老大中国者，则中国老朽之冤业也。制出将来之少年中国者，则中国少年之责任也。彼老朽者何足道？彼与此世界作别之日不远矣！而我少年乃新来而与世界为缘。如僦屋者然，彼明日将迁居他方，而我今日始入此室处。将迁居者，不爱护其窗栊，不洁治其庭庑，俗人恒情，亦何足怪！若我少年者，前程浩浩，后顾茫茫。中国而为牛为马为奴为隶，则烹脔棰鞭之惨酷，惟我少年当之。中国如称霸宇内，主盟地球，则指挥顾盼之尊荣，惟我少年享之。于彼气息奄奄与鬼为邻者何与焉？彼而漠然置之，犹可言也。我而漠然置之，不可言也。使举国之少年而果为少年也，则吾中国为未来之国，其进步未可量也。使举国之少年而亦为老大也，则吾中国为过去之国，其澌亡可翘足而待也。故今日之责任，不在他人，而全在我少年；少年智则国智，少年富则国富；少年强则国强，少年独立则国独立；少年自由则国自由，少年进步则国进步；少年胜于欧洲，则国胜于欧洲，少年雄于地球，则国雄于地球。红日初升，其道大光；河出伏流，一泻汪洋；潜龙腾渊，鳞爪飞扬；乳虎啸谷，百兽震惶；鹰隼试翼，风尘翕张；奇花初胎，矞矞皇皇；干将发硎，有作其芒；天戴其苍，地履其黄；纵有千古，横有八荒；前途似海，来日方长。美哉，我少年中国，与天不老！壮哉，我中国少年，与国无疆！

“三十功名尘与土，八千里路云和月。莫等闲，白了少年头，空悲切。”此岳武穆满江红词句也。作者自六岁时即口受记忆，至今喜诵不衰，自今以往，弃“哀时客”之后，更自名曰：“少年中国之少年”。

# 敬告中国二万万女同胞

秋　瑾

唉！世界上最不平的事，就是我们二万万女同胞了。从小生下来，遇着好老子，还说得过；遇着脾气杂冒、不讲情理的，满嘴连说："晦气，又是一个没用的。"恨不得拿起来摔死。总抱着"将来是别人家的人"这句话，冷一眼、白一眼的看待；没到几岁，也不问好歹，就把一双雪白粉嫩的天足脚，用白布缠着，连睡觉的时候，也不许放松一点，到了后来肉也烂尽了，骨也折断了，不过讨亲戚、朋友、邻居们一声"某人家姑娘脚小"罢了。这还不说，到了择亲的时光，只凭着两个不要脸媒人的话，只要男家有钱有势，不问身家清白，男人的性情好坏、学问高低，就不知不觉应了。到了过门的时候，用一顶红红绿绿的花轿，坐在里面，连气也不能出。到了那边，要是遇着男人虽不怎么样，却还安分，这就算前生有福今生受了。遇着不好的，总不是说"前生作了孽"，就是说"运气不好"。要是说一二句抱怨的话，或是劝了男人几句，反了腔，就打骂俱下；别人听见还要说："不贤慧，不晓得妇道呢！"诸位听听，这不是有冤没处诉么？还有一桩不公的事：男子死了，女子就要带三年孝，不许二嫁。女子死了，男人只带几根蓝辫线，有嫌难看的，连带也不带；人死还没三天，就出去偷鸡摸狗；

七还未尽，新娘子早已进门了。上天生人，男女原没有分别。试问天下没有女人，就生出这些人来么？为甚么这样不公道呢？那些男子，天天说“心是公的，待人是要和平的”，又为甚么把女子当作非洲的黑奴一样看待，不公不平，直到这步田地呢？

诸位，你要知道天下事靠人是不行的，总要求己为是。当初那些腐儒说甚么“男尊女卑”、“女子无才便是德”、“夫为妻纲”这些胡说，我们女子要是有志气的，就应当号召同志与他反对。陈后主兴了这缠足的例子，我们要是有羞耻的，就应当兴师问罪；即不然，难道他捆着我的腿？我不会不缠的么？男子怕我们有知识、有学问、爬上他们的头，不准我们求学，我们难道不会和他分辩，就应了么？这总是我们女子自己放弃责任，样样事体一见男子做了，自己就乐得偷懒，图安乐。男子说我没用，我就没用；说我不行，只要保着眼前舒服，就作奴隶也不问了。自己又看看无功受禄，恐怕行不长久，一听见男子喜欢脚小，就急急忙忙把他缠了，使男人看见喜欢，庶可以藉此吃白饭。至于不叫我们读书、习字，这更是求之不得的，有甚么不赞成呢？诸位想想，天下有享现成福的么？自然是有学问、有见识、出力作事的男人得了权利，我们作他的奴隶了。既作了他的奴隶，怎么不压制呢？自作自受，又怎么怨得人呢？这些事情，提起来，我也觉得难过。诸位想想总是个中人，亦不必用我细说。

但是从此以后，我还望我们姐妹们，把从前事情，一概搁开，把以后事情，尽力作去，譬如从前死了，现在又转世为人了。老的呢，不要说“老而无用”，遇见丈夫好的要开学堂，不要阻他；儿子好的，要出洋留学，不要阻他。中年作媳妇的，总不要拖着丈夫的腿，使他气短志颓，功不成、名不就；生了儿子，就要送他进学堂，女儿也是如此，千万不要替他缠足。幼年姑娘的呢，若能够进学堂更好；就不进学堂，在家里也要常看书、习字。有钱作官的呢，就要劝丈夫开学堂、兴工厂，作那些与百姓有益的事情。无钱的呢，就要帮着丈夫苦作，不要偷懒吃闲饭。这就是我的望头了。诸位晓得国是要亡的了，男人自己也不保，我们还想靠他么？我们自己要不振作，到国亡的时候，那就迟了。诸位！诸位！须不可以打断我的念头才好呢！

# 辛亥年的血

熊育群

## 一

台风“梅花”来临前，广州酷暑，滚滚热浪溽闷得人的思维也昏沉沉。明日即是立秋了，惊觉季节之快。一直念着去黄花岗祭拜烈士，不能又拖到秋天。于是提了相机就出门。猛烈的阳光瞬间要把我熔化。

那个辛亥年整整过去一百年了。在这个炎炎夏季的最后一天，想到“革命”，体会的却是“遥远”，想象那么抽象，有如竹篮打水，好像碰到了，其实是空的。但黄花岗的土地猛然把这一切推到了眼前，一切是那么真切，是辛亥年的血把几千年的封建王朝彻底推翻了！中华大地从几千年封建王朝的轮替中，走向了新生，新的文明历程从流血后开始。

辛亥年的岭南，中国人表现出来的气节、勇敢，为民族与国家前途以死相许，比之风萧萧兮易水寒，荆轲刺秦王的悲壮，更为震撼灵魂！这是一批精英的慷慨赴死，他们是结束封建统治的死士，其悲壮、决绝、惨烈，在中华民族历史上极为罕见。我在读到他们写下绝命书，读到他们大义凛然走向枪口与屠刀，读到他们残破的遗体，读到七十二烈士马革裹尸，泪水在眼眶中回旋，浩气荡然于胸……

岭南大地，只有挺拔高耸的木棉树才配得上他们的气节与风骨，我常停下脚步，仰望这些岭南的英雄树，它枝干苍松一般遒劲、伟岸，花朵硕大如火如血，令人想起那些烈士的身影，我感恩于木棉，它在这滚滚红尘中标榜的是人间的气节与傲骨，标榜着精神的价值与力量。

午后，火球般的太阳直射，树木尤其竹林绿得苍郁，阳光的瀑布从高处的墓地直泻，濯亮纪功坊、碑亭、祭台、拱桥与石级，扎痛人的眼睛。打湿我衣衫的是奔涌的汗水。置身这光芒之中，头顶只有蓝天。仿佛有一个时光的场，我感觉那个呐喊与论争、骚动与流血的年月正在抵近。

想想一百年很遥远了，但一百年真的远吗？看《末代皇帝》，里面的主角——皇帝溥仪，一直活到上世纪七十年代才去世。那个时候，我比他从皇位上赶下来的年龄要大。我们大多数人与他在同一时间里生活过。让皇帝像平民一样生活，让权力归于人民，烈士们追求的“民治”、“公民权”、“平等”、“国有化”、“代议制”、“公民素质”……这些中国古老土地上陌生的词，它们来自于西方，如沉沉黑夜中的曙光出现，一百年后，这些词语仍是我们的追求与寻觅，有的还将是人类永远的追求。是他们开启了新的文明追求的先河。为着这光明、为着这文明，“革命”在中国的南方酝酿，从微弱而漫长的星星之火，到一夜之间燎原。

凿下名字的石碑耸立亭中，72 位烈士名字与籍贯分六排排列，第一排是：方声洞、李炳辉、李文楷、庞雄、陈更新、杜凤书、韦统钤、林觉民、李德山、饶国梁、饶辅廷、林文；第二排有喻培伦等 12 人。碑上烈士的籍贯都是南方人，他们来自广东、福建、广西、四川和安徽，广东有 41 人，福建有 19 人。我一遍遍读着广东与福建，惊讶其数量之多。这两省都靠着大海，都有大量的华侨在海外。辛亥革命的火种就来自于海外华人子弟，是他们从西方带来了东方土地上陌生的词汇与观念，这些异端一样的思想最早在沿海传播，让国人惊惶、激奋、醒悟，让出在燕赵大地的悲壮之士在闽粤出现，让从不过问北方皇帝的事情安顺守命的南方人，掀开了中国历史上最悲壮的一页。南方之怒吼，挟带着大海的力量与深广！沉默了几千年的南方，它愤怒的力量当掀翻几千年的帝王江山。

## 二

石碑上排在第一的方声洞是福建人，1902 年，与许许多多有志之士一样，方声洞到海外求学。日本是当时最吸引国人的地方，它明治维新的巨大成功，带给亚洲人以希望。1905 年，中国留日青年达到 8000 多人。方声洞与他的哥哥和姐姐一起到了日本。他选择的是东京成城学校学习军事。

那个时候，民族存亡的梦魇笼罩在每个有志青年心上。方声洞为国难登台演讲，讲得痛哭流涕。他和哥哥方声涛、姐姐方君瑛、四嫂曾醒都参加了同盟会。

同盟会的南方起义九次失败，又在组织第二次广州起义。他们一次又一次的起义，是认为起义能够点燃全国人民反抗的火种。

辛亥年方声洞新婚不久。同是福建籍的革命党人知道这次起义的凶险，想强留方声洞，理由是东京这边革命任务需要他。

方声洞却悄悄争取到了秘密运送军火回国的任务。3 月 31 日，他乘船离开日本，微笑着向好友郑烈告别："昔年秘密开会，追悼吴樾、徐锡麟诸烈士时，君所撰祭文有句云；'呜呼！壮志未酬，公等衔哀于泉下；国仇必报，我辈继起于方来。'今所谓方来者成为现在矣，宁不快哉！"

方声洞到香港后也不顾姐姐方君瑛和闽籍革命党人的劝阻，阴历三月二十七日晚上，他在香港给侄儿写绝命书，希望他为祖国尽力，并担负起照料诸弟妹、善事祖父的责任。第二天清晨抵达广州，又匆匆给父亲和妻子写下两封绝命书。

广州起义，方声洞已怀必死之志，已无生还之心。

阴历三月二十九日下午，五时半，起义爆发。正是万家灯火初上时分，榕树下的街巷人家正在准备晚饭。天空在迅速暗下来，骑楼下的店铺有的在打烊。这时，举义的螺号呜呜吹响。120 人组成的敢死队，他们手绑白布带，脚穿黑底胶鞋，带着一股旋风，突然冲了出来。

以前起义举枪冲锋的都是哥老会等会党人员。这次是国家栋梁之材充当小卒。他们从海外回来，先在香港集中，然后潜入广州。敢死队彰显的是一群中国精英决绝的意志。同盟会此役孤注一掷。

120人，中国知识分子最奇特的一次群体行动，他们不是以自己的学识本领贡献国家，而是选择以血。许多人在香港出发前写下了绝命书。信中写的是为国家与民族忠孝不能两全，祈望亲人理解、节哀、保重。

突然而至的枪炮声、爆炸声，惊破黄昏的平静，断断续续，显得有些凄厉。也许炒菜的锅铲停了下来，开着的大门“吱——”一声紧急关闭。敢死队呼喊着，从没有见过这样勇敢顽强的军队，孤军深入，在血泊中冲锋……他们占领总督府，总督张鸣岐听见枪声已经逃走。转攻督练公所，与增援的清军半途遭遇……

血色黄昏，短兵相接，同盟会菁英几乎斫丧殆尽。将相之才小卒一样死去，他们的死是中华民族永远的伤与痛。

他们实在是中国现代的启蒙者，在多灾多难的中国，最光明的思想也像风一样吹不进一间密封的房子。民智未开，国家危机四伏，思想与知识无法启迪民众，只有以死与绝命书来惊醒世人，用鲜血来启蒙民众——炸开帝国的一个缺口，让文明之风吹进这已经腐朽的空间。

方声洞在一个叫双门底的地方被清兵围住，他镇定自若，一枪一枪还击，清兵在他面前一个一个倒下，学习过军事的他，俨然一个职业军人，一路击毙20多个哨弁兵勇。后面一颗子弹穿进了背，鲜血立刻染红了衣服，又一颗子弹从侧面击中了他，鲜血已经浸透了全身，他瘫靠在墙上，再举枪射击时，枪哑了，他没有子弹了。

挣扎着，身子却越来越低下去，血已流尽，他头一歪，所有的喊叫声、枪炮声都离他远去了，他的生命坠入了永远的黑暗。

这一年，方声洞25岁。

跟着他倒下的李炳辉比他还小，刚刚20岁。他的名字刻在石碑的第二个，这个广东肇庆人，眉眼细长、面目清秀，演舞台上的小生都不用化妆。很难想象如此玉树临风的人会有一颗英雄豪杰之心。

革命党人喜欢他、器重他，他死后11年，时任国民党中央常务委员会主席的胡汉民，为李炳辉写下了近五百字的题词，详记李炳辉的生平、秉性和志向。赞誉他性情敦厚，最孝道。

李炳辉很小就到南洋教会学校学习英语，想为国家做事。他从新加坡赶到香港，母亲听说他要参加起义，写来了家书，以过生日为由，要他回家。李炳辉留给人世的最后文字就是给母亲的复信，他说自己不能回来了，信中最后他给母亲留下一首诗："回首二十年前事，此日呱呱坠地时。惭愧劬劳恩未报，只缘报国误为私。"

唐德刚在《晚清七十年》中写到辛亥革命，他认为最不该忘记的两个人，一个是杨衢云，一个是喻培伦。杨衢云在香港创立辅仁文社，首倡推翻满清、创立合众政府，他是最早的觉醒者、启蒙者，中国近代革命的开端始于他。而喻培伦，比之荆轲有过之而无不及。我找到了他的一张黑白照片，一个自诩"世界恶少年"的青年，留着一个大分头、颇有几分少爷派头。他竟然有过三次赴死经历，两次是壮士一去兮不回头的行刺。中国历史上，这样的孤胆英雄罕见。

我时常想，中华民族所遭遇的危急鲜有晚清这样的危急，不只是国将不国，连文化也遭遇到了空前的危机。她的臣民事实上所遭受的待遇比黑奴还要低贱。志士仁人，英雄豪杰在这个时代成批地出现，他们既多又慷慨悲壮，为国赴死，竟然接连上演。这个时代成了一个英雄照亮民族史册的年代，一个精神不朽的年代！我们注意接踵而至的国难时，注意那个时代的无能与落伍时，往往忽视了那时的人，那个时代的知识分子，他们其实是中国历史上最有气节最有抱负的一群人。

只有最优秀的分子才最早看到国家的危机，最先忧患。一个国家存亡时刻，最先赴死的往往是她最优秀的儿女。清末的知识分子，不只是面对列强，还要面对腐败昏聩的清王朝，面对民族文化的存亡……他们的心像被烈火一般烧灼着。

喻培伦是四川内江人。他留学日本专研化学、炸弹，最初他"深念非科学不能救国"，"可以兴工致富"，他要走的是科学和实业救国之路，在日本他起早贪黑、刻苦学习，还对大阪、东京、神户等地的洋瓷、火柴、洋烛、制糖等工业进行了实地考察。有一次，在考察中他制造成功一种安全无毒火柴。他给家里人写信，提出了自己兴办实业的计划，如兴办洋磁工厂、机器缫丝厂、火柴厂、机制糖厂以及改进制糖设备和工艺。但是，一个丧权辱国的清王朝让他的梦想一点点破灭了。

加入同盟会后，喻培伦"便舍豪华而尚质朴，与前判若两人。"这种转变，缘于多么深的绝望，多么大的痛苦。从此，他一心一意投身推翻清王朝的革命。“他赋性聪敏，无论什么技艺，一学就会。他对小型机件如钟、表之类，素来装拆自如。”同盟会总部交给他制造炸药、炸弹的任务。当时，炼制炸药主要是银制法，这种方法既危险又昂贵。他因试炸时左手炸飞了三个指头。他于是决心研制安全炸药。

这时，他家中破产，为了不停止试验，他典当衣物，抵押官费券，终于制造成功一种威力强大而又安全的新型烈性炸药，并研究成功化学发火、电发火、钟表定时发火引爆的各种类型的炸弹。其方法被称为“喻氏法”。

同盟会的起义接连失败，书生们红了眼，丢下笔杆子，拿起炸弹和枪，欲舍生取义。他们想到的是刺杀。同盟会成立了暗杀部，方声洞的姐姐方君瑛做了部长。

1909 年 7 月，喻培伦参加的第一次刺杀行动开始了——刺杀北洋大臣端方。

端方这年夏天从两江总督任上调为北洋大臣，同盟会估计他会从汉口取道京汉路北上。喻培伦和黄复生、但懋辛等人秘密回国，潜到汉口车站。端方十分狡猾，他表面上取道汉口，到镇江就诡称上焦山一游，突然转回上海，乘轮船北上。喻培伦等人赴了个空。

这年底，喻培伦与汪精卫、黄复生、陈璧君写下血书，这一次，他们目标更大，刺杀的是摄政王载沣。这一次刺杀行动震动了全国。

1910 年 3 月 23 日深夜，在载沣每日上朝必经之路地安门附近鸦儿胡同迤西的一座小桥，他们将炸药埋于桥下。不幸的是，一个居民在门外溜达，看见桥下两个人影形迹可疑，于是喊叫起来，引来更多的人。天亮后，他们放置在桥下的二尺高的铁罐被发现，沿着一根电线，一直找到了北面甘水桥下的铁盒子。居民于是报官。

汪精卫被捕下狱。喻培伦受到通缉。他为国慷慨赴死不能，七尺男儿，仰天长叹，有多少痛和伤让他彻夜不眠！

最后的机会来了，辛亥年广州起义，喻培伦自求一死。他制造了 300 多枚炸弹运到了广州。黄兴、赵伯先看他视死如归，心痛了。这样的人才死不起啊！应该留备党国非常之用。他们劝他不必身临险地。不知道喻培伦听到这话时是什么表情，错愕？震惊？还是气急？他是这样回答的：“储才以备用，今日非有用时耶？且党人孰非有用之才，倘须人人留为后用，谁与谋今日之事？自顾孱残之躯，实不逮诸同志远甚。为革命须流血者，尚可为前驱耳！”

起义时情况突生变故，同盟会通知延期，要求所有同志尽快撤出广州。喻培伦认为延期不妥，他找到黄兴，坚定地说：“就是大家都走了，剩下我一个人，也要丢完了炸弹再说，生死成败，在所不计！”

起义枪声响起，喻培伦前胸挂一大筐炸弹，一马当先，直奔总督府，用炸弹将围墙炸裂。在莲塘街口与增援清兵遭遇，恶战三个多小时，喻培伦身上几处中弹，直到打光了子弹，他挣扎着再也爬不起来，清兵围上来将他抓捕。

刑讯时，他对着清吏以不屑的口气说：“学术是杀不了的，革命党人尤其是杀不了！”他终于把自己的一腔鲜血献给了国家。

这一年，他 25 岁。

## 三

辛亥年 3 月、4 月之交，杜鹃泣血，中华民族最优秀最忠诚的儿子一个个倒下，中国的良心在颤抖，这个巨人在失血。这一时刻，伟大的母亲是那么无力，面色苍白……

广州起义找得到姓名的烈士 86 位，其中 31 位被捕刑讯后被杀；有的连姓名也找不到了。烈士们对国家民族的一腔炽爱，对亲人的不忍，对死的义无反顾，通过文字——绝命书——留了下来。今天我们展读这些血泪文字，心仍然在滴血。它表达的不只是慷慨赴死的决绝，还有今天我们已无法企及甚至无法想象的胸怀。它是我们民族的精神遗产，在迷失的时代，它闪烁的光芒能够照耀我们。透过时空虚无的帷幕，我看到了辛亥年的春天浩气盈溢、万物凄迷。

3 月 27 日晚上，方声洞在给自己的父亲写信——

“父亲大人膝下，跪禀者：此为儿最后亲笔之禀，此禀果到家者，则儿已不在人世者久矣……祖国之存亡，在此一举。事败则中国不免于亡，四万万人皆死，不特儿一人；如事成则四万万人皆生，儿虽死亦乐也。只以大人爱儿切，故临死不敢不为禀告。但望大人以国事为心，勿伤儿之死，则幸甚矣。”

“他日革命成功，我家之人皆为中华新国民，而子孙万世亦可以长保无虞，则儿虽死亦瞑目於地下矣。”

他交待后事：“兹附上致颖媳信一通，俟其到汉时面交。并祈得书时即遣人赴日本接其归国。因彼一人在东，无人照料，种种不妥也。如能早归，以尽子媳之职，或能稍轻儿不孝之罪……旭孙将来长成，乞善导其爱国之精神，以为将来报仇也。”

3 月 26 日晚上，林觉民在给父亲和妻子写信，在一座叫滨江楼的小楼里，他几乎写到东方拂晓。他是一个风流倜傥的才子，这一夜，不知多少回涕泪交加。20 岁东渡日本留学，他谙熟日语，懂得英语和德语，可以从容地出入国际性舞台。他给父亲写道：“不孝儿觉民叩禀：父亲大人，儿死矣，惟累大人吃苦，弟妹缺衣食耳。然大有补于全国同胞也。大罪乞恕之。”

接着，他掏出一方手帕，在上面写起了《与妻书》：

“意映卿卿如晤：

吾今以此书与汝永别矣！吾作此书时，尚是世中一人；汝看此书时，吾已成为阴间一鬼。吾作此书，泪珠和笔墨齐下，不能竟书而欲搁笔，又恐汝不察吾衷，谓吾忍舍汝而死，谓吾不知汝之不欲吾死也，故遂忍悲为汝言之。

吾至爱汝，即此爱汝一念，使吾勇就死也。吾自遇汝以来，常愿天下有情人都成眷属；然遍地腥云，满街狼犬，称心快意，几家能彀？司马青衫，吾不能学太上之忘情也。语云：仁者‘老吾老，以及人之老；幼吾幼，以及人之幼’。吾充吾爱汝之心，助天下人爱其所爱，所以敢先汝而死，不顾汝也。汝体吾此心，于啼泣之余，亦以天下人为念，当亦乐牺牲吾身与汝身之福利，为天下人谋永福也。汝其勿悲！”

这是多么伟大的情感！年少时读范仲淹《岳阳楼记》中的“先天下之忧而忧，后天下之乐而乐”，总觉得这样的情操似有标榜之嫌。方声洞、林觉民这些活生生的人，哪个不是以天下为己任？他们很少考虑个人。“天下为公”，是一个时代的追求。一个只知逐利的时代也许无法理解这样的胸怀。

面对爱妻，面对生离死别，林觉民的一腔柔情因《与妻书》感动了许许多多的人："吾今与汝无言矣。吾居九泉之下遥闻汝哭声，当哭相和也。吾平日不信有鬼，今则又望其真有。今人又言心电感应有道，吾亦望其言是实，则吾之死，吾灵尚依依旁汝也，汝不必以无侣悲。"

林觉民中弹被捕后，当时传言抓获一个剪短发、穿西装的美少年。两广总督张鸣岐、水师提督李准亲自在提督衙门审讯他。林觉民不会说广东话，就用英语回答，他慷慨陈词，满庭震动。他的回答就像一场演讲，综论世界大势和各国时事，宣传革命道理。讲到时局险恶，他捶胸顿足，愤激得难以自抑。他奉劝清吏认清形势，不要执迷不悟，只有推翻满清、建立共和才是出路。张鸣岐也不禁感叹："惜哉，林觉民！面貌如玉，肝肠如铁，心地光明如雪"。幕僚劝张鸣岐为国留才，而张认为这种英雄人物万不可留给革命党，遂下令处死。

在关押的几天中，林觉民滴水不进。行刑时，他泰然自若迈进刑场，从容就义。这一年他 24 岁。

饶国梁的《绝笔书》是在法堂上写下的，洋洋千言，宣传的都是革命与主义。他怒斥清吏："吾辈不死，国民不生，牛马奴隶，生何荣焉。求仁得仁，死何憾焉。"这一年他 23 岁。

31 位被捕的起义者，没有一个不是大义凛然，慷慨陈词。没有一个不是视死如归。他们写的绝笔书，因为对象不再是亲人，无法儿女情长，却更加义薄云天。

## 四

巨坟隆起，72 位烈士分成四排，埋成了一个大坟。坟顶一个方亭，亭内一块石碑，写着"七十二烈士之墓"。

坟后，纪功坊高高在上，抬头仰望，最高处一尊自由女神像，圣洁、高贵、美丽，也格外不同。我惊讶于这个当年法国人送给美国的女神像，在中国南方一隅伫立了 90 年。这可能是中国唯一的一尊自由女神像。墓地建筑，柱子是罗马式的，墓碑是埃及的方尖碑式样。女神雕像让人想起法国画家德洛克拉瓦名画《自由指引着人民》中的女神。她代表了西方现代政治的肇始，也提示了一百年前那一场场血雨腥风，它们思想源头的来处。死难者所向往所追求的正是这尊神像所昭示的民主自由之精神。这正是法国当年那一场启蒙运动开启的思想先河。

起义者从海外纷纷聚集广州，本土国民仍浑浑噩噩。

先觉者从华侨子弟到留学生，他们最早接受西方现代思想，他们的孤愤与后觉者国民的愚昧麻木，恰成对比。鲁迅短篇小说《药》中小栓吃人血馒头治病的一幕，那血正是革命党人杀头的血。这巨大的反差无疑是悲剧的主要原因。

我凝望这尊以西方女性形象雕塑的石像，她的身姿像是一种召唤。这一刻，太阳偏西，女神在一片阳光中，周身散发出熠熠光芒，让人感受到了一种深深的感召。

枪声平息，战死的英雄与被俘后用铁链绑扎一一杀害的烈士，他们的尸骨从越秀山麓至双门底各街道上，一具具倒卧。血，流满了街头马路，由红变黑。血，溅红了广州辛亥年的春天。沉寂后的城市，连日凄风苦雨，天地为之含悲。

遗体在雨水中开始膨胀，数日后，有的发臭、生虫，惨不忍睹。这些年轻的生命，来得那么遥远，在广州没有人认识他们。官府诬说他们是一帮地痞、无赖。

市民从门窗偷窥血肉模糊的尸首，谁也不敢走近。有知情者慑于当局追捕革命党人的恐怖，也不敢殓尸。

烈士们的尸骨断头折臂，残缺不全，被广仁、方便、广济、爱育四家善堂院奉命收到了咨议局门前的空地上。南海、番禺的知事商量，打算把尸体埋到大东门外的臭岗。臭岗是专埋死刑犯的地方，被杀的犯人挖一个坑就草草埋掉了，尸体散发的臭气常飘向四周。烈士如果葬于臭岗，那将是对亡灵的侮辱。

留下来的同盟会员潘达微以记者身份寻找墓地，在广仁善堂恸哭求助。得到黄花岗坟地后，又找亲戚帮忙敛尸安葬。4 月 4 日，一百多个仵工，将烈士遗体洗去血污，穿上衣服，然后入棺。有的尸体还被铁索锁着，两三人一束，无法装入棺材，仵工用铁锤把枷锁打掉，尸骸一一分开。

潘达微在现场指挥，逐一清点、辨认和登记，总共殓葬了 72 位烈士遗骸。

一百多个仵工抬着灵柩向黄花岗进发，一路静默无声，只有潘达微跟在后面，一路走一路流泪。市民担心官府镇压，只是远远凝望，许多人止不住热泪盈眶。天地含悲，下起了淅沥小雨。

抵达黄花岗后，发现墓穴挖得不够深，潘达微又加钱给土工，要他们挖深后才下葬。

潘达微为同盟会办报，留下来是为了起义后能仗义执言。想不到熟悉的战友一个个在自己面前血肉模糊地呈现，记忆里那些鲜活的面孔要与这不忍卒睹的尸体一一联系，一一去辨认，这种悲怆、熬煎，非当事者又何以能够体会。

潘达微是一位画家、摄影家，之后的岁月，他变卖家产，毕生投入孤儿、乞丐和妇女的公益善事中，最后皈依佛门，做了一位居士。他死后就埋在黄花岗烈士身旁。

第二年，中华民国成立。5 月 15 日，从南京回到广州的孙中山率领各界十余万人至黄花岗祭悼，他亲自主祭并致祭文。孙中山为墓地题写“浩气长存”四字，于墓旁栽种马尾松四棵。他悲怆地挥笔写下：“是役也，碧血横飞，浩气四塞，草木为之含悲，风云因而变色，全国久蛰之人心，乃大兴奋。怨愤所积，如怒涛排壑，不可遏抑，不半载而武昌之大革命以成。则斯役之价值，直可惊天地、泣鬼神，与武昌革命之役并寿。”

八年后，滇军师长方声涛募修故墓。

方声洞、林觉民的老乡林森来到黄花岗，替烈士墓募建碑、亭及纪功坊。他们对死难者进行审求，确定了其中的五十六位。又过了三年，才确定其余十六人。烈士名字籍贯核查之难，大埔人邹鲁在碑记里作了记述：“然欲举当日死事者姓名籍贯，一一泐之于碑，事乃至难。盖举事之际，务缜密。凡姓名籍贯，同事者非识不能知，亦不愿知之，故今日同事之不知死者。其所能举，亦惟素识者而已。夫死事者已不止七十二即此七十二亦不能尽举其姓名籍贯，可不痛欤！……夫马革裹尸，党人之志。埋骨已非所期，遑论留名”。

如此悲壮的起义历史上也不多见。义士们连留下姓名也都顾及不到了。

22 年后，有心人又找出了 13 位烈士。

李文楷被误为牺牲了。他起义前得重病被送往香港治疗，没有参加起义。在得知七十二烈士名单中有自己后，他给冯玉祥和时任广州国民政府主席的汪精卫写信说明情况。这时七十二烈士已经驰名中外，起义中牺牲的烈士远远超过72个，“七十二”便只是一个象征数字，也就没有作改动。

李文楷1959年病逝于山西省万荣县。

## 五

黄花岗墓地坐西朝东，在不知不觉中升高。马尾松、榕树、凤尾竹、柏树、棕榈树的阴影在这个夏天最后的阳光里加深、拉长。陵园如今处于广州闹市中央，树木竟然把四面的高楼都遮挡住了，只有东面可以放眼远眺，繁华的街市扑面而来，匆匆车流、人流，感觉却是远远的一种景象，隔了某种时空。

低矮的山岗居然给人俯瞰的高度，珠江新城的高楼区就像是河床下游的森林。这条从大门开始一路往上的瞻仰之路，阳光下干净而明亮，像一条静静的河流，可以洗涤尘埃、清心明目。远处钢筋混凝土的森林，是现代城市疯狂扩张的戟和矛，已经冲向了更远的地方。

辛亥年的死亡就在这山岗上；城市的崛起、喧哗在山岗下。一片坦荡与一片密集对接着。我突然冒出这样的念头：这是烈士们追寻与牺牲的意义呈现吗？在他们赴向死神的时候，他们心中新的中国是否与今天的模样类似？他们每天看着远处的变迁，会不会考问自己牺牲的意义？

今天的知识分子不再像他们那样谈抱负、主义与理想了，世俗的利益已经让人无暇他顾。我想到杜凤书在母亲面前摘下戒指的那一幕，他是为了自己的国家与民族去献身。现在的人，戒指的摘与戴再也无关乎生与死了，若是为着人世间的一份爱与温暖，这也是令人心动的一刻；若是一种交换，世界上有价值的事都以钱来衡量，这样的举动，一定显出卑微。

时代远去，辛亥年远去，但愿这座城市熙熙攘攘的人群里还有人记得广州起义。烈士墓前冷冷清清几个晃动的人影，躺在鲜花围绕中的烈士，也许还不至于那么孤单吧。我在网上看到一位北京来的青年张清水，他在3月29日这天到了黄花岗，流连不舍，感怀不已，写下一段动情的文字。

好在林觉民的《与妻书》还能打动现代人的心，他们的爱与诀别成为艺术家创作的题材，歌手齐豫、李建复、童安格的歌在城市上空飘荡——

夜冷清　独饮千言万语
难舍弃　思国心情
灯欲尽　独锁千愁万绪
言难启　诀别吾妻
烽火泪　滴尽相思意　情缘魂梦相系
方寸心　只愿天下情侣　不再有泪如你
……

这是童安格在唱。齐豫唱的是——

觉
当我看见你的信
我竟然相信
刹那即永恒
再多的难舍和舍得
有时候不得不舍
觉
当我回首我的梦
我不得不相信
刹那即永恒
再难的追寻和遗弃
有时候不得不弃
爱不在开始
却只能停在开始
把缱绻了一时
当作被爱了一世
……

傍晚，我在广州的猎德大桥开着车，星光快速之下的珠江，一闪而过。收音机里年轻的歌手唱着情歌或劲歌，黄昏时的五彩霓虹刹那间出现在头顶的天空之上。我又一次想到，革命与这座城市还有关系吗？当上百层的摩天大楼矗立于珠江之滨，城市全变成了钢筋混凝土与玻璃幕墙的世界，千万人口的聚集，新的造城运动，甚至历史的痕迹也难以寻觅，一百年，该是多么遥远！革命，那已是一个历史词汇。

一艘游轮从桥下钻过，向着下游的琶洲驶去。我想起下游的黄埔军校，几年前在那里看到过一张照片，它一直在我的脑子里不断浮现：一架自制的简易飞机，上下两层钢架与布做的长长翅膀，可能刚刚试飞降落，一群人在飞机前一字排开合影。他们大都是军人，但个个气宇轩昂，充满理想主义的神情，特别是一种浪漫的气息，从他们的笑容与身姿体态上弥漫开来，让人感受了一个时代的精神气场。他们不像军人倒更像是诗人。记得其中就有张治中。

这样的军队出现英雄不足为奇。黄花岗烈士墓就埋葬了很多来自这个部队的英雄，他们都是当年孙中山亲自批准安葬的——援闽粤军飞行家叶少毅，中国始创飞行大家冯如，陆军上将邓仲元，中国革命空军之父杨仙逸，陆军中将苏松山、谢铁良，刺杀洪兆麟的烈士韦德，潮梅军前敌司令金国治，陆军少将梁沾鸿，烈士梁国一、雷荫棠、王昌、史坚如、范鸿泰、翁飞龙等。有黄花岗烈士的感召，后来者纷纷为国捐躯。

在这片土地上生活的人群，不同的年代彼此相看已是传奇。时代精神气象的差异让各自变得失真！似乎是时间在改变一切，它可以让大地葱茏一片，百花争艳，也可以使万物萧瑟，荒凉孤寂。历史因人因时代可以崇高，也可以卑下、猥琐、蝇营狗苟。

立秋第二天就降临了，眨眼间，天气变化。在珠江边散步，广州塔临江一线在搭建脚手架。亚运会开幕式搭的架子春天才拆。问工人为何又搭，精壮的汉子回说不知道，只知道建好后要两个月才拆。是因为国庆吗？会不会是为了纪念辛亥革命呢？一百年啊，我们该怎样去纪念？

# 洪水与猛兽

蔡元培

二千二百年前，中国有个哲学家孟轲，他说国家的历史常是“一乱一治”的。他说第一次大乱是四千二百年前的洪水，第二次大乱是三千年前的猛兽，后来说到他那时候的大乱，是杨朱、墨翟的学说。他又把自己的距杨、墨比较禹的抑洪水，周公的驱猛兽。所以崇奉他的人，就说杨、墨之害，甚于洪水猛兽。后来一个学者，要是攻击别种学说，总是袭用“甚于洪水猛兽”这句话。譬如唐、宋儒家，攻击佛、老，用他；清朝程朱派，攻击陆王派，也用他；现在旧派攻击新派，也用他。

我以为用洪水来比新思潮，很有几分相像。他的来势很勇猛，把旧日的习惯冲破了，总有一部分的人感受苦痛；仿佛水源太旺，旧有的河槽，不能容受他，就泛滥岸上，把田庐都扫荡了。对付洪水，要是如鲧的用湮法，便愈湮愈决，不可收拾。所以禹改用导法，这些水归了江河，不但无害，反有灌溉之利了。对付新思潮，也要舍湮法用导法，让他自由发展，定是有利无害的。孟氏称“禹之治水，行其所无事”，这正是旧派对付新派的好方法。

至于猛兽，恰好作军阀的写照。孟氏引公明仪的话：“庖有肥肉，厩有肥马，民有饥色，野有饿莩，此率兽而食人也。”现在军阀的要人，都有几百万几千万的家产，奢侈的了不得，别种好好作工的人，穷的饿死；这不是率兽食人的样子么？现在天津、北京的军人，受了要人的指使，乱打爱国的青年，岂不明明是猛兽的派头么？

所以中国现在的状况，可算是洪水与猛兽竞争。要是有人能把猛兽驯服了，来帮同疏导洪水，那中国就立刻太平了。

# 新的！旧的！

李大钊

宇宙进化的机轴，全由两种精神运之以行，正如车有两轮，鸟有两翼，一个是新的，一个是旧的。但这两种精神活动的方向，必须是代谢的，不是固定的；是合体的，不是分立的，才能于进化有益。

中国人今日的生活，全是矛盾生活，中国今日的现象，全是矛盾现象。举国人都在矛盾现象中讨生活，当然觉得不安，当然觉得不快，既是觉得不安不快，当然要打破此矛盾生活的阶级，另外创造一种新生活，以寄顿吾人的身心，慰安吾人的灵性。

矛盾生活，就是新旧不调和的生活，就是一个新的，一个旧的，其间相去不知几千万里的东西，偏偏凑在一处，分立对抗的生活。这种生活，最是苦痛，最无趣味，最容易起冲突，这一段国民的生活史，最是可怖。

欲研究一国家或一都会中某一时期人民的生活，任取其生活现象中的一粒微尘而分析之，也能知道其生活全部的特质；一个都会里一个人所穿的衣服，就是此都会里最美的市场中所陈设的，一个人的指爪上的一粒炭灰，就是由此都会里最大机械场的烟突中所飞落的；既同在一个生活之中，刹刹尘尘都含有全体的质性，都有着全体的颜色。

我前岁在北京过年，刚过新年，又过旧年，看见贺年的人，有的鞠躬，有的拜跪，有的脱帽，有的作揖，有的在门首悬挂国旗，有的张贴春联，因而起了种种联想：

想起黄昏时候走在街头，听见的是更夫的梆子丁丁的响，看见的是站岗巡警的枪刺耀耀的亮。更夫是旧的，巡警是新的。要用更夫，何用巡警？既用巡警，何用更夫？

又想起我国现已成了民国，仍然还有甚么清室。吾侪小民，一面要负担议会及公府的经费，一面又要负担优待清室的经费。民国是新的，清室是旧的。既有民国，那有清室？若有清室，何来民国？

又想起制订宪法，一面规定信仰自由，一面规定"以孔道为修身大本。"信仰自由是新的，孔道修身是旧的。既重自由，何又迫人来尊孔？既要迫人尊孔，何谓信仰自由？

又想起谈论政治的，一面主张自我实现，一面鼓吹贤人政治。自我实现是新的，贤人政治是旧的。既要自我实现，怎行贤人政治？若行贤人政治，怎能自我实现？

又想起法制习俗。一面立禁止重婚的刑律，一面许纳妾的习俗。禁止重婚的刑律是新的，纳妾的习俗是旧的。既施刑律，必禁习俗，若存习俗，必废刑律。

以上所说不过一时的杂感，其余类此者尚多。最近又在本志上看见独秀先生与南海圣人争论，半农先生向投书某君棒喝。以新的为本位论，南海圣人及投书某君，最少应该生在百年以前。以旧的为本位论，独秀半农，最少应生在百年以后。此等"风马牛不相及"的人物思想，竟不能不凑在一处，立在同一水平线上来讲话，岂不是绝大憾事？中国今日生活现象矛盾的原因，全在新旧的性质相差太远，活动又相邻太近。换句话说，就是新旧之间，纵的距离太远，横的距离太近；时间的性质差的太多，空间的接触逼的太紧。同时同地不容并有的人物、事实、思想，议论，走来走去，竟不能不走在一路来碰头，呈出两两配映、两两对立的奇观。这就是新的气力太薄，不能努力创造新生活，以征服旧的过处了。

我常走在前门一带通衢，觉得那样狭隘的一条道路，其间竟能容纳数多时代的器物：也有骆驼轿，也有上贴“借光二哥”的一轮车，也有骡车、马车、人力车，自转车、汽车等，把二十世纪的东西同十五世纪以前的汇在一处。轮蹄轧轧，汽笛呜呜，车声马声，人力车夫互相唾骂声，纷纭错综，复杂万状，稍不加意，即遭冲轧，一般走路的人，精神很觉不安。推一轮车的讨厌人力车、马车、汽车，拉人力车的讨厌马车、汽车，赶马车的又讨厌汽车，反说回来，也是一样。新的嫌旧的妨阻，旧的嫌新的危险。照这样层级论，生活的内容不只是一种单纯的矛盾，简直是重重叠叠的矛盾。人生的径路，若是为重重叠叠的矛盾现象所塞，怎能急起直追，逐宇宙的文化前进呢？仔细想来，全是我们创造的能力缺乏的缘故。若能在北京创造一条四通八达的电车轨路，我想那时乘坐驼轿、骡车、人力车等等的人，必都舍却这些笨拙迂腐的器具，来坐迅速捷便的电车，马路上自然绰有余裕，不象那样拥挤了。即于寥寥的汽车、马车、自转车等依旧通行，因为与电车纵的距离不甚相远，横的距离又不象从前那样逼近，也就都有容头过身的道路了，也就没有互相嫌恶的感情了，也就没有那样容易冲突的机会了。

因此我很盼望我们新青年打起精神，于政治、社会，文学、思想种种方面开辟一条新径路，创造一种新生活，以包容覆载那些残废颓败的老人，不但使他们不妨害文明的进步，且使他们也享享新文明的幸福，尝尝新生活的趣味，就象在北京建造电车轨道，输运从前那些乘驼轿、骡车、人力车的人一般。打破矛盾生活，脱去二重负担，这全是我们新青年的责任，看我们新青年的创造能力如何？

进！进！进！新青年！

# 新青年

陈独秀

青年何为而云新青年乎？以别夫旧青年也。同一青年也，而新旧之别安在？自年龄言之，新旧青年固无以异；然生理上，心理上，新青年与旧青年，固有绝对之鸿沟，是不可不指陈其大别，以促吾青年之警觉。慎勿以年龄在青年时代，遂妄自以为取得青年之资格也。

自生理言之，白面书生，为吾国青年称美之名词。民族衰微，即坐此病。美其貌，弱其质，全国青年，悉秉蒲柳之资，绝无桓武之态。艰难辛苦，力不能堪。青年堕落，壮无能为。非吾国今日之现象乎？且青年体弱，又不识卫生，疾病死亡之率，日以加增。浅化之民，势所必至。倘有精确之统计，示以年表，其必惊心怵目也无疑。

世界各国青年死亡之病因，德国以结核性为最多；然据一九一二年之统计，较三十年前减少半数。英国以呼吸器病为最多；据今统计，较之十余年前，减少四分之一。日本青年之死亡，以脑神经系统之疾为最多；而最近调查，较十年前，减少六分之一。德之立教，体育殊重，民力大张，数十年来，青年死亡率之锐减，列国无与比伦。英美日本之青年，亦皆以强武有力相高：竞舟角力之会，野球远足之游，几无虚日，其重视也，不在读书授业之下。故其青年之壮健活泼，国民之进取有为，良有以也。

而我之青年则何如乎？甚者纵欲自戕以促其天年，否亦不过斯斯文文一白面书生耳！年龄虽在青年时代，而身体之强度，已达头童齿豁之期。盈千累万之青年中，求得一面红体壮，若欧美青年之威武凌人者，竟若凤毛麟角。人字吾为东方病夫国，而吾人之少年青年，几无一不在病夫之列，如此民族，将何以图存？吾可爱可敬之青年诸君乎？倘自认为二十世纪之新青年，首应于生理上完成真青年之资格，慎勿以年龄上之伪青年自满也！

更进而一论心理上之新青年何以别夫旧青年乎？充满吾人之神经，填塞吾人之骨髓，虽尸解魂消，焚其骨，扬其灰，用显微镜点点验之，皆各有“做官发财”四大字。做官以张其威，发财以逞其欲。一若做官发财为人生唯一之目的。人间种种善行，凡不利此目的者，一切牺牲之而无所顾惜；人间种种罪恶，凡有利此目的者，一切奉行之而无所忌惮。此等卑劣思维，乃远祖以来历世遗传之缺点（孔门即有干禄之学），与夫社会之恶习，相演而日深。无论如何读书明理之青年，发愤维新之志士，一旦与世周旋，做官发财思想之触发，无不与日俱深。浊流滔滔，虽有健者，莫之能御。人之侮我者，不曰“支那贱种”，即曰“卑劣无耻”。将忍此而终古乎？暂将一雪此耻乎？此责任不得不加诸未尝堕落宅心清白我青年诸君之双肩。被老者壮者及比诸老者壮者腐败堕落之青年，均无论矣。吾可敬可爱之青年诸君乎！倘自认为二十世纪之新青年，头脑中必斩尽涤绝彼老者壮者及比诸老者壮者腐败堕落诸青年之做官发财思想。精神上别构真实新鲜之信仰，始得谓为新青年而非旧青年，始得谓为真青年而非伪青年。

青年之精神界欲求此除旧布新之大革命，第一当明人生归宿问题。人生数十寒暑耳，乐天者荡，厌世者偷，唯知于此可贵之数十寒暑中，量力以求成相当之人物为归宿者得之。准此以行，则不得不内图个性之发展，外图贡献于其群。岁不我与，时不再来；计功之期，屈指可俟。一切未来之责任，毕生之光荣，又皆于此数十寒暑中之青年时代十数寒暑间植其大本。前瞻古人，后念来者，此身将为何如人，自不应仅以做官求荣为归宿也。

第二当明人生幸福问题。人之生也，求幸福而避痛苦，乃当然之天则。英人边沁氏，幸福论者之泰斗也。举人生乐事凡十余，而财富之乐居其一；举人生之痛苦亦十余事，而处分财富之难，即列诸拙劣痛苦之内。审是，金钱虽有万能之现象，而幸福与财富，绝不可视为一物也明矣。幸福之为物，既必准快乐与痛苦以为度，又必兼个人与社会以为量。以个人发财主义为幸福主义者，是不知幸福之为何物也。

吾青年之于人生幸福问题，应有五种观念：一曰毕生幸福，悉于青年时代造其因；二曰幸福内容，以强健之身体正当之职业称实之名誉为最要，而发财不与焉；三曰不以个人幸福损害国家社会；四曰自身幸福，应以自力造之，不可依赖他人；五曰不以现在暂时之幸福，易将来永久之痛苦。信能识此五者，则幸福之追求，未尝非青年正当之信仰。若夫沉迷于社会家庭之恶习，以发财与幸福并为一谈，则异日立身处世，奢以贼己，贪以贼人，其为害于个人及社会国家者，宁有纪极！

夫发财本非恶事，个人及社会之生存与发展，且以生产殖业为重要之条件；唯中国式之发财方法，不出于生产殖业，而出于苟得妄取，甚至以做官为发财之快捷方式，猎官摸金，铸为国民之常识，为害国家，莫此为甚。发财固非恶事，即做官亦非恶事，幸福更非恶事；唯吾人合做官发财享幸福三者以一贯之精神，遂至大盗遍于国中。人间种种至可恐怖之罪恶多由此造成。国将由此灭，种将由此削。吾可敬可爱之青年！倘留此龌龊思想些微于头脑，则新青年之资格丧失无余；因其精神上之龌龊下流，与彼腐败堕落之旧青年无以异也。

予于国中之老者壮者，与夫比诸老者壮者之青年，无论属何社会，隶何党派，于生理上，心理上，十九怀抱悲观，即自身亦在诅咒之列。幸有一线光明者，时时微闻无数健全洁白之新青年，自绝望消沉中唤予以兴起，用敢作此最后之哀鸣！

# 《湘江评论》创刊宣言

毛泽东

自“世界革命”的呼声大倡，“人类解放”的运动猛进，从前吾人所不置疑的问题，所不遽取的方法，多所畏缩的说话，于今都要一改旧观，不疑者疑，不取者取，多畏缩者不畏缩了。这种潮流，任是什么力量，不能阻住。任何什么人物，不能不受他的软化。

世界什么问题最大？吃饭问题最大。什么力量最强？民众联合的力量最强。什么不要怕？天不要怕，鬼不要怕，死人不要怕，官僚不要怕，军阀不要怕，资本家不要怕。

自文艺复兴，思想解放，“人类应如何生活”成了一个绝大的问题。从这个问题加以研究，就得了“应该那样生活”，“不应该这样生活”的结论。一些学者倡之，大多民众和之，就成功或将要成功许多方面的改革。

见于宗教方面为“宗教改革”，结果得了信教自由。见于文学方面，由贵族的文学，古典的文学，死形的文学，变为平民的文学、现代的文学、有生命的文学。见于政治方面，由独裁政治变为代议政治，由有限制的选举，变为没限制的选举。见于社会方面，由少数阶级专制的黑暗社会，变为全体人民自由发展的光明社会。见于教育方面，为平民教育主义。见于经济方面，为劳获平均主义。见于思想方面，为实验主义。见于国际方面，为国际同盟。

各种改革，一言蔽之，“由强权得自由”而已。各种对抗强权的根本主义，为“平民主义”（德莫克拉西，一作民本主义、民主主义、庶民主义）。宗教的强权，文学的强权，政治的强权，社会的强权，教育的强权，经济的强权，思想的强权，国际的强权，丝毫没有存在的余地，都要借平民主义的高呼，将他打倒。

如何打倒的方法，则有二说，一急烈的，一温和的。两样方法，我们应有一番选择。（一）我们承认强权者都是人，都是我们的同类。滥用强权，是他们不自觉的误谬与不幸，是旧社会旧思想传染他们遗害他们。（二）用强权打倒强权，结果仍然得到强权，不但自相矛盾，并且毫无效力。欧洲的“同盟”、“协约”战争，我国的“南”、“北”战争，都是这一类。所以我们的见解，在学术方面，主张彻底研究，不受一切传说和迷信的束缚，要寻着什么是真理。在对人的方面，主张群众联合，向强权者为持续的“忠告运动”，实行“呼声革命”——面包的呼声，自由的呼声，平等的呼声——“无血革命”，不主张起大扰乱，行那没效果的“炸弹革命”、“有血革命”。

国际的强权，迫上了我们的眉睫，就是日本。罢课、罢市、罢工、排货，种种运动，就是直接间接对付强权日本有效的方法。

至于湘江，乃地球上东半球东方的一条江。他的水很清，他的流很长。住在这江上和他邻近的民族，浑浑噩噩，世界上事情，很少懂得。他们没有有组织的社会，人人自营散处，只知有最狭的一己，和最短的一时，共同生活，久远观念，多半未曾梦见。他们的政治，没有合意和彻底的解决，只知道私争。他们被外界的大潮卷急了，也办了些教育，却无甚效力。一班官僚式教育家，死死盘踞，把学校当监狱，待学生如囚徒。他们的产业没有开发。他们中也有一些有用人才，在各国各地方学好了学问和艺术，但没有给他们用武的余地。闭锁一个洞庭湖，将他们轻轻挡住。他们的部落思想又很厉害，实行湖南饭湖南人吃的主义，教育实业界不能多多容纳异材。他们的脑子贫弱而又腐败，有增益改良的必要，没人提倡。他们正在求学的青年，很多，很有为，没人用有效的方法，将种种有益的新知识新艺术启导他们。咳！湘江，湘江！你真枉存在于地球上。

时机到了！世界的大潮卷得更急了！洞庭湖的闸门动了，且开了！浩浩荡荡的新思潮业已奔腾澎湃于湘江两岸了！顺他的生，逆他的死。如何承受他？如何传播他？如何研究他？如何施行他？是我们全体湘人最切最要的大问题，即是《湘江》出世最切最要的大任务。

# 《吴虞文录》序

胡 适

凡是到过北京的人，总忘不了北京街道上的清道夫。那望不尽头的大街上，迷漫扑人的尘土里，他们抬着一桶水，慢慢的歇下来，一勺一勺的洒到地上去，洒的又远又均匀。水洒着的地方，尘土果然不起了。但那酷烈可怕的太阳光，偏偏不肯帮忙，他只管火也似的晒在那望不尽头的大街上。那水洒过的地方，一会儿便晒干了；一会儿风吹过来或汽车走过来，那迷漫扑人的尘土又飞扬起来了！洒的尽管洒，晒的尽管晒。但那些蓝袄蓝裤露着胸脯的清道夫，并不因为太阳和他们作对就不洒水了。他们依旧一勺一勺的洒将去，洒的又远又均匀，直到日落了，天黑了，他们才抬着空桶，慢慢的走回去，心里都想道，“今天的事做完了!”

吴又陵先生是中国思想界的一个清道夫。他站在那望不尽头的长路上，眼睛里，嘴里，鼻子里，头颈里，都是那迷漫扑人的孔渣孔滓的尘土，他自己受不住了，又不忍见那无数行人在那孔渣孔滓的尘雾里撞来撞去，撞的破头折脚。因此，他发愤做一个清道夫，常常挑着一担辛辛苦苦挑来的水，一勺一勺的洒向那孔尘迷漫的大街上。他洒他的水，不但拿不着工钱，还时时被那无数吃惯孔尘的老头子们跳着脚痛骂，怪他不识货，怪他不认得这种孔渣孔滓的美味，怪他挑着水拿着勺子在大路上妨碍行人！他们常常用石头掷他，他们哭求那些吃孔尘羹饭的大人老爷们，禁止他挑水，禁止他清道。但他毫不在意，他仍旧做他清道的事。有时候，他洒的疲乏了，失望了，忽然远远的觑见那望不尽头的大路的那一头，好象也有几个人在那里洒水清道，他的心里又高兴起来了，他的精神又鼓舞起来了。于是他仍旧挑了水来，一勺一勺的洒向那旋洒旋干的长街上去。

这是吴先生的精神。吴先生和我的朋友陈独秀是近年来攻击孔教最有力的两位健将。他们两人，一个在上海，一个在成都，相隔那么远，但精神上很有相同之点。独秀攻击孔丘的许多文章（多载在《新青年》第二卷）专注重"孔子之道不合现代生活"的一个主要观念。当那个时候，吴先生在四川也做了许多非孔的文章，他的主要观念也只是"孔子之道不合现代生活"的一个观念。吴先生是学过法政的人，故他的方法与独秀稍不同。吴先生自己说他的方法道：

不佞丙午游东京，曾有数诗，注中多非儒之说。归蜀后，常以六经、《五礼通考》、《唐律疏义》、《满清律例》及诸史中议礼议狱之文，与老庄、孟德斯鸠、甄克思、穆勒·约翰、斯宾塞尔、远藤隆吉、久保天随诸家之著作，及欧美各国宪法、民法、刑法、比较对勘。十年以来，粗有所见。

吴先生用这个方法的结果，他的非孔文章大体都注重那些根据孔道的种种礼教，法律，制度，风俗。他先证明这些礼法制度都是根据于儒家的基本教条的，然后证明这种种礼法制度都是一些吃人的礼教和一些坑陷人的法律制度。他又从思想史的方面，指出自老子以来也有许多古人不满意于这些欺人、吃人的礼制，使我们知道儒教所极力拥护的礼制，在千百年前早已受思想家的批评与攻击了，何况在现今这种大变而特变的社会生活之中呢？

吴先生的方法，我觉得是很不错的。我们对于一种学说或一种宗教，应该研究他在实际上发生了什么影响："他产生了什么样子的礼法制度？他所产生的礼法制度发生了什么效果？增长了或是损害了人生多少幸福？造成了什么样子的国民性？助长了进步吗？阻碍了进步吗？"这些问题都是批评一种学说或一种宗教的标准。用这种实际的效果去批评学说与宗教，是最严厉又最平允的方法。吴先生虽不曾明说他用的是这种实际主义的标准，但我想他一定很赞成我这个解释。

那些“卫道”的老先生们也知道这种实际标准的厉害，所以他们想出一个躲避的法子来。他们说：“这种种实际的流弊都不是孔老先生的本旨，都是叔孙通、董仲舒、刘歆、程颢、朱熹……等人误解孔道的结果。你们骂来骂去，只骂着叔孙通、董仲舒、刘歆、程颢、朱熹一班人，却骂不着孔老先生。”于是有人说《礼运》大同说是真孔教（康有为先生）；又有人说四教、四绝、三慎、是真孔教（顾实先生）。关于这种遁辞，独秀说的最痛快：

足下分汉、宋儒者以及今之孔道孔教诸会之孔教，与真正孔子之教为二，且谓孔教为后人所坏。愚今所欲问者，汉唐以来诸儒，何以不依傍道、法、杨、墨，而人亦不以道法杨墨称之？何以独与孔子为缘而复败坏之也？足下可深思其故矣。（《新青年》二卷四号）

这个道理最明显：何以那种种吃人的礼教制度都不挂别的招牌，偏爱挂孔老先生的招牌呢？正因为二千年吃人的礼教法制都挂着孔丘的招牌，故这块孔丘的招牌——无论是老店，是冒牌——不能不拿下来，捶碎，烧去！

我给各位中国少年介绍这位“四川省只手打孔家店”的老英雄——吴又陵先生！

# 关于太炎先生二三事

鲁　迅

前一些时，上海的官绅为太炎先生开追悼会，赴会者不满百人，遂寂寞中闭幕，于是有人慨叹，以为青年们对于本国的学者竟不如对于外国的高尔基的热诚。这慨叹其实是不得当的。官绅集会，一向为小民所不敢到；况且高尔基是战斗的作家，太炎先生虽先前也以革命家现身，后来却退居于宁静的学者，用自己所手造的和别人所帮造的墙，和时代隔绝了。纪念者自然有人，但也许将为大多数所忘却。

我以为先生的业绩，留在革命史上的，实在比在学术史上还要大。回忆三十余年之前，木板的《訄书》已经出版了，我读不断，当然也看不懂，恐怕那时的青年，这样的多得很。我的知道中国有太炎先生，并非因为他的经学和小学，是为了他驳斥康有为和作邹容的《革命军》序，竟被监禁于上海的西牢。那时留学日本的浙籍学生，正办杂志《浙江潮》，其中即载有先生狱中所作诗，却并不难懂。这使我感动，也至今并没有忘记，现在抄两首在下面——

狱中赠邹容

邹容吾小弟，被发下瀛洲。快剪刀除辫，干牛肉作糇。英雄一入狱，天地亦悲秋。临命须掺手，乾坤只两头。

狱中闻沈禹希见杀

不见沈生久，江湖知隐沦，萧萧悲壮士，今在易京门。

螭彪羞争焰，文章总断魂。中阴当待我，南北几新坟。

一九〇六年六月出狱，即日东渡，到了东京，不久就主持《民报》。我爱看这《民报》，但并非为了先生的文笔古奥，索解为难，或说佛法，谈“俱分进化”，是为了他和主张保皇的梁启超斗争，和“××”的×××斗争，和“以《红楼梦》为成佛之要道”的×××斗争，真是所向披靡，令人神旺。前去听讲也在这时候，但又并非因为他是学者，却为了他是有学问的革命家，所以直到现在，先生的音容笑貌，还在目前，而所讲的《说文解字》，却一句也不记得了。

民国元年革命后，先生的所志已达，该可以大有作为了，然而还是不得志。这也是和高尔基的生受崇敬，死备哀荣，截然两样的。我以为两人遭遇的所以不同，其原因乃在高尔基先前的理想，后来都成为事实，他的一身，就是大众的一体，喜怒哀乐，无不相通，而先生则排满之志虽伸，但视为最紧要的“第一是用宗教发起信心，增进国民的道德；第二是用国粹激动种性，增进爱国的热肠”(见《民报》第六本)，却仅止于高妙的幻想；不久而袁世凯又攘夺国柄，以遂私图，就更使先生失却实地，仅垂空文，至于今，惟我们的“中华民国”之称，尚系发源于先生的《中华民国解》(最先亦见《民报》)，为巨大的纪念而已，然而知道这一重公案者，恐怕也已经不多了。既离民众，渐入颓唐，后来的参与投壶，接收馈赠，遂每为论者所不满，但这也不过白圭之玷，并非晚节不终。考其生平，以大勋章作扇坠，临总统府之门，大诟袁世凯的包藏祸心者，并世无第二人，七被追捕，三入牢狱，而革命之志，终不屈挠者，并世亦无第二人：这才是先哲的精神，后生的楷范。近有文侩，勾结小报，竟也作文奚落先生以自鸣得意，真可谓“小人不欲成人之美”而且“蚍蜉撼大树，可笑不自量”了！

但革命之后，先生亦渐为昭示后世计，自藏其锋芒。浙江所刻的《章氏丛书》，是出于手定的，大约以为驳难攻讦，至于忿詈，有违古之儒风，足以贻讥多士的罢，先前的见于期刊的斗争的文章，竟多被刊落，上文所引的诗两首，亦不见于“诗录”中。一九九三年刻《章氏丛书续编》于北平，所收不多，而更纯谨，且不取旧作，当然也无斗争之作，先生遂身衣学术的华衮，粹然成为儒宗，执贽愿为弟子者綦众，至于仓皇制“同门录”成册。近阅日报，有保护版权的广告，有三续丛书的记事，可见又将有遗著出版了，但补入先前战斗的文章与否，却无从知道。战斗的文章，乃是先生一生中最大，最久的业绩，假使未备，我以为是应该一一辑录，校印，使先生和后生相印，活在战斗者的心中的。然而此时此际，恐怕也未必能如所望罢，呜呼！

# 饿乡纪程·绪言

## ——新俄国游记

瞿秋白

阴沉沉，黑魆魆，寒风刺骨，腥秽污湿的所在，我有生以来，没见一点半点阳光，——我直到如今还不知道阳光是什么样的东西，——我在这样的地方，视觉本能几乎消失了；那里虽有香甜的食物，轻软的被褥，也只值得昏昏酣睡，醒来黑地里摸索着吃喝罢了。苦呢，说不得，乐呢，我向来不曾觉得，依恋着难舍难离，固然不必，赶快的挣扎着起来，可是又往那里去的好呢？——我不依恋，我也不决然舍离……然而心上究竟是个什么样的滋味呵！这才明白了！我住在这里我应当受，我该当。我虽然明白，我虽然知道，我“心头的奇异古怪的滋味”我总说不出来。“他”使我醒，他是一个不可思议的谜儿，他变成了一个“阴影”朝朝暮暮的守着我。我片刻不舍他，他片刻不舍我。这个阴影呵！他总在我眼前晃着——似乎要引起我的视觉。我眼睛早已花了，晕了，我何尝看得清楚。我知我们黑甜乡里的同伴，他们或者和我一样。他们的眼前也许有这同样的“阴影”。我问我的同伴，我希望他们给我解释。谁知道他们不睬我，不理我。我是可怜的人儿。他们呢，——或者和我一样，或者自以为很有幸福呢。只剩得和我同病相怜的人呵，苦得很哩！——我怎忍抛弃他们。我眼前的“阴影”不容我留恋，我又怎得不决然舍离此地。

同伴们，我亲爱的同伴们呵！请等着，不要慌。阴沉沉，黑魆魆的天地间，忽然放出一线微细的光明来了。同伴们，请等着。这就是所谓阳光，——来了。我们所看见的虽只一线，我想他必渐渐的发扬，快照遍我们的同胞，我们的兄弟。请等着吧。

唉！怎么等了许久，还只有这微微细细的一线光明，——空教我们看着眼眩——摇荡恍惚晞微一缕呢？难道他不愿意来，抑或是我们自己挡着他？我们久久成了半盲的人，虽有光明也领受不着？兄弟们，预备着。倘若你们不因为久处黑暗，怕他眩眼，我去拨开重障，放他进来。兄弟们应当明白了，尽等着是不中用的，须得自己动手。怎么样？难道你们以为我自己说，眼前有个“阴影”见神见鬼似的，好象是一个疯子，——因此你们竟不信我么？唉！那“阴影”鬼使神差的指使着我，那“阴影”在前面引着我。他引着我，他亦是为你们呵！

灿烂庄严，光明鲜艳，向来没有看见的阳光，居然露出一线，那“阴影”跟随着他，领导着我。一线的光明！一线的光明，血也似的红，就此一线便照遍了大千世界。遍地的红花染着战血，就放出晚霞朝雾似的红光，鲜艳艳的耀着。宇宙虽大，也快要被他笼罩遍了，“红”的色彩，好不使人烦恼！我想比黑暗的“黑”多少总含些生意。并且黑暗久了，骤然遇见光明，难免不眼花缭乱，自然只能先看见红色。光明的究竟，我想决不是纯粹红光。他必定会渐渐的转过来，结果总得恢复我们视觉本能所能见的色彩。——这也许是疯话。

世界上对待疯子，无论怎么样不好，总不算得酷虐。我既挣扎着起来，跟着我的“阴影”，舍弃了黑甜乡里的美食甘寝，想必大家都以为我是疯子了。那还有什么话可说！我知道：乌沉沉甘食美衣的所在——是黑甜乡；红艳艳光明鲜丽的所在——是你们罚疯子住的地方，这就当然是冰天雪窖饥寒交迫的去处（却还不十分酷虐），我且叫他“饿乡”。我没有法想了。“阴影”领我去，我不得不去。你们罚我这个疯子，我不得不受罚。我决不忘记你们，我总想为大家辟一条光明的路。我愿去，我不得不去。我现在挣扎起来了，我往饿乡去了！

# 关于三月十八日的死者

周作人

## 一

我是极缺少热狂的人，但同时也颇缺少冷静，这大约因为神经衰弱的缘故，一遇见什么刺激，便心思纷乱，不能思索，更不必说要写东西了。三月十八日下午我往燕大上课，到了第四院时知道因外交请愿停课，正想回家，就碰见许家鹏君受了伤逃回来，听他报告执政府卫兵枪击民众的情形，自此以后，每天从记载谈话中听到的悲惨事实逐日增加，堆积在心上再也摆脱不开，简直什么事都不能做。到了现在已是残杀后的第五日，大家切责段祺瑞、贾德耀，期望国民军的话都已说尽，且已觉得都是无用的了，这倒使我能够把心思收束一下，认定这五十多个被害的人都是白死，交结涉果一定要比沪案坏得多，这在所谓国家主义流行的时代或者是当然的，所以我可以把彻底查办这句梦话抛开，单独关于这回遭难的死者说几句感想到的话。——在首都大残杀的后五日，能够这样平心静气的话了，可见我的冷静也还有一点哩。

## 二

我们对于死者的感想第一件自然是哀悼。对于无论什么死者我们都应当如此，何况是无辜被戕的青年男女，有的还是我们所教过的学生。我的哀感普通是从这三点出来，熟识与否还在其外，即一是死者之惨苦与恐怖，二是未完成的生活之破坏，三是遗族之哀痛与损失。这回的死者在这三点上都可以说是极重的，所以我们哀悼之意也特别重于平常的吊唁。第二件则是惋惜。凡青年夭折无不是可惜的，不过这回特别的可惜，因为病死还是天行而现在的戕害乃是人功。人功的毁坏青春并不一定是更可叹惜，只要是主者自己愿意抛弃，而且去用以求得更大的东西，无论是恋爱或是自由。我前几天在茶话十三《心中》里说："中国人似未知生命之重，故不知如何善舍其生命，而又随时随地被夺其生命而无所爱惜。"这回的数十青年以有用可贵的生命不自主地被毁于无聊的请愿里，这是我所觉得太可惜的事。我常常独自心里这样痴想："倘若他们不死……"我实在几次感到对于奇迹的希望与要求，但是不幸在这个明亮的世界里我们早知道奇迹是不会出来的了。——我真深切地感得不能相信奇迹的不幸来了。

## 三

这回执政府的大残杀，不幸女师大的学生有两个当场被害。一位杨女士的尸首是在医院里，所以就搬回了；刘和珍女士是在执政府门口往外逃走的时候被卫兵从后面用枪打死的，所以尸首是在执政府，而执政府不知怎地把这二三十个亲手打死的死体当作宝贝，轻易不肯给人拿去，女师大的职教员用了九牛二虎之力，到十九晚才算好容易运回校里，安放在大礼堂中。第二天上午十时棺敛，我也去一看，真真万幸我没有见到伤痕或血衣，我只见用衾包裹好了的两个人，只余脸上用一层薄纱蒙着，隐约可以望见面貌，似乎都很安闲而庄严地沉睡着。刘女士是我大半年来从宗帽胡同时代起所教的学生，所以很是面善，杨女士我是不认识的，但我见了他们两位并排睡着，不禁觉得十分可哀，好象是看见我的妹子，——不，我的妹子如活着已是40岁了，好象是我的现在的两个女儿的姊姊死了似的，虽然他们没有真正的姊姊。当封棺的时候，在女同学出声哭泣之中，我陡然觉得空气非常沉重，使大家呼吸有点困难，我见职教员中有须发斑白的人此时也有老泪要流下来，虽然他的下颔骨乱动地想忍他住也不可能了。……

这是我昨天在《京副》发表的文章中之一节，但是关于刘杨二君的事我不敢再写了，所以抄了这篇“刊文”。

## 四

二十五日女师大开追悼会，我胡乱做了一副挽联送去，文曰：

死了倒也罢了，若不想到二位有老母倚间，亲朋盼信。

活着又怎么着，无非多经几番的枪声惊耳，弹雨淋头。

殉难者全体追悼会是在二十三日，我在傍晚才知道，也做了一联：

赤化赤化，有些学界名流和新闻记者还在那里诬陷。

白死白死，所谓革命政府与帝国主义原是一样东西。

惭愧我总是“文字之国”的国民，只会以文字来纪念死者。

# 执政府大屠杀记

朱自清

三月十八是一个怎样可怕的日子！我们永远不应该忘记这个日子！

这一日，执政府的卫队，大举屠杀北京市民——十分之九是学生！死者四十余人，伤者约二百人！这在北京是第一回大屠杀，在民国史上，只有从前赵尔丰的屠杀和去年五卅的屠杀，沙基的屠杀，可以与之相比，而赵尔丰的事，尤与这一回相合，因为都是“同胞的枪弹”，更令人切齿呀！赵尔丰的屠杀引起了辛亥的革命，这一回段祺瑞的屠杀将引起什么呢？这要看我们的努力如何。总之，只有两条路，一条是让他接下去二次三次的屠杀，一条便是革命，没有平稳的中道可行！况且我们得知道，段祺瑞更与赵尔丰不同，赵尔丰只是屠杀以快己意，段祺瑞却是屠杀同胞以取媚于他的主子日本人的！我们更应早自为地，我们即使甘心被段祺瑞二次三次的屠杀，我们也决不甘心拿我们活鲜鲜的生命，换取日本人的满心高兴呀！

这一次的屠杀，我也在场，幸而直到出场时不曾遭着一颗子弹，请我的远房的朋友们安心！第二天看报，觉得除一两家报纸外，各报记载多有与事实不符之处。究竟是访闻失时，还是安着别的心眼儿，我可不得而知，也不愿细论。我只说我当场眼见和后来耳闻的情形，请大家看看这阴惨惨的二十世纪二十六年三月十八日的中国！——十九日"京报"所载几位当场逃出的人的报告，颇是翔实，可以参看。

我先说游行队。我自天安门出发后，曾将游行队从头至尾看了一回。全数约二千人，工人有两队，至多五十人，广东外交代表团一队，约十余人，国民党北京特别市党部一队，约二三十人，留日归国学生团一队，约二十人，其余便多是北京的学生了，内有女学生三队。拿木棍的并不多，而且都是学生，不过十余人，工人拿木棍的，我不曾见。木棍约三尺长，一端削尖了，上贴书有口号的纸，做成旗帜的样子。至于"有铁钉的木棍"我却不曾见！

我后来和清华学校的队伍同行，在大队的最后。我们到执政府前空场时，大队已散开在满场了。这时府门前站着约莫两百个卫队，分两边排着，领章一律是红地，上面"府卫"两个黄铜字，确是执政府的卫队。他们都背着枪，悠然的站着：毫无紧张的颜色。而且枪上不曾上刺刀，更不显出什么威武。这时有一个人爬在石狮子头上照象，那边府里正面楼上，阑干上伏满了人，而且拥挤着，大约是看热闹的。在这一点上，执政府颇象寻常的人家，而不象堂堂的"执政府"了。照象的下了石狮子，南边有了报告的声音："他们说是一个人没有，我们怎么样？"这大约已是五代表被拒以后了，我们因走进来晚，故未知前事——但在这时以前，群众的嚷声是绝没有的。到这时才有一两处的嚷声了："回去是不行的!!!""吉兆胡同!!!""……!!!"忽然队势散动了，许多人纷纷往外退走，有人连声大呼："大家不要走，没有什么事!"一面还扬起了手，我们清华队的指挥也扬起手叫道："清华的同学不要走，没有事!"这其间，人众稍稍聚拢，但立刻即又散开，清华的指挥第二次叫声刚完，我看见众人纷纷逃避时，一个卫队已装完子弹了！我赶忙向前跑了几步，向一堆人旁睡下，但没等我睡下，我的上面和后面各来了一个人，紧紧地挨着我。我不能动了，只好蜷曲着。

这时已听到劈劈拍拍的枪声了；我生平是第一次听枪声，起初还以为是空枪呢（这时已忘记了看见装子弹的事）。但一两分钟后，有鲜红的热血从上面滴到我的手背上、马褂上了，我立刻明白屠杀已在进行！这时并不害怕，只静静的注意自己的运命，其余什么都忘记。全场除劈拍的枪声外，也是一片大静默，绝无一些人声，什么“哭声震天”，只是记者先生们的“想当然耳”罢了。我上面流血的那一位，虽滴滴地流着血，直到第一次枪声稍歇，我们爬起来逃走的时候，他也不则一声。这正是死的袭来，沉默便是死的消息。事后想起，实在有些悚然。在我上面的不知是谁？我因为不能动转，不能看见他，而且也想不到看他——我真是个自私的人！后来逃跑的时候，才又知道掉在地下的我的帽子和我的头上，也滴了许多血，全是他的！他足流了两分钟以上的血，都流在我身上，我想他总吃了大亏，愿神保佑他平安！第一次枪声约经过五分钟，共放了好几排枪，司令的是用警笛，警笛一鸣，便是一排枪，警笛一声接着一声，枪声就跟着密了，那警笛声甚是凄厉，但有几乎一定的节拍，足见司令者的从容！后来听别的目睹者说，司令者那时还有指挥刀指示方向，总是向人多的地方射击！又有目睹者说，那时执政府楼上还有人手舞足蹈的大乐呢！

我现在缓叙第一次枪声稍歇后的故事，且追述些开枪时的情形。我们进场距开枪时，至多四分钟，这其间有照象有报告，有一两处的嚷声，我都已说过了。我记得，我确实记得，最后的嚷声距开枪只有一分余钟；这时候，群众散而稍聚，稍聚而复分散，枪声便开始了。这也是我说过的。但“稍聚”的时候，阵势已散，而且大家存了观望的心，颇多趔趄不前的，所谓“进攻”的事是绝没有的！至于第一次分散之故，我想是大家看见卫队从背上取下枪来装子弹而惊骇了，因为第二次分散时，我已看见一个卫队（其余自然也是如此，他们是依命令动作的）装完子弹了。在第一次分散之前，群众与卫队有何冲突，我没有看见，不得而知。但后来据一个受伤的说，他看见有一部分人——有些是拿木棍的——想要冲进府去。这事我想来也是有的，不过这决不是卫队开枪的缘由，至多只是他们的借口。他们的荷枪挟弹与不上刺刀（故示镇静）与放群众自由入辕门内（便于射击），都足表示他们“聚而歼旃”的决心，冲进去不冲进去是没有多大关系的。证以后来东门口的拦门射击，更是显明！原来先逃出的人，出东门时，以为总可得着生路；那知迎头还有一支兵，——据某一种报上说，是从吉兆胡同来的手枪队，不用说，自然也是杀人不眨眼的府卫队了！——开枪痛击。那时前后都有枪弹，人多门狭，前面的枪又极近，死亡枕藉！这是事后一个学生告诉我的，他说他前后两个人都死了，他躲闪了一下，总算幸免。这种间不容发的生死之际也够人深长思了。

照这种种情形，就是不在场的诸君，大约也不至于相信群众先以手枪轰击卫队了吧。而且轰击必有声音，我站的地方，离开卫队不过二十余步，在第二次分散之前，却绝未听到枪声。其实这只要看政府巧电的含糊其辞，也就够证明了。至于所谓当场夺获的手枪，虽然象煞有介事地举出号数使人相信，但我总奇怪：夺获的这些支手枪，竟没有一支曾经当场发过一响，以证明他们自己的存在。——难道拿手枪的人都是些傻子么？还有现在很有人从容的问："开枪之前，有警告么？"我现在只能说，我看见的一个卫队，他的枪口正对着我们的，不过那是刚装完了子弹的时候。而在我上面的那位可怜的朋友，他流血是在开枪之后约一两分钟时。我不知卫队的第一排枪是不是朝天放的，但即使是朝天放的，也不算是警告，因为未开枪时，群众已经分散，放一排朝天枪（假定如此）后，第一次听枪声的群众，当然是不会回来的了（这不是一个人胆力的事，我们也无须假充硬汉），何用接二连三地放平枪呢！即使怕一排枪不够驱散众人，尽放朝天枪好了，何用放平枪呢！所以即使卫队曾放了一排朝天枪，也决不足做他们丝毫的辩解；况且还有后来的拦门痛击呢，这难道还要问："有无超过必要程度"？

第一次枪声稍歇后，我茫然地随着众人奔逃出去。我刚发脚的时候，便看见旁边有两个同伴已经躺下了！我来不及看清他们的面貌，又见前面一个，右乳部有一大块殷红的伤痕，我想他是不能活了！那红色我永远不忘记！同时还听见一声低缓的呻吟，想是另一位的，那呻吟我也永远不忘记！我不忍从他们身上跨过去，只得绕了道弯着腰向前跑，觉得通身懈弛得很，后面来了一个人，立刻将我撞了一跤。我爬了两步，站起来仍是弯着腰跑。这时当路有一副金丝圆眼镜，好好地直放着，又有两架自行车，颇挡我们的路，大家都很艰难地从上面踏过去。我不自主地跟着众人向北躲入马号里。我们偃卧在东墙角的马粪堆上。马粪堆很高，有人想爬墙过去，墙外就是通路。我看着一个人站着，一个人正向他肩上爬上去。我自己觉得绝没有越墙的气力，便也不去看他们。而且里面枪声早又密了，我还得注意运命的转变。这时听见墙边有人问："是学生不是?"下文不知如何，我猜是墙外的兵问的。那两个爬墙的人，我看见，似乎不是学生，我想他们或者得了兵的允许而下去了。若我猜的不大错，从这一句简单的问语里，我们可以看出卫队乃至政府对于学生海样深的仇恨！而且可以看出，这一次的屠杀确是有意这样"整顿学风"的！我后来知道，这时有几个清华学生和我同在马粪堆上。有一个告诉我，他旁边有一位女学生曾喊他救命，但是他没有法子，这真是可遗憾的事。她以后不知如何了！我们偃卧马粪堆上，不过两分钟，忽然看见对面马厩里有一个兵拿着枪，正好装子弹，似乎就要向我们放。我们立刻起来，仍弯着腰逃走，这里场里还有疏散的枪声，我们也顾不得了。走出马号，就到了东门口。

这时枪声未歇，东门口拥塞得几乎水泄不通。我隐约看见底下蜷缩地蹲着许多人，我们便推推搡搡，拥挤着，挣扎着，从他们身上踏上去。那时理性真失了作用，竟恬然不以为怪似的。我被挤得往后仰了几回，终于只好竭全身之力，向前而进。在我前面的一个人，脑后大约被枪弹擦伤，汩汩地流着血，他也同样地一歪一倒地挣扎着。但他一会儿便不见了，我想他是平安的下去了。我还在人堆上走。这个门是平安与危险的界限，是生死之门，故大家都不敢放松一步。这时希望充满在我心里。后面稀疏的弹子，倒觉不十分在意。前一次的奔逃，但求不即死而已，这回却求生了，在人堆上的众人，都积极地显出生之努力。但仍是一味的静，大家在这千钧一发的关头，那有闲心情和闲工夫来说话呢？我努力的结果，终于从人堆上滚了下来，我的运命这才算定了局。那时门口只剩两个卫队，在那儿闲谈，侥幸得很，手枪队已不见了！后来知道门口人堆里实在有些是死尸，就是被手枪队当门打死的！现在想着死尸上越过的事，真是不寒而栗呵！

我真不中用，出了门口，一面走，一面只是喘息！后面有两个女学生，有一个我真佩服她，她还能微笑着对她的同伴说："他们也是中国人哪！"这令我惭愧了！我想人处这种境地，若能从怕的心情转为兴奋的心情，才真是能救人的人。若只一味的怕，"斯亦不足畏也已！"我呢，这回是由怕而归于木木然，实是很可耻的！但我希望我的经验能使我的胆力逐渐增大！这回在场中有两件事很值得纪念：一是清华同学韦杰三君（他现在已离开我们了！）受伤倒地的时候，别的两位同学冒着弹将他抬了出来；一是一位女学生曾经帮助两个男学生脱险。这都是我后来知道的。这都是侠义的行为，值得我们永远敬佩的！

我和那两个女学生出门沿着墙往南而行。那时还有枪声，我极想躲入胡同里，以免危险，她们大约也如此的，走不上几步，便到了一个胡同口，我们便想拐弯进去。这时墙角上立着一个穿短衣的看闲的人，他向我们轻轻地说："别进这个胡同！"我们莫明其妙地依从了他，走到第二个胡同进去，这才真脱险了！后来知道卫队有抢劫的事（不仅报载，有人亲见），又有用枪柄、木棍、大刀，打人，砍人的事，我想他们一定就在我们没走进的那条胡同里做那些事！感谢那位看闲的人！卫队既在场内和门外放枪，还觉杀的不痛快，更拦着路邀击，其泄愤之道，真是无所不用其极了！区区一条生命，在他们眼里，正和一根草，一堆马粪一般，是满不在乎的！所以有些人虽幸免于枪弹，仍是被木棍、枪柄打伤，大刀砍伤，而魏士毅女士竟死于木棍之下，这真是永久的战栗啊！据燕大的人说，魏女士是于逃出门时被一个卫兵从后面用有楞的粗木棍儿兜头一下，打得脑浆迸裂而死！我不知道她出的是那一个门，我想大约是西门吧。因为那天我在西直门的电车上，遇见一个高工的学生，他告诉我，他从西门出来，共经过三道门（就是海军部的西辕门和陆军部的东西辕门），每道门皆有卫队用枪柄、木棍和大刀向逃出的人猛烈地打击。他的左臂被打好几次，已不能动弹了。我的一位同事的儿子，后脑被打平了，现在已全然失了记忆，我猜也是木棍打的。受这种打击而致重伤或死的，报纸上自然有记载，致轻伤的就无可稽考，但必不少。所以我想这次受伤的还不止二百人！卫队不但打人，行劫，最可怕的是剥死人的衣服，无论男女，往往剥到只剩一条裤为止，这只要看看前几天《世界日报》的照象就知道了。就是不谈什么"人道"，难道连国家的体统，"临时执政"的面子都不顾了么，段祺瑞你自己想想吧！听说事后执政府乘人不知，已将死尸掩埋了些，以图遮掩耳目。这是我的一个朋友从执政府里听来的，若是的确，那一定将那打得最血肉模糊的先掩埋了。免得激动人心。但一手岂能尽掩天下耳目呢？我不知道现在，那天去执政府的人还有失踪的没有？若有，这个消息真是很可怕的！

这回的屠杀，死伤之多，过于五卅事件，而且是“同胞的枪弹”，我们将何以间执别人之口！而且在首都的堂堂执政府之前，光天化日之下，屠杀之不足，继之以抢劫，剥尸，这种种兽行，段祺瑞等固可行之而不恤，但我们国民有此无脸的政府，又何以自容于世界！——这正是世界的耻辱呀！我们也想想吧！此事发生后，警查总监李鸣钟匆匆来到执政府，说：“死了这么多人，叫我怎么办？”他这是局外的说话，只觉得无善法以调停两间而已。我们现在局中，不能如他的从容，我们也得问一问：

“死了这么多人，我们该怎么办？”

# 恶之花

## ——关于租界

方　方

### 一、额尔金来了

1858年12月6日，应该是汉口一个很冷的日子。你完全想象得出江风是如何贴在长江的水面上低声呼啸。捕鱼的季节已经过去，江面上几无船只。站在南岸的黄鹤楼上眺望江水，真的是天苍苍水茫茫的一派寂寥。面对这样的苍茫，你的眼前不由自主会蹦出那首一直都撕扯着你内心的诗句：晴川历历汉阳树，芳草萋萋鹦鹉洲。日暮乡关何处是，烟波江上使人愁。

这是一个极易让人心生感伤的季节，这也是一个极易令人心怀惆怅的景色。

便是这天，一支庞大的船队从长江下游浩浩而来，它们突然出现在了汉口的江面上。两艘名为“狂怒号”和“报应号”的英国巡洋舰和三艘名为“迎风号”、“鸽号”和“驱逐号”的英国炮艇威风凛凛地由上海经镇江、南京、安庆、九江，长驱直入，一直抵达武汉。它们沿途勘测航道，观察气象，制作精密的航道图，大摇大摆，目空一切。

几天后，它们看到了清澈的汉水流入浑浊的长江，看到了依着汉水停泊密集的船只和汉水岸边密集的房屋。于是它们轰然抛锚，将自己泊在了汉口的长江水面。

率领它们的是英国特使额尔金。

半年前，英国全权代表额尔金与清政府签下了《天津条约》。当时的长江中下游战事激烈。洪秀全的太平军与清军正打得热火朝天。为此条约约定待“地方平靖”过后，再作进一步商讨。然而急于在中国开辟新的地域的额尔金却耐不住这份等待。尽管11月太平军的李秀成和陈玉成刚刚取得三河镇的大胜，迫使清军从安庆撤退，额尔金却冒着战火的风险一路逆流而上，闯到汉口。

汉口的命运便因了这个寒冷的日子、因了这轰然的抛锚声、因了额尔金的出现而得以改变。

静夜之时，我常常会生出这样的念头：来自西方的文明和来自列强的凌辱是不是自这一天起，开始由所有的缝隙中向汉口渗透呢?

## 二、汉口这个地方

汉口这个地方是近五百年前才出现的。

汉水的最后一次改道，将其出水口落在了龟山北麓一片开阔的地带。它便是现在汉口的地盘。在它出道之前，武汉这座素称“三足鼎立”的城市，实际上只有两城夹江。这两城便是历史悠久的武昌和汉阳。

现在汉水将汉口从汉阳的土地上剥离开来，自成一体。

相对于浩浩长江，汉水只是一条小河。于是前来汉口创业的人们，也管汉水叫了小河。小河的水流弯曲，水质清澈，水势平缓，水深适度。偏它在临近入江口的地方，水域又陡然地阔大起来，于是它便成了船只集结的天然良港。人们沿着小河筑圩、修堤、填土、打基，建起一座座吊脚楼。楼的一半在岸上，一半搭在水上。沿河一溜搭下，很是气派。楼下的水面上，帆樯林立，桨声喧哗。汉口的人烟因了小河和小河边肥沃的冲积土地，渐次兴旺起来。

汉口人的出行和生活来源，靠的是行船走水。码头也就像春笋一样显现在了小河的岸边。地理位置成就汉口的商事，商事促成了汉口的热闹，热闹导致了汉口的繁华。于是到了清末，汉口已经成为中国著名的四大名镇之一。《汉口竹枝词》上说：“汉河前贯大江环，后面平湖百里宽。白粉高墙千万垛，人家最好水中看。”从水上望去，汉口的街上，万垛粉墙，高出云表。汉口的场面何其壮观。

这个时候，谁都会发现汉口是块好地方。

在额尔金来到汉口之前的1842年，一个叫柯林逊的英国舰长曾率领一艘军舰来过汉口。应该说，他是第一个落入汉口视野中的洋人。16年后，洋人额尔金又再次出现。

额尔金登上了汉口的土地，拜会了当时的湖广总督官文，并将汉口确定为通商口岸。

有了额尔金这次航行的垫底，1861年3月，英国驻华使馆参赞巴夏礼再次拥四艘军舰抵达汉口。这一次他正式要求湖广总督官文开放汉口，并仿照上海，划出一块地皮作为英国人的区域。由汉口花楼街东八丈起，顺流而下，至甘露寺江边下东角止约458亩的土地被英人看中，整块土地“永租于英国官宪”。

汉口英租界便由此划定。

## 三、“租界”的来由

说起租界，它的话头就长了。一直要长到一百多年以前去。

鸦片战争后，中国被迫签订了《南京条约》，上海及另外四个沿海城市成为通商口岸。本来这场战争英国人要达到的一个重要目标，就是要让英国人登陆这五个通商口岸不受限制地自由居住。战场上的胜利，使他们得以顺利达到自己的目的。

开埠的初期，上海的英国人不过几个教会中人和几个由广东过来的商人。他们暂时住在城外的乡下，房屋小而简陋。但当时的英国人，只要有生意做，有房子住，对于住在哪里以及条件好坏，并没有提更多的要求。

1843年11月，英国的第一任领事巴富尔乘船抵达上海。到岸后，因一时难以找到住处，在上海的头一夜，巴富尔仍然住在船上。第二天，巴富尔拜会上海道台，要求在城内租屋居住，结果遭到上海道台的拒绝。巴富尔出衙门后，遇到一个姓顾的中国人。顾姓者主动提出他可以把自己的房子出租给巴富尔。巴富尔随之察看了这所有着52个房间的住处后，认为可行，于是以每年 400 元租金就此租下。英国领事馆在这个顾姓人家的房屋里设署长达六年时间，这是闲话。

鉴于如此现状，巴富尔便打算出资购买中国人的地皮，自行建筑居住屋和商用屋。一般说来，来自异邦他乡的人们，因与当地居民生活习俗、宗教信仰、语言方式的不同而更愿意同邦聚居一处，这种心理十分自然。对于清政府来说，为了防止英人散居各地，从而无法控制，觉得集中居住更为合适，故也提出对英国人在通商口岸租地建屋的区域应该限定界址，实行华洋分居，画地为牢，以方便于防范和管理。当时的道光皇帝是十分赞同这一主张的。可以说，无论清朝官方还是英方，都认为专为来华的英国人划定居住区域，是一个对双方都有利的事情。

最早划定英人居留区域界址的地方当然是上海。1843 年底，巴富尔得到了东以黄浦江为界，北以吴淞江为界，南面以洋泾浜为界，西面与一片荒地相连的约八百多亩土地。紧接着，在厦门，英国人又与清政府商定，划下了租地基址。只是，到此时为止，这些划给英国人的地皮，只是借给他们居住的区域。

英国人的租地划定不多久，法国人也来了。法国人提出了同样的租地要求。清政府官员有些发懵，心想：不是把地租给了你们，你们反正都是洋人，住在一起不就得了？法国人却不干。法国人要求另批租地。法国人说，我们是来向中国皇帝借地，而并非向英国求借地皮。这件事交涉了几个月，最后让步的当然是中国。中国当时积弱不振，一派败国之相，跟洋人打交道，步步退让，也是必然。上海道麟桂于 1849 年 4 月发布告示，告示中确立了法国人的租地界址。

这个告示的出笼，将清政府严加限定外商居留范围的初衷完全打破，反倒形成了同一个通商口岸可同时容纳并存多个外国人居留地区的局面。

同时太平军的攻克南京，以及小刀会的起义，给了洋人在自己的租地内建立武装的最好借口。他们组织义勇队，修建永久性的防御工事，他们甚至赶走了驻扎在租地附近的清朝军队。渐渐地，中国官方已经完全不能在洋人租地内处理任何日常的行政事务，就连居住在界内的中国人也要受洋人的行政管理。

在上海官府软弱退让中，陆续地，洋人在他们的租借地里拥有了独立的市政机构——工部局，拥有了自己的警察武装——巡捕房。他们完全摆脱了中国政府的管束，而成为盘踞在中国领土内的“国中之国”。

这样的结果清朝官方何曾料到。

## 四、“租界”二字出自汉口

租界独立姿态业已摆出，只是这时尚未出现“租界”二字。

随着第二次鸦片战争的失败，《天津条约》的签订，广州和天津的租地也陆续划定，外国人居住地的方式再一次发生变化。

先是广州，由英政府向清政府租借沙面江滩作为英租界，这是第一个由外国政府租借界内全部土地的租界。然后，天津海河西岸紫竹林一带四百多亩土地，被提出“立契永租”的要求。

现在，他们又到了汉口。

1861年3月21日，巴夏礼在汉口长江北岸划下了英国租界址，与湖北布政使唐训方签订了开辟汉口英租界的条约。条约在中文文本中明确称这种外国人租地为“租界”。其原文为：“自定此约之后，即不准民人在租界内再造房屋棚寮等。”“租界”二字，至此方首次现身。

这一条约又规定：在这一区域中，“如何分段并造公路管办此地，一切事宜全归英国驻扎湖北省领事馆专管，随时定章办理。”租界由外国人领事专管的制度亦在此约中确认。

事趋如此，租地而至租界，其性质已经改变得一塌糊涂。原本对清政府有利于管理外人的好处，全部都没有了。中国官方根本失去了任何管理和控制租界的权力。他们不能干涉租界内部的大小事宜，不能立法，也不能进去抓捕触犯了自己法律的人，他们的军队不能进入租界内，即便路过也得缴械让对方一一检查，有时他们反而还得听听来自租界那边的喊喊叫叫。因为那里已经不是中国的领地，而是别人的领地。这个事情走到如此地步，看上去便多少有些滑稽了。

## 五、国中之国

从上海租地开始，到全部租界的收回，租界在中国存在了前后一百来年历史。人们常常称它们为“国中之国”。

我们应该看看它们的基本数字。

租界时间最早、占地面积最大的是上海，但上海租界只有英、法、美三个国家；租界面积次之，而国别最多的是天津，天津共有九国租界。它们是英国、法国、美国、德国、俄国、意大利、奥地利、比利时、日本。

汉口租界占地面积排名第三，但它的租界开辟时间和国别数量则排名第二。前者仅次于上海，后者仅次于天津。

广州租界有两个国家，英国和法国。厦门有两国租界，英国和日本。其他如九江、镇江、杭州、重庆、福州、苏州等城市都只有一国租界。

在汉口开辟了租界的五个国家是英国、德国、俄国、法国、日本。

1861 年 3 月，英租界在汉口花楼巷江边至甘露寺江边下东角划定，占地 458.28 亩；

1895 年 10 月，德租界在汉口通济门外、自沿江官地至李家冢划定，占地 600 亩；

1896 年 6 月，俄国和法国同一日在汉口划定租界，界址处于英租界和德租界之间。前者占地 414.65 亩，后者占地 187 亩。此两界边界犬牙交错，相互勾连。

1898 年 7 月，日本在汉口德国租界以北划地租界，占地面积 247.5 亩。

最初的租界面积统共不足 2000 亩，但历经这些租界的扩展以及越界，到最后计算下来，整个汉口租界的面积竟达 3300 亩。

除此之外，在汉口，还有三处孤悬于华界之中却与租界有着血肉关系的飞地：日本军营、西商跑马场和万国冢地。

其实想在汉口占地开辟租界的远不止此五个国家。比方比利时就有过预留租界。张之洞主政湖北期间，主持修建卢汉铁路。张之洞认为“比系小国，别无他志”，故修铁路的贷款找的是比利时银行。比利时这个小国便趁铁路征地之机，以每亩 10 两银的价格，购买下邻近日租界铁路边 600 亩地。比利时以比国千名筑路工人居住需要，欲建立生活区，以便于管理为名，要求设立租界。这事被张之洞断然回绝。比利时虽是小国，可也不是善辈。这个皮一扯就是 10 年，清政府无可奈何，最后以 81.8 万两银子，高价收回了比利时所购的全部土地。

还有一个窥视汉口久已的国家不能不提，这就是美国。早在英租界建立之时，便有美国的商人和传教士来到汉口。及至1901年，在汉口的美国人数与英国人数几乎持平。美国人欲在汉口开辟租界，自是提上议事日程。那块曾经与比利时争执了许久的地皮，又被美国人当作了租界的预留地。最后不知什么原因，终是没有建立起来。

汉口的租界虽然只有五国，但在汉口的领事馆除了有租界的五国外，尚有未来得及开辟租界的10个国家亦设有领事馆。他们是美国领事馆、比利时领事馆、荷兰领事馆、葡萄牙领事馆、瑞典领事馆、挪威领事馆、丹麦领事馆、意大利领事馆、瑞士领事馆、芬兰领事馆。用我们现在的眼光看来，当时的事情也有些怪。像西班牙、奥地利和墨西哥三国在汉口派有领事，却未设领事馆。而瑞典设有领事馆，却未派领事，他们的大小诸事情都交由美国领事代办。

这么多国家的洋人在汉口来来往往，可以想见得到，当时的汉口是何等热闹。

## 六、汉口：丧失还是获得

租界开辟之初，汉口闹市和民房几乎都集中在汉水岸边。那里货栈云集，作坊密布，店铺错落。而开阔平整的长江北岸却仍是寥无人迹，荒野一片。英国人在为自己的租界选址时，撇开了热闹的汉水地带，而选择了长江岸边。

此时的英国人，经过了工业革命，早已告别了木船时代，他们征服长江和利用长江这条黄金水道，全然不在话下。五大租界区沿长江南起江汉路，顺江流而下，北至黄埔路，长达七八里的沿岸地盘全部占据，面积达数千亩。

汉口人眼睁睁地看着那些洋鬼子在长江的岸边盖建了风格与本土完全不同的建筑群。高楼大厦风一样快速地矗立在了长江边上。花园和草地，马路和洋房，赛马场和跳舞厅，以及电灯电话，以及脚踏车自来水，以及汽车洒水车，以及煤气自鸣钟，诸如此类在西方日常生活中不可缺少的生活娱乐设施和物品，都出现在了长江北岸这片多年都无人打理的荒原上。西方人的法律意识，西方人的民主姿态、西方人的自由尺度、西方人的生活方式、西方人的物质文明以及西方人的文化习惯，足令居住内陆深处，无缘见识国外的汉口人一时间目瞪口呆。

租界的到来和它们在中国本土上展示的模式，多少年来，都让国人有一种难以表达的心情。它们给中国人所带来的内容太过复杂。爱它当然不可能，恨它却也不全是。所以一个历史学家说租界，既是陷阱，也是阶梯。陷阱让苦难的老百姓又深陷一重苦难，阶梯又让中国大步登上了一个全新的高度。

租界之恶，在于它侵犯了中国的主权，它是强权侵凌弱势的结果。

租界之恶，在于它残酷而毫不留情地掠夺了中国人的财富，使得本已处于贫困的中国人涉于更加的贫困之中。

租界之恶，还在于它纵容洋人在直面中国人时的霸道和蛮狠。他们的民主和平等只在他们同族人中讲究，当他们转脸向中国百姓时，却是一脸的不屑和傲慢。他们分明存活在中国的领土上，却可自行其是，横来直去，不受约束，甚至比中国人更加耀武扬威，为所欲为。

租界的存在，严重地伤害了中国人的民族尊严和民族情感。它是列强们强迫中国人接受的事物。

但是，历史总是有其错综复杂的一面。恶土之上，也能开出花朵。随着时间的推移，当年租界给近代中国带来的利处，也越来越清晰可见。

租界直接把西方人统治社会的模式搬到了中国人的眼边，让众多的中国人近距离直观了除皇帝统治之外的另外一种社会形态。

租界的法制也让中国人看到了法律的森严和威力。它可保护个人财产不受侵犯，也可容忍不同政见者的存在。

租界对于不触及它自身利益的言论和行为，给予了某种程度上自由。这使得中国的报刊业有了一个不被清廷文字狱所迫害的避难之地。这个结果使得大批的中国精英分子，得以有机会承担起唤醒民众民主意识的重任，他们有了条件和阵地，由此而加速了中国的民主进程。就连陈独秀当年都在文章中说，租界是中国最安全的地方，也是最安静的地方。

租界的市政建设让中国人开了眼界。它从生活方式上给了中国人一种更文明的参照模式。近代的物质文明，正是由租界传达和扩散到中国民间。

可以说，租界的出现，将中国与世界的距离拉近。它成为中国与世界接轨的一条捷径，或者说它是让中国人看到世界进步的一个窗口。

这些恶处和利端，有着五国租界的汉口都遭遇到和利用过。租界不仅重构了汉口的城市格局，就连汉口的气质也因此产生了莫大的变化。作为中南重镇的武汉能有今天的规模和气派，离开了租界，恐怕也无从谈起。

但无论如何，今天我们谈论租界的利弊，头脑必须清醒。我们不能因为租界曾经给过我们的一点点利处，而忽略我们的民族以及我们的先辈曾经有过的凌辱和灾难。我们更不能忘记，租界的直接受益者，从来都是开辟者的本国。他们是为了让自己的国家更好地实施对中国的掠夺开辟一条方便之径而并非是为了帮助中国而开辟租界。只是它在这个过程之中，在有意无意之间缩短了中国与世界同步的路途。

开场和结局的差异，过程和目标的错位，令租界具有难以辨别的双重性。但是究竟谁重谁轻，我们在掂量时，应该看到根底的东西。所以，我觉得租界虽然给我们留下很多的东西，但它终究是从烂泥中生长出来的花朵，它终究是中国肌体上的一块曾经痛彻身心的伤口，而并非是中国天空上曾经有过的彩虹。

# 独秀的另类“文存”

卞毓方

眼前，陈独秀的故居已烟消云散，荡然无存不是毁于兵燹，不是毁于“文革”，而是毁于上个世纪的八十年代，时值拨乱反正、改革开放之方兴未艾。先是被蚕食，一切在悄悄中酝酿，不显山，不露水。到了某一天，突然来个鲸吞，明火执仗，大张旗鼓。这或许就是哲人说的“量变引起质变”。于是乎，占地四千多平方米、前后五进的百年“陈家大院”，顷刻间就被摧枯拉朽，夷为平地。

即使没有被拆除，“陈家大院”也不可能完璧归于陈氏后裔。这是无须证明的时代公理。独秀三子松年长期留守老家，数种访问记都表明，他多年间赖以栖身的，仅仅是蜗居陋室。房内唯一能点明主人身份的，只是墙上挂着的陈独秀的相片。那是拍于国民党南京老虎桥监狱，年份为 1937。历经半世纪的日磨月蚀，烟熏尘染，望上去，依旧双目炯炯，英气灼人。

而今，2001 年 4 月 11 日，当我来到安庆城南水关，追踪蹑迹，不仅报道中的蜗居陋室，无处觅影，松年本人，也早已撒手西去。昔日的“陈家大院”，已化为安庆市自来水公司的花圃、鱼池。春阳恍恍，春风惚惚。葡萄自在牵藤，红鲤即兴悠游。转去院墙外的深巷，勉强在新旧杂陈的楼阵中寻到两间低矮的破屋，据说，那便是独秀长子延年和次子乔年童年读书的地方。但是，一，没有挂牌说明，二，也没有任何陈列，是与不是，难以确认。问邻居，说你们是从哪儿来的？别瞎搅和了行不行?！什么读书处不读书处？生拉硬扯，搞得现在拆也不让拆，修也不让修！

一处弥足珍贵的历史文物，或曰爱国主义教育基地，就这样在近年内消失了。安庆至今仍保留有元代的“桐城文庙”，明代的“四代翰林宅”、“钱牌楼石牌坊”，清代的“铁砚山房”、“六尺巷”、“古戏楼”等等，并引为门脸。但是，他们却永远失去了“从秀才到总书记”的陈独秀之故居！飒飒江风，漠漠浮云，黯黯心绪。此中况味，岂是一个“遗憾”所能概括！站在自来水公司大院的假山前，北望，依然临登云坡，东望，依然耸振风塔，南望，依然濒长江，方位，走势，与独秀儿时所见一般无二，但中间已冒出了若干又若干犬牙交错的建筑，临江又拦起了一道大煞风景的防洪墙，视野就难免被挤逼得横狭竖窄，七零八乱。此时此地，若想啸吟“大江东去，浪淘尽千古风流人物……”就得如王之焕，“更上一层楼”。

## 一

独秀两岁丧父，六岁跟着人称“白胡爹爹”的祖父修习四书五经。老人家望孙成龙，法教森严。独秀背不出书，常常招致无情的体罚。然而，令这位“白胡爹爹”愤怒而又伤感的，是独秀无论挨了如何毒打，总是咬牙硬挺，一声不哭。未必他小小年纪，就已懂得沉默是最好的反抗？气急败坏的祖父忿而诅咒：“这个小东西，将来长大，必定是杀人不眨眼的强盗，真是家门不幸！”祖父还对乡人预言：“这孩子长大后，不成龙，便成蛇。”

“白胡爹爹”没有看走眼，独秀长大后，绝对是一条猛龙。他创办《新青年》杂志，领航五四运动，缔造中国共产党，搅得四海鼎沸，卓然不同凡响。“沧溟何辽阔，龙性岂能驯！”（独秀自谓）他的一生，称得上是行如其名。许多掀天揭地的大事，众所周知，本篇就不再缕述。试看一些生活小事，比如培养、训练子女，也莫不烙上他一贯主张的“兽性”，即“龙性”。话说1915年，独秀在上海创办《新青年》杂志，把延年和乔年从老家安庆接出。当时，老大 17 岁，老二 13 岁，独秀不让小兄弟俩与自己同吃同住，享受主编公子的特权，而是让他们睡在下属发行部门的地板，白天出外打工，自食其力，饿了就咬大饼，渴了就喝生水，夜晚燃灯苦读。两个小知青食不果腹，衣不蔽体，日子过得可怜巴巴。继母高君曼心生不忍，提出让孩子回家吃住。独秀不以为然。君曼改请友人潘赞化从中说情，独秀向赞化剖析道："妇人之仁，徒贼子弟，虽是善意，发生恶果，少年人生，听他自创前途可也。"

延年、乔年生于忧患，日后都自创成响当当的革命家。兄弟俩曾一道留学法国，苏联。都是先加入法共，而后转为中共。在短暂的革命生涯中，延年曾职至中共广东区委书记、江浙省委书记，并当选为中共中央政治局委员，为早期的红色风云人物，一度与赵世炎、周恩来齐名。凡先驱人物，都有他独特的个性。延年的个性，就是乃父的叛逆基因、底层的艰苦体验、克里姆林宫的红墙情愫、广州的骄阳、热浪和木棉树花的链接。譬如，延年为了深入人力车夫，时常破衣赤膊，和他们一起上街拉黄包车，挣来的钱，也一文不留，统统交给工友；延年白天黑夜忙于工作，忙到根本顾不上找对象，热心的同事多次为之介绍，都被他以"没时间考虑"而婉拒；延年在党的会议上和担任总书记的陈独秀见面，向来都是以"同志"称呼，公而废私，革命第一，等等。

1927 年 4 月 12 日，蒋介石策动反共"变脸"，延年在上海被捕。起初，延年化名陈友生，自称是打工谋生的烧饭师傅，与任何政党任何主义无关。因他粗衣破裳，又一副皮糙肤黑的劳工模样，裤脚还扎着一圈刺拉拉的草绳，咋看咋都像一员伙夫，国民党军警信以为真，打算草草发落。节骨眼上，孰料胡适好心办了坏事。胡适出面找国民党中央监委吴稚晖，要他设法开脱延年。胡适找吴稚晖，自有他的道理。因为吴是陈独秀的老熟人，又曾帮助过延年兄弟赴法勤工俭学。但是，彼一时也，此一时也，如今的吴稚晖，已不是当初陈氏父子的朋友，而是国民党铁杆右派。吴得知延年被抓，立刻向上海警备司令杨虎"贺喜"。吴说："今日闻尊处捕获陈独秀之子延年……不觉称快，先生真天人，如此之巨憝就逮，佩贺之至。"并且咒骂延年"恃智肆恶，过于其父百倍"。

延年的身份，就这样为吴稚晖暴露了。杨虎大喜，亲自出马审讯。敌人的软诱、刑逼，只是为志士的崇高气节雕像，前者的手段愈狡猾，愈残暴，后者的丰碑就愈高大，愈不朽。杨虎束手无策，恼羞成怒，只得下令将延年秘密处死。临刑之际，延年昂首挺立。敌人喝令他"跪下"，延年回答："革命者光明磊落，视死如归，只有站着死，决不下跪！"敌人不得不一拥而上，用力强按。然而，当他们的手稍微一撤，延年又一跃而起，惊得负责施刑的刽子手一刀落空，差点儿扑倒在地。

## 二

独秀次子乔年，从在安庆老家念私塾，到赴沪半工半读，再到留学巴黎和莫斯科，一直是大哥延年的伙伴与战友。1924年夏，延年从莫斯科返国，被派往广州，担任社会主义青年团中央驻粤特派员。第二年春，乔年也回到北京，奉命作李大钊的助手。乔年小哥哥四岁，当时不过二十出头，但处事已颇为老练，斗争尤为坚决，深得大钊先生的器重。陈独秀与李大钊，是社会转型期的两颗巨星，世称"南陈北李"。乔年少时得"南陈"训练，现在又得"北李"指导，进步自然神速。他年纪轻轻，就做到中共湖北省委组织部长、江苏省委组织部长，"五大"并当选为中共中央委员。独秀一门，"五大"出了三个中央委员，也是党史之精粹，典籍之传奇。

乔年生得相貌堂堂，一表人才。在莫斯科东方大学读书时，与湖北籍女生史静仪相识，回国后结为伉俪。1927年5月，静仪在武汉生下一个男孩，起名"红五"。独秀对这个小孙儿十分疼爱，因为同年7月，延年在上海遇难，8月，他又因"右倾投降主义"被解除总书记职务，正处于丧子、失势的生命低潮，红五的到来，极大地安慰了他内忧外困、弹痕累累的身心。谁知风云不测，祸不单行，1928年2月，乔年继哥哥之后在上海被捕，6月，就义于龙华。这期间，红五也不幸染疾夭亡。

乔年之妻静仪，在丈夫牺牲后，曾再度留学苏联，而后迭经政治挫折，婚姻打击，忍辱负重，九死一生。但这都是传闻，无从查实。我仅在一家内部资料上，觅到一则短讯：静仪后来改嫁李氏，生有一女，为中央美院出身的著名雕塑家，年前，有感于陈独秀的悲剧命运和与自己的特殊因缘，她立志要为陈独秀塑像。

独秀长女玉莹，年龄排在延年、乔年之间。延年就义，是她带着三弟松年，瞒了母亲，到上海料理后事。隔年乔年被害，又是她同了松年，到上海收尸。哪里还有什么遗体？哪里还有什么日月？朝前看，茫茫人海，不见老父踪影。往后瞧，生离死别，又如何向老母交代。玉莹悲恨交加，急火攻心，竟一病不起，殁于沪上。

延年、乔年相继死难，有一段日子，独秀终日沉默不语，陷入刺骨椎心的悲痛。1938 年抗战高涨声中，国民党为了装潢门面，企图拉拢陈独秀出山，派员居中斡旋。独秀严词正告说客："蒋介石杀了我那么多同志，还杀了我两个儿子，我与他不共戴天！"

## 三

独秀三子松年，从小随生母住在安庆。三十年代初，独秀在南京坐牢，松年前去探监，记忆里，这是他第一次见到父亲，骨肉情深，不免潸潸泪下。独秀却双眼一瞪，大声训斥道："没出息！"

1937 年夏，抗战烽起，国民党政府迫于舆论，不得不为陈独秀减刑，并将其释放。1938 年春，松年夫妇带着祖母谢氏和长女长玮，离开安庆，乘船西上，与父亲相会于武汉。随后一起转去重庆，最终定居在四川的江津。江津对于陈独秀，不啻是吼狮的沙漠，猎鹰的囚笼，头戴"叛徒"、"托派"、"汉奸"的高帽，辩白无门，进退失据，兼之病骨支离，穷愁潦倒。"病如檐雪销难尽，愁似池冰结愈坚"（《病中口占》）；"除却文章无嗜好，世无朋友更凄凉"（《寄魏建功》）。独秀始因旋转地球而独步神州，终因地球旋转而失去重心；大江流日夜，载走了他多少怅怅望眼、苍苍白发，和浩浩悲叹。在这段流寓僻远、百事维艰的日子里，松年夫妇一边教书，一边尽其孝心，勉力侍奉老人。直至祖母、父亲相继辞世，第二任继母潘氏返沪，抗战胜利，才又举家迁回故里。

新中国诞生，鉴于陈独秀的路线错误兜天盖地，延年、乔年的烈士功勋，向不为人重视，不言而喻，松年一家的日子，也好过不到哪里。1953 年 2 月，毛泽东乘军舰沿长江东下，路过安庆，忆起故旧，遂召地委书记傅大章垂询。毛泽东首先关心：怀宁的独秀山是因陈独秀而得名，还是陈独秀因山而得名？傅答：原来就叫独秀山，是陈独秀因山而得名。毛泽东继而问起：陈独秀家里还有谁？傅说：有个儿子陈松年，在窑厂做工，生活比较困难。毛泽东正色道：陈独秀这个人，是有过功劳的，早期对传播马列主义和创建中国共产党，是有贡献的。他是五四运动时期的总司令。后期，他犯了错误，类似俄国的普列汉诺夫。末了，毛泽东作出指示：陈独秀后人的生活，还是要予以照顾。

毛泽东发了话，地方立刻雷厉风行。注意，毛泽东这里肯定的是陈独秀本人的历史贡献，而地方，却只能靠肯定他两个儿子的革命业绩，间接体现政策。具体作法是：确立延年、乔年的烈士身份，颁发烈士证书。因为延年终生未娶，乔年也没有留下后人，烈属的种种待遇，自然就落实到松年一门头上。

正是由于烈属光环的庇佑，松年及其子女，在以后的历次政治运动中，才能涉险不惊，平安过渡。松年本人，仍留在窑厂干他的技师，他喜欢和砖头瓦块打交道，一干就是30年，直至政通人和、百废俱兴，才脱下工装，走进市文史研究馆。大女儿长玮、二女儿长玙，依靠国家的抚恤和补贴，一路读到大学毕业。分配去外省，也都能援情调回家乡。儿子长琦，“文革”中下乡插队，两年后顺利回城，隔年又如愿进了大学。

## 四

独秀四子鹤年，秉承了父亲和两个哥哥的虎虎生气，中学时就投身革命洪流，被誉为“北平三大学生领袖之一”。怎奈陈独秀这个品牌，越来越只剩了负效应，鹤年意识到自己将无法为赤色社会兼容，于是和妻子许桂馨，远走高飞，去了香港。

鹤年在香港改称“陈哲民”，埋头度日，不与外界交道。只听说他长期在报馆服务，罹患贫血，时常晕倒。终生不涉政治，也不回内地，至多到广州，便不肯往北再走半步。松年晚年，曾积极谋求与这位同父异母的弟弟见面。有一次，松年到了广州，发电报通知鹤年，希望他能来深圳或广州一晤。彼时彼刻，鹤年不可能无动于衷。那将是陈氏两位仅存的兄弟，有生以来第一次聚首。那也应是陈氏列祖列宗，在九泉之下的无上安慰。生者翘首。逝者引颈。情殷殷。意拳拳。

但是，鹤年没有应约。

2000年，鹤年在香港走完了他帷幕深掩的余生。家人本着他一贯的低调，不予公告。连北京一家专门研究陈独秀的学会，想在研究动态中发个讣闻，简叙几句生平，也被峻拒。

独秀次女子美，早年学习无线电技术，兼妇产接生，经历不详。“文革”落难成了牛鬼蛇神，走投无路之下，遂与两个儿子泅海偷渡香港。那真是怵目惊心的生命大逃亡。想想看，夜幕下的南海，风悲浪吼，鱼龙出没，即使江洋大盗，铁人选手，也不敢贸然入水，而老妇弱子，仅凭一根稻草一个锈迹斑斑的空油桶，就与回头无岸的“苦海”展开了孤注一掷的搏击。同一海域，小提琴家马思聪当年乘快艇偷渡，已经是惊险万状，赢得世人的大声唏嘘，大把热泪。子美母子的“难度系数”，比起他来，更不知要超出多少倍!

这应是敷衍小说、演绎剧本的绝佳情节，可惜都被海浪拍散，岁月尘埋。子美母子逃港成功，尔后又转去加拿大，最后落脚美国。那年头，这一切不会有人投眸，故事的主角也不愿被人关注。就此隐身异域。就此销声匿迹。时光流驶到1998年，纽约的华文报纸突然刊出一篇报道：陈独秀87岁的小女儿子美，孤身一人，住在市内一家老年公寓。近来，因为连续多月交不起房租，也得不到儿子的帮助，将有可能被房东逐出，流浪街头，云云。消息传出，在海外华人圈内，引起强烈的情感地震。读者纷纷致函我国驻纽约领事馆，要求伸手援助。引发震荡的，是现实，更是往事；是子美，更是独秀。古老的记忆复活了，陈独秀的名字又传递在人们暖融融的舌尖。听檐前黄鸟，声高声低，在为谁啼鸣？叹天际浮云，忽虎忽狗，在为谁怅惘？谁是青史不易传主？谁是舞台匆匆过客？

关于子美，最后的消息，据说是由我国一家驻美机构出面，帮她还清了拖欠的房租。

## 五

松年生有一子三女。儿子长琦，在合肥工业大学下属某学院，任兼职总支书记。按他的这个职务需要，完全可以脱产。他不肯，情愿一肩担党务，一肩担教职。长琦是副教授，带研究生。“双肩挑，累，自然要累点，但人活得舒坦。”他说。

要想在千百人中，一眼认出长琦，是很容易的。前提是你要看过一张照片也就是陈独秀作《新青年》主编时拍的那张。这张照片传布甚广，你仔细对照，长琦的相貌，从脑门、眉毛、眼睛、鼻梁，到嘴巴、面颊、耳朵、发型，莫不和其祖父酷肖。如果穿上西服，系好领带，出演中年独秀，不用化装，绝对可以乱真。唯一出格的，是身材略高于乃祖。不过这无关紧要，你想普天下又有几人，晓得大名鼎鼎的陈独秀，身高仅有区区的一米六十三呢!

血，总是浓于水。隔天，我在安庆见到长琦的妹妹长璞，琢磨她的面孔，极像乃父，又像另外一个人。那人是谁？一时回忆不起。待稍后见到她的二姐长与，端详之下，方才恍然大悟，姐妹俩长得很像她们的二伯父乔年，尤其是长玙，活脱神似。

长璞是松年最小的女儿。她出生晚，在需要打基础的年纪，没能正经读上几天书。然后就运动，然后就下乡。等到有一天招工回城，已经错过了继续深造的黄金岁月。但她也有引以自豪的经历：她对爷爷陈独秀，从小就有一种天然的仰慕。招工后，一有空暇，就千方百计收集爷爷的资料。爸爸不许，小心翼翼地告诫她：“孩子，你爷爷的事，是国家大事，自有国家来搞，你千万不要插手!”长璞不听。偏想：我爷爷的事，我不做！谁做？从此她就瞒过父母，把收集、整理资料的地点，由家里改到单位。月复一月。年复一年。结果，单位改换了几家，她的研究，也上了几个台阶。如今，她是安庆市文物管理局副局长，也是研究陈独秀的一方权威。

访问长璞，适逢她因腰病住院。长璞不愧是爷爷的隔代追星族，即便卧病在床，只要一说起爷爷，她立马就神思飞越，激情澎湃。印象最深的，是她讲到 1994 年，爷爷的老朋友、艺术大师刘海粟举行百岁庆典，她前往上海祝贺。在海翁家里见到爷爷的手迹：“行无愧怍心常坦，身处艰难气若虹。”这是爷爷当年在南京坐监，应前来探望的刘海粟的要求，当场书赠的。海翁告诉她：我一进监狱，见到你爷爷，就握着他的手说，“你伟大！”你爷爷回答，“你伟大！敢画模特儿，和封建势力斗！”还大声抗议，说，“蒋介石要我反省，他倒要反省！”也许是触发了沉沉家世，悠悠国运，长璞今天谈起，犹然情不能抑，热泪泉涌。

## 六

前文说到，鹤年当初远走香港，一去不再回头。这只能说明他晚年的心性。早先，应该不是这样。否则，你又如何解释建国伊始，他把妻子许桂馨和四个子女，统统送回北京?

做梦也没想到，这竟是一条心寒骨惊之路。

鹤年的大女儿祯祥，回内地时，还只有12岁。赶上抗美援朝，她踊跃报名。她太小了，理所当然地遭到拒绝。但她的心劲，得着时代的确认。很快，她就成了少年行列中的青年团员。祯祥尔后读中学，读师范学院，一直担任班上的干部，并且梦寐以求地争取入党。1957年整风，她竭忠竭诚、尽心尽力地靠拢组织。哪知，愈靠愈远，最后反靠成了“右派”。

起因，是她响应上级号召，给所在学院提了一些纯属竹头木屑、鸡毛蒜皮的意见，譬如什么“图书资料太少”、“新教师的教学质量有待提高”等等；而根源，却在弥漫朝野、愈演愈烈的血统论。且看人们对她的定性批判：

“你祖父是陈独秀，你父亲在香港，你反党是有意识的，你是天生的右派!”

天啊，这就叫在劫难逃!

母亲许桂馨惶惑了。她该怎么办？要怎样才能向年轻的共和国剖示自己的赤诚？又要怎样才能保护另外三个孩子免遭厄运？

利剑断腕，快刀斩麻，许桂馨狠狠心，和滞留香港的丈夫解除婚约。

没曾想，离了婚，依然摆不脱陈氏家族的阴影。“文革”，大女儿祯祥，受到更残酷的批斗，连累她的丈夫刘邵也被迫害致死；二女儿祯荣，因为在思想汇报中说过“对陈独秀也要一分为二”，便被上纲为“替陈独秀翻案”，而后又被一脚踹成“五一六”分子；三女儿祯庆，在买毛主席像章时，脱口说了句“六角钱一个，太贵了！”从此祸从口出，沦为现行反革命；小儿子祯祺，1968年去内蒙插队，一去就是13年，不管他如何玩命表现，就是招不了工，回不了城，更不用说入党、提干、上大学。

难怪陈鹤年多年来望北却步。

以后的日子当然有大变化。个人的大变化从属于客观环境的大变化。原子时代、宇航时代的全方位观照，绝对优于小米加步枪的时代、大字报加红袖章的时代；无论是审美，还是审丑。

变化之一便是陈独秀的显影。且看《红色后代》一书披露的一段鲜为人知的插曲：

一九九一年八月，祯祥去香港探望老父。

祯祥说：“爸，今天陪您看场电影。”

鹤年摇头：“你自个去吧。我都三十年不进影楼了。”

“今天您一定要去，这是内地拍的片子，讲的是我爷爷。”

“那就更不能去。内地都是说你爷爷坏话，拍电影也是糟踏他。”

“这部不同，是新拍的，您还是去看看吧！”

架不住劝说，鹤年终于随女儿走进了影院。片名《开天辟地》，上下集，长达三个小时。然而，年届八十的陈鹤年，一开头就被吸引住了。在整个放映期间，他一直屏息凝神，挺胸端坐，没有靠过一下椅背。

片终，鹤年痴痴地望着银幕，半天，不说一句话。

他在想什么？是为了首次在银幕上看到父亲叱咤山河的高大形象而血波鼎沸？或是为了首次看到生母的光辉艺术造型而心旌摇曳？还是勾起了他也曾有过的那一段段慷慨激昂，金戈铁马？……

可惜，鹤年因为年老体弱，最终也没能回内地观光。倒是他在建国初期返回北京的子女，一个个，除了老二祯荣，如今都已作孔雀东南飞，重新回到了香港。

## 七

陈独秀祖传的老屋，已从安庆城内彻底消失。所幸，郊区还保留有他的坟墓。

墓地遭际，也是人世荣枯的投影。

陈独秀一生结过三次婚，元配为前清安庆统领高登科的长女高晓岚，再婚为高晓岚的妹妹高君曼，晚年又与女工潘兰珍同居。独秀大概是在辛亥革命前后，背弃晓岚而与君曼结合，并双双搬居他乡。独秀的发妻晓岚，则一辈子苦守在安庆老家。晓岚生前，在城外叶家冲置了一块茔地。她嘱咐儿子松年：我死后，就埋在这里。墓旁留一块空地，将来你爸爸百年归天，务必要和我合葬。

哀哀此心，生不同林，死要同穴。松年谨遵母嘱。1930 年，高晓岚在凄凉寂寞中谢世，葬于她预先买下的茔地。12 年后，陈独秀在江津病故，就地安葬于康庄。又过了五年，松年扶先父灵柩回原籍，与先母合冢。

所谓合冢，也就是一丘黄土，外加半截石碑。为安全计，碑上不敢刻“陈独秀”的大名，用的是他科考时的用名“陈乾生”。从此，每年清明，松年都要带儿女上坟。当然是偷偷的，尽量避开熟人的耳目。到了六十年代初，连偷偷摸摸的祭祀也被迫停止。直到 18 年后的 1979 年，他才再次前往。那天，他在坟山上左找右找，整个茔地都不见了，更不用说祖坟，石碑。

斜阳衔着滴血的哀伤。恐惧荆棘般扎满松年的心。

幸亏遇到当年抬棺的一位老农，帮他在杂木林中找出祖坟。这回留个心眼，他选择了墓旁一株笔直的青杉，在齐眉的高度，剥去巴掌大的一溜树皮，作为记认。然而，当他下次再出现在茔地，甭说作了记号的那株青杉，整片树林都遭人砍伐，只剩下一截截残桩。

这样下去不行！松年啊，你要是连祖坟也保全不了，又如何对得起父母的在天之灵！

可是，不这么办又怎么办？谁会理睬脚下这一丘黄土？谁会理睬墓主陈乾生？

突然，一个大胆的念头，从荒烟蔓草间腾起：何不干脆公开墓主的身份，争取政府的保护？

松年于是向安庆市有关部门写信，报告原委。这封信，写得正是时候，很快就有答复，很快就见行动。1979年10月，值陈独秀诞辰百年之际，安庆市政府拨款，协助陈松年重修祖坟。

尽管款额有限（统共才花了几百元，包括清理荒秽，平整墓地，挖土垒坟），行动却带有石破天惊的历史性，侧身荒废的陈独秀之墓，终于熬过了遮遮掩掩的日月，堂而皇之地向世人公开。

修复是以延年、乔年、松年和鹤年四人的名义进行的。墓前嵌碑，上刻：

陈公仲甫字独秀、母高太夫人合葬之墓。

经历了生前身后无数次的"大考"，"陈乾生"的科考名再度完成使命，退出草莽，"陈独秀"的大名又开始重见天日。

1981年，松年的小女儿长璞，为爷爷的若干历史遗留，径直上书中共中央。小平同志阅信后，就其中提到的坟墓一节，作出如下批示：

陈独秀墓作为文物单位保护，请安徽省考虑，可否从地方财政中拨款重修，并望报中央。

这就引发了第二次修葺。鉴于小平同志的批示，没有涉及对墓主的任何评价，经办人员在设计方案时，着实费了一番苦心。结果，土丘改成水泥，四周铺以石板，围以石栏；碑高及人，上镌"陈独秀之墓"（注：既非同志，亦非先生）。而墓顶却维持裸露，一任黄土冲天，杂草疯长。人说，这是象征盖棺而未论定。不知这是出自哪一位天才的构思，或联想？

是说也有道理。一个大起大落、毁誉交加的复杂人物，常常要等时间老人剔伪存真、删繁就简几十年几百年，才能完成最后的造型。

如是又经过了十多载夏雨秋风。此番，我迢迢千里前往拜谒，浮现在青烟绿霭中的，是新近又加以扩修了的墓园。墓为圆顶，高四米，直径七米，通体用汉白玉砌成。四周石板，石栏，石阶，用的也是上等白石。占地达一千多平方米。石碑愈见高大，上面镌刻的，仍然是"陈独秀之墓”五个孤单单的大字。

“这只是首期工程，”陪同我的安徽省人大常委、诗人卞国福先生，指着四下里的山坡、林木，介绍说，“还有二期，三期。规划中，要修成一座很壮观的陵园。……”

# 清 贫

方志敏

我从事革命斗争，已经十余年了。在这长期的奋斗中，我一向是过着朴素的生活，从没有奢侈过。经手的款项，总在数百万元；但为革命而筹集的金钱，是一点一滴地用之于革命事业。这在国民党的伟人们看来，颇似奇迹，或认为夸张；而矜持不苟，舍己为公，却是每个共产党员具备的美德。所以，如果有人问我身边有没有一些积蓄，那我可以告诉你一桩趣事：

就在我被俘的那一天——一个最不幸的日子，有两个国民党军的兵士，在树林中发现了我，而且猜到我是什么人的时候，他们满肚子热望在我身上搜出一千或八百大洋，或者搜出一些金镯金戒指一类的东西，发个意外之财。那知道从我上身摸到下身，从袄领捏到袜底，除了一只时表和一枝自来水笔之外，一个铜板都没有搜出。他们于是激怒起来了，猜疑我是把钱藏在哪里，不肯拿出来。他们之中有一个左手拿着一个木柄榴弹，右手拉出榴弹中的引线，双脚拉开一步，作出要抛掷的姿势，用凶恶的眼光钉住我，威吓地吼道：

“赶快将钱拿出来，不然就是一炸弹，把你炸死去！”

“哼！你不要作出那难看的样子来吧！我确实一个

铜板都没有存，想从我这里发洋财，是想错了。”我微笑着淡淡地说。

“你骗谁！象你当大官的人会没有钱！”拿榴弹的兵士坚不相信。

“决不会没有钱的，一定是藏在那里，我是老出门的，骗不得我。”另一个兵士一面说，一面弓着背重来一次将我的衣角裤裆过细的捏，总企望着有新的发现。

“你们要相信我的话，不要瞎忙吧！我不比你们国民党当官的，个个都有钱，我今天确实是一个铜板也没有，我们革命不是为着发财啦！”我再向他们解释。

等他们确知在我身上搜不出什么的时候，也就停手不搜了；又在我藏躲地方的周围，低头注目搜寻了一番，也毫无所得，他们是多么地失望呀！那个持弹欲放的兵士，也将拉着的引线，仍旧塞进榴弹的木柄里，转过来抢夺我的表和水笔。后彼此说定表和笔卖出钱来平分，才算无话。他们用怀疑而又惊异的目光，对我自上而下地望了几遍，就同声命令地说：“走吧！”

是不是还要问问我家里有没有一些财产？请等一下，让我想一想，啊，记起来了，有的有的，但不算多。去年暑天我穿的几套旧的汗褂裤，与几双缝上底的线袜，已交给我的妻放在深山坞里保藏着——怕国民党军进攻时，被人抢了去，准备今年暑天拿出来再穿；那些就算是我唯一的财产了。但我说出那几件“传世宝”来，岂不要叫那些富翁们齿冷三天?!

清贫，洁白朴素的生活，正是我们革命者能够战胜许多困难的地方！

# 玉一样的山，玉一样的人

江　子

天帝遗玉此山，山神藏焉，故名怀玉。

——摘自《方舆志》

## 一

玉从来就是一种指向美好的物器。它让人想起流水和春天，永恒的绿意，美丽的容颜，圣洁的人格和情感。位于江西上饶境内的怀玉山，传说因天帝遗玉而得名。怀玉山的景色的确有一种玉一般葱绿温润的感觉。我在山中所下榻的怀玉宾馆的四周，有罗汉松数十棵，一看就知道有数百年树龄的罗汉松，枝干粗莽，叶冠葱茏，俨然端坐金銮令人臣服的王者。而满山绿色植被沿山势高低攀爬匐卧腾升，瀑布悬挂如飞花溅玉，真的让我有一种面对黛玉心怀久远的感觉。立于山中，稍一会儿就有深山里那种特有的凉意从树荫、流水或岩石深处徐徐袭来，与触摸玉石的手感毫无二致。当地的朋友告诉我，怀玉山由于雨水多，空气湿润，森林苍翠，山上既是天然动、植物园，又是野生药材的宝库。把一座植被丰富、风光旖旎的山，比作一块稀世美玉，该是恰当的吧？

而怀玉山还是一座人文名山。听朋友说，怀玉山上曾有怀玉书院（原名草堂书院），与江南四大书院齐名。南宋理学家朱熹、陆九渊、吕祖谦等大批名人曾来山讲学，朱熹曾留有《玉山讲义》传于世。还有王安石、李梦阳、夏浚、黎士宏、赵佑等历代文人学士也为怀玉山写有近百篇诗文佳作，成为珍贵的文化遗产。由于怀玉书院影响之大，县人读书、好学之风遍及城乡，怀玉山也成了“源头活水”的宝地。宋代王安石在《题玉光亭》一诗中赞曰：“共传尺玉此埋湮，千古谁分伪与真？每向小亭风月夜，更疑山水有精神。”

怀玉书院早已不存在了，甚至遗迹也不存。可伫立山中，仿佛有吟诵诗文的声音在深山里回荡。那些早已远去的古人，个个嗓音珠圆玉润，风做的袖袍里自有一股兰桂之清香。我去的时候正是秋天，空气中仿佛有桂花高洁的气息。——有过人文浸润的怀玉山，就更有一块美玉经过时光的淘洗后的祖传意味了。

怀玉山还是一块有着血沁的玉！玉中深藏的那块至今依然温暖的血迹，叫做方志敏。

## 二

方志敏 1899 年 8 月生于江西弋阳一个农民家庭。他从小目睹了人世间诸多的不平事，长大后投身革命生涯。他智勇双全，无所畏惧，曾亲自深入敌区，擒拿豪绅，被百姓传为奇谈。他率领民众以两条半枪起家，狂飙般地赢得了漆工镇暴动，弋横武装起义，攻占景德镇，第一、第二次反“围剿”作战的胜利等各项胜利，亲手缔造了以赣东北为大本营、含 52 个县 100 多万人的红色王国。在那里，没有剥削、压迫，没有强权对弱小的欺凌；在那里，学龄儿童 90%尽读书，耕者有其田，工人实现了八小时工作制；在那里，男女平等，结婚自由，过去形同蝼蚁的卑微生命得到了前所未有的尊重，人们相亲相爱，仿佛传说中理想国的子民……而缔造了这一切的方志敏一生清贫自守，虽经手的款项数百万之巨，自己却分文不取，全部财产只有两套旧褂裤和几双线袜。被俘时国民党士兵只从他身上搜到了一只怀表和一支钢笔……

仅凭以上所述，就可以很容易得出方志敏如此之印象：他是一个高大伟岸的红色巨人形象，是拉丁美洲著名的革命家切·格瓦拉式的具有传奇色彩的英雄人物。他有坚定的信念，以拯救天下黎民苍生为己任。我们愿意想象他有山一样巍峨的身躯，雷霆一般的脸庞，长虹一般的呼吸。他的形象适合用花岗岩或汉白玉雕刻，屹立在青山绿水之间，矗立在历史博物馆以及革命纪念馆的大厅中央，或者在人民公园最显赫的位置，供后人景仰，享受后人的祭拜，构为民族永恒的文化记忆中珍贵的部分。

的确，即使在今日，方志敏依然是一个巨大的存在。他的英雄史迹依然在他的故乡和他牺牲过的地方流传。他的《清贫》与《可爱的中国》许多人都耳熟能详。每年的清明时节，人们都去他的墓地、雕像和纪念馆献花。关于他的著作依然在出版发行。关于他的纪念活动依然以各种形式举办。

凭我对方志敏的有限了解，多年来我以为信仰，牺牲，血性，不屈，无畏的勇气和不朽的功勋就是“方志敏”这一词条所包含的全部。当我有一天真正了解了方志敏，我才知道，远远不是。

2006 年，我因接受了一个撰写赣东北红色历史文字的任务，第一次全方位地走近方志敏。我阅读关于他的几乎所有文字：他的传记，他的文集，闽浙赣革命根据地史稿，他曾经同过事的战友们的回忆录，以及其他的种种。那段时间，我的桌子上几乎堆满了关于他的书籍。

我几乎被一阵强大的气流所震慑。我在无数的文字中感应着他的心跳，他的呼吸。我震惊于这个传奇人物的至情至性，震惊于党史中无比刚烈的他内心的柔美圣洁，震惊于他即使在残酷的岁月里依然为实现自己完美人格的努力。

我毫不隐瞒我对方志敏的崇拜。在我的心里，方志敏不仅是中国革命的先驱，更是人中极品，男人中的男人。

——他其实应该是一个内心饱含温情的读书人。方志敏有相当深厚的国文功底。心有三爱，奇书骏马佳山水；园栽四物，青松翠竹白梅兰。看到这副对联，你也许以为，这是哪个古代浪漫诗人或者翰林学士的自娱之作，表达的是一个热爱山水自然、热衷园艺和读书的中国古代书生的审美意趣。而其实它是方志敏的手笔。这副常年悬挂于方志敏卧室的对联，是他的真性情的切实写照。方志敏爱山水自然，甚至连他的四个孩子都以竹松梅兰冠名，足可以看出中国传统文化对他的影响之深。他之所以成为一个坚定的革命者，是否与儒家的“修身齐家治国平天下”

的道统一脉相承?

——他实在是有几分浪漫。身为闽浙赣省和红十军的缔造者和领导人，他竟然亲自上台扮演他写的话剧《年关斗争》中的角色，这是何等的可爱之举！在赣东北根据地的心脏葛源，他亲自主持筹建了一个公园，公园内有六角红星亭、游泳池、荷花池，栽种了枣树林以及栲樟等苗木。他还举锹用锄，兴致勃勃地亲自在公园内种植枣树。他是一个真正懂得生活、充满生活情趣的人！

——他甚至有几分幽默。

“只手将军，你说你的主义，适合于大众，倒不见得，许多难友，一个铜板都没有，想买一个烧饼，也只有空咽口水，他们就不能做你烧饼主义的信徒了。买不起烧饼的人，才多着呢。如果要跟随的人多，倒不如提倡树皮主义，或是草根主义，或是观音粉主义，那准相信的人多了。烧饼主义，在许多穷光蛋看来，还有点贵族气味呢。”

这是方志敏在狱中写下的《死》一文中的一段话。当读到这段话，我忍不住要笑出泪来。为朋友取外号，善意的嘲讽甚至有些孩童般强词夺理的调侃，让人以为是意气少年在炕头茶馆里取闹嬉笑，哪像是濒临绝境的囚徒！

——他文学的才华是那么的灼灼逼人。他写诗，写散文，写话剧。即使他起草的文件，字里行间都有一种文学的抒情意味。他的《可爱的中国》，其文辞之华丽，情感之温婉动人，让我以为是中华五千年最为瑰丽深情的爱国诗篇。请听，那是无比高亢隽永的歌唱，那是在浩大的广场足以点燃所有人热血的演讲：

“……到那时，所有贫穷和灾荒，混乱和仇杀，饥饿和寒冷，疾病和瘟疫，迷信和愚昧，以及那慢性的杀灭中国民族的鸦片毒物，随着帝国主义的赶走而离去中国了。朋友，我相信，到那时欢歌将代替了悲叹，笑脸将代替了哭脸，富裕将代替了贫穷，康健将代替了疾苦，智慧将代替了愚昧，友爱将代替了仇杀，生之快乐将代替了死之悲哀，明媚的花园，将代替了凄凉的荒地！”

——他还是一个能够不断反省自己勇于担当的人。

“我们因政治领导上的错误，与军事指挥上的迟疑，致红十军团开入

狭隘的敌人碉堡区域……”（《我们临死前的话》）

“我在狱中细思赣东北苏区的发展与红军的胜利，所以落后于中央苏区和川陕苏区的原因，是不能不归咎于右倾保守主义。……这次在皖南行动，我们固不能说是不疲劳，然而领导者（是要我负责）没有及时打击‘没有时间进行工作’的观点。我与全军军政人员大家缺乏拼死命的工作精神，去利用行军休息一分一刻钟时间进行政治工作，加紧战斗员的教育和鼓动，甚至有一时期，军中党的工作陷入停顿状态，这是多么严重的一个错误呵！”（《在狱致全体同志书》）

如此沉痛自责之文字，在所有他的狱中篇什里随处可见。即使身陷牢狱，他依然能够深入解剖检讨自己，毫不含糊地承担起自己的责任。如此天下又有几人！

“我爱护中国之热诚，还是如小学生时代一样的真纯无伪。”（《可爱的中国》）方志敏的内心，又何尝不是如稚子般的真纯无伪！

## 三

对方志敏的了解越深入，我就越发为他倾倒。我更广泛地阅读他的资料，利用工作机会去他曾经战斗过的地方走访，不断采集与他有关的信息，渴求更完整地拼贴他在我心中的形象。我一步步地追随着他，企图更深入地接近他真实的内心——

我一次次地与他对视。他身高一米八，体态魁梧匀称，头发仿佛奔跑时的马鬃，他的脸庞和五官都接近完美的程度。鼻下淡淡的八字形胡须，正映衬了他厚薄适中唇线优美的嘴唇。从他留下的照片来看，方志敏称得上是一个风流倜傥的美男子。

他头颅高昂，敞着大衣如将帅披着威风凛凛的战袍。即使脚戴镣铐，身上套着绳索，可依然含笑自若地对着镜头摆了一个称得上完美的姿势。这是方志敏的另一张照片，一张狱中拍摄的照片。我久久地看着照片中的他。除了要显得清瘦一些，他的神态里依然没有久居监狱的阴冷和沮丧。而绑在他身上的绳索和脚上的镣铐，仿佛不过是一个适合游戏的秋千。

但这样更让我难受。这样一个有着强大生命力和无穷的人格魅力的人，却要遭受囚禁的羞辱和死神的逼迫。我心中的英雄在受难。我仿佛觉得绳索正绑在我的身上。绳索无所不在。是什么不断地逼迫我交出信念和爱？而我听见我的喉咙里发出了方志敏的声音：不！

方志敏被俘押解到南昌，当时一家美国报纸记者描述了在国民党驻赣“绥靖公署”举办的“庆祝生擒方志敏大会”上见到方志敏的情景：

“带了脚镣手铐而站立在铁甲车上之方志敏，其态度之激昂，使观众表示无限敬仰。周围是由大会兵马森严戒备着。观众看见方志敏后，谁也不发一言，大家默然无声。即蒋介石参谋部之军官亦莫不如此。观众之静默，适足证明观众对此气魄昂然之囚犯，表示无限之尊敬及同情。……当局看来，群众态度之静默，殊属可怕。”

我曾去过赣东北根据地的心脏葛源。我来到他的住处。一间阴暗简陋的房子，一张挂着乡村自制的蚊帐的老式硬板床。墙上贴着方志敏看过的、已经变成酱色的英文报纸（方志敏曾在美国人创办的教会学校九江南伟烈大学读书，熟习英文）。我看到了伏在桌前正在起草文件的一个人影。我听到了他的咳嗽声。我知道他一直患着肺结核病。我似乎看见他唯恐咳嗽声把桌前微弱的灯火扑灭，一手捂着嘴唇，另一只手小心护着灯盏上摇曳的火苗。——即使黑夜中的一点小小的火苗，都让他倍感怜惜。他的胸部急剧地起伏着。而随着一阵压制不住的咳嗽声，他的手掌里，立刻布满了斑斑血迹，正如雪地里的梅花点点。

我的心突然涌起了一阵剧痛。

## 四

1935 年 1 月，方志敏率领北上抗日先遣队在国民党十几万部队的逼迫下来到了怀玉山。1 月的怀玉山大雪纷飞，树枝上挂满了冰凌。方志敏在山上奔突迂回。

他本来已经突围出来，进入了安全地带。可刘畴西王如痴等人率领的主力部队二千余人依然陷入国民党部队的重围之中，并因指挥上的失误已经错过了最佳的突围时机。他们的牺牲已经在所难免。粟裕请求率部执行接应任务，可方志敏考虑到自己是全军最高负责人，毅然亲率接应部队重新钻进了敌人的包围圈。

在危急时刻，方志敏把危险留给了自己。这个毕生追求完美的人，怎会允许自己的人格有丝毫的瑕疵?

国民党部队的搜山开始了。红军极度疲劳，且弹尽粮绝，突围已毫无意义。方志敏静静地躺在怀玉山的怀抱里。即使处境极度危险，他在晚上还是点燃了两堆篝火，击掌呼唤分散在树林里的战士。——他把自己当作了最后的一点火焰，希望可以给战士们一点温暖。可许多人连站起来的力气都没有了。

为了酬谢山中猎人的一顿玉米饭，方志敏把自己的望远镜送给了对方。或许此时，他已预感到此行凶多吉少，他需要有人来用他的望远镜，代替他把更远的世界打量?

方志敏躺在树林中的一垛柴窝上。怀玉山用仅有的体温紧紧地拥抱着他，像落难的母亲紧紧护着自己的孩子。

由于叛徒的出卖，方志敏在怀玉山被俘。怀玉山大雪纷扬，漫山形同缟素。时为 1935 年 1 月 29 日。同年 8 月 6 日，方志敏在南昌被杀。享年 36 岁。

36 岁，正是我今年的岁龄。

## 五

怀玉山松柏苍翠。怀玉山风声如鼓。怀玉山苍苍茫茫。怀玉山山高水长。走在怀玉山间，我感到方志敏的无所不在。从树叶间吹过来的风中有他的呼吸，瀑布飞泻下来的流水中有他的倒影。时间把一个只活了 36 岁的人变成了一个不死的人。而 1935 年 8 月 6 日响在南昌下沙窝的枪声，不过是中止了他作为肉体的生命。

沿着方志敏当年率部突围的路线，我走访在怀玉山上。我想象着他即使濒临绝境依然镇定自若地指挥的样子。他点起篝火招手呼唤战士们聚拢来的样子。在国民党士兵经过的地方，他藏匿的样子。被警卫出卖国民党士兵发现他从藏身的地方走出来的样子。他又冷又饿，浑身污浊，可举止间的从容和眉宇间的英气，令人不可与之对视。

——我想他的声音应该有几分磁性。他的故乡为上饶弋阳，他说起话来一定也有着靠近江浙的柔软口音吧？这个心存大爱的人，这个有坚定信仰的人，这个性情中有几分孩子般天真浪漫的人，是一个有着无穷人格魅力的人。几乎所有的人，都臣服于他的伟大人格。

就像玉这种美好的物器，石头一般坚硬，却又水一般透明，冰雪一般圣洁，却又春天一般温润。

——天帝遗玉此山，山神藏焉，大名方志敏。

# 高路入云端

刘上洋

## 一

在井冈山，最撼人心魄的是黄洋界的路。

井冈山人永远忘不了这一天。1965 年 5 月 22 日，中国共产党中央委员会主席毛泽东就是翻越黄洋界的公路重上井冈山的。

山路弯弯。毛泽东乘坐的灰色吉姆小车沿着茅坪通往茨坪的公路蜿蜒而上。头顶上就是闻名遐迩的黄洋界。抬眼望去，橙黄色的公路就像一条巨龙在山间盘旋，它一会儿游弋在险峻的悬崖峭壁上，一会儿又钻藏在深不可测的峡谷里，最后把头一昂伸向了山顶的浓重云雾之中。

真是好一条神奇多姿的天路。

真是好一个雄伟险峻的黄洋界。

也许是因为千里来寻故地心情感到分外激动吧，当小车一到黄洋界，毛泽东没等警卫人员过来就自己打开车门出来了，随即向大家一挥手，带头迈开大步朝山顶登去。

此时的黄洋界，是一片云的海洋，白色的波涛一直滚向无边无际的远方，一座座山峰浮在其间，看上去就像汪洋大海中的一个个小岛。毛泽东站在峰顶上，迎着飒飒的山风，极目远眺，然后大声地对随行人员说：“这就是黄洋界，当年井冈山的五大哨口之首。”洪亮的声音，夹裹着一股亲历者的骄傲和自豪，久久在山间回荡。

凡是熟悉井冈山斗争历史的人都知道，在毛泽东的心目中，黄洋界有着特殊的分量。这不仅因为黄洋界地处江西湖南两省交界的要冲，地理位置十分重要，而且因为其地势险要，易守难攻，守住了黄洋界，也就守住了井冈山。所以，为了粉碎敌人的“会剿”，毛泽东当年亲自决定在这里修建工事，设立哨口。

山顶中央矗立着一座木式结构的黄洋界纪念碑，上面书写着毛泽东的诗词《西江月·井冈山》。毛泽东身披风衣，在碑前注目良久，然后来回漫步。可能是昔日的诗词激起了胸中的炮火硝烟，他突然转身问大家：“你们知道黄洋界这一仗吗？好危险哦！”

那是1928年8月30日，湘赣两省的敌军乘着毛泽东率领红军主力离开井冈山开赴湘南之际，以四个团的兵力向黄洋界发起了猛烈进攻。当时我军的防守兵力不足一个营，敌军围困万千重。在这十分危急的关头，井冈山军民同仇敌忾，凭险据守，用刀枪、竹钉、石块、滚木与敌人展开激烈的战斗，打退了敌人的一次次进攻，筑起了一道坚不可摧的森严壁垒。

然而，不甘失败的敌人在第二天的下午，又以比红军多十几倍的兵力向黄洋界疯狂扑来。此时，红军战士们急中生智，立即把山上原来缴获的一门迫击炮架起来，向敌军发射了仅有的三发炮弹，前两发未打响，第三发却好像神助一般，呼啸一声划过长空击中了敌人的指挥所。这时，山上的暴动队员也在四面山头上吹响了嘹亮的军号，在树林里来回不断地挥舞着红旗，就好似千军万马要冲过来一样，敌人以为红军主力回来了，顿时乱了阵脚，于是慌慌张张地逃遁了。井冈山军民打了一个漂亮的黄洋界保卫战，创造了我军战争史上有名的以少胜多、以弱胜强的光辉战例。

与宽阔公路相互辉映的是黄洋界上那条弯弯曲曲的羊肠小路。在离哨口不远的小路旁，长着一棵高大繁茂的荷树。井冈山斗争时期，毛泽东沿着小路从宁冈挑粮上山就经常在这棵树下歇息。比起陌生的公路来，毛泽东对这条小路再熟悉不过了。他熟悉它的崎岖，熟悉它的曲折，熟悉它的陡险，熟悉它的艰难。在这条小路上，不知留下了他多少足迹，也不知洒下了他多少汗水，也许这只有路边的那棵荷树知道，只有路边的那些石草知道。可以说，这条小路是井冈山往昔血与火峥嵘岁月的见证，又是今天宽阔公路的拓展和延伸。大路当从小路来，坦途亦从崎岖始。没有过去的这条坎坷小路，也决不会有今日这样宽敞的公路。

所以，毛泽东对黄洋界的这条小路格外钟情。多年以来，它就像一道长长的思念，穿过历史的风云，一直深深地萦绕在他的脑海中。在这次重上井冈山的途中，毛泽东常常会深情地注视着这条小路，并不时地会沉浸在深深的回忆和思考之中。

如今，38 年过去了，虽然在人类的历史长河中，这不过是弹指一挥间，但对于毛泽东来说，这可是一段非同寻常的漫长人生啊！5 月 27 日，也就是毛泽东到达茨坪的第六天，他早早地就起了床，他没有像往日那样出去散步，而是在井冈山宾馆 115 号房间里抽烟、踱步。伴着缭绕的烟雾，他的思绪也奔腾不息，苍翠的群峰，潺潺的流水，婉转的莺啼，飞舞的春燕，飘扬的旌旗，建设的风雷，犹如一幅幅美丽的图画浮现在眼前，当年被战争炮火摧残得满目疮痍的井冈山，到处呈现出一派生机蓬勃的崭新面貌，自己也从一个蹈踞于小小山旮旯的根据地领导人艰难地成为了中国共产党和中国人民的最高领袖。抚今追昔，感慨万千，一股诗情不由地在胸中涌动。于是，他展开宣纸，挥起巨笔，随着一阵笔走龙蛇，一首气势磅礴的《水调歌头·重上井冈山》诞生了。

据说，在毛泽东这首词的初稿上，“高路入云端”的“路”原来为“树”，也许是因为悬绕云天的黄洋界的路，实在是太高太险了，更能体现全词的意境和内涵。所以，经过反复的琢磨和推敲，毛泽东将“树”改成了“路”。

这一字之改，可谓画龙点睛，意味深长。

可不是么？在前进的道路上，像黄洋界这样艰难险峻高入云端的路我们都能翻越，那世界上还有什么样更高更险的路我们不能跨过呢？

过了黄洋界，险处不须看。

## 二

如果我们往深处想想，毛泽东在这里所说的高路，看起来是指黄洋界的路，其实是指他所开辟的井冈山道路。

对于中国革命的伟大征程来说，井冈山无疑是胜利的起点。

而起点往往是最艰难最险恶的。

耐人寻味的是，毛泽东这次重上井冈山，也是沿着当年的路线行进的。

还是那山，还是那水，还是那桥，还是那村。现在看来这条路是那么的清晰，而在当时却是那么的模糊。

车轮滚滚，毛泽东的心潮也随之滚滚。

他想起了“八七”会议。在武汉的一间房子里，他痛心疾首地分析了陈独秀在国共合作中由于不坚持我党政治上的独立性和主动放弃军事上的领导权而最终导致轰轰烈烈大革命失败的教训，指出政权是从枪杆子中取得的，主张靠山的上山，靠湖的下湖，实行武装暴动。随后，他就主动请缨，夹着一把油纸伞，来到湘赣边界的山区，发动和领导了秋收起义。

这可是一次非同寻常的起义啊！在此之前，我们党发动的都是城市暴动，而这却是第一次在农村举行起义。

车窗外，是不断晃过的田野和山峦。大地一片葱绿，阳光格外明媚。毛泽东不由地几次转头朝北望了望。他又想起了文家市。

在这个只有百余户小镇的一所名叫里仁的普通学校里，他主持召开了一次极不普通的会议。由于秋收起义的原定目标是攻打长沙，因而在进军途中遭到强敌的攻击，部队伤亡惨重，迅即由 5000 人锐减至 1500 人。起义军究竟向何处去？就是在这次会议上，他当机立断，放弃攻打长沙，带领部队改向罗霄山脉中段转移退却。

这是一次迫不得已的转移，也是一次决定起义军命运的退却。但是转移是为了寻找新的方向，退却是为了更好地前进。

于是，中国革命的正确道路也在这次转移退却中渐渐露出了一些端倪。

吉姆车在江西永新的山谷里穿行。两岸青山夹着一湾碧水，映衬着蓝天白云，不似图画，胜似图画。毛泽东一会儿朝前看看，一会儿微微闭上眼睛。当他得知前面不远就要到达三湾时，脸上顿时露出兴奋的表情，当年的情景又重新呈现在他的眼前：由于连续行军，长途跋涉，士兵掉队的掉队，逃跑的逃跑，加上在萍乡芦溪遭遇敌人的阻击，部队从文家市出发到达三湾时只剩下了 700 多人。悲观失望和怀疑动摇情绪如瘟疫一般在官兵中蔓延，部队士气低落到了极点。为了彻底改变这种状况，就在这个风景优美的小山村里，他对部队进行了改编，将工农革命军一个师整编成一个团，同时把党支部建在连上，实行官兵平等。然后又在村头那棵千年红枫下向部队发表了鼓舞军心的讲话。从此，一支新型的人民军队诞生了。

三湾改编，减少的是数量，得到的是质量，改掉的是落后，得到的是新生。改编，是一种重塑，是一种壮大，是一种发展。

过了三湾，就是古城了。这座小镇原是宁冈县城所在地。公路从街道中间穿过。在街边一片低矮的房屋中，有一座宽大屋檐的房子显得分外突出，两棵苍翠的大榕树犹如忠诚的卫士耸立在门前，这就是当地颇有名气的联奎书院。在车子驶入镇里时，毛泽东不由地多次掀开窗帘，凝望着绿阴掩映的这座不平常的建筑。他永生不会忘记，就是在这里召开了一次十分重要的会议。当讨论部队往哪里扎根时，与会人员一致认为，井冈山不仅山深林密，远离城市，交通不便，而且反动统治力量薄弱，群众的基础较好，是最有利于革命力量生存和发展的好地方。所以会议最后决定把井冈山作为秋收起义部队的立足点。

这是一个具有深远意义的正确决策。就这样，中国革命的第一个农村根据地在井冈山建立了，中国革命的重心也由此实现了从城市向农村的战略性转移。

小车在继续前进，离井冈山越来越近。回忆的闸门也穿越时光的隧道，不断在毛泽东深邃的脑海中打开，那可是一段艰险困苦至极而又辉煌难忘的岁月啊！

在大仓村，也就是古城会议后的第三天，他带着几个人，不拿一枪一弹，冒着杀机四伏的危险，同袁文才进行会面，并在此后开启了我党将绿林武装改造成为工农革命军的先河。

在荆竹山，他站在一块巨石上，郑重宣布“三大纪律，六项注意”。这是为把我军建设成为一支具有铁的纪律部队的庄严奠基。

在反敌人的数次“会剿”中，使他这个“从未想过要打仗”的一介书生，从战争中学会了战争，以“敌进我退，敌驻我扰，敌疲我打，敌退我追”的灵活机动的战略战术，先后取得了五斗江和龙源口等战斗的胜利。

在龙江岸边，他热情诚挚地欢迎朱德率领的南昌起义部分部队来到井冈山，两双巨手紧紧相握，两支铁军胜利会师，井冈山革命根据地从此进入了一个新的发展时期。

在广大农村，他发动群众打土豪分田地，颁布土地法，开展土地革命，一个个工农兵政府相继成立，根据地范围不断扩大，五百里井冈及其周围地区连成了一片红色。

在敌人的严酷封锁中，他和普通士兵一样，有盐同咸，无盐同淡，吃的是红米饭，喝的是南瓜汤，睡的是干稻草，穿的是破军衣，过的是苦到了极点的日子。

在茅坪的八角楼上，他在那盏昏暗的油灯下，不停思考，奋笔疾书，写下了《中国的红色政权为什么能够存在》和《井冈山斗争》两篇著作，鲜明地回答了红旗到底能够打得多久的疑问，第一次提出了农村包围城市、武装夺取政权的思想。

危难、奋起、挫折、成功，这一桩桩、一件件，此刻一齐涌上毛泽东的心头，他长长地舒了一口气，眼光又朝向了车子前方不断延伸的路。

是啊，井冈山的路不愧为革命的胜利之路。正是在井冈山上，毛泽东开始创造性地把马克思主义与中国的具体实际相结合，找到了一条中国革命的正确道路，从而率领我们党夺取了革命的最后胜利。

从 1927 年到 1949 年，22 年的漫漫征途；从井冈山这样一块巴掌大的革命根据地发展到了在全国 960 万平方公里的土地上执掌政权，这难道不是一条比登天还难的高路么？对于一般人来说，这是绝对攀登不了的，但毛泽东攀登上去了，并到达了光辉的顶点。

井冈山，中国革命胜利道路上的第一座高峰；井冈山，毛泽东叱咤风云铸就辉煌的第一个舞台。

没有井冈山，就没有新中国；没有井冈山，就没有毛泽东。

## 三

历史留下了这样难忘的一幕。

在重上井冈山期间，有一天毛泽东沿着一条砂石路散步。当走到路的尽头，跟随的人员都以为他会转身往回走，谁知毛泽东却继续朝没有路的一座山头上攀去，他一边拄着一根竹子拐杖，一边笑着对大家说，秋收起义时因为长时间跋山涉水，我的脚烂了，就是拄着一根树枝拐杖上了井冈山的。现在，我也要借用一下这根拐杖开路前进。

前方是不尽的野草、荆棘、树林、怪石、陡坡、沟壑，但这些都阻挡不了毛泽东坚定的步伐，他领着大家在无路中一步一步地探索着向山顶攀登。也许是此情此景激起了毛泽东的无限感慨，他忽然若有所思地说：鲁迅有句名言，世界上本没有路，走的人多了也就成了路。井冈山的道路是这样，社会主义的道路也是这样。不过，走这条路要比井冈山时期艰难得多。

这是又一条高入云端的路。这是一条比井冈山道路更艰险也更伟大的路。

为此，毛泽东又以他特有的超人气魄，像当年开辟井冈山革命胜利道路那样，走出一条建设中国社会主义的新路来。

应该说，初期的探索是顺利的，也是颇有成效的。

新中国成立的礼炮声刚刚响过三年，被长期战争炮火摧毁的国民经济迅速得到恢复。紧接着，156 项重点工程破土兴建，整个中国大地呈现一派蓬勃生机。

与此相呼应，社会主义所有制改造运动也如火如荼，公私合营和国有化浪涛汹涌澎湃，农业合作化在广袤的田野上轰轰烈烈地展开。

当然，毛泽东的眼光也没有放过执政党的建设和思想理论问题。他发动了以反对官僚主义和贪污浪费为重点的“三反五反”运动，严厉惩治了刘青山、张子善等党内腐败分子。他下令取缔妓院，禁止黄、赌、毒，以免党的干部蜕化变质。他于 1956 年主持召开了党的八大，确立了把经济建设作为全党工作的重点，并著文提出必须正确处理社会主义建设的十大关系。他想让神州大地成为一个光辉灿烂的崭新世界。

也许是因为被开始时社会主义建设的成功所感染所鼓舞，也许是因为把在中国这样一个一穷二白的国家建设社会主义估计得太容易，一股自信的豪情像战争年代那样又一次在毛泽东的胸中奔腾开来，他提出中国要在十五年内超英赶美，创造快速建设社会主义的奇迹。

没想到一个在抗日战争中写出《论持久战》这篇旷世杰作的党的最高领导人，如今要率领他的人民在社会主义道路上迅跑了。

于是，在20世纪50年代后期，无论是大江南北，还是长城内外，到处刮起了一股“大跃进”的旋风，大炼钢铁的土高炉冒着滚滚浓烟，粮食生产不断放射“卫星”，数亿农民全部“集体”地被“人民公社化”，个人私有一律被“一大二公”所代替，社会主义事业似乎在以“一天等于二十年”的速度前进。

然而欲速则不达。仅仅一年之后，整个中国便陷入了严重的三年困难时期，社会主义出现了第一次曲折和危机。

毛泽东依然在没有路的山头上攀登着，尽管汗水湿透了衣背，他不但不停歇，而且连头也不回，神态是那么的执着。

这不禁使人想起毛泽东第一次上庐山时的情景。那是江西北部与井冈山遥遥相望的另一座名山，不仅风景优美，而且是避暑胜地。1959年夏天，中央在这里召开了一次重要会议。当彭德怀对大跃进提出批评时，毛泽东震怒了。万木葱茏清幽凉爽的庐山顿时充满了浓烈的火药味。在他这个党的最高领导人看来，大跃进是快速建设社会主义的一次伟大创造和实践，成绩是主要的，无论是谁都不能否定，他也第一次感到自己的绝对权威受到了挑战。这样，会议最终也就出现了人们最不愿意看到的那种结果。

在毛泽东攀登的那座没有路的山头的对面山脚下，是一个清一色干打垒土房屋的小村庄。橙色的墙、黑色的瓦，背后绿油油的山，村前水光潋滟的稻田，组成了一幅绝妙的风景画。这时，毛泽东突然停住向前探索的脚步，回头把目光投向了这个小村庄。井冈山斗争时期，他就住在这村子一栋普通的房子里。在这里，他和老百姓一块拉家常，和士兵们一块打草鞋，彼此亲密得就像一家人一样。也是在这里，他曾无数次讲过，我们共产党人闹革命，就是为了建立新中国，使人民群众翻身做主人，大家听后都由衷地拍手为他热烈鼓掌。那时候，当官的和当兵的真正是一个样，当官的和老百姓真正是一个样。就是因为“一个样”，我们党才得到了人民群众的真心拥护，军队也就不断地打胜仗。

看了一会儿，毛泽东又重新转过头来，拨开草丛，穿过树林，绕过巨石，跨过沟坎，一步一步地向越来越陡的山头上登去，坚毅的脸上露出了一丝不易察觉的忧虑。

毛泽东是一个理想主义者。但现实的情况同他心中的社会主义“理想王国”存在着太大的差距。自从庐山那次会议以后，加上1957年的那场反右派斗争，他在一些重大问题的看法上逐渐发生了改变。他认为社会主义社会虽然也要抓好经济建设，发展生产力，但主要矛盾应是无产阶级和资产阶级的矛盾，所以必须坚持以阶级斗争为纲。而在这个他以为事关社会主义根本方向和路线的问题上，有些人却不赞同，甚至在背地里进行抵制。还有使他恼怒的是，他要尽快地在全社会实现公有制，有的地方却搞起了“包产到户”；他要实行单一的计划经济，有的地方却搞起了市场经济性质的集市贸易；他要各级党员干部当好人民的公仆，有些人却当官做老爷；他要全党发扬艰苦奋斗的优良作风，有些人却追求豪华奢侈的享乐特权生活；他要全体领导干部为人民掌好权用好权，有些人却利用手中的权力为自己谋取私利；他要文学艺术薄古厚今，有些人却让帝王将相才子佳人统治舞台。所有这些如果任其发展下去，社会主义的红旗还能够在中国的大地上迎风飘扬吗?

当然，令毛泽东忧虑的还有严峻的国际形势。西方国家的反华声浪此起彼伏。特别是那个曾被称为老大哥的苏联，自从1956年赫鲁晓夫在苏共二十大上作了反斯大林的秘密报告之后，不仅在其国内掀起了一股反对个人崇拜和个人迷信的高潮，而且逐渐改变了斯大林的路线。这引起了毛泽东的严重不安和高度关注。他觉得这是一种大逆不道的行为。中苏关系也由此进入不断恶化的时期，以至后来发展到相互论战、兵戎相见的地步。

山，一重接着一重；峰，一峰连着一峰。内忧、外患，就像眼前连绵起伏的山峰一样，不断向毛泽东涌来。但井冈山铸就了毛泽东山一样的性格。尽管前面充满了艰难险阻，他也要义无反顾地捍卫他所开辟的社会主义道路，并沿着这条道路不断探索和前进。此刻，一场席卷全国且又迅猛异常的“文化大革命”风暴正在他胸中酝酿。

毛泽东要用阶级斗争这种大规模群众运动的极端方式来清除他所认为的党内资产阶级和一切不良现象，以彻底贯彻他的路线和主张。

今天看来，毛泽东重上井冈山，与其说是一个伟大胜利者的凯旋，不如说是他夺取全国胜利后的又一次勇敢探索。

今天看来，在毛泽东对中国社会主义的探索中，虽然存在着许多不正确以至错误的思想和做法，但有一点是丝毫不能怀疑的，这就是毛泽东的初衷是好的，是想把中国建成社会主义现代化强国的。

今天看来，毛泽东所倡导的社会主义，虽然在体制机制上存在着重大的弊端，甚至在有些方面误入了歧途，但对于他来说，他却是始终坚信他所走的道路是正确的，并且认为这条道路很长很高，一直通向共产主义的人间天堂。

正因为如此，在重新面对巍峨雄伟的井冈山时，毛泽东又一次发出了他生命的呐喊：世上无难事，只要肯登攀。

这是高路入云端的又一个新诠释。

这是高路入云端的又一个新号令。

# 守护着灵魂上路

王充闾

## 一

踏上这片土地，我完全认同国际友人路易·艾黎的评语：长汀是中国最美的小城之一。在这里，我除了饱游饫看蕴涵着典型的客家文化精髓的街衢、建筑，还有幸亲炙了瞿秋白烈士的遗泽，浸染于一种浓烈的人文氛围，在满是伤痛的沉甸甸的历史记忆中，体会其独特而凄美的人生况味。

秋白同志被捕后，囚禁于国民党第三十六师师部。这里，宋、元时期是汀州试院，读书士子的考场；数百年后倒成了一位中国大知识分子的精神炼狱。而今庭院萧疏，荒草离离，唯有两株黛色斑驳的古柏傲立在苍穹下，饱绽着生命的鲜活。它们可说是阅尽沧桑了，我想，假如树木的年轮与光盘的波纹有着同样的功能，那它一定会刻录下秋白烈士的隽雅音容。

囚室设在整座建筑的最里层，是一间长方形的木屋。推开那扇油漆早已剥落、吱呀作响的房门，当年的铁窗况味宛然重现。简陋的木板床，未加漆饰的办公桌，几支毛笔、一方石砚，刻刀、烟灰缸等都原封未动地摆放着。

环境与外界隔绝，时间也似乎凝滞了，一切都恍如隔世，一切却又好像发生在昨天。刹那间竟产生了幻觉：依稀觉得这里的临时“主人”似乎刚刚离座，许是站在旁边的天井里吸烟吧？一眨眼，又仿佛瞥见那年轻、秀美的身姿，正端坐在昏黄的油灯下奋笔疾书。多么想，拂去岁月的烟尘，凑上前去，对这位内心澎湃着激情，用生命感受着大苦难，灵魂中承担着大悲悯的思想巨人，作一番近距离的探访和恣意的长谈啊！然而，覆盖了半个墙壁的绝笔诗、就义地、高耸云天的纪念碑等大量图片，在分明地提示着：哲人其萎，已经永远永远地离开我们了。

当中华民族陷于存亡绝续的艰危境地，他怀着“为大家辟一条光明之路”的宏愿，走出江南小巷，纵身投入到革命洪流中去。事业是群体的，但它的种种承担却须落实于个体，这就面临一个角色定位的个人抉择问题。当时，斗争环境错综复杂，处于幼年时期的党还不够成熟，而他，在冲破黑暗、创造光明的壮举中，显示出“春来第一燕”和普罗米修斯式的播火者的卓越才能，于是，便不期然而然地被推上了党的最高领导岗位。

就气质、才具与经验而言，他也许未必是最理想的领袖人选。这在他是有足够的自知之明的。但形格势禁，身不由己，最终还是负载着理想的浩茫，“犬代牛耕”，勉为其难。他没有为一己之私而消解庄严的历史使命感。结果，“千古文章未尽才”，演出了一场庄严壮伟的时代悲剧。

天井中，当年的石榴树还在。触景生情，不由得忆起秋白写于狱中的《卜算子》咏榴词。“寂寞此人间，且喜身无主。眼底云烟过尽时，正我逍遥处。”身陷囹圄，远离革命队伍，不免感到孤独寂寞，所幸此身未受他人主宰，仍然保持着人格的独立，灵魂的圣洁。这样，当审讯、威逼、利诱、劝降等烟雾云霾纷纷过尽时，自己便可以在向往的归宿中自在逍遥了。“花落知春残，一任风和雨。信是明年春再来，应有香如故。”尽管这灿若春花的生命，在风刀雨箭般的暴力摧残下归于陨灭；但信念必胜，一如春天总会重来。

他坚信：“假使他的生命溶化在大众里面，假使他天天在为这世界干些什么，那么，他总在生长，虽然生老病死仍旧是逃避不了，然而他的事业——大众的事业是不死的，他会领略到‘永久的青年’。”

## 二

隔壁就是汀州宾馆。回到下榻处，我再次打开秋白烈士在生命的最后时刻留给我们的灵魂自白——《多余的话》，更真切地走进他的精神深处，体验那种灵海煎熬的心路历程。

秋白以“知我者谓我心忧，不知我者谓我何求”这句古诗作为开头语，揭橥了他的浓烈的忧患意识与担当精神，这是他长期以来耿耿不能去怀的最大情意结，也是中国知识精英的共同心态。

想到为之献身的党的事业前路曲折、教训惨重，他忧心忡忡；对于血火交迸中的中华民族的重重灾难，他深切反思。他以拳拳之心“担一份中国再生时代思想发展的责任”，感到有许多话要说，如鲠在喉，不吐不快；可是，处于铁窗中不宜公开暴露党内矛盾的特殊境况，又只能采取隐晦、曲折的叙述策略。

在语言的迷雾遮蔽下，低调里滚沸着情感的热流，闪烁着充满个性色彩的坚贞。他以承荷重任未能恪尽职责而深感内疚；也为自己身处困境，如同一只羸弱的马负重爬坡，退既不能，进又力不胜任而痛心疾首。这样，心中就蓄积下巨大而深沉的痛苦。

至于一己的成败得失，他从来就未曾看重，当此直面死亡、退守内心之际，更是薄似春云，无足顾惜了。即使是历来为世人所无比珍视的身后声名，他也同样看得很轻，很淡。当然，这并不意味着他无视个人名誉。他说过，人爱惜自己的历史比鸟爱惜自己的羽毛更甚。只是，他反对盗名欺世，徒有虚声，主张令名、美誉必须构筑在真实的基础上。

他是我国无产阶级文学艺术当之无愧的奠基人，可是，却自谦为“半吊子文人”。这里没有矫情，只是不愿虚饰。他认为，价值只为心灵而存在。人，纵使能骗过一切，却永远无法欺蒙自己。一瞑之后，倘被他人谬加涂饰，纵使是出于善意，也是一种伤害，更是一种悲哀。

真，是他的生命底色。他把生命的真实与历史的真实看得高于一切，重于一切，有时达到过于苛刻的程度。为着回归生命的本真，保持灵魂的净洁，不致怀着愧疚告别尘世，他“有不能自已的冲动和需要”，想要“说一些内心的话，彻底暴露内心的真相”。于是，以其独特的心灵体验和诉说方式，向世人托出了一个真实而完整的自我，对历史作出一份庄严的交代。这典型地反映出中国知识分子的本质特征，也是现时日渐式微的一种高尚品格，因而弥足珍贵。

他的信仰是坚定的，从来没有说过一句否定革命斗争的话，但也不愿挺胸振臂作烈士状，有意地拔高自己。他要敞开严闭固锁的心扉，显现自己的本来面目。当生命途程濒临终点的时候，他以足够的勇气和真诚，根绝一切犹豫，把赤裸裸、血淋淋的自我放在显微镜下，进行毫不留情的剖析和审判。

他光明磊落，坦荡无私，在我们这个还不够健全的世界上，以一篇《多余的话》和一束“狱中诗”，亮相了自己未及完全脱壳的凡胎俗骨。在敌人与死神面前，他是一条铁骨铮铮的硬汉子；而当直面自己的真实内心时，他更是一个真正的强者，真正的勇士。

文人从政，在中国有着悠久传统。囿于自身的局限性，以及文人与政治不易调谐的矛盾，颠扑倾覆者屡见不鲜。可是，又有谁能够像秋白烈士那样，至诚无伪地痛切反思，拷问灵魂，鞭笞自我呢？自省这一苦果，结蒂在残酷的枝头。敌人迫害，疾病磨折，都无法同这种灵魂的熬煎、内心的碾轧相比。

“君子坦荡荡”，映现出一种难以企及的人生境界。我想，一个如此勇于赤诚忏悔的人，内在必然存有一种坚定的信仰追求和沛然莫之能御的自信力与自制力，有一种把灵魂从虚饰的包裹中拯救出来的求真品格。对于当下充满欲望、浮躁、伪饰而不知忏悔、自省为何物的时代痼疾，这未始不是一剂针砭的药石。

## 三

一端是当年的汀州狱所，一端是罗汉岭前的刑场——往返于这段不寻常的路上，我反复思考着这样一个问题：迂回宛转的《多余的话》与显现着劲节罡风的慷慨捐躯，不也同样构成了相映生辉的两端吗？它们所形成的色彩鲜明的反差，恰恰代表了秋白烈士的两种格调、两种风范的丰满而完整的形象，展现出这位“文人政治家”的复杂个性与充满矛盾的内心世界。

人之不同，其异如面。有的单纯，有的驳杂；有的渊深莫测，有的一汪清浅。而在复杂、内向的人群中，许多人由于深藏固闭，人格面具遮蔽过严，他人是无法洞悉底里的。作为赋性深沉的时代精英，秋白可说是一个例外。

在毕命前夕，他即使不愿作惊风雨、泣鬼神的正义嘶吼，也完全可以选择“天地有大美而不言”的沉默。可是，他不，偏偏以稀世罕见的坦诚，毫不掩饰、一无顾忌地展露自我，和盘托出丰富的内心世界与多棱多面的个性特征——沉重的忧心与大割大舍大离大弃的超然，执着而坚定的信念与苦闷、困惑、无奈的情怀，高尚的品格与人性的弱点，夺目的光辉与潜伏的暗影，……

犹如悬流、激湍是由水石相激而产生的，这种复杂而丰富的内心世界，也是主客观相互作用的产物。秋白烈士以文人身份登上政治舞台，不可避免地会遭遇到种种尖锐的内在冲突，诸如非自觉的积习与自觉的理智，一己之所长与整体需要，自我精神定向与社会责任，结构决定性与个人主体性之间所形成的内在矛盾，等等。

而他的出处、素养、个性、气质，更为这种矛盾冲突预伏下先决性因子。他是文人，却不单纯是传统的文人或现代知识分子，而是革命文化战士；他是政治家，却带有浓重的文人气质，迥异于登高一呼，叱咤风云的统帅式人物。这样，也就决定了他既能毫无保留地献身于革命事业，却又执着于批判精神、反思情结、忏悔意识、浪漫情怀等文人根性，烙印着现代知识精英的典型色彩。可以说，这是使他困扰终生的根本性矛盾。

长期以来，时代已经确认了那种义薄云天、气壮山河的豪情壮举，应该说，在这方面，他是做得足够完美的。不同之处在于，他还同时作了一番洞见肺肝的真情倾诉，并以充满理性光辉甚至惊世骇俗的话语，进行深沉的叩问和冷静的思考。——这就突破了既成的思维定势，有些不同凡响了。

特别是当他论及那些颇具风险性、挑战性的话题时，竟以十分浓重的艺术气质，注入了颇多的理想成分、感情色彩与个性特征，这样，就难免为“不知者”目为异端，最后遭到种种误读和批判。

其实，非此即彼、黑白绝对的思维逻辑，并不能真实认知事物的本质。“光明的究竟，我想决不是纯粹红光”（瞿秋白语）。《马赛曲》、《国际歌》，英风豪迈中不也洋溢着动人心弦的悲壮与低回宛转的深情吗？从美学角度看，这丰富而复杂的人性，比起简单、纯粹来，更容易产生一种人格魅力和强大的张力，吸引人们去思索，去探究。

身为中国大变革时期的探索者、先行者，秋白烈士张扬了真正知识分子的人生境界，具有常说常新的人文价值和现实意义。我相信，即使再过去七十年以至七百年，他还会成为含蕴深厚的话题，令人回味无穷，盛说不衰。

同样，他的思想也具有一定的超前性。莫说当时，即使在几十年后的今天，那些关于灵魂、关于人生、关于生命价值的终极意义等世纪命题，仍然有着广阔的阐释论域和颇多的待发之覆，从而为现代思想史留下鲜活的印迹，足以抗拒时间的流逝，恒久地矗立于历史深处。

“哲人日已远，典型在夙昔。风檐展书读，古道照颜色。”民族英雄文天祥《正气歌》中的结句，可谓实获我心：前贤已经远离开我们，可是典范长存。在短檐下展开史册来读，顿感他们的凛然正气辉映着我的面容。

## 四

数日勾留，我深切地感受到，革命老区长汀人民对于秋白烈士怀有极其深厚的感情，历数十年不变，父而子、子而孙地口耳相传，叙说着这座城、这条路、这一天、这个人的苍凉而壮丽的往事。在这里，我尝试着作一番复述：

历经了一场灵魂的煎熬，那郁塞于胸间的一腔积愫已全盘倾诉出来，现在，他才真正感到彻底地获得解脱，从而表现出一种从未有过的超然。

他早已超越于生死之外了。昨晚，当获知蒋介石的密令已到，刽子手即将行刑时，面容显得异常平静。停了一会儿，站起身来，示意来人走开，并说：“人生有小休息，有大休息，今后我要大休息了。”然后就安然睡下，迅即发出均匀的呼吸声，“梦行小径中，夕阳明灭，寒流幽咽，如置仙境。……”

晨曦悄悄地爬上了狱所的窗棂，屋里倏然明亮起来。他心中想着：这世界对于我们仍然是非常美丽的。一切新的、斗争的、勇敢的都在前进。当然，任何美好事物的争得，都须偿付足够的代价。为此，许多人踏上了不归之路。

这样，他，也就守护着灵魂上路了。

一袭中式黑色对襟衫、齐膝的白布短裤，长筒线袜、黑色布鞋，目光里映射着理想的幽深，香烟夹在指间，一副泰然自若的神情。尽管结核病已经很重了，几个月的心力交瘁更折磨得他十分虚弱，可是，看上去，仍然是那么伟岸，洒脱。

走出大门时，他回头看了一眼空荡荡的院落，又向荷枪环伺的军人扫视了一下，嘴角微微地翘起，似乎想说：敌人的如意算盘——征服一个灵魂、砍倒一面旗帜、摧毁一种信仰，已经全然落空；得到的只是一具躯壳。可是，“如果没有灵魂的话，这个躯壳又有什么用处?”

途经中山公园，他见凉亭前已经摆好了四碟小菜和一瓮白酒，便独坐其间，自斟自饮，谈笑自若。他问行刑者：“我的这个身躯还能由我支配吗？我愿意把它交给医学校的解剖室。”原来，就连这具躯壳，他也要奉献给人民。接着就是留影——定格了他最后的风采：背着双手，昂首直立，右腿斜出，安详、恬淡中，透露出豪爽而庄严的气概，一种悲壮、崇高的美。

路上，他以低沉、凝重的声音，用俄语唱着《国际歌》，呼喊着“中国革命胜利万岁”、“共产主义万岁”等口号。到了罗汉岭前，他环顾了一番山光林影，便盘膝坐在碧绿的草坪上，面对刽子手说：“此地很好!”含笑饮弹，告别了这个世界。

此刻，“铁流两万五千里”的中国工农红军，正进行着一场震古烁今、名闻中外的伟大长征。而被迫离开革命集体的秋白同志，在这长仅千余米的人生最后之旅中，也同样经受着最严酷的生命与人格的考验。“咫尺应须论万里”，这是另一种形式的伟大长征。

死亡，是人生最后的也是最为严峻的试金石。他以一死完美了人格，成全了信仰，实现了超越个人有限性的追求。烈士的碧血、精魂，连同那凄婉的“独白”，激越的歌声，潇洒从容的身姿，在他短暂而壮丽的人生中，闪现着熠熠光华。

对于他，死亡不是终结，而是完成。

# 入幽谷

郭沫若

## 一、近卫声明

日本人在拿下了广州和武汉之后，便很踌躇满志地没有再加紧进攻，那是很有道理的。所谓“不战而屈人之师者，上也”。那批矮腿邪眼的孙子高足是在那儿实验着不战而屈人了。这意识很鲜明地表现在近卫的两次声明里面。

第一次声明发表于 11 月 3 日，在武汉撤守之后，长沙大火之前。很简短，文不过三段，字不过五百，然而却很扼要而有斤两。

第一段一开首就这样说：“帝国陆海军，此次仰赖陛下震武棱威，攻陷广州及武汉三镇，戡定中国各要地，国民政府由是降为地方政权。”很值得玩味。这是说征服中国的大功业已告成，所谓国民政府是值不得作为大规模的军事对象了。故接着便下一转语：“但该政府如仍冥顽不灵，固执抗日容共政策，则在该政府歼灭之前，决不停止军事行动。”这更明明是替“该政府”指示出了一条自新之路：只要你不“抗日”，不“容共”，那便再不打你了。“抗日”倒无所谓，因为你已降为“地方政权”无足轻重。最要紧的是不能“容共”!

第二段申述所谓“建设新秩序”，要“由日、满、支三国相互提携，树立政治，经济，文化等项互助连环之关系”，以“达到共同防卫，创造新文化，实现经济合作”。这就更明白地替“地方政权”指示出了今后的任务：“共同防卫”——反共反苏。

路子已经开好，“至于国民政府，倘能抛弃从来错误政策，另由其他人员从事更生之建树，秩序之维持，则帝国亦不事拒绝”（第三段），招降纳叛，明目张胆了。“另由其他人员’，看来好象是把蒋介石、汪精卫都除外了，其实这儿正是文章，只要你自己不想除外，那就不算除外。明明除外了的自然是大有人在，在军事方面是八路军和新四军，在政治方面便是国民党反动派以外的一切进步分子了。

这一政治攻势异常猛烈，在今天看起来，我们可以说就是这篇文不上三段，字不满五百的东西决定了“地方政权”今后整个的动向。

汪精卫是被诱引出去了。这位“副总裁”在12月18日飞出重庆，21日又飞出昆明，飞到了越南的河内。接着是22日近卫又有第二次声明，更索性把“共同反共”的要求提出了。“共党在东亚之势力为吾人所不能容忍。日本认为日、支两国为表现日、德、意三国之反共精神，亦应有必要成立反共协议。”“日本为达到此项目的，要求在华驻兵，并要求将内蒙划为特别防共地带。”于是而有汪“副总裁”的艳电（12月29日）响应，公开通敌，赞成缔结“中日防共协议”。

“副总裁”是这样了，另外一位“正总裁”是怎样的呢？作风是不同，角色是不同，而所演的却同是一出戏。自从武汉撤退以后，一直就是积极防共，消极观战，如此者六七年，不就是再好也没有的证明吗？

在武汉时代本来决定在撤守之后要在衡山设立大本营，继续积极抗战。后来这一计划无形无影地打消了。这不是比汪精卫的艳电还要更有实质的响应吗？

长沙大火之后，也还开过一次堂皇的南岳会议，决议了好些方案，象煞有介事。当时曾提出了这样的两个口号，“宣传重于作战，政治重于军事”，我们做宣传的人竟曾为此而大感高兴。但在今天看来，从此纸上抗日、事实上反苏，不就是“宣传重于作战”吗？防共积极、抗战消极，不就是“政治重于军事”吗？

我们实在是太天真得可爱了。

## 二、流连南岳

南岳会议是在11月尾上召开的，我只是在闭幕的一天赶去参加了一次，依然是猛将如云，谋臣如雨的场面。我当时倒有过一点惊异，在抗战应该吃紧的期间，为什么要集中这么多的高级将领来开这样大规模的会议？参加的人，粗略的估计，总怕起码有300，都是一些将官阶级。这些人在紧急的关头，离开了自己的岗位而来从容论道，不认真是一件奇事吗？

会闭幕后，当天晚上便有很多人走了，但我们却被留了下来：原因是“最高”的一篇闭幕辞，要我亲自带到桂林去付排，而文稿尚须“文胆”陈布雷整理。这一整理费了很多时间，不仅当天夜里没有弄好，连第二天一个大清早都没有弄好。因此我们在第二天也就依然不能不留在南岳。

那篇闭幕辞其实是很成问题的东西，那儿空空洞洞地没有说到什么，重要的只是谈了一个曾国藩的故事。曾国藩初练水师，一战为太平天国所败，想扑水而死，为部下所劝止。嗣后乃返衡阳练兵，才转败为胜，终把太平天国平定了。（因手中无书，说不定会有些错误。）由这便搭到对日抗战。虽然战败了，不要气馁，要学曾国藩再接再厉，收到最后胜利。这个故事的征引实在不伦不类。抗御外侮，转败为胜的先例在中国历史上有的是，他不肯举，而偏偏举了一位内战专家，民族叛徒的曾国藩。尽管多少是有点本地风光，但那以曾国藩的继承者自居的人不是早就存心在鼓励内战吗？

但我们实在太天真了，要专候整理，并象赍送圣旨一样，专送桂林，为此更累得周公也被牵连着多住了一天。

不过有了这一天的耽搁倒也给了我们一个机会，让我们去登了一次南岳。我不记得是谁先提议的了，就在那第二天的上午，周公，贺衷寒和我，我们三个人约着去登山，都相约不坐轿子。这倒给我留下了一个意外的纪念。

南岳衡山是被人传说得十分庄严的，古代作为五岳之一，祭秩比于三公。特别是有了韩愈“谒衡岳庙”的那一首诗，在读书人的脑中，仿佛它真像是一个“天假神柄专其雄”的神物，时常在“喷云泄雾”。但事实上倒并不怎样神奇，特别由我这个生长在峨眉山下的人看来，它实在是平常得很。除在山脚下有一些风景区之外，山上都显得非常索寞，既没有什么“松柏一径”的大树，也没有什么“粉墙丹柱”的灵宫。我们只走到半山的铁佛寺便歇下了。这是一座破旧不堪的小庙，但还好，周围倒是有些林木的。贺衷寒说，再往上走，过了南天门，风景就更好了。但我们没有再往上走，并不是我们没有脚力，而是太寂寞的山景没有诱引我们的魅力！

铁佛寺的老和尚替我们预备了一顿中饭，把庙里自做的豆腐卤拿出来做菜。那倒是再好也没有的珍品啦，小方块的豆腐，糟得很透，色虽灰白而味道很鲜。我们吃了一盘又一盘，把一罐子的储蓄都吃光了。和尚很高兴，就好象做了一场大功德，当然我们也并不是白吃的。

在那铁佛寺下边不远处有李泌的读书室，这是所谓名胜古迹了。我一个人特别走去看了一下，那更是使人失望得很。不要说什么“邺侯家藏书，插架三万轴”，就是三本《三字经》都从那儿找不出来。一列三间的小祠宇，庸俗得实在是无法形容。

但这一次的登山，我却有了一首纪游诗，是在那下山的途中勉强凑成的。

中原龙战血玄黄，必胜必成待自强。
暂把豪情寄山水，权将余力写肝肠。
云横万里长缨展，日照千峰铁骑骧。
犹有邺侯遗迹在，寇平重上读书堂。

为了附庸风雅，不得不矫揉造作一番，骗骗自己而已。

那天的天气倒是满好，并没有象一千多年前的韩愈那样，逢着“阳气晦昧”的秋雨节，而劳他“潜心默祷”。众峰是很朗壑的，虽然并不怎么“突兀”，也不显得有所谓“紫盖连延接天柱，石廪腾掷堆祝融”那么生龙活虎般的活跃。但山外的眺望为韩愈所忽略了的却很有可观，72峰都一一呈列在目前，好象万马奔腾。韩愈只照顾着衡岳本身，而失掉机会照顾到岳外，我很替他可惜。

## 三、桂林种种

12月2日清早由衡阳坐火车动身，三日清早到了桂林。这次有火车的方便，自然没有前两次那样狼狈了。

到了桂林之后，主要的工作是把三厅的人员分了三分之一留下来参加行营政治部，由张志让主持，行营政治部主任是梁寒操。另外的人员便陆续由卡车运往重庆，只有孩子剧团的小朋友别致，他们自告奋勇，决定步行，沿途工作，走向重庆。他们这一计划后来是很完满地成功了。

那时候陶行知也在桂林，他召开过一次小朋友的大会，似乎就是生活教育社的年会吧。

他曾经邀我去演讲，我说过“一代不如一代”的意思有了改变了，并不是下一代不如上一代，而是上一代不如下一代。这一转机，就是孩子剧团的小朋友们给予我的。

长沙大火后，有一家白报纸的囤积店没有烧掉，却又搬运不出：因为在善后期中火车只限于军运，断绝了商运。那家囤纸商便向三厅求售。令数很大，我现在记不清楚了。商人作为烧掉了，要价比成本还要低。我把这事向陈诚提出过，要政治部买下。陈诚到长沙时给了我一个手条，交总务厅办，而总务厅的那些颟顸老爷却始终没有办。到了桂林，那纸商又来找我，我便独行独断地索性由三厅来收买了。这到后来一直供给了政治部好几年的使用，而且还使第二代厅长何浩若、第三代厅长黄少谷，各各都揩了一笔大油水。

救亡日报社的朋友们到了桂林本来打算立即复刊的，但因经费无着，地方上的当局也无意帮忙，以致虚悬着。我扭着陈诚，向政治部要津贴。他很勉强地答应了每月津贴200元。这津贴的数目虽然少，然而是中央机关所津贴的报纸，对地方党部的麻烦也就是一副挡箭牌了。同时又由夏衍到香港去筹了一笔经费，于是这份文化人的报纸便在翌年元旦又在桂林复刊了。——这报纸是在两年之后，张治中做政治部部长时代，由何浩若亲自跑到桂林去勒令停刊的。

立群在11月11日和夏衍、孙师毅、池田幸子等同车，离开了长沙之后，她比我先到桂林。她曾经在省政府附近租了一间小房子，但不幸在11月底遭了轰炸，除了随身穿着的一点衣服之外，所有的东西都被炸光了。人没有牺牲自然是件幸事。

立群还有一位母亲，是岑春煊的侄女，本来是在行政院任职的，南京失陷时带着一位13岁的幼女逃回桂林。她们也是什么东西都丢光了，暂时住在水东门内的娘家——岑氏宗祠里。据说，依旧时的封建习惯，凡是出了嫁的女子便不准在娘家过年，看看要到年末了，又只得从宗柯里搬了出来。这一老一弱的今后的生路，我们也是须得负责的。这件琐屑的私事，多蒙朋友们的帮助，却解决得最理想。小妹立修，我们要她参加孩子剧团，她很踊跃地参加了。岳母岑蕴文搭乘着苏联顾问的小汽车，先我们到重庆。她们两母女不久更由重庆到了延安，于今是比我们更自由，更幸福了。

在桂林我们住在乐群社，有乃超和杜老同住。不久翰笙由香港回来了，他所采办的医药用品留下了程步高负责搬运。他们的辉煌成就，我在前面是已经叙述过的。

乃超在计划设立日语训练班，打算训练一批人员出来，加紧对敌宣传工作。为了这项工作，他和鹿地亘两人留在桂林，一直住到了第二年的5月。但工作却受了梁寒操的种种牵掣，没有达到理想的地步。原先打算由三厅直接办理的，梁寒操却生吞活夺的抢去，乃超和鹿地亘便只以顾问的名义留下。虽然也招了生，开了班，但所注重的不是日语训练，而是思想训练。这就是武汉撤守后，国民党反动派所奉行的一贯的国策——照着近卫声明所指示的途径：消极抗战，积极防共。三厅由凌迟而至于处决，所有一切对于抗战有益的工作，从此以往都逐渐被限制、被毁灭了。

我和立群两人是于27日飞往重庆的，但在这之前还遭遇过一些悲欢离合。

## 四、舟游阳朔

“桂林山水甲天下，阳朔山水甲桂林。”

桂林人是很爱夸引这两句话的。到过桂林，而且游过阳朔，我自己也能承认，这两句话并不算夸大。桂林和阳朔的山水（认真说，只能是山）的确很奇特。那些水成的石灰岩，经受了无数万年的风蚀雨削，一座座的山峰各不相连，拔地而起。而千万个峰顶各呈奇状，或如乱迭云母，或如斜倚画屏，或如螺，或如菌，或如书帙在架，或如矛头插天，象鼻，狮头，马鞍、人帽，无形不备，这种山形，我在别的地方不曾看见过。安徽人艳称黄山，但从照片上看采，黄山之奇似乎是在层崖叠嶂间多生小松，而这样的黄山松在桂林，阳朔也并不稀罕。我得承认，桂林、阳朔的山水，在它们的奇拔秀逸上的确是甲于天下的。如果要说到雄浑磅礴，那就完全说不上了。

山是水成的石灰岩，因此便有不少的钟乳洞，在桂林有“无山不有洞”之称。最大的七星崖要算是最大的钟乳洞吧。洞里当然更有些奇形怪像的东西，石笋、石柱、石笔、石帘、叩之有声如钟，成于石浆如乳。但那种不见天日的洞中景物，倒不如在光天化日之中的地上景物，来得更能引人入胜了。

那时候白鹏飞（表字经天）在做广西大学的校长。我们是日本帝大的先后同学，因此他很殷勤地招待了我们。他请我到良乡的大学里去讲演过，据说那校舍是岑春煊所捐赠的，这和立群自然又有一番渊源了。校舍的园林相当讲究，有一株很大的红豆树，为我生平第一次所见。那样小巧玲珑的红豆，所谓“相思子”，原来是结在那样高大的乔木上。

有一次经天雇了两只船，邀约杜老、何公敢、立群和我，同游阳朔。因此，我们便得以尽量地领略了桂林和阳朔的风味。

去的一天在下着微雨，在漓水边坐上了两只有篷的木船。大家都带着被条，准备在船上睡一夜。殷勤的经天夫人沈兰冰女士更采办好了一天多的粮食，好几瓶茅台。她决心在船上亲手烹调来款待我们。这样的贤主人的确是难得的，情谊既浓重而风韵又清新。在那奇山异水之中，漂泊了一天一夜，即使不是苏东坡，也尽可写出一篇“阳朔赋”了。

漓水很清洁，水流很缓，平稳地在两岸的山峰中纡回。有点微雨，更增加了情调。空气是凄冷冷的，远峰每半藏在烟霭之中，时有水鸟成群而游。整个的情景好象是在梦里。

白经天爱唱黑头，时不时要突然来几声“黑风帕”，于是便使得群山震恐，两岸都发出回响。

我在武汉时曾经买过一只手枪，备而未用，这次是随身带着的。中午时分，经天夫人在烹调的时候，我开玩笑地说，打一只水鸟来做菜吧。拔出枪来，砰的一声——水鸟惊跑了。两岸突兀在幻境中的寒山也几乎惊破了。

经天夫人的烹调很拿手，碰着我们这四大家族，都是饕餮大家而兼高阳酒徒，那就相得益彰了。盘盘必须扫地，罐罐必须嗑干，有酒便醉，无话不谈，真真是放纵地过了那么一天多并不雅的粗人豪致。

立群，她看见经天夫人的忙碌而高明，兴致冲冲地去帮忙而学习。于是增加了一段有趣的插话。

晚上经天夫人在油炸落花生，立群接过了手去代她管锅。我在舱里闻到花生的煳味了，走去看时，花生米在滚热的油里已经都焦了，立群说：还没有炸脆呢。油炸花生米是要冷了才脆的，她还不知道。吃的时候，花生米已经带苦味了。我说：满好，这可以帮助消化。

第二天上午到了阳朔。回桂林时是坐汽车，汽车的速度太快，陆上便没有水上那样的风趣了。看来所谓“山水”，的确是山与水相连带的。

## 五、张曙父女之死

在桂林期中敌机也经常来轰炸。当时一般人对于空袭并不大感觉恐怖，有警报时每每不肯躲。再加以敌机是从广州起飞，预行警报和紧急警报之间距离很短，躲有时也来不及。因此有的人也就索性不躲了。就这样，张曙父女便遭了悲惨的牺牲。

有一天中午，张曙回家吃中饭，和他的夫人周节女士据说是有点意见上的龃龉。一家人正开始吃饭，警报来了。夫人跑到附近的城门洞口去躲避，张曙和他一位三岁的幼女却没有同去，警报解除后，父女两人被炸死在花园里。女儿抱在父亲的手里已经血肉模糊，父亲的脑袋被炸成了一个空壳。周节回家，看见这样的光景，立地晕倒了。苏醒转来，一时神经失常，见了任何人都喊“张曙”，而又不断地唱着张曙所谱的“洪波曲”。

张曙是最初参加三厅工作的同志，他和冼星海两人在抗战歌曲的传播上是尽了很大的努力的。他这样惨烈地遭了牺牲，同人们都由衷地表示了哀悼。我们把他埋葬在桂林城外的冷水亭，是我替他写的墓碑。当时以为从此在桂林城可以留下一个胜迹了，然而隔不两年寿昌到了桂林，前往扫墓，竟发现墓被铲平了，碑也被打断了，在一个小沟上做着桥。寿昌有文纪其事。

我和张曙，特别在长沙大火中有过一段分姜分粥的往事。他的一死更十分引动了我的感触。我做了好些诗词对联来挽他。为了纪念故人，就我所能记忆的抄录一些在下边吧。

挽词（调寄望海潮）

武昌先失，岳阳继陷，长沙顿觉孤悬。树影疑戎，风声化狄，楚人一炬烧天，狼狈绝言筌。叹屈祠成砾，贾宅生烟，活受阉维，负伤兵士剧堪怜。

中霄殿待辎播，苦饥肠辘转，难可熬煎。白粥半锅，红姜一片，分吞聊止馋涎。南下复流连，痛几番狂炸，夺我高贤。且听洪波一曲，抗战唱连年。

挽诗之一

宗邦罹浩劫，举世赋同仇。
报国原初志，捐躯何所尤？
九歌传四海，一死足千秋。
冷水亭边路，榕城胜迹留。

挽诗之二

成仁丈夫志，弱女竟同归。
圣战劳歌颂，中兴费鼓吹。
身随烟共灭，曲与日争辉。
薄海洪波作，倭奴其式微。

挽联之一

一片血模糊，辨不出那是父亲，那是女儿，父女共捐躯，剩有管弦传革命。

连年战坚苦，端只为救我国家，救我民族，国民齐努力，誓完抗建慰忠魂。

挽联之二

慈于为人父，忠于为国民，一死献宗邦，双手未遗弱女。

下之穷黄泉，上之穷碧落，九歌招毅魂，千秋常护旌旗。

挽联之三

壮烈唱洪波，洞庭湖畔，扬子江头，唤起了三楚健儿，同奔前线。

点滴遗冷水，八桂城中，七星崖下，痛飞尽满腔热血，誓报此仇。

挽联之四

黄自死于病，聂耳死于海，张曙死于敌机轰炸，重责寄我辈肩头，风云继起！

抗敌歌在前，大路歌在后，洪波歌在圣战时期，壮声破敌奴肝胆，豪杰其兴！

## 六、弓与弦

12月的月杪，虽然战争暂时停止了，应该说是最多事之秋。这是国民党反动派在抗战态度上的一个转折点，从此由貌似积极转向彻底消极，由勉强对外转为专门对内了。

汪精卫既以18日逃出重庆，飞向昆明，21日又逃出昆明，飞向河内。从此脱离了抗战阵营，走上了他的“曲线救国”之路。接着是日寇近卫内阁继12月3日的声明之后，又于22日来一个第二次声明，明白地提出了“共同反共”的建议。29日汪精卫急忙来一个艳电响应。极尽了串演反派的能事。

这些都在前面已经提到过。但在“副总裁”汪精卫的艳电回应之前，却还有人更抢先的，便是“正总裁”的蒋介石在二十六日所发表的长亘五千字的响应了。响应的方式自然不同，一个是串演反派，另一个是伪装正派。伪装正派者对于近卫的第二声明是逐句逐字地加以驳斥的。措辞很严峻，不厌烦复，对方说一字，一定要还十字，对方说一句，一定要还十句。于是原声明仅仅五百字的东西，竟回答以十倍以上的长文。两国交兵，长文骂阵，这岂不是一件滑稽的大事吗？

敌人的指示是国民党“停止抗日容共”或“共同防共”。假使真是有抗日的决心，那就该一反其道而行。怎么一反其道而行呢？很简单，把孙中山的三大政策恢复转来，和苏联更加亲密，和共产党更加合作，把抗战的基础建立在动员工农民众上。那就是最好的答复。说得更具体一点吧。赶快放弃一党专政和个人独裁，立即组织战时内阁，把中共的领袖都请出来，共同参预国政，把作为装饰品的参政会索性进升为真正的民意机关，使它有立法并监督行政的大权，同时惩办那些贪污腐化、自私自利的无能卖国分子。那就是最好的答复。只要你真正在抗日，哪有闲工夫在纸上发泄，和敌人隔海骂阵呢？

所行所为一切都照着敌人的指示在做，抗战的大本营不再设立了，连专做红白喜事的三厅——一个比较积极抗日的文化人集团，都尽力地加以分割并缩小了。敌人是很聪明的，你只在文字上显得嘴硬，而言行不符，它还不会心微笑吗？一个 500 字的声明你用 5000 字来驳斥，那正证明了你对于声明毕恭毕敬地读得十分专心，你是已经受了动摇，你是使敌人收到了攻心的效果，从此你们就可以以心传心了。

岳州拿下后敌人不再进，长沙大火后敌人也不再进，这是敌人的示惠，放长了缰绳，来坚定你对于“声明”的了解。两位演员的了解力都很不错，一反一正，一内一外，收到了应合之妙。

因此，汪精卫的出走，在国民党反动派里面，早就有人明白地说过，那是“最高”一人的苦肉计。当时太天真了的人们还有点半信半疑，如今看起来，此一计也，不仅是“苦肉”，而且是苦心了。我们是后知后觉者。看到了陶希圣活着受宠，看到了周佛海死而哀荣，看到了张松献地图，日本人又成为良友，一场闹剧看了十年，方看漏了台。

然而老百姓毕竟是聪明的，前好几年，在川南乡下早就流行着这样的一首民谣：

弓与弦

你是弓，

我是弦，

你走曲线我直线，

反正大团圆。

一手弓，

一手箭，

盘马弯弓杜美原，

箭箭射燕然。

从前我对这民谣不大了解，现在可是完全了解了。弓是谁？弦是谁？用不着再说“杜美原”不是“土肥原”的变音吗？“燕然”不是以音近而影射“延安”吗？

摆在眼前的形势谁都知道的！弓已折了，弦也快要断了。土肥原被宣布了死刑，延安已成为解放中国的圣地。

# 囚语

叶挺

"自古艰难惟一死，伤心岂独息夫人。"吴梅村[①]感恸深矣，戏拟四句不协律的诗：

不辞艰难那辞死，
生死原来相游戏。
只问此心无愧怍，
赤条条来光棍逝。

至友任光，为中国音乐名家，《渔光曲》、《王老五》等均其杰作。随我至军中后，新作甚多，别有风格，对群众心理及大众化问题均深切明朗，军中均以"王老五"呼之。此次率其新爱伴随余行军，备受危苦。十日晨在高坦乡，正值激战中，教导队奉我令加入前线作战。我作简短演说后，群情激动。任君即指挥唱其新歌《东进曲》，与四周机关枪及手榴弹声溶成最伟大战斗交响曲。及是夜，全军转移至拾锦坑，沿途数遭机关枪扫射。任君夫妇在余后被截击，落荒逃至一民家。翌日（十一日）晨，余知之，使人觅之归。观其狼狈困惫之状，深恸民族天才随余受难，惭感无已。及十二日，终日重围苦战中，情况万分紧张，余忙迫无暇关照其夫妇。入夜，四面燎火漫烧，曳光弹

①此处叶挺回忆有误。"自古艰难惟一死，伤心岂独息夫人。"出自邓汉仪（1617—1689）诗作《题息夫人庙》，原诗为"千古艰难惟一死，伤心岂独息夫人。"

如萤箭四面飞来，侧后方阵线已为击破，余等已不得不移动。见余侧数尺伏卧人堆中，勿［忽］有二人辗转地上，在激战声中不能闻其哀号。有人高呼："'王老五'受伤了!"余近视之，知其重伤在腹部。时萤箭蝗飞，余心痛如割，无语足以慰之，无法足以助之。及后闻战士言，"王老五"老婆亦受伤了。任君夫妇当作同命鸳鸯矣，悲乎！愿后世有音乐家为我作一哀歌以吊之。

余素无非份之想，绝非事业野心家也，但三次被叛逆之罪，七次一败涂地，落荒逃生。民（国）十一（年）与薛伯陵、张向华同任孙大元帅府警卫团营长。六月间，陈炯明以二师之兵围攻总统府，余与伯陵两营人守御之。激战一日夜，当攻破之际，余与伯陵偕同向前门逃出。乱兵拥人，余一手散五万元钞票于地，乱兵争拾取，余辈乘机挤出。在街上，复前后受机枪扫射，余二人逃散。余走数街，为乱兵追逐入一穷巷，一洗衣妇助我，取一梯登瓦上，走数十栋，始入一印刷店，为一老妇所收容。事后，为陈炯明视为叛逆而通缉。此一次也。兵败之后，不数日，余偕伯陵潜乘轮至黄浦［埔］，登总理及委座所指挥之"楚豫"舰后突入白鹅潭。及许汝为兵败韶关之讯到，总理偕委座及陈策登英舰"武汉"号赴香港，余与林植勉、李南溟攀龙无术，并遵总理嘱咐留舰上。去年斩头的欧阳格密与陈炯明方商议投降条件，乃监视余三人，拟缚献陈炯明以邀功。幸得水兵之助，逃至沙面，得一英人护送至航香港之轮船，始脱险。此二次也。至香港不数日，复奉孙［总］理之命，偕伯陵由广州湾潜至高州山中，协同电白县长谢晋臣编集绿林豪杰约千人，举兵抗陈炯明。约二月，事败，复逃至香港。此三次也。民（国）十六（年），清党事起，南昌举兵，至汕头，一败涂地。与周恩来、聂云［荣］臻潜伏乡间约一月，乃易服乘渔舟逃至香港。此四次也。是年冬间，广州之变起，历三日极之艰危，事败。余易服偕吾妹作难民逃至香港，几为香港警察所扣留。此五次也。后三日，复潜逃至日本东京，屡受警察所追查，仅留一月，不得不再行潜逃。在敦贺赴海参崴轮上，为便衣侦探盘问四分钟，几为所扣。此六次也。此次皖南惨变之事，余不得不负其责任。担任军长三年来，实非所愿。三上辞呈，二次走避，而终不免于陷入漩涡，一败涂地。自动投案，又被叛逆之罪。此七次也。余与吾妻谈及吾遭遇之事，吾妻答曰：“尔的名与别字便是征兆，铤而走险，绝少平安，可［以］此作解释矣。”去年七月过柳州，访张向华，向华指着我的面说：“尔这个衰仔，当了三年军长，不升不调，又辞不掉，全国找不到第二个。”我默然笑曰：“那是我的福吧。”至友严立三，现任湖北代主席，常谓自己为不祥之人，非遭变乱必不出而任事。余亦有同感焉。汉口未失陷前，余与立三在省府谈及我的辞职事，立三喟然曰：“不干也好，留以有待吧。”呜呼，立三！余历经折磨，此心枯矣，尚何待耶？去年蒋憬然、徐赓陶二君亦屡劝我不干，谓尔脚踏两片船，终有落水之日，并谓尔若在那处做事，总司令早已过瘾了。余无以答，只付之一叹。去年冬余妻回香港，过桂林时曾访李任公及陈劲节。来书云，二人均甚关心尔，深怪尔为什么不出来？此间传尔已被扣留。余致任公书有云：“当危难中，何忍舍部属于不顾？挺今日处境，正如走百丈独木危桥，已无返顾余地，桥折则溺水死耳。”今日桥果折矣，亦语谶也。

由重围苦战流血的战场，又自动投入另一个心灵苦斗的战场了，后者比前者令人提心吊胆更加几倍。一个人，当可能到达他生命最后一程的时候，他的感情与理智，或感情与感情，或理智与理智［意识］，一切矛盾是最容易一齐表现在他的心头激烈争斗着，比血的战场还要利［厉］害。他需要眼泪，好似后者需要血一样，这不是妇人、懦夫的眼泪，是壮士哭战友的眼泪。他需要狂歌，需要狂笑，最后一个意识、一个感情战胜一切了，他会发出凯旋的微笑。

昨日［读］《前线日报》载，周恩来在《新华日报》写着：为江南死国难者志哀。并写：“千古奇冤，江南一叶……”“一叶”不知作何解？大概是指一页历史吧。若是指一个不值半文的囚徒叶挺，则那个“冤”字是不恰当的，应当改为“奇遇”好些。我这次遭际，却［确］实是人生的奇遇。自到友军后，直至上饶，数日间，阶下囚与坐［座］上客同时兼备一身。古人云，昔日坐［座］上客，今朝阶下囚。与我比起来，岂不逊色？我现在所食伙食，据仆人说，每天四块，一月就是120块，可说是全世界最高等的囚徒了，岂非奇遇？

我的结婚戒指，十五年来无日离开手指，但三次离开就碰着三次遭难。潮汕之败走乡僻中，恐为人著目，取置袋中。广州失败逃香港，留置吾兄家中。此次至上饶囚室，又为取去代存，大概怕我吞金自杀吧。吾妻若信谶兆，以后必将此戒指钉在我的指上，如此不至［于］灾难矣。

前偶游泾县对河一古寺，适一和尚坐化，得其焚葬方法。用一缸、两担炭满足，真是最经济、最合理的方法。此时我发愿：他日能将我躯壳（当然在灵魂开了小差之后）照这个法子处理，是最好的。

吾妻于廿一号来一电，嘱我应为六七个儿女（第七个尚在胎里）珍重自惜。妻儿的私情固深剜着我的心，但我又那［哪］能因此忘了我的责任和天良及所处的无可奈何的境遇呢？我固不愿枉死，但责任及环境要求我死，则我又何惜此命耶？复吾妻一电，请求代发，据闻尚未发出。电云：

“电悉。军人天职、人格重于生命。处无奈何之境，听天由命可也。尔可在家为我祈祷，切勿赴渝奔走及来电询问，与［于］事无补。孙曲人谅可脱险，任光夫妇受重伤，谅无救。希（三十日）。”

吾在乡，幼年甚爱读前后出师表、正气歌、苏武致李陵书、秋瑾及赵声等诗，感动至雪涕，造成一个悲剧角色的性格。十三岁时，曾手抄邹容的《革命先锋》（应为《革命军》——编者注）、陈天华的《猛回头》、汪精卫的《革命决不致召瓜分论》及《民报》等书，养成一种对社会反抗的性格。此时约当宣统二三年，我私自把辫子剪去，受吾母痛骂一顿，我亦大哭一顿，但未遵母命留回去。及后入惠城农业专门学校，值三月廿九广州起义（后），到处捕杀无辫之人。我伏校中不敢出，后由校长亲引至知府面前，发一护照，遣回家中，但我终抗命不留回辫子。又一次纠合乡中数同学实行破除迷信，将乡中所有土地神（约七八个）香炉均打破。致动全体农民之怒，集学校兴问罪之师，勒令赔回香炉。诸同学均照办，我独不从，遭吾父痛打一顿了事。又八九岁时就学私塾，塾师严酷无比，屡挞我，我必暗中报复。为其煮饭时私混沙子米中，或摘通心菜时私入苍蝇于孔内。我幼年性格倔强，一直至成人没有改变。吾妻常对我叹说：“江山易改，本性难移。尔真真不能改变一点吗？”吾三儿性格颇倔强，屡抗其母。吾妻辄叹曰：“真有其父必有其子了！”

他日我死了，墓碑愿至友郭沫若君为我一题。我爱其字，尤爱其为人。在事变前数日，曾托人送给他及刘为章君两刀宣纸，想收到时我已在缧绁中矣。君睹物宁不为我一叹耶！我墓碑题款：历史悲角叶希夷之墓。

"自由"像水和空气一样，得之不觉可贵，失之则难堪，或至于死。只要［有］在沙漠中才觉得水的可贵，只有在病中才觉得康健可贵，屠格涅夫说过："我爱自由胜过世上的一切。"

闻黄源亦死于此次皖南惨案，在阵中头部受弹伤，立即殒命。黄君本为国新社记者，到皖南军中后参加军中工作，为印刷所副所长。工作努力，成绩亦甚好，在此次惨变中饱受奔波饥饿之苦，形容憔悴，又不免一死。痛哉！

闻陈子谷君被俘，禁锢于离余八九里之山岩中。陈君本旅泰国华侨富商之子，本为国家民族的血诚，回国参加抗战。彼善日文，担任本军对敌工作部职务，以一无党派立场之书生，或可免党狱折磨之苦矣。

人之将死，其言也善。即是说：人到临死时才能说老实话。因为没有为生而自私的观念，自然所说的才不会虚伪的。我今日到此境地，才体会到这个意义。

未理发已一个多月了，仆人数次问要理发吗？我答可不必。今日理发师又来，遭我拒绝。适有友人在谈话，问我原［缘］故，我说，这是我今日仅仅所能做的自由，囚徒的自由。仅能从不字上着想，不能从要字上着想。譬如尔要活，他人偏不要尔活。假如尔想不要活，这是尔可以做到的自由。历史上有这个事实，洪成筹［承畴］为清大［太］祖所俘，态度坚决不屈，清大［太］后亲临囚室劝之，亦不从。大［太］后出，谓人曰："成筹［承畴］无死意，彼尚拂其衣上尘，爱其衣，岂独不惜身耶。"我之不理发，当然不是这个意思。我今日幸为囚徒，为人生所难逢的境遇。须发莲蓬，是囚徒本色，为什么不保持这样本色呢？

今日我特别觉得须的可爱。我在自由的时候，吾妻很讨厌它，我每过几天必须刮一次，吾妻必笑问："今日为什么又刮须？"我只能一笑答之，彼此均会意了。漫漫长日，在囚室中特别爱抚须沉思：觉我的唇不知何日才有朱唇可吻之福？今日只能摩一摩须，也感到一点快感。今日因须长，才发见下唇的须皆逆生，这或者是多遇逆境的征兆吧。我已发愿，我一日不得自由，必不理发剃须，这是我的自由。

---

注：文中误、漏字分别以［ ］（ ）两种符号标出。

# 红头绳儿

王鼎钧

一切要从那口古钟说起。

钟是大庙的镇庙之宝，锈得黑里透红，缠着盘旋转折的纹路，经常发出苍然悠远的声音，穿过庙外的千株槐，拂着林外的万亩麦，熏陶赤足露背的农夫，劝他们成为香客。

钟声何时响，大殿神像的眼睛何时会亮起来，炯炯地射出去；钟声响到哪里，光就射到哪里，使鬼魅隐形，精灵遁走。半夜子时，和尚起来敲钟，保护原野间辛苦奔波的夜行人不受邪祟……

庙改成小学，神像都不见了，钟依然在，巍然如一尊神。钟声响，引来的不再是香客，是成群的孩子，大家围着钟，睁着发亮的眼睛，伸出一排小手，按在钟面的大明年号上，尝震颤的滋味。

手挨着手，人人快活得随着钟声飘起来，无论多少只小手压上去，钟声悠悠然，没有丝毫改变。

校工还在认真地撞钟，后面有人挤得我的手碰着她尖尖的手指了，挤得我的脸碰着她扎的红头绳儿了。挤得我好窘好窘！好快乐好快乐！可是我们没谈过一句话。

钟声停止，我们这一群小精灵立刻分头跑散，越过广阔的操场，冲进教室。再迟一分，老师就要坐在教席上，记下迟到的名字。看谁跑得快！可是，我总是落在后面，看那两根小辫子，裹着红头绳儿，一面跑，一面晃荡……

如果她跌倒，由我搀起来，有多好！

我们的家长从两百里外请来一位校长，校长来到古城的时候牵着一个手指尖尖、梳着双辫的女儿。校长是高大的、健壮的，声音洪亮的汉子，她是聪明的、伤感的、没有母亲的孩子。家长们对她好怜爱、好怜爱，大家请校长吃饭的时候，太太们把女孩拥在怀里，捏她，亲她，解开她的红头绳儿，问："这是谁替你扎的？校长吗？"重新替她梳好辫子，又量她的身材，拿出料子来问她哪一件好看。

在学校里，校长对学生很严厉，包括对自己的女儿。他要我们跑得快，站得稳，动作整齐划一。如果我们唱歌的声音不够雄壮，他走到我们面前来叱骂："你们想做亡国奴吗？"对犯规的孩子，他动手打，挨了打也不准哭。可是，他绝对不禁止我们拿半截粉笔藏在口袋里，他知道，我们在放学回家的路上，喜欢找一块干净墙壁，用力写下"打倒日本帝国主义"。大军过境的日子，他不处罚迟到的学生，他知道我们喜欢看兵，大兵也喜欢摸着我们的头顶、想念自己的儿女，需要我们带着他们找邮局、寄家信。

你们这一代，要在战争中长大。你们要早一点学会吃苦，学会自立。挺起你们的胸膛来！有一天，你们离开家，离开父母，记住！无论走到哪里，都要挺胸抬头……

校长常常这么说。我不懂他在说什么。我怎么会离开父母？红头绳儿怎么会离开他？如果彼此分散了，谁替她梳辫子呢？

卢沟桥打起来了。那夜我睡得甜，起得晚，走在路上，听到朝会的钟声。这天，钟响得很急促，好像撞钟的人火气很大。到校后，才知道校长整夜守着收音机没合眼，他抄录广播新闻，亲自写好钢板，喊醒校工，轮流油印，两人都是满手油墨，一眶红丝。小城没有报纸，也只有学校里有一架收音机，国家发生了这么大的事情，不能让许多人蒙在鼓里。校长把高年级的学生分成十组，分十条路线出发，挨家散发油印的快报。快报上除了新闻，还有他写的一篇文章，标题是《拼到底，救中国！》我跟红头绳儿编在一个小组，沿街喊着"拼到底，救中国！"家家户户跑到街心抢快报。我们很兴奋，可是我们两人没有交谈过一句话。

送报回来，校长正在指挥工人在学校的围墙上拆三个出口，装上门，在门外的槐树林里挖防空坑。忙了几天，开始举行紧急警报的防空演习。警报器是疯狂地朝那口钟连敲不歇，每个人听了这异常的声音，都要疏散到墙外，跳进坑里。校长非常认真，提着藤鞭在树林里监视着，谁敢把脑袋伸出坑外，当心藤鞭的厉害。他一面打，一面骂："你找死！你找死！我偏不让你死！"骂一句，打一下，疼得你满身冒汗，哭不出来。

校长说得对，汗不会白流，贴着红膏药的飞机果然来了。他冲出办公室，亲自撞那口钟。我找到一个坑，不顾一切跳下去，坐下喘气。钟还在急急地响，钟声和轰隆的螺旋桨声混杂在一起。我为校长担心，不住地祷念："校长，你快点跳进来吧！"这种坑是为两个人一同避难设计的，我望着余下的一半空间，听着头顶上同学们咚咚的脚步响，期待着。

有人从坑边跑过，踢落一片尘土，封住了我的眼睛。接着，扑通一声，那人跳进来。是校长吗？不是，这个人的身躯很小，而且带来一股雪花膏味儿。

"谁？"我闭着眼睛问。

"我。"声音细小，听得出是她，校长的女儿！

我的眼睛突然开了！而且从没有这样明亮。她在喘气，我也在喘气。我们的脸都红得厉害。我有许多话要告诉她，说不出来，想咽唾沫润润喉咙，口腔里榨不出一滴水。轰隆轰隆的螺旋桨声压在我俩的头顶上。

有话快一点说出来吧，也许一分钟后，我们都要死了。……要是那样，说出来又有什么用呢？……

时间在昏热中过去。我没有死，也没有说什么。我拿定主意，非写一封信不可，决定当面交给她，不能让第三者看见。钟声悠悠，警报解除，她走了，我还在坑里打腹稿儿。

出了坑，才知道敌机刚才低飞扫射。奇怪，我没听见枪声，想一想，坑里飘进来那些槐叶，一定是枪弹打落的。第二天，校长和家长们整天开会，谣言传来，说敌机已经在空中照了相，选定了下次投弹的地方。前线的战讯也不好，敌人步步逼近，敏感的人开始准备逃难。

学校决定无限期停课，校长打算回家去抗战，当然带着女儿。这些可不是谣言。校长为人太好了，我有点舍不得他，当然更舍不得红头绳儿，快快朝学校走去。我已经写好了一封信，装在贴身的口袋里发烫。一路宣着誓，要在静悄无人的校园里把信当面交给她。……怎么，谁在敲钟，难道是警报吗？——不是，是上课钟。停课了怎么会再上课！大概有人在胡闹吧……我要看个究竟。

学校里并不冷清，一大群同学围着钟，轮流敲撞。钟架下面挖好了一个深穴，带几分阴森。原来这口钟就要埋在地下，等抗战胜利再出土。这也是校长的主意，他说，这么一大块金属落在敌人手里，必定变成子弹来残杀我们的同胞。这些同学，本来也是来看校长的，大家都有点舍不得他，尽管多数挨过他的藤鞭。现在大家舍不得这口钟，谁都想多听听它的声音，谁也都想亲手撞它几下。你看！红头绳儿也在坑边望钟发怔呢！

钟要消失，红头绳儿也要消失，一切美好的事物都要毁坏变形。钟不歇，人不散，只要他们多撞几下。我会多有几分钟时间。没有人注意我吧？似乎没有，大家只注意那口钟。悄悄向她身边挤去，挤两步，歇一会儿，摸一摸那封信，忍一忍心跳。等我挤到她身后站定，好像是翻山越岭奔波了很长的路。

取出信，捏在手里，紧张得发晕。

我差一点晕倒。

她也差一点晕倒。

那口大钟剧烈地摇摆了一下。我抬头看天。

“飞机!”

“空袭!”

在藤鞭下接受的严格训练看出功效，我们像野兔一样窜进槐林，隐没了。

坐在坑里，听远近炸弹爆裂，不知道自己家里怎样了。等大地和天空恢复了平静，还不敢爬出来，因为那时候的防空知识说，敌机很可能回头再轰炸一次。我们屏息静听。……

很久很久，槐林的一角传来女人的呼叫，那是一个母亲在喊自己的孩子，声嘶力竭。

接着，槐林的另一角，另一个母亲，一面喊，一面走进林中。

立刻，几十个母亲同时喊起来。空袭过去了，她们出来找自己的儿女，呼声是那样的迫切、慈爱，交织在偌大一片树林中，此起彼落……

红头绳儿没有母亲……

我的那封信……我想起来了，当大地开始震撼的时候，我顺势塞进了她的手中。

不会错吧？仔细想想，没有错。

我出了防空坑，特地再到钟架旁边看看，好确定刚才的想法。钟架炸坍了，工人正在埋钟。一个工人说，钟从架上脱落下来，恰好掉进坑里，省了他们很多力气。要不然，这么大的钟要多少人抬得动！

站在一旁回忆刚才的情景，没有错，信在她的手里。回家的路上，我反复地想：好了，她能看到这封信，我就心满意足了。

大轰炸带来大逃亡，亲族、邻居，跟伤兵、难民混在一起，滚滚不息。我东张西望，不见红头绳儿的影子，只有校长远远站在半截断壁上，望着驳杂的人流发呆。一再朝他招手，他也没看见。

果然如校长所说，我们在战争中长大，学会了吃苦和自立。童年的梦碎了，碎片中还有红头绳儿的影子。

征途中，看见挂一条大辫子的姑娘，曾经想过：红头绳儿也该长得这么高了吧？

看见由傧相陪同、盛妆而出的新妇，也想过：红头绳儿嫁人了吧？

自己也曾经在陌生的异乡，摸着小学生的头顶，问长问短，一面暗想："如果红头绳儿生了孩子……"

我也看见许多美丽的少女流离失所，人们逼迫她去做的事又是那样下贱……

直到有一天，我又跟校长见了面。尽管彼此的面貌都变了，我还认识他，他也认得我。我问候他，问他的健康，问他的工作，问他抗战八年的经历。几次想问他的女儿，几次又吞回去。终于忍不住还是问了。

他很严肃地拿起一根烟来，点着，吸了几口，造成一阵沉默。

"你不知道？"他问我。我慌了，预感到什么，"我不知道……我真的不知道。"

校长哀伤地说，在那次大轰炸之后，他的女儿失踪了。他找遍每一个防空坑，问遍每一个家庭。为了等候女儿的消息，他留在城里，直到听见日军的机关枪声。……多年来，在茫茫人海，梦见过多少次重逢，醒来仍然是梦……

怎么会！这怎么会！我叫起来。

我说出那次大轰炸的情景：同学们多么喜欢敲钟，我和红头绳儿站得多么近，脚边的坑是多么深，空袭来得多么突然，我们疏散得多么快！……只瞒住了那封信。我一再感谢校长对我们的严格训练，否则，那天将炸死很多孩子。校长一句话不说，只是听。为了打破可怕的沉默，我只有不停地说，说到那口钟怎样巧妙地落进坑中，由工人迅速填土埋好。

泪珠在校长的眼里转动，吓得我住了口。这颗泪珠好大好大，掉下来，使我更忘不了那次轰炸。

“我知道了！”校长只掉下一颗眼泪，眼球又恢复了干燥。“空袭发生的时候，我的女儿跳进钟下面坑里避难。钟掉下来，正好把她扣住。工人不知道坑里有人，就填了土……”

“这不可能！她在钟底下会叫……”

“也许钟掉下来的时候，把她打昏了。”

“不可能！那口钟很大，我曾经跟两个同学同时钻到钟口里面写标语！

“也许她在往坑里跳的时候，已经在轰炸中受了伤。”

我仔细想了想：“校长，我觉得还是不可能！”

校长伸过手来，用力拍我的肩膀：“老弟，别安慰我了，我情愿她扣在钟底下，也不愿意她在外面流落……”

我还有什么话可说？

临告辞的时候，他使用当年坚定的语气告诉我：

“老弟，有一天，咱们一块儿回去，把那口钟吊起来，仔细看看下面。……咱们就这样约定了！”

当夜，我做了一个梦，梦见我带了一大群工人，掘开地面，把钟抬起来，点着火把，照亮坑底。下面空荡荡的，我当初写给红头绳儿的那封信摆在那儿，照老样子叠好，似乎没有打开过。

# 一次晚会

华　山

1938年的延安，每个周末都有好多生气勃勃的文艺晚会。这天鲁艺发票，有两张是到清凉山听诗朗诵，让凌明和我两个新来的小鬼拿到了。她是学音乐的，我是学美术的，可又都想学诗。清凉山又是延安有名的地方，《新中华报》和《解放》周刊都在那里，印刷厂最大的一个石岩洞子就是晚会礼堂。夏天午饭后到延水河边游泳，就看得见对岸临崖一溜黑洞。水性好的同学还一直游到跟前，爬上陡岸，站在崖头跳水。早想过去看看。只因山洪暴发，延水暴涨，不好过河。现在秋凉了，延水又清了，现出卵石浅底，可以踩着踏石过河了。正好捎带看看印刷厂。参加晚会还有一个好处，就是碰到意想不到的熟人。因为各个单位发晚会门票，特别是抗大、陕公、鲁艺这样的短期学校，都是优先发给刚到延安的新同志的。好多在学生抗日救亡运动中见过的熟悉面孔，尽管没有说过话，叫不出名字，甚至不知道是哪个学校的，一旦在延安碰上，也会非常亲切，久别重逢似的，禁不住扬手招呼，跑到跟前："你也来啦！"——这种不期而遇的欢乐，简直是一种享受，一种幸福，真想多见几个，所以吃罢晚饭，便早早过河了。

不想会场早已人影幢幢，没了空位，汽灯的反光映红幕布一角，岩洞顶板现出一道道水平的波痕痕迹，那就是舞台面了。也顾不得细看，就拽上凌明，溜边挤到头里，把她推到一条稍稍松动的长凳旁边："同志，挤一挤，再过去点儿……谢谢！"那时的人，一到延安，都讲同志友爱，居然坐上第五排了。我只坐上一角，正好稍许探身，挨个儿认着一排排的侧面轮廓。凌明忽然捅了捅我：

"毛主席！朱总司令！"

是他俩！打从进入边区，在救亡室（就是俱乐部）里经常看到三组画像：马克思、恩格斯、列宁、斯大林四帧一组；毛泽东、朱德两帧一组；八路军副总司令两帧一组，都是木刻成的单色轮廓画。总司令本人比画像显得慈爱和悦多了。毛主席我们可是没少见过。第一回是刚到延安才两天，住在城里大招待所里，约莫下午三点过后，招待所长笑眯眯地跑来通知："同志们的要求答复了，马上集合去听报告，每人带一块砖头做凳子！"我们来到凤凰山下一个小院落里，就地坐好，不过一二百人。石窑洞里便走出毛主席来。跟前也没个讲台，没个坐位，只是在一条长板凳上放着一只带盖儿的旧茶缸子。他朝我们站着，略微看看，便风趣地念起《三国演义》的开篇头一句来："话说天下大势，合久必分，分久必合……"谈家常似的，虽然一口很重的湖南乡音，还是听懂了，而且深入浅出，有几句话连手势带幽默感都让几个小鬼模仿到了："中部有个黄帝陵，张国焘去扫墓，开了小差。你们来了。你们是黄帝的优秀子孙。张国焘说：边区是一块鸡骨头，我说：还有两块肉——一块是坚定正确的政治方向，一块是艰苦奋斗的工作作风。你们来延安学习，不久还要到前方抗战，我欢迎你们，送给你们三个'统'：一个'抗日民族统一战线'，一个'党的团结统一'，一个'武装斗争的革命传统'……"不久分配到北门外鲁艺学习，我们这几个好动的小鬼又经常一块儿参加晚会活动，天不黑就赶到城里天主教堂里去，有时也到桥儿沟那儿天主教堂。戏剧系要演出，最忙啦，一到就装台；音乐系出一个合唱队，在开幕前和幕间唱唱歌，不装台；美术系只是出几个人打打杂，拉个幕啊，做个效果啊，比如拿件雨衣罩在汽车上头，使劲摇动摇把，发出呼呼呼呼的响声，这就是刮风；把块大洋铁皮呼喇一摇晃，就是雷雨大作。少了不行。可是事儿也真不多，还不能碍手碍脚，所以都喜欢到礼拜堂的二道门口呆着，写笔记啊，画速写啊，争论问题啊。毛泽东同志忽然进门来了，一个穿红军制服的警卫员一旁跟着，手里提盏马灯，准备散场回去用的。那时候，中央领导同志出来，保卫局都不兴撵人，警卫员也不管我们，所以他到了身边，才发现。我们也没有围拢过来，抢着握手，谁在家里见了前辈要握手呢？我们也没有鼓掌，更没喊万岁，只是感到非常亲切、温暖，一个个只是傻呵呵地冲他笑着。

他披着件旧薄棉袄，同我们谈了会儿，走到一边，在静静的围墙底下自个儿来回踱着漫步去了。我们又各干各的，只差没有争论问题，还是有点拘谨呢。晚会临开始前，合唱队的打杂小组照例坐到最前排的两侧位子上，这样上台下台，进出后台，都很方便。毛泽东同志每回就座以后，看看还不开幕，也喜欢朝我们这边招招手，让一两个小鬼坐在身旁，说会儿话。可是他同朱德同志一起参加晚会，我们还是头回看到，而且又是听诗朗诵！兴趣真广泛哩。后来才知道，总司令才从前方回来，是准备出席党的六届六中全会的。在当时的青年心中，他俩不只是革命领袖，还是传奇式的长征英雄。现在同群众一块儿坐在晚会的长板凳上，穿着一身整洁的褪色旧灰军装，腰里系条皮带，一副老军人的端坐仪表，两手在两边膝盖上放着，满面的和蔼慈祥竟然像个老妈妈！毛泽东同志偶尔凑过头去，在他耳边说句什么，两人都爽朗地笑了，他笑着还是端端地坐着。

晚会宣告开始。是边区著名诗人柯仲平同志朗诵他的新作：长篇叙事诗《边区自卫军》。诗人分开红色幕布，站到台前，肩头披着件当时难得看到的八路军旧棉大衣，让人想起电影里夏伯阳穿着披风的英雄气概，又想到西北黄土高原牧羊人裹着老羊皮袄的泥土气息，更显出左手高高捧着的一厚摞诗稿的分量。诗作也是很有色彩的。比如：

人在冰上走
水在冰下流

不久以后我随部队到敌人后方去，上吕梁山，过太岳山，进太行山，从风雪弥漫的沁河源头走到漳河源头，一程又一程地走在深山峡谷的冰河上面，听流水伴着脚步淙淙响着，有时冒出冰窟窿来，在晶莹皎洁的河卵石上匆匆流过，又钻到冰壳底下不见了。只有忙不迭的水声，总在脚下响着，伴着诗句的节奏。现在吟诵起来，还是那么亲切，雪地行军的情景又在眼前。又如：

西不见长庚

东不见启明

我在夜行军中学会辨认的第一颗行星，就是黄昏在西方最早出现的长庚星，也就是黎明时在东方最后消失的启明星，一东一西其实就是同一颗离开地球最近的金星。这点常识还真是从柯老的诗句学开头的哩。可是，也不知怎么搞的，也许是因为诗人的云南口音太重，或者是因为当时还没有扩音设备，或者是因为长于写诗的人往往都是最不善于朗诵的缘故（我听李季和郭小川朗诵就是这样）。总之听着听着，就着急起来：那么厚一叠诗稿什么时候才念完啊！诗人更是汗水淋漓，炸着嗓子，总压不住人影浮动，耳语嗡嗡。不由我回头看看：呀，坐位早空落落的，有人正跨过长凳，退后一排，又退后一排，向着洞口悄悄撤退，有人在洞口站站就溜走了。凌明推我站起来："咱们走吧！"

我一怔，赶紧看看右首，毛主席正凑到朱总司令耳边，说句话儿，两人都笑了，只是兴冲冲地看定诗人，鼓励他朗诵下去。我刚站起又拽凌明坐下来："快完啦，再等会儿……"

终于，诗人的嗓音提高了八度，外加两个延长音符，突然中止，诗稿同时贴住胸襟，躬身敬谢听众。满石岩洞里的掌声顿时好欢畅！伴着皆大欢喜的活跃气氛，同时纷纷站起，造成既成事实，让主持人宣告晚会到此结束。谁知诗人大受感动，连连鞠躬，满怀激越地自告奋勇说："好好好，再来一段！"

众人哇的一声，掌声骤然寂灭。毛泽东同志笑得多愉快啊。

诗人早半蹲到台口，伸出一大卷汗水溻湿的诗稿说："毛主席，我统统念完了吧？"

"休息休息，"毛泽东同志关注地点了点头，眼泪都笑出来了，"擦擦汗！"

"不休息啦，一鼓作气！"

诗人披好大衣，翻开诗稿，站到原本的位置。我们只好又坐下来，还忍不住回头看看：呀，主席和总司令的座位，恰似一道分水岭，五排往前还是不少人的，五排后面可就统统走光了。只有一个例外，就是在第六排上，离开主席不远，坐着个挺直腰杆的警卫员，手边搁着一盏马灯，灯头拧得极小极小，没有吹灭，大概是为了节约火柴，边区自己生产的延长煤油倒是不缺啊。

夜深了。《边区自卫军》朗诵完了。毛泽东同志又向诗人要了原稿，说是带回去看看。我们听了，心里暖烘烘的，靠得更近了，又不好狠挤过去，便出了岩洞。只见繁星满天，延水迷濛，急流处在宝塔山下影影绰绰，水声嘶嘶嘶的，延安古城好静！下得清凉山来，人们借着水映星光，认出块块踏石，一个个便手拉手地过了延河。每回晚会散了都是这样，人们迈上踏石，也不管认不认识，先走一步的总要回过头来，伸出只手，给后来的帮上一把，又走一步，直到好走的地方。

来到大河滩上的平沙道了。

我回过头去，对岸才现出马灯的亮光，走走停停，他们俩也踩着石头过河来啦……

# 山地回忆

孙　犁

从阜平乡下来了一位农民代表，参观天津的工业展览会。我们是老交情，已经快有十年不见面了。我陪他去参观展览，他对于中纺的织纺，对于那些改良的新农具特别感到兴趣。临走的时候，我一定要送点东西给他，我想买几尺布。

为什么我偏偏想起买布来？因为他身上穿的还是那样一种浅蓝的土靛染的粗布裤褂。这种蓝的颜色，不知道该叫什么蓝，可是它使我想起很多事情，想起在阜平穷山恶水之间度过的三年战斗的岁月，使我记起很多人。这种颜色，我就叫它“阜平蓝”或是“山地蓝”吧。

他这身衣服的颜色，在天津是很显得突出，也觉得土气。但是在阜平，这样一身衣服，织染既是不容易，穿上也就觉得鲜亮好看了。阜平土地很少，山上都是黑石头，雨水很多很暴，有些泥土就冲到冀中平原上来了——冀中是我的家乡。阜平的农民没有见过大的地块，他们所有的，只是像炕台那样大，或是像锅台那样大的一块土地。在这小小的、不规整的，有时是尖形的，有时是半圆形的，有时是梯形的小块土地上，他们费尽心思，全力经营。他们用石块垒起，用泥土包住，在边沿栽上枣树，在中间种上玉黍。

阜平的天气冷，山地不容易见到太阳。那里不种棉花，我刚到那里的时候，老大娘们手里搓着线锤。很多活计用麻代线，连袜底也是用麻纳的。

就是因为袜子，我和这家人认识了，并且成了老交情。那是个冬天，该是 1941 年的冬天，我打游击打到了这个小村庄，情况缓和了，部队决定休息两天。

我每天到河边去洗脸，河里结了冰，我登在冰冻的石头上，把冰砸破，浸湿毛巾，等我擦完脸，毛巾也就冻挺了。有一天早晨，刮着冷风，只有一抹阳光，黄黄的落在河对面的山坡上。我又登在那块石头上去，砸开那个冰口，正要洗脸，听见在下水流有人喊：

“你看不见我在这里洗菜吗？洗脸到下边洗去！”

这声音是那么严厉，我听了很不高兴。这样冷天，我来砸冰洗脸，反倒妨碍了人。心里一时挂火，就也大声说：

“离着这么远，会弄脏你的菜！”

我站在上风头，狂风吹送着我的愤怒，我听见洗菜的人也恼了，那人说：

“菜是下口的东西呀！你在上流洗脸洗屁股，为什么不脏？”

“你怎么骂人？”我站立起来转过身去，才看见洗菜的是个女孩子，也不过十六七岁。风吹红了她的脸，像带霜的柿叶，水冻肿了她的手，像上冻的红萝卜。她穿的衣服很单薄，就是那种蓝色的破袄裤。

10 月严冬的河滩上，敌人往返烧毁过几次的村庄的边沿，在寒风里，她抱着一篮子水沤的杨树叶，这该是早饭的食粮。

不知道为什么，我一时心平气和下来。我说：

“我错了，我不洗了，你在这块石头上来洗吧！”

她冷冷地望着我，过了一会才说：

“你刚在那石头上洗了脸，又叫我站上去洗菜！”

我笑着说：

“你看你这人，我在上水洗，你说下水脏，这么一条大河，哪里就能把我脸上的泥土冲到你的菜上去？现在叫你到上水来，我到下水去，你还说不行，那怎么办哩？”

"怎么办，我还得往上走！"

她说着，扭着身子逆着河流往上去了。登在一块尖石上，把菜篮浸进水里，把两手插在袄襟底下取暖，望着我笑了。

我哭不的，也笑不的，只好说：

"你真讲卫生呀！"

"我们是真卫生，你是装卫生！你们尽笑我们，说我们山沟里的人不讲卫生，住在我们家里，吃了我们的饭，还刷嘴刷牙，我们的菜饭再不干净，难道还会弄脏了你们的嘴？为什么不连肠子都刷刷干净！"说着就笑的弯下腰去。

我觉得好笑。可也看见，在她笑着的时候，她的整齐的牙齿洁白的放光。

"对，你卫生，我们不卫生。"我说。

"那是假话吗？你们一个饭缸子，也盛饭，也盛菜，也洗脸，也洗脚，也喝水，也尿泡，那是讲卫生吗？"她笑着用两手在冷水里刨抓。

"这是物质条件不好，不是我们愿意不卫生。等我们打败了日本，占了北平，我们就可以吃饭有吃饭的家伙，喝水有喝水的家伙了，我们就可以一切齐备了。"

"什么时候，才能打败鬼子？"女孩子望着我，"我们的房，叫他们烧过两三回了！"

"也许三年，也许五年，也许十年八年。可是不管三年五年，十年八年，我们总是要打下去，我们不会悲观的。"我这样对她讲，当时觉得这样讲了以后，心里很高兴了。

"光着脚打下去？"女孩子转脸望了我脚上一下，就又低下头去洗菜了。

我一时没弄清是怎么回事，就问：

"你说什么？"

"说什么？"女孩子也装没有听见，"我问你为什么不穿袜子，脚不冷吗？也是卫生吗？"

"咳！"我也笑了，"这是没有法子么，什么卫生！从9月里就反'扫荡'，可是我们八路军，是非到10月底不发袜子的。这时候，正在打仗，哪里去找袜子穿呀？”

“不会买一双？”女孩子低声说。

“哪里去买呀，尽住小村，不过镇店。”我说。

“不会求人做一双？”

“哪里有布呀？就是有布，求谁做去呀？”

“我给你做。”女孩子洗好菜站起来，“我家就住在那个坡子上，”她用手一指，“你要没有布，我家里有点，还够做一双袜子。”

她端着菜走了，我在河边上洗了脸。我看了看我那只穿着一双“踢倒山”的鞋子，冻得发黑的脚，一时觉得我对于面前这山，这水，这沙滩，永远不能分离了。

我洗过脸，回到队上吃了饭，就到女孩子家去。她正在烧火，见了我就说：

“你这人倒实在，叫你来你就来了。”

我既然摸准了她的脾气，只是笑了笑，就走进屋里。屋里蒸气腾腾，等了一会，我才看见炕上有一个大娘和一个四十多岁的大伯，围着一盆火坐着。在大娘背后还有一位雪白头发的老大娘。一家人全笑着让我炕上坐。女孩子说：

“明儿别到河里洗脸去了，到我们这里洗吧，多添一瓢水就够了！”

大伯说：

“我们妞儿刚才还笑话你哩！”

白发老大娘瘪着嘴笑着说：

“她不会说话，同志，不要和她一样呀！”

“她很会说话！”我说，“要紧的是她心眼儿好，她看见我光着脚，就心疼我们八路军！”

大娘从炕角里扯出一块白粗布，说：

“这是我们妞儿纺了半年线赚的，给我做了一条棉裤，剩下的说给她爹做双袜子，现在先给你做了穿上吧。”

我连忙说：

“叫大伯穿吧！要不，我就给钱！”

“你又装假了，”女孩子烧着火抬起头来，“你有钱吗？”

大娘说：

“我们这家人，说了就不能改移。过后再叫她纺，给她爹赚袜子穿。早先，我们这里也不会纺线，是今年春天，家里住了一个女同志，教会了她。还说再过来了，还教她织布哩！你家里的人，会纺线吗？”

“会纺！”我说，“我们那里是穿洋布哩，是机器织纺的。大娘，等我们打败日本……”

“占了北平，我们就有洋布穿，就一切齐备！”女孩子接下去，笑了。

可巧，这几天情况没有变动，我们也不转移。每天早晨，我就到女孩子家里去洗脸。第二天去，袜子已经剪裁好，第三天她已经纳底子了，用的是细细的麻线。她说：

“你们那里是用麻用线？”

“用线。”我摸了摸袜底，“在我们那里，鞋底也没有这么厚！”

“这样坚实。”女孩子说，“保你穿三年，能打败日本不？”

“能够。”我说。

第五天，我穿上了新袜子。

和这一家人熟了，就又成了我新的家，这一家人身体都健壮，又好说笑，女孩子的母亲，看起来比女孩子的父亲还要健壮。女孩子的姥姥90岁了，还那么结实，耳朵也不聋，我们说话的时候，她不插言，只是微微笑着，她说：她很喜欢听人们说闲话。

女孩子的父亲是个生产的好手，现在地里没活了，他正计划贩红枣到曲阳去卖，问我能不能帮他的忙。部队重视民运工作，上级允许我帮老乡去作运输，每天打早起，我同大伯背上一百多斤红枣，顺着河滩，爬山越岭，送到曲阳去。女孩子早起晚睡给我们做饭，饭食很好，一天，大伯说：

“同志，你知道我是沾你的光吗？”

“怎么沾了我的光？”

“往年，我一个人背枣，我们妞儿是不会给我吃这么好的！”

我笑了。女孩子说：

“沾他什么，他穿了我们的袜子，就该给我们做活了！”

又说：“你们跑了快半月，赚了多少钱？”

“你看，她来查账了，”大伯说，“真是，我们也该计算计算了！”他打开放在被垒底下的一个小包袱，“我们这叫包袱账，赚了赔了，反正都在这里面。”

我们一同数了票子，一共赚了五千多块钱，女孩子说：

“够了。”

“够干什么了？”大伯问。

“够给我买张织布机子了！这一趟，你们在曲阳给我买架织布机子回来吧！”

无论姥姥、母亲、父亲和我，都没人反对女孩子这个正义的要求。我们到了曲阳，把枣卖了，就去买了一架机子。大伯不怕多花钱，一定要买一架好的，把全部盈余都用光了。我们分着背了回来，累得浑身流汗。

这一天，这一家人最高兴，也该是女孩子最满意的一天。这像要了几亩地，买回一头牛；这像制好了结婚前的陪送。

以后，女孩子就学习纺织的全套手艺了：纺，拐，浆，落，经，镶，织。

当她卸下第一匹布的那天，我出发了。从此以后，我走遍山南塞北，那双袜子，整整穿了三年也没有破绽。1945年，我们战胜了日本强盗，我从延安回来，在碛口地方，跳到黄河里去洗了一个澡，一时大意，奔腾的黄水，冲走了我的全部衣物，也冲走了那双袜子。黄河的波浪激荡着我关于敌后几年生活的回忆，激荡着我对于那女孩子的纪念。

开国典礼那天，我同大伯一同到百货公司去买布，送他和大娘一人一身蓝士林布，另外，送给女孩子一身红色的。大伯没见过这样鲜艳的红布，对我说：

“多买上几尺，再买点黄色的！”

“干什么用？”我问。

“这里家家门口挂着新旗，咱那山沟里准还没有哩！你给了我一张国旗的样子，一块带回去，叫妞儿给做一个，开会过年的时候，挂起来！”

他说妞儿已经有两个孩子了，还像小时那样，就是喜欢新鲜东西，说什么也要学会。

# 黄 河

周立波

十一月十五日在清涧东门外开了一个军人大会，十七日在绥德城外开了一个干部大会，在思想上，行装上，都有了敌后行军的准备。

二十一日，部队陆续到了黄河边上，有的连夜过了河。我们却在蝗蛹峪宿营。蝗蛹峪是黄河西岸的一个渡口，也是一个镇市。沿河岸有两百家人家。还不到黄河边上，远远地就看见北边两张山的峭壁之间，露出一片迷蒙开豁的水涯，这就是历代诗人最爱歌颂的黄河，这就是中国共产党的音乐家冼星海同志在《黄河大合唱》里谱出了他的雄奇的澎湃之声的黄河。

第二天黎明，从蝗蛹峪看黄河，在万道灿烂的阳光之下，黄河里面的无数冰雪的团块射出明亮的反光。这些冰雪的大块，浮泛在黄浊的水浪里，迅急地奔流。他们互相冲击着，发出嚓嚓的声音。从蝗蛹峪看黄河，河水由东折向南边流，拐一个大弯，又向东流，这个大弯好象是一弯巨大的新月，蝗镇是在新月的背上。

等待渡河的时候，我到镇上去找开水喝，和老百姓聊天。他们说，原先这里的房子要多些。一九三九年和一九四〇年，日本鬼子几次打到了河东，在东岸的山上架起大炮，轰击这一边，毁了这里好多的民房。老百姓指出，挨近河滩，还剩几列石头墙脚的地方，原是一条街，全被鬼子用炮轰完了。依靠八路军英勇的守卫，鬼子从来没有渡过河来。我们和鬼子只隔一条水，但是陕甘宁边区始终是一块干净的土地，从来没有被日寇践踏。今天正在渡河东去的王震将军的部队里，就有好多保卫黄河的英雄。

我们挨次下了船。渡船首尾一样宽，不象南方船只的轻巧。每船水手十一人，十个人分站在两边，摇两支大桨。一个人掌舵。船一解缆，水手使劲地荡桨，大声地呼唤。那是一种粗犷的吼声，声音那末大，竟至超越了风声和波浪冲激船头的声音。到了中流，船在奔腾的波涛里，不停地起落，并且一直往下流。水手们使尽力量地摇桨，使尽一切力量地呼叫。这是人和自然斗争的雄伟的场面。河风吹着，我们穿着大衣，还冷得发颤，水手们只穿着单衣，脸上的汗竟象雨点一样地滴落。

到了河东的沙滩上，王首道同志站在那里遥望着河西，有一刻钟之久，不肯走开。我们已经离开抚育我们多年的党中央的所在地——陕甘宁边区了。大家都怀着依恋之情地遥望着河西。王震同志还没有过来。他正在西岸指挥队伍，分拨船只。他要等着亲眼看见最后一个人都平安地渡过了汹涌的黄河，自己才过来。

我们沿着黄河走了十里路，才转入东边的山路。在河边看见的第一间房子的砖墙上，写着“时刻准备反‘扫荡’，坚决保卫抗日民主根据地。”我记起了早晨在蝗蝻峪看见有一板墙上写着：“展开赵占魁运动，发展手工业。”隔一条黄河，一边是生产运动，一边是对敌斗争。

在河边上，我们碰见了两个农民。他们都穿着蓝布棉衣和白布棉裤，头上挽着干净的白洁的毛巾。其中一位提着一个大型手榴弹，另外一位腰间插着一支土造的手枪。这是民兵。提着大手榴弹的那个年轻小伙子，仔细打量了我们的制服和武器，于是小声地对那一位佩手枪的同伴说：“咱们的人。”我们要他们带路，他们十分高兴地走在我们的前面，并且告诉我们，这里是临南县的地方。这里的民兵都会使用地雷，每一个村庄的大路和小路都挖了雷坑。敌人一出来，地雷就埋好。我们经过的村庄，果然到处有雷坑。民兵送了我们十来里，我们怕走得远了，耽误了他们自己的事情，请他们回去。但不料他们回去以后，我们经过一个小村庄，碰到了一点麻烦。

我们经过一个名叫马塔的山村，突然被一群孩子包围了。他们手执红缨枪，不让我们走，索看路条。我们说："咱们是八路军，从河西来的，没有带路条。"一个为首的孩子说："你们是八路军，咱们欢迎，可是八路军也得有路条。"我们又告诉他："你们的民兵哥儿还送了我们一程，刚走。"他说："咱不管，只要路条看一看。"我们被阻拦着，幸亏村里出来一个人，头挽白毛巾，棉衣底下胀得鼓鼓的，一定是藏着武器。他问什么事，知道我们是从河西来的八路军以后，他叫孩子们赶快让开路，让我们前进。

一路上，我们赞赏着村民组织的严密，有着这样的人民组织的地方，敌人是不容易逞凶的。

我们走了五十五里路，到了临南县府所在地刘家会。县政府把镇上最好的房子腾出来，让给我们住。晚上，睡在炕上，我们谈起了今天在黄河岸上发生的一件事情。

张米贵是一大队的一个战士。他是山西临南的一个贫民，参加八路军已经有七年。住在临南的他的母亲张老婆，今年六十一岁了。三天以前，她知道儿子要从陕甘宁边区过河，经过自己的家门，上前方去打日寇。她拄着一根拐杖，来到螅蜊峪对岸的黄河边上，等了三天。她不知儿子会从哪里过河来，但是她相信一定能够看见他，今天她真看见儿子了。她没有要他不到前方去，没有要他回家去，只是流眼泪，说不出话来。张米贵抱着枪伴着她坐了一会，要她好好地保重，并且说，自己会很快地回家。那时他要带了枪回来，打兔子给她吃。他不敢多看母亲的流泪的眼睛，因为害怕自己会难过。最后，他站起来说："打日本鬼子，打那些害民的反动派，是大事。妈，你回去吧。"于是，他赶快走开，怕她看见自己的眼睛。

就是这样，他别了母亲，赶上队伍，把一切经过报告了班长。从家门经过，他没有回家。

# 回望延安

王巨才

## 一

那是一个奋发的年代。一个朝气蓬勃年代。一个党和人民、领袖和群众同甘共苦，相濡以沫，共同创造英雄史诗的年代。

多少次了，当我徜徉在延安革命纪念馆的陈列大厅，脑海里总会回旋起这些炽热的意绪，心底总会涌动强烈的、难以遏止的感动。

不只是因为气壮山河的战争风云，也不只是大智大勇的雄韬伟略。让我感动并引以遐思的，往往是那些并不奇崛的寻常故事。那些飘落在岁月风尘中的历史散叶，和历经时间淘洗总不磨损的民间记忆。

## 二

说起延安，人们自然会想到那幅“自己动手，丰衣足食”的题词。那几个遒劲的大字，是一个时代的传神之笔，一个古老民族的精神图腾。

苍茫的陕北高原，沟壑纵横，地瘠民贫，由于国民党的经济封锁和自然灾荒，解放区军民一度陷于几乎没有衣穿，没有油吃，没有纸，没有菜，战士没有鞋袜，工作人员冬天没有被盖的地步。毛泽东说：我们的困难真是大极了！以至他不得不把饿死呢，解散呢，还是自己动手呢？这一严峻的问题提给全党。

朱德总司令则以愤慨的言辞痛切陈述抗日将士的处境：“有一枪仅余四发五发子弹者，有一伤仅敷一次两次药物者，于是作战时专凭肉搏，负伤则听凭自然”。与此相印证的，是他那首气壮山河的诗篇：伫马太行侧，十月雪飞白；战士仍衣单，夜夜杀倭贼。

艰难困苦，玉汝于成。巨大的困难没有吓倒“特殊材料制成的人”，一场轰轰烈烈的大生产运动和随之实行的精兵简政，使革命再次转危为安，“创造了中国历史上从未有过的奇迹”（毛泽东）。艰苦的条件也没有阻止一批批热血青年冲破层层封锁，从四面八方奔赴延安。宝塔山下，延河岸边，集合了中华民族最优秀的儿女。延安的窑洞里，有人类最睿智、最深刻、最有远见的头脑。延安的山川间歌声不断，响彻乐观向上的旋律。

梁漱溟，这位解放后曾同毛泽东发生过激烈争论的著名学者，1938年和1946年曾两次访问延安。头一次，与毛有过八次亲切交谈。他在所写文章中对此次见所闻记述颇详，欣悦之情溢于腕下：在极苦的物质环境中，那里的气象确是活跃，精神确是发扬。政府、党部、机关、学校都是散在城外四郊，傍山掘洞穴以成。满街满谷，除乡下人以外，男男女女皆穿制服，稀见长袍与洋装。人都很忙！他对延安人际关系的平等、融洽倍加赞赏：一般看去，各项人等，生活水准都差不多。没有享受优厚的人。是一种好风气。人人喜欢研究，喜欢学习，不仅学生。或者说人人都像学生。这又是一种好风气。爱唱歌，爱开会，亦是他们一种的风气。天色微明，从被窝中坐起，便口中哼啊抑扬，此唱彼和，仿佛一切劳苦都由此而忘却！人与人之间情趣增加，精神上互为感召流涌。

穷且益坚，不堕青云之志。清贫的物质生活并不导致精神的矮化；豪车华屋，灯红酒绿，也无法疗补内心的颓废与空虚。

## 三

自力更生，艰苦奋斗，是中华民族数千年自强不息的固有品格，它的发扬光大，则是老一辈无产阶级革命家极力倡导，率先垂范，精心培育的结果。

毛泽东那张站在黄土院子里，面容清癯，目光凝聚，身穿补丁裤，双手前伸，向席地而坐的学员演讲的照片，早已珍藏在中国共产党的光荣史册里，见者无不动容。但另一些故事也许并不为人们熟知。

一天下午，延安留守兵团的司令员萧劲光到毛泽东住处汇报工作，见他围着被子斜躺在床上办公，以为是病了，正要询问，毛抬起头来指指地下的火盆笑说，棉裤洗了，还没烤干，起不了床，起来就要光屁股了！萧劲光鼻子一酸，指示警卫员赶快到兵团去领一床被子和一套棉衣。毛泽东一听，连说不行不行，领来我也不要，现在大家都困难，我若要搞特殊，讲的话就等于放屁，没人听，他们会说你不是真革命，是蒋介石，是封建皇帝！过了会儿，又说，劲光啊，我不能搞特殊，你也不能搞，任何时候，任何人都不能搞。你要记住这句话：我们共产党人绝不能搞特殊！

绝不能搞特殊。毛泽东不仅以身作则，同时也严格要求自己的亲属。电视剧《毛岸英》的播出，已让这位年轻人热情似火、英姿勃发的光彩形象深入人心；舐犊情深，毛泽东失去爱子后痛哭失声的画面也使多少人潸然落泪。未被剧本采用的尚有另外的情节。毛岸英回到延安，先被安排住在陕甘宁晋绥联防司令部，部队考虑到他在苏联呆的时间长，吃不惯小米、烩菜，便让他上了干部中灶，每顿两菜一汤，还有细粮。毛泽东知道后很快把岸英叫来，说岸英啊，你妹妹李讷一直就在大灶吃饭，你这么大了，还要提醒吗？毛岸英于是谢绝了领导上的好意，坚持与战士们一起在大灶用餐。

另有一次，美联社记者访问岸英，要他对抗战胜利后的形势谈谈看法。稿子写成，岸英拿过来请父亲审看，不料毛泽东还没看完，便一把撕掉，严厉批评说：你小小年纪，刚从国外回来，情况不了解，有什么资格对外国记者发表意见！声色俱厉，不容置辩，看似无情，却命意深长，堪为镜鉴。至于岸英后来去农村锻炼，去工厂工作，去前线作战，显然都与父亲的教育、培养分不开，现在已经成为广为传颂的佳话。

## 四

曹靖华先生写过一篇散文，标题叫《忆当年，穿着细事切莫等闲看》，内容大抵是说旧时代在“衣帽取人”的上海等大城市里，穿时髦衣服的较之穿着土气的，往往要占许多便宜。而此时想到这个标题，则是因为我在纪念馆里得到的对这个标题的另外一种注解。

1940年，66岁的爱国侨领陈嘉庚回国考察抗战。蒋介石对此十分重视，仅重庆的接待费用就安排了8万元，其中一次宴会花了800大洋。前线将士浴血奋战，后方如此铺张，陈嘉庚对这种奢侈应酬十分反感。后来他到延安，看到干部群众衣着简朴，情绪饱满，印象甚好。毛泽东在杨家岭宴请他，用的是从老乡家借来的小方桌，因太旧，上面铺了几张报纸。饭菜是用是自种的西红柿、豆角等做的，另外上了一例鸡汤，整顿饭算下来不到两块钱。毛泽东说，我是没钱买鸡的，这只鸡，是邻居老大娘听说我有贵客要招待，特地送来的。两相对照，清者自清，浊者自浊，陈嘉庚情不禁叹道：“得天下者，共产党也！”回到南洋，他还在第二届南洋华侨大会上还激情洋溢地欢呼：“中国的希望在延安！”

那次访问，让陈嘉庚“衷心无限兴奋，梦寐神驰，为我大中华民族庆幸”。为了表达对毛泽东等领导人的敬意和拥护，他给延安送了两辆小汽车。而这两辆小车的使用，说来也耐人深思，对我们看待和处理一个时期以来屡禁不止的公车私用，公款消费，讲排场，耍阔气等恶劣风气或许有所启示。

小车送到延安，中央办公厅“理所当然”地要分配给毛主席一辆，却遭到毛的拒绝，他提出的原则是，一要考虑军事工作的需要，二要照顾年纪大的同志。在他一再坚持下，两辆车分别分给了朱德和徐特立、董必武、林伯渠、吴玉章、谢觉哉“五老”使用。一次，毛泽东去枣园开会，回来时马突然受惊，把他从马背上摔下来，跌伤了手臂，朱总司令和“五老”知道后一定要把车子让给毛主席，他仍“坚不从命”。毛后来也有了一辆“专车”，是华侨捐赠的救护车，但也只是在接送客人时才偶一使用。

像这样相互尊重、相互体恤的例子当然还很多。转战陕北的一天晚上，中央的几位领导还没来得及用晚饭，周恩来的警卫员端来一碗小米稀饭和两个馒头，说现在刚刚驻下，老百姓都睡了，饭铺也早关门了，好不容易买到两个馒头，同志们看你这些天越来越消瘦，就让我送来了。

周恩来听罢，态度和蔼地说，我这不好好的么，现在最劳累、最辛苦的是毛主席，赶快给他送去！接过馒头，毛问，周副主席吃过了吗，警卫员含糊地说一声“吃了”。警卫员走后，毛泽东想到任弼时同志身体一直不好，便让工作人员趁热送过去。而任弼时，想到的是经常通宵达旦工作的周恩来……转来转去，馒头又回到周恩来跟前。最后，处事周到的周恩来“命令”警卫员将一个带回给弼时，另一个送主席。

三位领袖，两个馒头，一件小事，也许就蕴含了那个年代全党全军坚强团结、战无不胜的准确信息，却是离开大陆后的“委员长”痛定思痛时未必能想到的。

## 五

当时的延安，正是这样一个充满团结友爱气氛的大家庭。同时，又是政治清明，法纪严明，“实行民主真行宪，只见公仆不见官”（朱德诗句）的民主圣地。

人们都知道作为诗人和政治家的毛泽东，有着常人一样的丰富感情，但在违法乱纪、侵害人民利益的行为面前，他同时也有一般人少有的“毒蛇在手，壮士断腕”的霹雳手段和决绝气概。

1937年10月，曾经参加长征的26岁的抗大第六队队长黄克功，因爱情纠葛枪杀了女学员刘茜。审讯时，黄亮出浑身伤疤，请求法庭免于一死，准其戴罪立功，战死疆场。毛泽东接到报告，给审判长雷经天复信：“黄克功过去斗争历史是光荣的，今天处以极刑，我及中央的同志都是为之惋惜的，但他触犯了不容赦免的大罪……如为赦免，便无以教育党，无以教育红军，无以教育革命者，并无以教育做一个普通人，正因为他是一个多年的共产党员，是一个多年的红军，所以不能不这样办。共产党和红军，对于自己的党员与红军成员不能不执行比较一般平民更严格的纪律。”

与这个事件相辅相成的，是毛泽东的两次“挨骂”。1941年6月，边区政府召开各县县长联席会，讨论公粮征收工作。会议进行中，天气骤变，一个炸雷击中礼堂梁柱，延川县代县长不幸触电身亡。消息传开，议论纷纷，有位老乡借机发泄对公粮负担过重的不满，指名道姓地责骂了毛泽东。边区保安部门闻讯，认为这是一起严重反革命事件，要严肃追查，公开处理。毛泽东从警卫员口中知道了这件事，立即进行制止。他对保卫部门的同志说，群众发牢骚，有意见，说明我们的政策和工作有毛病，不要一听群众有议论，尤其是尖锐点儿的议论就去追查，就要立案，进行打击压制。这种做法实际上是软弱的表现，我们共产党人无论如何不要造成同群众的对立面。

另一件是毛泽东通过中央调查部的送阅件知道的。清涧县农民伍兰花，因死了丈夫，迁怒社会，公开辱骂共产党、毛主席，已拘押到延安，拟由边区高等法院审判后处以死刑。毛泽东看罢文件，顿时大怒，对调查部的人说，你们不能这样做！不做调查，随便抓人、杀人，这和国民党的做法有什么区别！他把伍兰花找来，在会客室仔细听取她的意见。原来，伍一家人口多，拖累大，70 岁的婆婆长期瘫痪卧床，生活十分困难。这几年公粮越来越重，干部又多吃多占，压得喘不过来气。现在死了丈夫，无异雪上加霜，情急之下，胡嘶乱骂，随口伤人，感到非常后悔。听罢陈述，毛泽东安慰她说，你没有什么罪过，是个敢讲真话的好人。你家困难多，政府应特别照顾。指示保卫部马上放人，派专人送伍回家，去时带上公文，当面向当地政府讲清楚。对清涧群众负担过重的问题，要边区政府认真调查研究，该免的免，该减的减，不能不管老百姓的死活。

1945 年 7 月，毛泽东在回答黄炎培那个关于历史周期律的著名提问时说，我们已找到新路，我们能跳出这周期律。这条新路，就是民主。只有让人民来监督政府，政府才不敢松懈。只有人人起来负责，才不会人亡政息。

世界学联代表团成员当年访问延安后曾这样由衷赞叹：“边区司法充满了平等和正义的精神！”

六十多年过去，这些激情的言说，仍如晨钟暮鼓，穿透时空，悠然回响。

## 六

关心群众生活。密切联系群众。全心全意为人民服务。走群众路线，和人民打成一片。这些屡屡见诸党的文献的论述，毛泽东是首倡者，他和他的战友又是模范的实践者。

到过杨家岭的参观者，都会见到那条由毛泽东和中央书记处的同志、中央机关干部战士与当地群众一起修建的“幸福渠”。这条全长五公里、灌地 1200 亩的水渠，几十年来波光粼粼，一直滋润着乡亲们的心田。

据当年枣园乡乡长杨成福回忆，中央机关驻在杨家岭和枣园时，每年都要给老乡们拜年。有一年春节，毛泽东、周恩来、任弼时同工作人员带着糖果、对联等年礼来到乡政府，一见面，毛主席亲切地问，杨乡长，你们辛苦一年了，年过得好吗？杨一边应答，一边忙着递烟，沏茶，高兴得不知如何是好。周恩来见状，说杨乡长你就别忙了，毛主席要给乡亲们拜年，你就引我们到各家走走吧！杨成福一想，全村几十户人家，山上山下，住得很分散，哪能让首长们到处去跑。就说，你们都忙，挨家挨户就不必了，我一定把主席和首长们的心意转告给大家。毛主席一听，连连摆手，说拜年找人代理，杨乡长你这个主意可出得不好，还是我们去吧！一句话把众人逗笑了。但商量的结果，还是采纳了杨成福的意见：把每家的家长都请到乡政府，一来主席都见上了，二来也更热闹。乡亲们来了，主席和其他首长拉着老年人的手，热情地递烟，敬酒，给孩子们抓瓜子，散花生，并详细征询对中央机关的意见，了解村民的生活状况和来年的生产安排，促膝交谈，亲如一家。上世纪七八十年代，我多次陪同客人参观，听过杨成福的介绍，这些其乐融融、亲密无间的生动画面，几十年来一直活跃在脑海里，历久弥新。

毛泽东关心群众生产，也关注他们的精神生活。著名的延安文艺运动，构建了中外文艺发展史上气象巍然的辉煌景观，开辟了文艺为人民服务的广阔道路。同毛泽东一样，每到春节，延安的文艺团体都要组织秧歌队，走上街头，拿出各自的拿手好戏，与群众共庆新年。1943 年春节，正是毛泽东《在延安文艺座谈会上的讲话》发表的第二年，延安南门外人山人海，两万多军民聚集在广场上观看鲁艺等单位的演出，王大化、李波合演的《兄妹开荒》大受欢迎。颇有意思的是，在成千上万的观众中，有一位就是毛泽东。那天天气不大好，空中尘土飞扬。李波回忆说，她见毛主席在大风中坐在那里，身上也落了一层黄土，但他并不在意，身边的有人给他一个口罩，马上被他用手扒拉开，只是兴味盎然地看着，不时张嘴哈哈大笑。这一年4月25日，《解放日报》发表社论，充分肯定那次演出是在坚持为工农兵服务方向方面的成功实践。1944年春节，各单位组织的秧歌队就达到27家，上演节目150多个，延安群众文化生活的丰富多彩，由此可见一斑。

群众利益无小事。这句话我最早是从张汉武同志嘴里听到的。这位党中央在延安时的延安市市长，“文革”时从省上下放回延安，担任地区革委会顾问，为了研究解决黄龙山区严重的克山病问题，他不顾年老体弱，多次深入病区，翻山越岭，奔波不息。我没有问过他，但我揣想，他这种急群众所急的作风，或许与他的一次特殊经历有关。1944年的一天，毛主席把张汉武找来，问，听说西川侯家沟的妇女大都生不下孩子，群众很着急，有各种议论，市上知道不知道？张汉武答，是有这么回事，但不知道什么原因。毛主席说，那么多人不生孩子，会不会是水的问题，可以派人去化验一下。张汉武知道，在生产落后的陕北，没有孩子将来就没有劳动力，主席为此操心，看似小事，实是大事。谈话过后，正准备去作调查，中央医院的医生和领导也赶到了。原来，毛主席同张谈毕，又对医院负责人安顿过了。化验的结果，果然是村子里的水含有导致妇女不孕的物质，经过改水处理，问题得以解决。

在陈列厅，我还看到一张便笺，是毛泽东写的，按时下的说法，是一张“条子”。讲解员介绍说，那一年，边区政府工作人员吴吉清的孩子得了重病，找了几位医生都束手无策，毛主席知道后，便写了这张条子给中央医院小儿科主任侯建存，请他“费心医治”。

一张“条子”，几多叩问，引人思索。

## 七

1948年3月23日，为了迎接中国革命在全国的胜利，毛泽东率中央机关东渡黄河，前往华北。他登上黄河东岸，回望陕北高原，情不自禁地说道：“陕北是个好地方。”

人们明白，毛主席讲这句话的时候，想到的不只是作为中国革命新的立足点和出发点，正是在这个地方，成就了他本人和他的党翻天覆地、前无古人的辉煌业绩，同时他还会想到那些13年来与他同甘共苦，心心相印，正直、善良、坚毅、忠诚的人民，那些高唱《东方红》、《绣金匾》，高唱“共产党毛主席天心顺，普天下的老百姓都随了红军”、“哪怕人头挂高杆，一心要共产”的人民。

他会想起谢子长和刘志丹。正是这两位群众领袖、民族英雄从大革命时期就开辟的红色根据地，在危急关头迎接了自己的中央，迎接了“那些被通缉的人”。中央到达陕北的半年多前，谢子长已经牺牲，但他深受群众爱戴，被称之为“谢青天”；他一家26人投身革命，9人献出生命的情况，毛泽东一定是知道的。否则不会三次为他题词，并亲自为他的陵园撰写碑文。刘志丹将军在中央红军到来之前曾遭到错误“肃反”的残酷迫害，但他襟怀坦荡，顾全大局，在毛泽东和中央领导下，为促成西北红军与中央红军兄弟般的团结做出宝贵贡献。刘志丹1936年4月东征牺牲后，毛泽东无比惋惜地说，我到陕北只和刘志丹同志见过一面，就知道他是一个很好的共产党员。他的英勇牺牲出于意外，但他的忠心耿耿、为党为国的精神，永远留在党和人民中间，不会磨灭的。周恩来题词：上下五千年，英雄万万千，人民的英雄，要数刘志丹。

他会想到吴满有和杨步浩。他知道，有一年过年，劳动英雄吴满有把杀好的一头猪送给中央办公厅，他自己大年初一却在家里吃糠窝窝。而杨步浩，这位从小逃荒要饭的农民，在听到王震说毛主席、朱总司令也要和战士一样，完成规定的生产任务后，心里非常不安，再三申请要求为他们代耕。第二年麦收，他赶着两头毛驴将一石小麦送到杨家岭，毛亲切接见了他，向他表示感谢，鼓励他带领乡亲们努力发展生产，发家致富，支援抗战。杨步浩40岁生日那天，毛泽东、朱德特地派人送去贺礼，大红贺幛上写着“与人民同寿”五个大字。我在延安工作时，杨老就住我家隔壁，我多次听他讲过解放后三次去北京“探亲”的情况，讲毛主席如何给他的“盅盅”(小碗）里添饭，说他饭量大，一定要吃饱。那情景，真同回到自己家里一样，听来让人羡慕。不幸的是，在1977年7月6日那场特大洪灾中，杨老一家四口被夺去了生命，令人痛惜。

当然，他更会想到撤离延安前夕，在新市场召开的动员大会上，排山倒海般高呼“保卫延安”、“保卫陕甘宁边区”、“保卫党中央”、“保卫毛主席”的数万军民。会想到转战陕北的日子里，那些为“三支队”（中央代号）连夜通消息，冒雨带路，趟水架桥，过后在敌人严刑拷打下不吐一词，从而掩护支队即使在十分危急的情况下，在听到敌人的马叫声，军官的喝骂声时也能安全脱险的老乡们。甚至会想到靖边县小河村那个叫卜兰兰的小女孩，他曾教她识字，认她作干女儿，这个机灵的孩子还亲自动手为他做了一双布鞋，临别时非跟他走不可，哭得十分伤心。是的，他怎能忘记，这些可亲可敬的干部群众，为支援战争、争取全国胜利，曾承担了多大的牺牲！这个只有 200 万人口、20 多万劳力的地方，1947 年到 1948 年，就有两万多名青壮年参军，一万多名参加游击队。在生产受严重破坏的情况下，老百姓节衣缩食，为部队提供公粮 56.8 万石（每石 300 斤），军鞋 30 万双，到 1949 年的两年零五个月中，支前民工 200 多万人次，担架 6.7 万付，牲口 250 万头次，缴送的公草，仅 1948 年的粗略统计，就有 3223 万斤。无怪乎彭德怀感慨：边区的劳动人民，是我看到的政治上最有觉悟，对革命最有认识的人民！

得人心者得天下。民为邦本，自古而然。

## 八

日月如梭，岁月不居。岁月深处，有一个民族迅速崛起的精神宝藏，有昭示未来、导引前行的智慧密码。

1949 年 9 月 29 日，为祝贺新中国成立的，延安各界给党中央和毛主席发去贺函。毛泽东接到贺函，“十分愉快和感激”，他在复电中称，延安和陕甘宁边区的人民对于全国人民是有伟大贡献的。他“并且希望，全国一切革命工作人员永远保持过去十余年间在延安和陕甘宁边区工作人员中所具有的艰苦奋斗的作风”。

1980 年，邓小平在中央工作会议上号召全党；一定要宣传、恢复和发扬延安精神，并且强调“要大声疾呼和以身作则地把这些精神推广到全体人民、全体青少年中间去，使之成为中华人民共和国精神文明的主要支柱”。

新世纪以来，江泽民、胡锦涛同志多次去延安看望老区人民，指出无论过去、现在、未来，延安精神都是我们战胜困难、取得胜利的法宝；

任何时候，延安精神都不能丢！

毋忘延安。毋忘老区。毋忘那些卓励奋发的红色岁月。忘记，意味着背叛。

话虽旧，真理不会老去。

[附记:感谢延安革命纪念馆馆长张建儒同志。这位原延安市委党史研究室主任,为投资5.7亿元的纪念馆新馆建设,四年如一日,风餐露宿,辛勤奔忙,被评为劳动模范。本文引用了他提供的若干资料。]

# 文章大家毛泽东

梁 衡

今年是毛泽东诞辰120周年，他离开这个世界也已37年。政声人去，尘埃落定，对他的功过已有评说，以后也许还会争论下去。但对作为文章家的他，我们还研究不够，这笔财富有待挖掘。毛说革命夺权靠枪杆子和笔杆子，但他自己却从没有拿过枪杆子。他手下有十元帅、十大将，一千个将军（1955年第一次授衔1050个），从井冈起兵到定都北京，抗日、驱蒋、抗美，谈笑间强敌灰飞烟灭，何等潇洒。打仗，他靠的是指挥之能，驭将用兵之能。但笔杆子倒是一辈子须臾不离手，毛笔、钢笔、铅笔，笔走龙蛇惊风雨，白纸黑字写春秋。虽然他身边也有几个秀才，但也只是伺候笔墨，实在不能为之捉刀。那种风格，那种语言，那种做派，是浸到骨子里，溢于字表，穿透纸背的，而这些只有他才会有。中国是个文章的国度，青史不绝，文章不绝。向来说文章有汉司马、唐韩柳、宋东坡、清康梁，群峰逶迤，连绵不绝。毛泽东算得一个，也是文章群山中一个巍峨的险峰。

## 一、思想与气势

毛文的特点首在磅礴凌厉的气势。毛是政治家、思想家，不同于文人雕虫画景，对月说愁，他是将政见、思想发之于文章，又借文章来平天下的。

陆游说："汝果欲学诗，功夫在诗外。"文章之势是文章之外的功夫，是作者的胸中之气、行事之势。势是不能强造假为的，得有大思想、真城府。我在谈范仲淹一文中曾说到古今文章家有两种，一是纯文人，一是政治家。纯文人之文情胜于理，政治家之文理胜于情。理者，思想也。写文章，说到底是在拼思想。只有政治家才能总结社会规律，借历史交替，风云际会，群雄逐鹿之势，纳雷霆于文字，排山倒海，摧枯拉朽，宣扬自己的政见。毛文属这一类。这种文字不是用笔写出来的，是作者全身心社会实践的结晶。劳其心，履其险，砺其志，成其业，然后发之为文。文章只是他事业的一部分，如冰山之一角，是虎之须、凤之尾。我们可以随便举出一些段落来看毛文的气势：

我们中华民族原有伟大的能力！压迫愈深，反动愈大，蓄之既久，其发必速，我敢说一怪话，他日中华民族的改革，将较任何民族为彻底。中华民族的社会，将较任何民族为光明。中华民族的大联合，将较任何地域任何民族而先告成功。诸君！诸君！我们总要努力！我们总要拼命地向前！我们黄金的世界，光华灿烂的世界，就在前面！（《民众的大联合》）

这还是他在中国共产党成立前"五四"时期刚要踏入江湖的文章，真是鸿鹄一飞便有千里之志。明显看出，这里有梁启超《少年中国说》的影子。文章的气势来源于对时代的把握，毛在新中国成立前的每个历史时期都能高瞻远瞩，甚至力排众议地发出振聋发聩之声。

当党内外对农民运动有动摇和微词时，他大声说：

革命不是请客吃饭，不是做文章，不是绘画绣花，不能那样雅致，那样从容不迫，文质彬彬，那样温良恭俭让。革命是暴动，是一个阶级推翻一个阶级的暴烈的行动。（《湖南农民运动考察报告》）

井冈山时期，革命处于低潮时，他甚至用诗一样的浪漫语言预言革命高潮的到来：

它是站在海岸遥望海中已经看得见桅杆尖头了的一只航船，它是立于高山之巅远看东方已见光芒四射喷薄欲出的一轮朝日，它是躁动于母腹中的快要成熟了的一个婴儿。（《星星之火，可以燎原》）

当抗日战争处在最艰苦的相持阶段，许多人苦闷、动摇时他发表了著名的《论持久战》指出：

武器是战争的重要的因素，但不是决定的因素，决定的因素是人不是物。力量对比不但是军力和经济力的对比，而且是人力和人心的对比。……抗日战争是持久战，最后胜利是中国的——这就是我们的结论。

你再看解放战争中他为新华社写的新闻稿：

【新华社长江前线二十二日二时电】英勇的人民解放军二十一日已有大约三十万人渡过长江。渡江战斗于二十日午夜开始，地点在芜湖、安庆之间。国民党反动派经营了三个半月的长江防线，遇着人民解放军好似摧枯拉朽，军无斗志，纷纷溃退。长江风平浪静，我军万船齐放，直取对岸，不到二十四小时，三十万人民解放军即已突破敌阵，占领南岸广大地区，现正向繁昌、铜陵、青阳、荻港、鲁港诸城进击中。人民解放军正以自己的英雄式的战斗，坚决地执行毛主席和朱总司令的命令。(《我三十万大军胜利南渡长江》)

我军“摧枯拉朽”，敌军“纷纷溃退”，“长江风平浪静”。你看这气势，是不是有《过秦论》中秦王振四海、制六合的味道？再看他在1949年第一届政协筹备会上的致词：

诸位代表先生们，我们有一个共同的感觉，这就是我们的工作将写在人类的历史上，它将表明：占人类总数四分之一的中国人从此站立起来了。……让那些内外反动派在我们面前发抖吧，让他们去说我们这也不行那也不行吧，中国人民的不屈不挠的努力必将稳步地达到自己的目的。

这是一个胜利者的口吻，时代巨人的口吻。新中国成立后美国搞核讹诈，他说：“帝国主义及一切反动派都是纸老虎。”古今哪一个文章家有这样的气势！

从上面所举毛泽东不同时期的文章中能看出他对自己的事业充满信心。为文要有丹田之气，不可装腔作势。古人论文，讲气，气贯长虹，力透纸背。韩愈搞古文运动，就是要恢复汉文章的质朴之气，他每为文前先读一遍司马迁的文章，为的是借一口气。以后人们又推崇韩文，再后又推崇苏东坡的文，都有雄浑、汪洋之势。苏东坡说：“吾文如万斛泉涌，不择地皆可出。在平地，滔滔汩汩，虽一日千里无难。及其与山石曲折，随物赋形，而不可知也。”他们的文章之所以有气势，是因为有思想，有个性的思想。毛泽东的文章也有思想，而且是时代的思想，曾是一个先进的政党、一支战无不胜的队伍的思想，与之不可同日而语。毛泽东也论文，他不以泉比，而是以黄河来比：“文章须蓄势。河出龙门，一泻至潼关。东屈，又一泻至铜瓦。再东北屈，一泻斯入海。……行文亦然。”毛在《讲堂录》中说：“才不胜今人，不足以为才；学不胜古人，不足以为学。”无论才学，他都是立志要超今人和古人的。如果说苏文如泉之涌，他的文章就是海之波涛了。

## 二、说理与用典

毛文的第二个特点是知识渊博，用典丰富。

中国传统的治学方法重在继承，从小孩子入私塾那一天起就背书，先背了一车经典，宝贝入库，以后用时再一件一件拿出来。毛泽东正当五四前后，新旧之交，是受过这种训练的。他自述其学问，从孔夫子、梁启超到拿破仑，什么都读。作为党的领袖，他的使命是从外国借来马克思主义领导中国人民推翻一个旧中国。要让中国的民众和他领导的干部懂得他的思想，就需要用中国人熟悉的旧知识和人民的新实践去注解，就是他常说的马克思主义中国化。这是一件真本事、大本事，要革命理论、传统知识和革命实践三样皆通，缺一不可。特别要对中国的传统典籍烂熟于心，还能翻新改造，结合当前的实际。在毛泽东的书中我们几乎随处可见他恰到好处的用典。

这有三种情况。一是从典籍中找根据，证目前之理，比如在《为人民服务》中引司马迁的话：

人总是要死的，但死的意义有不同。中国古时候有个文学家叫做司马迁的说过：“人固有一死，或重于泰山，或轻于鸿毛。”为人民利益而死，就比泰山还重；替法西斯卖力，替剥削人民和压迫人民的人去死，就比鸿毛还轻。张思德同志是为人民利益而死的，他的死是比泰山还要重的。

这是在一个战士的追悼会上的讲话，作为领袖，除表示哀悼之外，还要阐明当时为民族大业牺牲的意义。他一下拉回两千年前，解释我们这个民族怎样看待生死。你看，司马公有言，自古如此，你不能不信，一下增加了文章的厚重感。司马迁的这句话也因毛的引用而被赋予了新的含义，更广为流传。忠、孝、仁、义是中国传统的道德观。毛引用它却这样给以新的解释：

要特别忠于大多数人民，孝于大多数人民，而不是忠孝于少数人。对大多数人有益处的，叫做仁；对大多数人利益有关的事情，处理得当，叫义。对农民的土地问题、工人的吃饭问题处理得当，就是真正的行仁义。（《关于国民精神总动员的号召》）

这就是政治领袖和文章大家的功力：能借力发力，翻新经典，为己所用；既宏扬了民族文化，又普及了经典知识。

二是到经典中找方法，以之来比喻阐述一种道理。毛的文章大部分是论说文，是说给中国的老百姓或中基层干部听的。所以搬出中国人熟悉的故事，以典证理成了他常用的方法。这个典不一定客观存在，但它的故事家喻户晓，蕴含的道理颠扑不破。如七大闭幕词这样重要的文章，不但行文简短只有千数字，而且还讲了一个《愚公移山》的寓言故事，真是一典扛千斤。毛将《水浒传》、《西游记》、《三国演义》这些文学故事当哲学、军事教材来用，深入浅出，生动活泼。他在《中国革命战争的战略问题》中这样来阐述战争中的战略战术：

谁人不知，两个拳师放对，聪明的拳师往往退让一步，而蠢人则其势汹汹，劈头就使出全副本领，结果却往往被退让者打倒。《水浒传》上的洪教头，在柴进家中要打林冲，连唤几个“来”“来”“来”，结果是退让的林冲看出洪教头的破绽，一脚踢翻了洪教头。

孙悟空在他笔下，一会儿比做智慧化身，钻入铁扇公主的肚子里；一会儿比做敌人，跑不出人民这个如来佛的手心。1938 年 4 月在对抗大的一次讲话中，他甚至还从唐僧的坚定、八戒的吃苦、孙悟空的灵活中概括出了八路军、新四军的“三大作风”。像这样重要的命题，这样大的方针他都能从典故中轻松地顺手拈来，从容化出。所以他的报告总是听者云集，欢声笑语，毫无理论的枯涩感。他是真正把古典融于现实，把实践融进了理论。

三是为了增加文章的渲染效果，随手拿来一典，妙趣横生。

在《别了，司徒雷登》中他这样来写美国对华政策的破产：“总之是没有人去理他，使得他‘茕茕孑立，形影相吊’，没有什么事做了，只好挟起皮包走路。”这里用了中国古典散文名篇《陈情表》里的句子。司徒雷登那个孤立、无奈、可怜的样子永远定格在中国人的记忆中。就司氏本人来说，他对中国还是很有感情的，也为中国特别是中国的教育事业做了不少好事，但阴差阳错，他在历史变革的关键时刻扮演了一个特殊角色，也就只好背上了这个形象。

毛的用典是出于行文之必需，绝不卖弄，不故做高深地掉书袋。他是认真地研究并消化了经典的，甚至认真到考据癖的程度。如 1958 年刘少奇谈到贺知章的诗《回乡偶书》：“少小离家老大回，乡音无改鬓毛衰。儿童相见不相识，笑问客从何处来。”以此来说明唐代在外为官不带家眷。毛为此翻了《旧唐书》、《全唐诗话》，然后给刘写信说：

唐朝未闻官吏禁带眷属事，整个历史也未闻此事。所以不可以“少小离家”一诗便作为断定古代官吏禁带眷属的充分证明。自从听了那次你谈到此事以后，总觉不甚妥当。请你再考一考，可能你是对的，我的想法不对。睡不着觉，偶触及此事，故写了这些，以供参考。

现在庐山图书馆还保存有毛在庐山会议期间的借书单，从《庐山志》、《昭明文选》、《鲁迅全集》到《安徒生童话》，内容极广。这里引出一个问题：一个领袖首先是一个读书人，一个读了很多书的人，一个熟悉自己民族典籍的人。他应该是一个博学的杂家，只是一方面的专家不行；只读自然科学不行，要读社会科学，读历史，读哲学。因为领导一个集团、一场斗争、一个时代靠的是战略思维、历史案例、斗争魄力和人格魅力。这些只有到历史典籍中去找，在数理化中和单一专科中是找不到的。一个不会自己母语的公民不是合格的公民，一个不熟悉祖国典籍的领袖是不合格的领袖。

## 三、讽刺与幽默

毛文的第三个特点是充满辛辣的讽刺和轻松的幽默。不装不假，见真人性。

人一当官就易假，就要端个架子，这是官场的通病。越是大官，架子越大，越不会说话。毛是在党政军都当过一把手的，仍然嬉笑怒骂，这不容易。当然他的身份让他有权这样，但许多人就是洒脱不起来。权力不等于才华。毛的文章虽然都是严肃重要的指示、讲话、决定、社论等，又都是在残酷的战争环境中生成的，但是并不死板，并不压抑。透过硝烟，我们随处可见文章中对敌辛辣的讽刺和对自己人幽默的谈吐。讽刺和幽默都是轻松的表现，是举重若轻。我可以用十二分的力打倒你，但我不用，我只用一根银针轻刺你的穴道，你就酸痛难忍，哭笑不得，仆身倒地，这是讽刺；我可以用长篇大论来阐述清一个问题，但我不用，我只用一个笑话就妙解其理，让你在轻松愉快中茅塞顿开，这是幽默。总之，是四两拨千斤。这是一个领袖对自己的事业、力量和韬略有充分信心的表现。毛曾自信地说："我们的事业是正义的。正义的事业是任何敌人也攻不破的。"

我们先看他的讽刺。对国民党不敢发动群众抗战毛说：

可是国民党先生们啊，这些大好河山，并不是你们的，它是中国人民生于斯、长于斯、聚族处于斯的可爱的家乡。你们国民党人把人民手足紧紧捆住，敌人来了，不让人民自己起来保卫，而你们却总是"虚晃一枪，回马便走"。（《衡阳失守后国民党将如何》）

辽沈战役敌军大败，毛这样为新华社写消息：

从15日至25日11天内，蒋介石三至沈阳，救锦州，救长春，救廖兵团，并且决定了所谓"总退却"，自己住在北平，每天睁起眼睛向东北看着。他看着失锦州，他看着失长春，现在他又看着廖兵团覆灭。总之一条规则，蒋介石到什么地方，就是他的可耻事业的灭亡。（《东北我军全线进攻，辽西蒋军五个军被我包围击溃》）

他讽刺党八股像"懒婆娘的裹脚，又长又臭"，是"只有死板板的几条筋，像瘪三一样，瘦得难看，不像一个健康的人"。真是个漫画高手。

我们再看他的幽默。毛一生担军国之重任，不知经历了多少危机关头、艰难局面，但在他的笔下常常是付之一笑，用太极推手轻松化开，这不容易。长征是人类史上少有的苦难历程，毛却乐观地说"长征是宣言书，长征是宣传队，长征是播种机。自从盘古开天地，三皇五帝到于今，历史上曾经有过我们这样的长征吗?"在延安文艺座谈会上，讲到文化的重要时他说：我们有两支军队，一支是朱（德）总司令的，一支是鲁（迅）总司令的。（正式发表时改为“拿枪的军队”和“文化的军队”）。他在对斯诺讲到自己的童年时风趣地说：“我家分成两‘党’。一个是就是我的父亲，是执政‘党’。反对‘党’由我、我母亲和弟弟组成。”斯诺听得哈哈大笑。

关于社会主义经济这样大的理论问题，他说：

搞社会主义不能使羊肉不好吃，也不能使南京板鸭、云南火腿不好吃，不能使物质的花样少了，布匹少了，羊肉不一定照马克思主义做。在社会主义社会里，羊肉、鸭子应该更好吃，更进步，这才体现出社会主义比资本主义进步，否则我们在羊肉面前就没有威信了。社会主义一定要比资本主义还要好，还要进步。（1956 年在知识分子会议上的讲话）

1939 年 7 月 7 日，他对即将上前线的华北联合大学师生讲话，以《封神演义》故事作比：

当年姜子牙下昆仑山，元始天尊赠了他杏黄旗、四不象、打神鞭三样法宝。现在你们出发上前线，我也赠给你们三样法宝，这就是统一战线、武装斗争、党的建设。

这是比兴手法，只借“三样法宝”的字面同一性。1957 年他在对我留苏学生讲话时说：“现在的世界形势是东风压倒西风”也是借《红楼梦》里林黛玉的话，与原意无关，只借“东风、西风”这个字意。文章有意荡开去显得开阔、轻松，好似从远处往眼前要说的这个问题上搭了一座引桥。鲁迅先生也曾有这样的用法：

还有一种特别的丸药：败鼓皮丸。这“败鼓皮丸”就是用打破的旧鼓皮做成；水肿一名鼓胀，一用打破的鼓皮自然就可以克伏他。清朝的刚毅因为憎恨“洋鬼子”，预备打他们，练了些兵称作“虎神营”，取虎能食羊，神能伏鬼的意思，也就是这道理。(《父亲的病》)

毛是很推崇鲁迅的，他深得其笔法。

尖锐的讽刺，见棱见角，说明他眼光不凡，总是能看到要害；轻松幽默的谈吐，不慌不忙，说明他的肚量和睿智，肚子里有货。中共早期的领袖有此才，二战时的国际领袖也有此才，如丘吉尔就以幽默闻名。战后英国国会通过提案，拟塑一尊丘吉尔的铜像，置于公园。丘吉尔回绝道：“多谢大家的好意，我怕鸟儿会在我的头上拉屎，还是请免。”新中国成立后全国人大拟决议给毛泽东授大元帅衔，毛说：“我穿上你那个元帅服怎么下基层，免了吧。”毛之后中国的掌舵人邓小平也是幽默的。1978年10月邓访问日本，这是一次打破僵局、恢复邦交、学习先进的破冰之旅，任务很重。邓说，我来目的有三，一是互换条约，二是人代会老朋友，三是像徐福一样，来寻“仙草”的。日本人听得笑了起来。他们给邓最好的接待，给他看最先进的技术和管理。苦难出人才，时势造英雄，这是一种多么拿得起、放得下的潇洒。我们常说，领袖也是人，但领袖必须是一个有个性、有魅力的真实的人，照葫芦画瓢是当不了领袖的。



## 四、通俗与典雅

毛文的第四个特点是通俗与典雅完美地结合。记的我第一次接触毛的文章，是在中学的历史课堂上，没耐心听课，就去翻书上的插图，看到《新民主主义》的影印件，如蚂蚁那么小的字，一下就被它的开头几句所吸引：“抗战以来，全国人民有一种欣欣向荣的气象，大家以为有了出路，愁眉锁眼的姿态为之一扫。但是近来的妥协空气，反共声浪，忽又甚嚣尘上，又把全国人民打入闷葫芦里了。”我不觉眼前一亮，一种莫名的兴奋，这是一种从未见过的文字，说不清是雅，是俗，只觉得新鲜，很美。放学后就回家找来大人的《毛泽东选集》读。我就是这样沿着山花烂漫的曲径小路，一步一步直到政治大山的深处。

毛泽东是乡间成长起来的知识分子，又是战火中锻炼出来的领袖。在学生时期他就受过严格的古文训练，后来在长期的斗争生涯中，一方面和工农兵厮磨在一起，学习他们的语言；一方面又手不释卷，和各种书文学书籍，如小说、诗词、曲赋、笔记缠裹在一起，须臾不离。他写诗、写词、写赋、作对、写新闻稿和各种报告、电稿。如果抛开他的军事、政治活动不说，他完全够得上一个文人，就像中共的早期领袖李大钊、陈独秀、瞿秋白一样。毛与他们的不同是又多了与工农更密切的接触。所以毛的文章典雅与通俗共存，朴实与浪漫互见。时常有乡间农民的口语，又能见到唐诗、宋词里的句子。忽如老者炕头说古，娓娓道来；又如诗人江边行吟，感天撼地。

我们先看一段他早期的文字，这是他1916年在游学的路上写给友人的信：

今朝九钟抵岸，行七十里，宿银田市。……一路景色，弥望青碧，池水清涟，田苗秀蔚，日影烟斜之际，清露下洒，暖气上蒸，岚采舒发，云霞掩映，极目遐迩，有如画图。今夕书此，明日发邮，……欲以取一笑为快，少慰关垂也。（《致萧子升信》）

这封手书与王维的《山中与裴秀才迪书》、徐霞客的《三峡》相比如何？其文字清秀不分伯仲。我们再看他在抗日时期的《祭黄帝陵》：

赫赫始祖，吾华肇造；胄衍祀绵，岳峨河浩。聪明睿智，光被遐荒；建此伟业，雄立东方。世变沧桑，中更蹉跌；越数千年，强邻蔑德。琉台不守，三韩为墟；辽海燕冀，汉奸何多。以地事敌，敌欲岂足；人执笞绳，我为奴辱。懿维我祖，命世之英；涿鹿奋战，区宇以宁。岂其苗裔，不武如斯；泱泱大国，让其沦胥。东等不才，剑屦俱奋；万里崎岖，为国效命。频年苦斗，备历险夷；匈奴未灭，何以家为？各党各界，团结坚固；不论军民，不分贫富。民族阵线，救国良方；四万万众，坚决抵抗。民主共和，改革内政；亿兆一心，战则必胜。还我河山，卫我国权；此物此志，永矢勿谖。经武整军，昭告列祖；实鉴临之，皇天后土。尚飨！

可以看出他深厚的古文根底。毛在延安接受斯诺采访时说，他学习韩愈文章上是下过苦功的，如果需要他还可以写出一手好古文。我们看他早期的文字何等的典雅。但是为了斗争的需要，时代的需要，他放弃了自己熟悉的文体，学会了使用最通俗的文字。他说讲话要让人懂，反对使用“霓裳”之类的生僻词。请看这一段：

我们都是来自五湖四海，为了一个共同的革命目标，走到一起来了。我们还要和全国大多数人民走这一条路。我们今天已经领导着有九千一百万人口的根据地，但是还不够，还要更大些，才能取得全民族的解放。（《为人民服务》）

再看这一段：

此间首长们指示地方各界切勿惊慌，只要大家事前有充分准备，就有办法避开其破坏，诱敌深入，聚而歼之。今春敌扰河间，因我方事前毫无准备，受到部分损失，敌部亦被其逃逸。此次务须全体动员对敌，不使敢于冒险的敌人有一兵一卒跑回其老巢。（新华社消息《华北各首长号召保石沿线人民准备迎击蒋傅军进扰》）

你看“走到一起”、“是还不够”、“切勿惊慌”、“就有办法”等等，这完全是老百姓的语言，是一种面对面的告诫、谈心。虽是大会讲话、新闻电稿却通俗到明白如话。但是典雅并没有丢掉，他也有许多文字端庄、严谨，气贯长虹的文章，如：

夺取全国胜利，这只是万里长征走完了第一步。如果这一步也值得骄傲，那是比较渺小的，更值得骄傲的还在后头。在过了几十年之后来看中国人民民主革命的胜利，就会使人们感觉那好像只是一出长剧的一个短小的序幕。剧是必须从序幕开始的，但序幕还不是高潮。中国的革命是伟大的，但革命以后的路程更长，工作更伟大，更艰苦。这一点现在就必须向党内讲明白，务必使同志们继续地保持谦虚、谨慎、不骄、不躁的作风，务必使同志们继续地保持艰苦奋斗的作风。我们有批评和自我批评这个马克思列宁主义的武器。我们能够去掉不良作风，保持优良作风。我们能够学会我们原来不懂的东西。我们不但善于破坏一个旧世界，我们还将善于建设一个新世界。中国人民不但可以不要向帝国主义者讨乞也能活下去，而且还将活得比帝国主义国家要好些。（《在七届二中全会上的报告》）

而更多的时候却是“既上得厅堂又下得厨房”，亦庄亦谐，轻松自如。如：

若说：何以对付敌人的庞大机构呢？那就有孙行者对付铁扇公主为例。铁扇公主虽然是一个厉害的妖精，孙行者却化为一个小虫钻进铁扇公主的心脏里去把她战败了。柳宗元曾经描写过的“黔驴之技”，也是一个很好的教训。一个庞然大物的驴子跑进贵州去了，贵州的小老虎见了很有些害怕。但到后来，大驴子还是被小老虎吃掉了。我们八路军新四军是孙行者和小老虎，是很有办法对付这个日本妖精或日本驴子的。目前我们须得变一变，把我们的身体变得小些，但是变得更加扎实些，我们就会变成无敌的了。（《一个极其重要的政策》）

“文章五诀”形、事、情、理、典，毛文是最好的典范。不管是论文、讲话、电稿等何种文体，他都能随手抓来一个形象，借典说理或借事言情，深入浅出。毛文开创了政论文从未有的生动局面，工人农民看了不觉为深，专家教授读了不觉为浅。他之前这样的人物不多，他之后这样的领袖也还没有出现。毛泽东是有大志的人，他永远有追求不完的目标。其中一个目标就是放下身段，当一个行吟的诗人，当一个作家。他多次说过要学徐霞客，要顺着长江、黄河把祖国大地丈量一遍。他又是一个好斗争的人，他有一句名言"与天奋斗，其乐无穷！与地奋斗，其乐无穷！与人奋斗，其乐无穷！"其实除了天、地、人，他的革命生涯中还有一个斗争对象，就是：文风。他对群众语言、古典语言是那样地热爱，对教条主义的语言、官僚主义的语言是那样地憎恨。延安"整风运动"中，他把文风与学风、党风并提，讨伐"党八股"，给它列了八大罪状，说它是对五四运动的反动，是不良党风的最后一个"防空洞"。新中国成立之初《人民日报》发表长篇社论，号召正确使用祖国语言，他在改稿时特别加了一句："我们的同志中，我们的党政军组织和人民团体的工作人员中，我们的文学家教育家新闻记者中，有许多精通语法、会写文章、会写报告的人。这些人既然能做到这一步，为什么我们大家不能做到呢？当然是能够的。"（《人民日报》1951年6月6日）后来我们渐渐机关化了，文件假、大、空的语言多了，毛对此极为反感，甚至是愤怒，他严厉要求领导干部亲自写文章，不要秘书代劳，他批评那些空洞的官样文字："讲了一万次了依然纹风不动，灵台如花岗之岩，笔下若玄冰之冻。哪一年稍稍动一点，使读者感觉有些春意，因而免于早上天堂，略为延长一年、两年寿命呢？"（1958年9月2日的一封信）他是一辈子都在和"党八股"的坏文风作斗争的。可惜他没有看到现在文风之江河日下，"假大空"之登峰造极，否则他会拍案大骂，或者会被活活气死的。

## 五、功过与才艺

毛泽东是一个伟大的人物，又是一个有错、有过的人物。这在官方已有党中央的《关于建国以来党的若干历史问题的决议》。从文章方面说，毛也是成也文章，败也文章。他以大气魄写过许多好文章，但也写了气势不小的《炮打司令部》，发动了"文革"。他相信文章能指挥全党，调动天下。1959年，庐山会议时，“人民公社”、“大跃进”的败象已露，他仍大声宣布要亲自写一篇一万字的《人民公社万岁》。他辛辣幽默，痛斥反动与落后，但后来却以自己的错误来讽刺别的同志的正确，如挖苦反冒进的周恩来写不出“跃进”文章；说不愿加快合作化的邓子恢是小脚女人；他善用典故，却在庐山会议上借枚乘的《七发》来嘲笑反对“大跃进”的张闻天是发疟疾病，等等，这些都白纸黑字地给后人留下了话柄。1949年春，他还幽默地说：“我们是进京赶考，要考好，不要做李自成。”这在某种意义上不幸而被言中。这当是因为后来权力太大，失去民主监督所致。历史很有意思，总是把一个大人物推到最高的位置，最大限度地发挥他的才智，建功立业，却又给他权力，让他有条件去犯大错误。

毛的功过自有评说，我们这里要说的是勿让功过掩盖了他的才艺，勿因情感好恶忽略了他的文章。比如他的书法，大多数人都能认同。因为书法更偏重于形式艺术，离内容较远。其实文章写作也是一门艺术，也有许多形式方面的规律和技巧。毛泽东是职业政治家，但是死后的毛泽东并不全靠政治吃饭。“文章千古事，纱帽一时新。君看青史上，官身有几人?”不像我们现在的许多干部，退休后一没有会开，就坐卧不宁，无所适从。其实这也不是个新问题，就是古代的皇帝、宰相（他们也是职业政治家）也分两种，有的人政亡人息，有的人死后还活在他的业余生活中或者艺术王国里。这与他们的政绩没有多大关系。如魏武帝的诗，李后主的词，宋徽宗的画，还有范仲淹的《岳阳楼记》。艺术就是艺术。当年骆宾王曾起草了《为李敬业讨武曌檄》，武则天看后鼻子都气歪了，但还是忍不住夸奖是好文章。文章的最后一句“请看今日之域中，竟是谁家之天下”名传后世，抗战时毛泽东还将它作了社论的标题。骆、武之争，人们早已忘记，而这篇文章却成了檄文的样板。可见文章是一门独立的学问。

细读毛泽东的文章，特别是他的独特的语言风格，足可自立为一门一派，只可惜常被政治所掩盖。今年是毛泽东诞辰120年，红尘过后，斯人远去，还有必要静下心来研究一下他的文章。这至少有两个用处。一是专门搞写作的人可从中汲取一点营养，特别是注意补充一点文章外的功夫，好直起文章的腰杆；二是身在高位的人，向他学一点写作，这也是工作的一部分，也能增加一点领导的魅力。打天下靠笔杆子，治天下更要靠笔杆子。

# 薤露

## ——“八一三”三周年谨献给全体死难将士之英灵

无名氏

……你们，中华大地的儿子，争祖国自由的战士。你们，最最忠勇的，最最善良的，最最亲爱的，请静静的，静静的，静静的，安息在地下。地下是刻骨的寒冷，千种的凄清，没有路，没有光，没有城市与山林，没有野蛮与文明，长年陪伴你们的，紧紧拥抱你们的，只有黑暗的泥土。

在那繁华而斑斓的春天，当冰冻的透明的溪流轻轻展舒玻璃样的身子时，当温馨的三月风随着黑色燕子翩翩飞来时，花木与野草受着你们肉体的营养，将又一度睁开青色大眼睛，绿色大眼睛，彩虹般诱惑着抚摸着亿万颗青春的心。（你们，牺牲的化身呵，生前，用躯体喂养祖国的黎明，死后，用躯体喂饲大地的青绿。）在那热情而蕴燠的夏季，在黑茫茫的地下，你们的肉体将加速腐烂，被蛆虫与蚯蚓啃蚀着，头发、血、肉、爪、牙，渐渐的，一丝丝化成泥土与尘埃，构成大地的一部分，默默无闻，让人与兽践踏。（你们，牺牲的化身呵，生前，用躯体搭黑暗到光明间的桥梁，死后，化为尘埃与泥土，构成人类的道路。）

在那金黄的秋天，红熟的果实无声的坠在地上，美丽的叶子无声的坠在地上，随着风雨与时间，腐烂的果实和凋残的落叶，将深深融入泥土，你们就变成他们的安眠的床，抚慰着这些曾有一度豪华青春的植物。（你们，牺牲的化身呵，生前，用躯体的勇敢抚慰过多少颗懦弱的心，死后，用躯体的凋朽来抚慰姿颜憔悴而终将凋朽的植物。）在那严厉的黯淡的冬天，风雪与寒冷统治一切，虫豸们全无助的避居地下，你们的躯体就成为它们的粮食的一部分。（你们，牺牲的化身呵，生前，不恤躯体倒下而使另外千千万万躯体不倒下，死后，不恤躯体的灭亡而保全另外千千万万生命于灭亡。）

坚贞的中华之子，牺牲的象征呵！你们是以牺牲为欢乐的泉源，所予的何其多，所取的何其少？当你们还未走到地下，而奔驰于大地时，你们就戴着牺牲的冠冕，穿着牺牲的衣服，从迤逦数千里的长白山起，到旖旎的海南岛止，无休止的流着血。为了祖国的青春，民族的青春，你们抛弃了自己的青春。世界是恁般美好，月光是恁般婵娟，海水是恁般绮丽，玫瑰是恁般芳香，你们都是年轻的，岂不知在绿幽幽的篱墙下，有软绵绵的温柔手臂在期待刚强的一握？然而，你们拒绝了，为了祖国！

洗金黄菜花时的母亲苍苍白发是恁般慈蔼，静夜独酌时的父亲的酡红鼻子是恁般温存，冬日红泥小炉的火舌舐在粉壁上时是恁般天真，炉上茶吊子的鼾声是恁般红热，你们都是善良的，岂不知有一颗父性或母性的心在旁边“卜卜”跳着，希冀用它的急速跳声来止住年轻人的脚跟，然而，你们没有一滴泪水，冷淡的举起足步，为了祖国！摇篮曲的歌声是恁般甜香，婴儿的笑声是恁般明亮，代乳粉的罐子是恁般安静，小泥人的脸孔是恁般多情，你们都是纯朴的，岂不知有许多无辜的小眼睛在祈求父性的慈爱的回顾，然而，你们不回一回头，却昂然望着远方，为了祖国！

是的，为了祖国，你们望着远方，远方的战争。战争的声音在叫唤，战争的大手在招呼，你们服从的去了，不管太阳是毒热得像冶铁炉，北风凶狂得像老虎，严霜锋锐得像巉岩，道路崎岖得像山峦，大雪冷酷得像北冰洋，……

你们是去了，去到祖国的海滨、江岸、河上、山间、城市、平原，……，用武器来斩断敌人的侵略的手，用血液与肉体来扑灭贪餍的毒火与狂焰，让祖国尽可能的，尽可能的，尽可能的，留下一寸干净土。在战壕里，在行军时，你们常常是饥饿、疲倦、病倒、没有一丝温柔的声音来问一问冷热，没有一只友情的手来抚摩创痕，虽然野花是开得那样灿烂，天空是那样明蓝。然而，你们的眼睛从未看到那些苦难，它的唯一对象是——前面，敌人盘踞地。就当重炮弹一朵朵在身边盛开黑色的红色的罪恶之花时，你们所看的仍是——前面，而不是身边。

死亡如一柄锐利的钢刀，一次又一次，穿过原野、村庄，河流，被一只无情的巨掌投来，你们从来未想到闪避，却一次又一次，坦然把胸膛迎上、迎上，因为，你们是中国人。是的，中国人。中国人走在村庄的田塍上，中国人走在都市的大街上，中国人走在豪华的舞场里，中国人走在棕色的咖啡厅里，中国人走在疯狂的交易所里，中国人走在红色的屠宰场里，但是，他们并不是真正中国人。他们惯会用你们的血与泪来装饰笔尖、充实口袋、巩固基石，但他们并不是真正中国人，有权利自称真正中国人的，只有你们。在饥寒交迫中，在冰天雪地中，与敌人肉搏的，只有你们。只有你们，有权利从松花江走到扬子江，从渤海走到南海，从喜马拉雅山走到长白山，从戈壁沙漠走到江南丘陵地，而身躯可以挺直，无须一毫一厘的屈曲，视线可以放平，无须一毫一厘的低垂，脸色可以宽舒、坦然，无须流一滴羞耻的泪，道一声惭愧。

为了当前祖国的苦难，你们做了祖国父亲的好儿子，大地母亲的好儿子。你们当中，大多来自飘着青色炊烟的村庄，来自铺满阳光的金黄色麦田，来自榆柳荫覆的小溪旁，来自洋溢着稻香与米香的碾坊……，却几乎终年缺乏富有铁质的食物，患着剧烈的贫血症。然而，有着贫血脸色的你们，竟毫不吝惜残剩的贫弱的血，却慷慨的献给战争。战争需要战士的血！失去大量的血，你们如一株株树似地倒下了，绝望的躺在战场上，躺在无月无星的黑夜，躺在缭绕着凄苦的呻吟声的病床上，直至肺叶萎然无力，弹振出最后一次呼吸，轻轻的，轻轻的，像凋残的五月蔷薇，弹落下最后一片开谢的花瓣。陪伴你们入土的是无情的子弹，无情破片，溃烂的创伤，一套云灰色的或草绿色的污垢的战士服装，或许再加上几丝苦雨、一片凄风、半个阴天，……没有肖邦丧曲，没有长蛇般的殡葬行列，没有烟尘般腾起的哭声，没有噙着露水的鲜花，没有呜咽的唢呐或喇叭，没有黄色纸钱，没有银灰色或淡金色的锡箔，没有黑色的礼服，没有白帽或麻衣。你们来到人间，是一条寂寞的清白的身子，离去时也应该是一条寂寞的清白的身子；如果你们过去曾有一丝污点或阴翳，当你们勇敢的张臂拥抱死亡时，这污点与阴翳已被四万万五千万人的手指拭去了。你们的灵魂是洁净而明朗的。

沉雾与霖雨才罢的夏日午后，金色的阳光瀑布般倾泻到大地上，白色的云朵像一片片白色羊群，这洁净而明朗的景致、就是你们灵魂的象征。你们是同蓝天一样，美好无瑕。然而，现在，却甘愿把生命握在手上，又勇敢的放下了，毫无怨嗟，从地上走到地下，明知在期待你们的不过是寂寞与黑暗，而从此，再没有人世的火光与友谊，再没有父母妻儿的容颜。在地上，生活里没有花、没有笑、没有春天；在地下，一样的没有笑、没有春天，多么黯惨的遭遇呵！然而，你们甘愿如此。

痛苦本身就是最大的报酬与安慰，此外再不需要什么。可是，忠勇的战士呵，请勿想象你们的消逝是无声的。在纽约、伦敦、莫斯科、重庆、巴达维亚，到处都有人红着眼圈，深深垂下头，当你们平静的躺在战场上，最后一次阖上眼睛时。人们走在城市里，看着街景与行人，会轻轻自问：是谁，能使我有权利从容散步在柏油道上的，在这大骚扰的时代？人们在华丽的筵席上，在灯光鬓影中，会轻轻自问：是谁，能使我有权利安静的擎起红色葡萄酒杯的，在这大苦难的时代？月夜，人们静躺在床上，会轻轻自问：是谁，能使我悠闲的看窗外美丽月光的，在这人吃人的地球上？人们在明窗净几边，拿起一册红封面的或绿封面的书本时，会轻轻自问，是谁，能使我有权利自由选择思想或文字，当禁锢的魔掌已从三岛伸过来时？是谁？是谁？——是你们！保卫广大人民的战士！四万万五千万人知道是你们！全世界知道是你们！……说不定是一个黄昏或黑夜，一个人站在海滨或江畔，凝望云天与远方，偷偷为你们洒几滴泪。说不定是夏季或秋天，一个人经过农村，你们老家时，会站在你们的父母中间，站在田里，帮他（她）们收割一畦小麦或几十行晚稻。说不定是大城或小城，一个人邂逅到你们的贫苦子女时，会感激的领回去，款以一项丰富的晚餐，并骄傲的指向客人道：“这是战士的子女！”说不定是百年或千年，一个人经过你们的墓碑时，会深深的深深的，沉浸在崇高的回忆里，而留连不忍别去。说不定……

战士呵，请勿悲伤吧，你们并没有离开这世界！在祖国的天空里，有你们的笑容；在祖国的海水里，有你们的声音；在祖国的群山中，有你们的手臂；在祖国的原野上，有你们的胸膛；在祖国的瀑布里，有你们的足步；在祖国的人群里，有你们的幻想、回忆、幽梦、爱与恨；在祖国的未来建筑里，一木一石都有你们的鲜血与眼睛。你们并没有死亡。你们比活着时还活得更新鲜而坚强。你们的名字，将永无间断的挂在人们的嘴角上，正像太阳与月亮的名字，常挂在人们嘴角上。这些名字像传统的辉煌文化，一代代传下去，传下去，当一万年后，人们念到这些名字时，心灵还会“卜卜”跳动，胸脯还会不自禁的，向前挺起，像秋风吹落一朵白色花似地，嘴边落下一声：“祖国，我是你的！……”战士呵，请静静的，静静的，静静的，安息吧，人们将永远流着感激的眼泪，回忆你们，永远，回忆你们，永远，永远永远……

# 跑警报

汪曾祺

西南联大有一位历史系的教授，——听说是雷海宗先生，他开的一门课因为讲授多年，已经背得很熟，上课前无需准备；下课了，讲到哪里算哪里，他自己也不记得。每回上课，都要先问学生："我上次讲到哪里了?"然后就滔滔不绝地接着讲下去。班上有个女同学，笔记记得最详细，一句话不落，雷先生有一次问她："我上一课最后说的是什么?"这位女同学打开笔记来，看了看，说："你上次最后说：'现在已经有空袭警报，我们下课。'"

这个故事说明昆明警报之多。我刚到昆明的头二年，1939、1940 年，三天两头有警报。有时每天都有，甚至一天有两次。昆明那时几乎说不上有空防力量，日本飞机想什么时候来就来。有时竟至在头一天广播：明天将有 27 架飞机来昆明轰炸。日本的空军指挥部还真言而有信，说来准来!

一有警报，别无他法，大家就都往郊外跑，叫做"跑警报"。"跑"和"警报"联在一起，构成一个词语，细想一下，是有些奇特的，因为所跑的并不是警报。这不像"跑马"、"跑生意"那样通顺。但是大家就这么叫了，谁都懂，而且觉得很合适。也有叫"逃警报"或"躲警报"的，都不如"跑警报"准确。

“躲”，太消极；“逃”又太狼狈。惟有这个“跑”字于紧张中透出从容，最有风度，也最能表达丰富生动的内容。

有一个姓马的同学最善于跑警报。他早起看天，只要是万里无云，不管有无警报，他就背了一壶水，带点吃的，夹着一卷温飞卿或李商隐的诗，向郊外走去。直到太阳偏西，估计日本飞机不会来了，才慢慢地回来。这样的人不多。

警报有三种。如果在四十多年前向人介绍警报有几种，会被认为有“神经病”，这是谁都知道的。然而对今天的青年，却是一项新的课题。一曰“预行警报”。

联大有一个姓侯的同学，原系航校学生，因为反应迟钝，被淘汰下来，读了联大的哲学心理系。此人对于航空旧情不忘，曾用黄色的“标语纸”贴出巨幅“广告”，举行学术报告，题曰《防空常识》。他不知道为什么对“警报”特别敏感。他正在听课，忽然跑了出去，站在“新校舍”的南北通道上，扯起嗓子大声喊叫：“现在有预行警报，五华山挂了三个红球！”可不！抬头望南一看，五华山果然挂起了三个很大的红球。五华山是昆明的制高点，红球挂出，全市皆见。我们一直很奇怪：他在教室里，正在听讲，怎么会“感觉”到五华山挂了红球呢？——教室的门窗并不都正对五华山。

一有预行警报，市里的人就开始向郊外移动。住在翠湖迤北的，多半出北门或大西门，出大西门的似尤多。大西门外，越过联大新校门前的公路，有一条由南向北的用浑圆的石块铺成的宽可五六尺的小路。这条路据说是驿道，一直可以通到滇西。路在山沟里。平常走的人不多。常见的是驮着盐巴、碗糖或其他货物的马帮走过。赶马的马锅头侧身坐在木鞍上，从齿缝里咝咝地吹出口哨（马锅头吹口哨都是这种吹法，没有撮唇而吹的），或低声唱着呈贡“调子”：

哥那个在至高山那个放呀放放牛，
妹那个在至花园那个梳那个梳梳头。
哥那个在至高山那个招呀招招手，
妹那个在至花园点那个点点头。

这些走长道的马锅头有他们的特殊装束。他们的短褂外都套了一件白色的羊皮背心，脑后挂着漆布的凉帽，脚下是一双厚牛皮底的草鞋状的凉鞋，鞋帮上大都绣了花，还钉着亮晶晶的“鬼眨眼”亮片。——这种鞋似只有马锅头穿，我没见从事别种行业的人穿过。马锅头押着马帮，从这条斜阳古道上走过，马项铃哗棱哗棱地响，很有点浪漫主义的味道，有时会引起远客的游子一点淡淡的乡愁……

有了预行警报，这条古驿道就热闹起来了。从不同方向来的人都涌向这里，形成了一条人河。走出一截，离市较远了，就分散到古道两旁的山野，各自寻找一个合适的地方呆下来，心平气和地等着——等空袭警报。

联大的学生见到预行警报，一般是不跑的，都要等听到空袭警报：汽笛声一短一长，才动身。新校舍北边围墙上有一个后门，出了门，过铁道（这条铁道不知起讫地点，从来也没见有火车通过），就是山野了。要走，完全来得及。——所以雷先生才会说：“现在已经有空袭警报。”只有预行警报，联大师生一般都是照常上课的。

跑警报大都没有准地点，漫山遍野。但人也有习惯性，跑惯了哪里，愿意上哪里。大多是找一个坟头，这样可以靠靠。昆明的坟多有碑，碑上除了刻下坟主的名讳，还刻出“×山×向”，并开出坟茔的“四至”。这风俗我在别处还未见过。这大概也是一种古风。

说是漫山遍野，但也有几个比较集中的“点”。古驿道的一侧，靠近语言研究所资料馆不远，有一片马尾松林，就是一个点。这地方除了离学校近，有一片碧绿的马尾松，树下一层厚厚的干了的松毛，很软和，空气好，——马尾松挥发出很重的松脂气味，晒着从松枝间漏下的阳光，或仰面看松树上面蓝得要滴下来的天空，都极舒适外，是因为这里还可以买到各种零吃。昆明做小买卖的，有了警报，就把担子挑到郊外来了。五味俱全，什么都有。最常见的是“丁丁糖”。“丁丁糖”即麦芽糖，也就是北京人祭灶用的关东糖，不过做成一个直径一尺多，厚可一寸许的大糖饼，放在四方的木盘上，有人掏钱要买，糖贩即用一个刨刃形的铁片楔入糖边，然后用一个小小的铁锤，一击铁片，丁的一声，一块糖就震裂下来了，——所以叫做“丁丁糖”。其次是炒松子。昆明松子极多，个大皮薄仁饱，很香，也很便宜。我们有时能在松树下面捡到一个很大的成熟了的生的松球，就掰开鳞瓣，一颗一颗地吃起来。——那时候，我们的牙都很好，那么硬的松子壳，一嗑就开了！

另一集中点比较远，得沿古驿道走出四五里，驿道右侧较高的土山上有一横断的山沟（大概是哪一年地震造成的），沟深约三丈，沟口有二丈多宽，沟底也宽有六七尺。这是一个很好的天然防空沟，日本飞机若是投弹，只要不是直接命中，落在沟里，即便是在沟顶上爆炸，弹片也不易蹦进来。机枪扫射也不要紧，沟的两壁是死角。这道沟可以容数百人。有人常到这里，就利用闲空，在沟壁上修了一些私人专用的防空洞，大小不等，形式不一。这些防空洞不仅表面光洁，有的还用碎石子或碎瓷片嵌出图案，缀成对联。对联大都有新意。我至今记得两副，一副是：

人生几何

恋爱三角

一副是：

见机而作

入土为安

对联的嵌缀者的闲情逸致是很可叫人佩服的。前一副也许是有感而发，后一副却是记实。

警报有三种。预行警报大概是表示日本飞机已经起飞。拉空袭警报大概是表示日本飞机进入云南省境了，但是进云南省不一定到昆明来。等到汽笛拉了紧急警报：连续短音，这才可以肯定是朝昆明来的。空袭警报到紧急警报之间，有时要间隔很长时间，所以到了这里的人都不忙下沟，——沟里没有太阳，而且过早地像云冈石佛似的坐在洞里也很无聊，——大都先在沟上看书、闲聊、打桥牌。很多人听到紧急警报还不动，因为紧急警报后日本飞机也不定准来，常常是折飞到别处去了。要一直等到看见飞机的影子了，这才一骨碌站起来，下沟，进洞。联大的学生，以及住在昆明的人，对跑警报太有经验了，从来不仓皇失措。

上举的前一副对联或许是一种泛泛的感慨，但也是有现实意义的。跑警报是谈恋爱的机会。联大同学跑警报时，成双作对的很多。空袭警报一响，男的就在新校舍的路边等着，有时还提着一袋点心吃食，宝珠梨、花生米……他等的女同学来了，“嗨！”于是欣然并肩走出新校舍的后门。跑警报说不上是同生死，共患难，但隐隐约约有那么一点危险感，和看电影、遛翠湖时不同。这一点危险使两方的关系更加亲近了。女同学乐于有人伺候，男同学也正好殷勤照顾，表现一点骑士风度。正如孙悟空在高老庄所说：“一来医得眼好，二来又照顾了郎中，这是凑四合六的买卖。”从这点来说，跑警报是颇为罗曼蒂克的。有恋爱，就有三角，有失恋。跑警报的“对儿”并非总是固定的，有时一方被另一方“甩”了，两人“吹”了，“对儿”就要重新组合。写（姑且叫做“写”吧）那副对联的，大概就是一位被“甩”的男同学。不过，也不一定。

警报时间有时很长，长达两三个小时，也很“腻歪”。紧急警报后，日本飞机轰炸已毕，人们就轻松下来。不一会，“解除警报”响了：汽笛拉长音，大家就起身拍拍尘土，络绎不绝地返回市里。也有时不等解除警报，很多人就往回走：天上起了乌云，要下雨了。一下雨，日本飞机不会来。在野地里被雨淋湿，可不是事！一有雨，我们有一个同学一定是一马当先往回奔，就是前面所说那位报告预行警报的姓侯的。他奔回新校舍，到各个宿舍搜罗了很多雨伞，放在新校舍的后门外，见有女同学来，就递过一把。他怕这些女同学挨淋。这位侯同学长得五大三粗，却有一副贾宝玉的心肠。大概是上了吴雨僧先生的《红楼梦》的课，受了影响。侯兄送伞，已成定例。警报下雨，一次不落。名闻全校，贵在有恒。——这些伞，等雨住后他还会到南院女生宿舍去敛回来，再归还原主的。

跑警报，大都要把一点值钱的东西带在身边。最方便的是金子，——金戒指。有一位哲学系的研究生曾经作了这样的逻辑推理：有人带金子，必有人会丢掉金子，有人丢金子，就会有人捡到金子，我是人，故我可以捡到金子。因此，跑警报时，特别是解除警报以后，他每次都很留心地巡视路面。他当真两次捡到过金戒指！逻辑推理有此妙用，大概是教逻辑学的金岳霖先生所未料到的。

联大师生跑警报时没有什么可带，因为身无长物，一般大都是带两本书或一册论文的草稿。有一位研究印度哲学的金先生每次跑警报总要提了一只很小的手提箱。箱子里不是什么别的东西，是一个女朋友写给他的信——情书。他把这些情书视如性命，有时也会拿出一两封来给别人看。没有什么不能看的，因为没有卿卿我我的肉麻的话，只是一个聪明女人对生活的感受，文字很俏皮，充满了英国式的机智，是一些很漂亮的 essay，字也很秀气。这些信实在是可以拿来出版的。金先生辛辛苦苦地保存了多年，现在大概也不知去向了，可惜。我看过这个女人的照片，人长得就像她写的那些信。

联大同学也有不跑警报的，据我所知，就有两人。一个是女同学，姓罗，一有警报，她就洗头。别人都走了，锅炉房的热水没人用，她可以敞开来洗，要多少水有多少水！另一个是一位广东同学，姓郑。他爱吃莲子。一有警报，他就用一个大漱口缸到锅炉火口上去煮莲子。警报解除了，他的莲子也烂了。有一次日本飞机炸了联大，昆中北院、南院，都落了炸弹，这位老兄听着炸弹乒乒乓乓在不远的地方爆炸，依然在新校舍大图书馆旁的锅炉上神色不动地搅和他的冰糖莲子。

抗战期间，昆明有过多少次警报，日本飞机来过多少次，无法统计。自然也死了一些人，毁了一些房屋。就我的记忆，大东门外，有一次日本飞机机枪扫射，田地里死的人较多。大西门外小树林里曾炸死了好几匹驮木柴的马。此外似无较大伤亡。警报、轰炸，并没有使人产生血肉横飞，一片焦土的印象。

日本人派飞机来轰炸昆明，其实没有什么实际的军事意义，用意不过是吓唬吓唬昆明人，施加威胁，使人产生恐惧。他们不知道中国人的心理是有很大的弹性的，不那么容易被吓得魂不附体。我们这个民族，长期以来，生于忧患，已经很“皮实”了，对于任何猝然而来的灾难，都用一种“儒道互补”的精神对待之。这种“儒道互补”的真髓，即“不在乎”。这种“不在乎”精神，是永远征不服的。

为了反映“不在乎”，作《跑警报》。

# 八月十日灯下所记

冯　至

晚间八点半钟左右，隔壁有人走过来说，方才听到广播，说日本接受波茨坦协议提出的条件，决定投降了。消息有些突然，使人半信半疑。外边落着点点滴滴的雨，我撑开一把雨伞，走到巷口，想看看外边有没有什么动静。街上一切如恒，行人在雨中走来走去，有的缓慢，有的匆忙，并没有显出与往日不同的样子。我在巷口站了一些时，对这消息有些怀疑。同时我却想，消息如果是真的，它这时必定在市中心已经搅起波澜，等到波澜扩张到这偏僻的巷口，也许要有相当的时间吧。最后，我有些不耐烦，与其这样等待着，不如多走几步，去迎接那个波澜。我于是在巷口的杂货铺里买了一只洋烛，把它燃起，仰仗着一点微弱的烛光，深一脚浅一脚地走过这被雨淋得泥泞不堪的街道。走到一家报馆门前，看见已经贴出一张纸，举起烛光一照，上边果然写着“日本已于今日投降”几个大字。我心里说，这应该是真实了。同时远远也仿佛听到骚动和欢呼的声音。

我面对着这几个大字自言自语地说：“八年的战斗，如今就这样结束了吗?”我想到这里，深深地喘了一口气，好像放下了一个长年的重担，同时又感到，整个的世界也在喘了一口气。

这样的“喘一口气”，我在八年内不曾有过，全中国也不曾有过。但是在八年前，“八一三”的前夕，却有过一次。

那时我在上海附近黄浦江边的吴淞镇。自从七七事变发生以来，紧接着是日侨的撤退，日舰驶入扬子江，平津的陷落，全国的情绪一天比一天紧张，上海一有战争首当其冲的吴淞镇便对于这一切感觉得最锐敏。所以镇上的居民起始是三三两两，最后是成群搭伙，都先先后后地离开这里。使这座一向繁华的市镇，忽然成为一片好像是刚从地里挖掘出来的死城。

我因为工作的关系，不能离开这里，但是当我在八月十二日的早晨又走到镇上时，镇上忽然活跃起来，与昨天完全不同了。茶馆里、饭馆里、商店的廊檐下，聚集着许多服装一致的兵士。可是茶馆里没有茶，饭馆里没有饭，商店里没有货物。我看着这些兵士是新鲜的，这些兵士看这个市镇也是新鲜的。

他们以好奇的眼光在一条条空旷的街巷中走来走去，我也以好奇的心情走遍全镇。我分明知道，战争随时都可以爆发，但在它还没有爆发之前，却好像很沉重地悬在空中，要落，却又落不下来。这时忽然在街上出现了一个农夫，挑着一担西瓜，他也带着诧异的神情，东张西望，他大半是从远方挑着这担西瓜到这里来卖的，并不知道这里已经起了这么大的变化。

他把这担西瓜放在一座桥上，经过一个时期的踌躇，最后仿佛若有所悟，向这来来往往的兵士一招手，大声喊道：“弟兄们，把这一担西瓜分着吃了吧，反正我也不愿意再挑回去了。”他刚说完这句话，在他周围已经聚集起十几个兵士。

我看着这幅景象，心里感到轻松而爽朗，真好像一段新的历史要从此开始。我想，这段历史只要一开端，过去的许多耻辱都会从此勾销，我怀着愉快的心情回到我工作的地方，把一切的事作一个最后的结束。到了下午，开往上海的火车已经停止了，我只好跳上一只黄浦江上的小船，离开这一有战争便首当其冲的吴淞镇。船在日本军舰的中间穿过，军舰上常常有日本的军官拿出望远镜向四方瞭望。我在船上还不住地想，吴淞镇的居民把一座空空的市镇丢给那些兵士，谁会想到呢，远远来了一个农夫挑着一担西瓜替他们对兵士尽了一些地主之谊。

船到上海，已经是万家灯火，当我回到家里向家人述说这一天的经历时，闸北一带的炮声已经响起来了。我听着炮声，深深地喘了一口气，好像放下了一个长年的重担，这重担是比“九一八”还早便已经压在我们身上了。同时感到，整个的中国也在喘了一口气。

一个人在这时是多么幸福：当自己喘一口气的时候，也真实地感到，几万万人都在同样喘一口气。

# 忆冼星海

茅　盾

和冼星海见面的时候，已经是在听过他的作品（抗战以后的作品）的演奏，并且是读过了他那万余言的自传以后（这篇文章发表在延安出版的一个文艺刊物上，是他到了延安以后写的）。

那一次我所听到的《黄河大合唱》，据说还是小规模的，然而参加合唱的人数已有三百左右；朋友告诉我，曾经有过五百人以上的。那次演奏的指挥是一位青年音乐家（恕我记不得他的姓名），是星海先生担任鲁艺音乐系的短短时期内训练出来的得意弟子；朋友又告诉我，要是冼星海自任指挥，这次的演奏当更精彩些。但我得老实说，尽管“这是小规模”，而且由他的高足代任指挥，可是那一次的演奏还是十分美满。——不，我应当承认，这开了我的眼界，这使我感动，老觉得有什么东西在心里抓，痒痒的，又舒服又难受。对于音乐，我是十足的门外汉，我不能有条有理告诉你：《黄河大合唱》的好处在哪里。可是它那伟大的气魄自然而然使人鄙吝全消，发生崇高的情感，光这一点也就叫你听过一次就像灵魂洗过澡似的。

从那时起，我便在想象：冼星海是怎样一个人呢？我曾经想象他该是木刻家马达（凑巧他也是广东人）那样一位魁梧奇伟、沉默寡言的人物。可是朋友们又告诉我：不是，冼星海是中等身材，喜欢说笑，话匣子一开就会滔滔不绝的。

我见过马达刻得一幅木刻：一人伏案，执笔沉思，大的斗篷显得他头部特小，两眼眯紧如一线。这人就是冼星海，这幅木刻就名为《冼星海作曲图》。木刻很小，当然，面部不可能如其真人，而且木刻家的用意大概也不在“写真”，而在表达冼星海作曲时的神韵。我对于这一幅木刻也颇爱好，虽然它还不能满足我的“好奇”。而这，直到我读了冼星海的自传，这才得了部分的满足。

从星海的生活经验，我了解了他的作品之所以能有这样大的气魄。做过饭店堂倌，咖啡馆杂役，做过轮船上的锅炉间的火伕，浴堂的打杂，也做过乞丐，——不，什么都做过的一个人，有两种可能：一是被生活所压倒，所有抱负只成为一场梦，又一是战胜了生活，那他的抱负不但能实现，而且必将放出万丈光芒。“星海就是后一种人！”——我当时这样想，仿佛我和他已是很熟悉的了。

大约三个月以后，在西安，冼星海突然来访我。

那时我正在候车南下，而他呢，在西安已住了几个月，即将经过新疆而赴苏联。当他走进我的房间，自己通了姓名的时候，我吃了一惊，“呀，这就是冼星海么！”我心里这样说，觉得很熟识，而也感到生疏。和友人初次见面，我总是拙于言词，不知道说些什么好，而在那时，我又忙于将这坐在对面的人和马达的木刻中的人作比较，也和我读了他的自传以后在想象中描绘出来的人作比较，我差不多连应有的寒暄也忘记了。然而星海却滔滔不绝说起来了。他说他刚出来，就知道我进去了，而在我还没到西安的时候就知道我要来了；他说起了他到苏联去的计划，问起了新疆的情形，接着就讲他的《民族交响乐》的创作。我对于音乐的常识太差，静聆他的议论(这是一边讲述他的《民族交响乐》的创作计划，一边又批评自己和人家的作品，表示他将来致力的方向)，实在不能赞一词。岂但不能赞一词而已，他的话我记也记不全呢。可是，他那种气魄，却又一次使我兴奋鼓舞，和上回听到《黄河大合唱》一样。拿破仑说他的字典上没有“难”这一字，我以为冼星海的字典上也没有这一个字。他说，他以后的十年中将以全力完成他这创作计划。我深信他一定能达到。

我相信他一定能达到。因为他不但有坚强的意志和伟大的魄力，并且因为他又是那样的好学深思，勇于经验生活的各种方面，勤于收集各地民歌民谣的材料。他说他已收到他夫人托人带给他的一包陕北民歌的材料，可是他觉得还很不够，还有一部分材料（他自己收集的)却不知弄到何处去了。他说他将在新疆逗留一年半载，尽量收集各民族的歌谣，然后再去苏联。

现在我还记得的，是他未来的《民族交响乐》的一部分的计划。他将从海陆空三方面来描写我们祖国山河的美丽，雄伟与博大。他将以“狮子舞”、“划龙船”、“放风筝”这三种民间的娱乐，作为他这伟大创作的此一部分的“象征”或“韵调”。（我记不清他当时用了怎样的字眼，我恐怕这两个字眼都被我用错了。当时他大概这样描写给我听：首先，是赞美祖国河山的壮丽，雄伟，然后，狮子舞来了，开始是和平欢乐的人民的娱乐，——这里要用民间“狮子舞”的音乐，随后是狮子吼，祖国的人民奋起反抗侵略者了。）他也将从“狮子舞”、“划龙船”、“放风筝”这三种民族形式的民间娱乐，来描写祖国人民的生活、理想和要求。“你预备在旅居苏联的时候写你这作品么?”我这么问他。“不!”他回答，“我去苏联是学习，吸收他们的好东西。要写，还得回中国来!”

那天我们的长谈，是我和他的第一次见面，谁又料得到这就是最后一次呵！“要写，还得回中国来!”这句话，今天还在我耳边回响，谁又料得到他不能回来了!

这也就是为什么我在写这小文的时候还觉得我是在做噩梦。

我看到报上的消息时，我半晌说不出话。

这样一个人，怎么就死了!

昨晚我忽然这样想：当在国境被阻，而不得不步行万里，且经受了生活的极端的困厄，而回莫斯科去的时候，他大概还觉得这一段“傥来”的不平凡的生活经验又将使他的创作增加了绮丽的色彩和声调；要是他不死，他一定会津津乐道这一番的遭遇，觉得何幸而有此罢?

现在我还是这样想：要是我再遇到他，一开头他就会讲述这一段颠沛流离的生活，而且要说，“我经过中亚细亚，步行过万里，我看见了不少不少，我得了许多题材，我作成了曲子了！”时间永远不能磨灭我们在西安的一席长谈给我的印象。

一个生龙活虎般的具有伟大气魄，抱有崇高理想的冼星海，永远坐在我对面，直到我眼不能见，耳不能听，只要我神智还没昏迷，他永远活着。

# “一二·一”运动始末记

闻一多

自从民国三十三年双十节，昆明各界举行纪念大会，发表国是宣言，提出积极的政治主张。这里的学生配合着文化界、妇女界、职业界的青年，便开始团结起来，展开热烈的民主运动，不断地喊出全国人民最迫切的要求，各大中学师生关于民主政治无数次演讲，讨论和各种文艺活动的集会，各界人士许多次对国是的宣言，以及三十三年护国纪念，三十四年“五四”纪念的两次大游行，这些活动，和其它后方各大城市的沉默恰形成一个鲜明的对照。但在这沉默中，谁知道他们对昆明，尤其昆明的学生，怀抱着多少欣羡，寄托着多少期望！

三十四年八月，日本正式投降，全国欢欣鼓舞，以为八年来重重的苦难，从此结束。但是不出两月，在十月三日，云南省政府突然的改组，驻军发生冲突，使无辜的市民饱受惊扰，而且遭遇到并不比一次敌机的空袭更少的死伤。昆明市民的喘息未定，接着全国各地便展开了大规模的内战，人人怀着一颗沉重的心，瞪视着这民族自杀的现象。昆明，被人们欣羡和期望着的昆明，怎么办呢？是的，暴风雨是要来的，昆明再不能等了，于是十一月二十五日晚，国立西南联合大学，国立云南大学，私立中法大学和云南省立英语专科学校等四校学生自治会，在西南联大新校舍草坪上，召开了反对内战呼吁和平的座谈会，到会者五千余人，似乎反动者也不肯迟疑。在教授们的讲演声中，全场四周企图威胁到会群众和扰乱会场秩序的机关枪、冲锋枪、小钢炮一齐响了。散会之后，交通又被断绝，数千人在深夜的寒风中踯躅着，抖擞着。昆明愤怒了。

翌日，全市各校学生，在市民普遍的同情与支持之下，相率罢课，表示抗议，并要求当局查办包围学校开枪的军队，撤销事前号称地方党政军联席会议所颁布的禁止集会游行的非法禁令。当局对学生们这些要求的答复是什么呢？除种种造谣诬蔑和企图破坏学生团结的所谓“反罢课委员会”的卑劣阴谋外，便是十一月三十日特务们的棍子，石头，手枪，刺刀，对全市学生罢课联合委员会宣传队的沿街追打。然而这只是他们进攻的序幕。十二月一日，从上午九时到下午四时，大批特务和身着制服，佩戴符号的军人，携带武器，分批闯入云南大学，中法大学，联大工学院，师范学院，联大附中等五处，捣毁校具，劫掠财物，殴打师生。同时在联大新校舍门前，暴徒们于攻打校门之际，投掷手榴弹一枚，结果南菁中学教员于再先生中弹重伤，当晚十时二十分，在云大医院逝世。同时在联大师范学院，正当铁棍，石头飞舞之中，大批学生已经负伤倒地，又飞来三颗手榴弹，中弹重伤的联大学生李鲁连君，仅只奄奄一息了，又在送往医院的途中，被暴徒拦住，惨遭毒打，遂至登时气绝。奋勇救护受伤同学的联大学生潘琰小姐已经胸部被手榴弹炸伤，手指被弹片削掉，倒地后，胸部又被猛戳三刀，便于当日下午五时半在云大医院的病榻上，喊着“同学们团结呀！”与世长辞了。昆华工校学生张华昌君，闻变赶来援救联大同学，头部被弹片炸破，左耳满盛着血液，血色的鲜血上浮着白色的脑浆，这个仅只十七岁的生命，绵延到当日下午五时在甘美医院也结束了。此外联大学生缪祥烈君，左腿骨炸断，后来医治无效，只好割去，变成残废。总计各校学生重伤者十一人，轻伤者十四人，联大教授也有多人痛遭殴辱。各处暴徒从肇事逞凶时起，到“任务”完成后，高呼口号，扬长过市时止，始终未受到任何军警的干涉。

这就是昆明学生民主运动，和它的最高潮“一二·一”惨案的概略。

“一二·一”是中华民国建国以来最黑暗的一天，也就在这一天，死难四烈士的血给中华民族打开了一条生路。从这一天起，在整整一个月中，作为四烈士灵堂的联大图书馆，几乎每日都挤满了成千成万，扶老携幼的致敬的市民，有的甚至从近郊数十里外赶来朝拜烈士的遗骸。从这天起，全国各地，乃至海外，通过物质的或精神的种种不同的形式，不断的寄来了人间最深厚的同情和最崇高的敬礼。在这些日子里，昆明成了全国民主运动的心脏，从这里吸收着也输送着愤怒的热血的狂潮。从此全国的反内战争民主的运动，更加热烈的展开，终于在南北各地一连串的血案当中，促成了停止内战，协商团结的新局面。

愿四烈士的血是给新中国历史写下了最新的一页，愿它已经给民主的中国奠定了永久的基石！如果愿望不能立即实现的话，那么，就让未死的战士们踏着四烈士的血迹，再继续前进，并且不惜汇成更巨大的血流，直至在它面前，每一个糊涂的人都清醒起来，每一个怯懦的人都勇敢起来，每一个疲乏的人都振作起来，而每一个反动者战栗的倒下去！

四烈士的血不会是白流的。

# 挥手之间

方　纪

1945年8月28日清早，从清凉山上望下去，见有不少的人，顺山下大路朝东门外飞机场走去。我们《解放日报》的同志，早得了消息，见博古、定一同志相约下山，便也纷纷跟了下来，加入向东的人群，一同走向飞机场去。

人们的心情很不平静。近两个星期来形势的发展，真如天际风云，瞬息万变；表现了一个历史转折时期特有的复杂关系。记得10日夜间，新华社的译电员带着刚刚收到的日本投降的消息，一路喊着从我们的窑洞门前跑过，不到天亮，这个消息便像一阵风传遍了延安。第二天晚上，南门外新市场上便出现了群众自发的庆祝集会。卖水果的农民，把一筐一筐的花红果子抛向空中，喊着要人们吃“胜利果实”。有些学校的学生，把棉袄里的棉花掏出来，扎在棍子上，蘸着煤油点起火把来，在大路上游行。

当时群众对抗战胜利的热烈心情，是谁也不会觉得过分的。但是过了两天，令人气愤的消息便接连传来：蒋介石下命令不准八路军、新四军受降，阎锡山派兵进攻上党解放区……新的内战危机，忽又迫在眉睫了！毛主席8月13日做了报告（即《抗日战争胜利后的时局和我们的方针》），指出“内战危险是十分严重的，因为蒋介石的方针已经定了”。

这几天，不要说那些烧棉袄的人不免后悔，许多人心里都憋了一肚子气；把胜利的欢喜，化做对蒋介石的愤怒，早从精神上百倍地警惕起来。

前天延安飞机场上飞来一架美国飞机，这是美国特使赫尔利和国民党政府的代表张治中来了。来做什么？“还不是缓兵之计！”人们私下这样议论。昨天夜里，支部忽然传达了中央关于和国民党政府进行和平谈判的通知，思想上说甚么也转不过弯来；并且是，毛主席要亲自去重庆！当时，心里像压上一块石头，点着一把火，又沉重，又焦急，通夜不能入睡！

也许，那天夜里，延安的许多同志，各个解放区的许多同志，都是在一种焦急和不安当中度过的吧？谁不知道蒋介石是个最无信无义的大流氓？谁不知道是美帝国主义在支持蒋介石政府挑动中国的内战？虽说赫尔利假惺惺地跑到延安来，难保不是一伙强盗做就的圈套！

回想起当时的情形，真是令人不安！不少同志义愤地说：谈判自然可以，这无非表示了蒋介石和美帝国主义，不能不承认党所领导的人民力量的强大；不能不承认中国人民的强烈的和平愿望；不能不承认苏联战胜法西斯以后，国际形势更有利于和平民主罢了。但是，毛主席不能去！要谈判，请他蒋介石自己到延安来，咱们保证和“西安事变”一样，有来有去；谈不成不要紧，要打仗，战场上去见高低！

更有不少老同志，感情深重地说：自从上了井冈山，毛主席就没有离开过我们一步！五次“围剿”，万里长征，八年抗战，毛主席和我们在一起，没有离开过自己的军队，自己的根据地；如今，却要亲自去重庆，和他蒋介石谈判！

但是，中央决定了；通知也说得清楚：这是斗争！在当时形势下，我党中央提出了和平、民主、团结三大口号，是符合全国人民的要求的。要是蒋介石竟敢冒天下之大不韪，拒绝和谈，发动内战，无非是他自取灭亡，革命胜利来得更快一些，如后来的历史所证明的那样罢了。

这正是我们党在决定国家命运的重要关头，所采取的唯一正确的方针，所表现的大公无私态度。毛主席的亲自去重庆，更是为国家民族，置个人安危于度外的大义大勇的行为！单是这一点，已大可以昭革命之信义于天下了。

送行的人群，陆续朝飞机场走去。出了东关大街，转过一个山嘴，不远就是飞机场。机场上停了一架绿色的军用座机。记得去年修飞机场时，延安的许多同志都参加了劳动，把凿得平平整整的大石头，一块块从山上拖来，一块块按直线铺平，放稳，砸结实，几十个人拉着大石滚子碾来碾去。朱总司令和许多其他领导同志都参加了劳动，和大家一起唱着歌，喊着号子。当时人们都很兴奋，劳动得特别卖力气，心里想着，在延安修飞机场了，这就是说，咱们也要有飞机了，抗战形势要发生重大变化，胜利快来了。

是的，胜利来了。人们所盼望的，所流血争取的独立自由和平民主的生活，又要被蒋介石和美帝国主义破坏！为了制止这种灾难，保卫人民的权利，实现人民的愿望，毛主席现在要从这里，从延安的同志们亲手修造的飞机场上，动身到斗争的最前线去！

飞机场上人越来越多，一会儿就聚集了上千人。但是，谁也不讲话，沉默着：整个机场上空气十分严肃，就像是在前线，战斗将要打响前的一刹那。

汽车的马达声清晰地传来，人们一齐转过头，望着大路。一辆吉普车驶出山嘴，驶入机场。车上跳下周恩来同志、王若飞同志，后面跟了穿着整齐、身佩短剑的张治中将军。按照当时的情形，张治中将军在延安人眼睛里只能是一位尴尬的角色；何况他那一套标准的国民党将官制服，在飞机场上出现，就显得十分不自然了。这种不自然，大约他自己也感觉到了，站在汽车跟前犹豫了一下。这时，博古同志迎上前去，和他握手寒暄，似乎还开了一句什么玩笑，引得他突然高声地大笑起来。

接着又是一辆吉普车驰来。车上跳下一个美国人，戴黑眼镜，叼着纸烟，衣服特别瘦，特别短，这使他显得脸比胸膛宽，腿有上身的两倍长，这就是美国的所谓“特使”赫尔利了。

人们转过身去，鼓起眼睛望着他——当然不是表示欢迎的意思。这一点，赫尔利是分明地感觉到了。他犹疑地站在吉普车前，一手扶着车门，一手叉在腰间，像是在估量当前的形势。等了一会，看到人群只是静静的，望着他，于是挥一挥手，纸烟也不拿下来，朝人们喊了一声“哈罗”，便急匆匆地朝飞机走去。

谁也不再注意他；人们又听到了汽车的马达声：一辆延安人都熟悉的带篷子的中型汽车正转过山嘴，朝飞机场驶来。立刻，人群像平静的水面上卷过一阵风，成一个整体地朝前涌去。接着，又停下来；正当汽车站住，车门打开的时候，机场上响起了一阵雷鸣般的掌声。

毛主席走下车来。和平日不同，穿一套半新的蓝布制服，皮鞋，头戴深灰色的盔式帽。整个装束，完全是像出门做客一样。这立刻引起人们一种深切的不安和离别的情绪；眼泪不由得涌了出来。

在延安人的记忆里，主席永远穿一套总是洗得很干净的旧灰布制服，布鞋，灰布八角帽。他的伟岸的身形，明净的额，温和的目光，热情的声音，时时出现在会场上，课堂上，杨家岭山下散步时的大道边。主席生活在群众中间，生活在同志们中间。主席的音容笑貌，举手投足，人们是熟悉的，理解的，怀着无限信任和爱戴，团聚在他的周围，一步不能离开，一步不曾离开！如今，主席穿起了做客的衣服，要离我们远去了！

一霎时，人们心里，像海上波涛般起伏汹涌。千百双眼睛，热切地投向主席身边。主席在汽车边站定，目光平视，望着全体送行的人，经过每一个人的脸；好像所有在场的人，他都看到了。这时，他眼睛里露出一种亲切的、坚定的微笑，向人们点了点头。

站在前面的中央负责同志们，迎上前去。主席伸出他那宽大的手掌，和大家一一握手道别。主席的脸色是严肃的，从容的，眼睛里充满了无限的关切和鼓舞之情。然后，又停下来，望着所有送行的人，举起右手，用力一挥，便朝停在前面的飞机一直走去。

机场上人群静静地立着，千百双眼睛跟随着主席高大的身形在人群里移动，望着主席一步一步走近了飞机，一步一步踏上了飞机的梯子。

这一会儿时间好长啊！人们屏住了呼吸，一动不动地望着主席的一举手，一投足，直到他在飞机舱口停住，回转身来，又向着送行的人群。

人群又一次像疾风卷过水面，向着飞机涌了过去。主席站在飞机舱口，取下头上的帽子，注视着送行的人们，像是安慰，像是鼓励。人们不知道怎样表达自己的心情，只是拼命地一齐挥手，像是机场上蓦地刮来一阵狂风，千百条手臂挥舞着，从下面，从远处，伸向主席。

主席也举起手来，举起他那顶深灰色的盔式帽；但是举得很慢很慢，像是在举起一件十分沉重的东西。一点一点的，一点一点的，举起来，举起来；等到举过了头顶，忽然用手一挥，便停止在空中，一动不动了。

主席的这个动作，给全体在场的人，以极其深刻的印象。它像是表达了一种思维的过程，作出了断然的决定；像是集中了所有在场的人，以及不在场的所有革命的干部、战士和群众的心情，而用这个操作表达出来。这是一个特定的、历史性的动作，概括了当那个伟大的历史转折时期到来的时候，领袖，同志，战友，以及广大革命群众之间，无间的亲密，无比的决心，无上的英勇。

请感谢我们的摄影师吧，为人们留下了这刹那间的、永久的形象；这无比鲜明的、历史的纪录！正是在这挥手之间，表明了一种深刻的历史过程，表现了主席的伟大性格。愿所有的人，通过这张照片，能够理解和体会，那当抗日战争胜利，我们的国家处在十字路口，处在两种命运、两个前途决定胜败的斗争的严重时刻，我们的党和毛主席，为国家和人民做出了怎样的贡献！

飞机的发动机响了，螺旋桨转动起来。随着这声音，人们的心猛烈的跳动，人们的眼睛一刻也不离开这架就要起飞的飞机；任凭螺旋桨卷起了盖地的尘砂，遮住了人们的眼睛。这架飞机该有多大的重量啊！它载负着解放区人民的心，载负着全中国人民的希望，载负着我们国家的命运！

主席的面容出现在飞机窗口，人们又一次涌上前去，拼命地挥手。主席把手抚在机窗的玻璃上，手指无声地弯动。直到飞机转了弯，奔上跑道，起在空中，在头顶上盘旋，然后向南飞去，人们还是仰着头，目光越过宝塔山上的塔顶，望着南方的天空，久久地不肯离去。

以后的事，大家都知道了。毛主席在重庆住了四十三天，最后才签订了《双十协议》。从《毛泽东选集》四卷《关于重庆谈判》一文的注释里，我们可以看到，当时为了顾全大局，为了实现全国人民要求的和平、民主的生活，我们党是做了怎样的有原则的让步，进行了怎样的针锋相对的斗争。如果不是九月间的上党战役消灭了阎锡山的三万五千人，恐怕连这样的《双十协定》也不会有的！

现在，重读《抗日战争胜利后的时局和我们的方针》，《中共中央关于同国民党进行和平谈判的通知》，以及《关于重庆谈判》等等伟大的历史文献，想起了当时在延安机场上为毛主席送行的情景，真如同是一面历史的镜子，照亮了过去，也照亮了今天和未来……

以后，是在战争中了。蒋介石撕毁了他亲手签订的《双十协议》，在美帝国主义支持下，向解放区大举进攻。解放战争全面打响了。一个夜晚，在承德前线，读到一位从北平"军调部"来的同志抄在一个小本子上的毛主席的《沁园春·雪》——这首诗第一次在重庆发表出来，震动了整个所谓"大后方"的人士，他们从这里看到了决定历史命运的真正力量，听到了革命进程的脚步声音！而我们，在前线，在炮火声中，在闪耀的火光里望着战士们持枪跃进的身形，这诗里的思想，情绪，完全变成伸手可触的形象，身置其中的境界了。于是，诗的每一个字，如同火炬一般，燃烧起来。刹那间，整个前沿阵地，仿佛一片通明！解放战争的炮火，正在摧毁旧中国的一切黑暗势力。当时的敌人，看来是强大的；但是，正如诗里所写，决定历史命运的不是秦皇汉武，唐宗宋祖，而是人民自己，是当代的"风流人物"！

记得初到前方时，部队的同志告诉我：8 月 28 日清早，部队上传达了毛主席亲自去重庆谈判的通知，当天 10 点钟，所有的战士都翘首西望，在天空中寻找那架从延安起飞的飞机，谛听着飞机的声音；并且当真，他们像是听到了这架飞机的沉重的隆隆声响！那时，我们的战士怀着怎样的心情啊！他们握紧手里的武器，等待事情的结局。如今，战士手中的武器，正在发挥自己的威力了。于是，在震耳的炮火声中，我们不禁高声朗诵起来——

……

俱往矣，

数风流人物，

还看今朝！

延安机场上送行的情景，又出现在眼前了：主席伟岸的身形，站在飞机舱口；坚定的目光，望着送行的人群；宽大的手掌，握住那顶深灰色的盔式帽；慢慢地举起，举起，然后有力地一挥，停止在空中……

# 父辈的忠诚

贺捷生

父亲贺龙在我的心目中，就像一部书，一部博大精深的书。从我懂事那天起，我就用心灵去读他，用我沿着他的足迹孜孜不倦的跋涉和寻找去读他。而在我用几十年生命读懂的几个篇章里，南昌起义前后投向党的怀抱，是他写下的最激动人心的一章、最耐人寻味的一章。如果给这个章节取个题目，我想，非“忠诚”二字莫属。

在人们的印象中，留着两撇小胡子的父亲身材伟岸，手里总是握着一只大烟斗，动如虎，静如松，是个无所畏惧又敢于担当的人。他生于民风强悍的湘西，长于军阀混战的乱世，一旦给他一个机会或一片天地，他便会像苍鹰那般翱翔，像矫龙那般翻飞，干出一番惊天动地的大事来。1916 年 2 月，当他带领不甘为奴的弟兄们端了芭茅溪盐局，在故乡湘西桑植建立第一支农民革命武装时，三湘震惊，朝野惶恐。当时的湖南省长曾继吾后来在《湖南各县风俗调查笔记》中写道：“桑植地处偏僻，昔年风俗淳朴，民性耿直，自民五（1916 年）军兴，匪风颇炽。贺龙以贩夫走卒，揭竿作乱，不数年荣绾军符，总领数千，身跻显要，名震乡帮……”

父亲出身贫苦，13 岁就出外赶马谋生，养家糊口。曾继吾说他是“贩夫走卒，揭竿作乱”，虽然口吻轻蔑，但与事实大体相符。问题是，在那个黑暗的年代，正是“贩夫走卒”这样的劳动人民才会被逼得走投无路，揭竿而起。至于曾继吾说父亲“不数年荣绾军符，总领数千，身跻显要，名震乡帮”，我倒要感谢他如实道来，为历史记录下了父亲在那个远去的年代，曾怎样的叱咤风云。

父亲就是这样走过来的。在南昌起义前的十几年，他追随孙中山，自告奋勇地站在讨袁护国和护法的旗帜下，东征西讨，屡建奇功。他几起几落拉起的人马，也在一次次成功与失败的磨砺中发展壮大。但是，穿着那身挂着乱七八糟零碎的旧式军服，他却心生烦忧，对狗咬狗般连年不断的军阀混战深恶痛绝，尤其不忍看到生灵涂炭，流离失所的老百姓啼饥号寒。上世纪 20 年代初，四川南北两军形成对峙，父亲奉命率领一团人马入川作战。三年乱仗打下来，父亲虽从团长升任师长，却对用旧武装治理中国的做法产生了怀疑。许多年后，他用一生也没有改掉的湘西口音叹道：“我们在四川打了三年，真是神仙打仗，凡人遭殃，吃亏的还是四川老百姓。中国地方这么大，为什么这么穷，这么弱？就是给这帮军阀、官僚搞乱了。不打倒这些人，老百姓还能指望过好日子吗？可是困难哪，这么大一个烂摊子，哪个能够收拾？我们这几千人又能怎么样？我天天都在想这个问题。”

几十年后我读到这段话，深感父亲当时的内心有多么凄苦悲凉。因为这次公开发表的言论，既透露了他对旧中国积重难返的无奈，又流露出对中国未来的茫然。他看到了要让中国的老百姓过上好日子，必须打倒军阀和官僚，又苦于身单力薄，改变不了中国的现状。那种进退维谷的窘境，就像在黑夜中踯躅，在荆棘丛中盘桓。

1925—1926 年，广东革命政府在中国共产党和苏联的帮助下，先是依靠有许多共产党人的黄埔师生喋血东征，荡平了陈炯明叛匪；接着成立国民革命军，从广州开始北伐。父亲驻扎在贵州铜仁的队伍被编入国民革命军，这使他渐渐看到了希望的曙光。

那个在曙光中第一次出现在父亲眼前的人，是共产党人周逸群。他是以北伐宣传队的名义进驻父亲那支队伍的。两个人的手握在一起，都有一种相见恨晚的感觉。周逸群认定我父亲是个可以为共产党所用的国民革命军将领，一见面就自报家门说，我是“红脑壳壳”，我带来的 30

名宣传队员都是“红脑壳壳”。当时正值第一次国共合作时期，父亲也有心接触共产党，他想看看传说中的共产党到底比国民党有何高明之处。因此他对周逸群说，红脑壳壳好嘛，可惜你们共产党不兴结拜，不然我现在就想和你这样的共产党员写兰谱。周逸群说，兰谱还不就是一张纸？只要我们的奋斗目标一致，兰谱算个什么？

有了周逸群这个共产党朋友指点迷津，出谋划策，父亲在北伐路上精神焕发。他指挥的部队势如破竹，一路高歌猛进，直到攻克武昌，把革命的烈火顺势烧向中原。当父亲的队伍先后在中原要地许昌和郑州大败奉军，率先占领河南省会开封时，武汉国民政府发来通电嘉奖，称“诸将士忠勇用命，冲锋陷阵，建此奇功，弥深庆慰。”并决定将父亲领导的独立第 15 师扩编为军，授予国民革命军暂编第 20 军番号；父亲升任第 20 军军长，周逸群升任军政治部主任。这也就是说，正在“赤化”的父亲和他那支队伍，开始变得举足轻重起来。但好景不长，父亲突然接到撤出中原、回师武汉的命令，没多久又奉命向江西九江方向移动。

熟悉这段历史的人都知道：当父亲的部队在北伐路上摧枯拉朽，乘胜进军时，突然荣光备至，又突然从北方调到南方，这背后隐藏着一只只黑手。说到底，无论蒋介石还是汪精卫，都想把父亲和他的这支队伍招致麾下。不过共产党已先行一步，此刻不仅周逸群成了父亲的左膀右臂，而且通过周逸群，在他队伍里已吸纳大量的共产党人，正在筹建以共产党员为主的新编第三师，让周逸群当师长。

共产党领导的南昌起义，就在这时进入了倒计时。

后来发生的事情我们都知道了：因为在这一年，也即 1927 年，蒋介石率先在上海发动了“4·12”事变，继而汪精卫又在武汉发动了“7·15”事变，国共两党从此分裂。在突起的狂风暴雨中，无数的共产党人被通缉、被逮捕、被囚禁、被屠杀，革命转眼被浸泡在血泊中。但在这年的 8 月 1 日，作为国民革命军军长的我父亲，却站在了南昌江西大旅社的台阶上，一手举着他那支银光闪闪的勃朗宁小手枪，一手掐着秒表，庄严地下达了南昌起义的命令。

要知道，那时候父亲还不是共产党员。他之所以被推举为南昌起义的总指挥，除了他这支部队成了南昌起义的主力之外，还在于他作为国民党的一军之长，在共产党人最危险、历史天空最黑暗的时候，主动选择并跟定共产党。而且，他是那样的义无反顾，那样的急不可待，就像在用一生等待这一天。

父亲于是有了这段被共产党信任和重用、被人民拥戴、被后人击节赞叹的光荣历史。史家盛赞他从此抛弃高官厚禄、富贵荣华，跟着共产党“大路不走走小路，皮靴不穿穿草鞋”。

最近有朋友去南昌拜访“八一”起义纪念馆，回来告诉我，南昌“八一”起义纪念馆至今保存着父亲当年的入党登记表。这是父亲经历起义中的激烈战斗、起义后的仓促撤离，在南下瑞金途中填写的。那时起义部队已损失过半，而反动军队正像疯狂的狼群那样扑上来，战斗进行得异常激烈和残酷。在且战且退的一路上，父亲反复对周恩来说：让我入党吧！我把一切都交给共产党了，党叫我怎么办就怎么办！

这天，部队驻在群山丛中的一座破旧的学校里，周恩来把发展父亲入党的任务交给谭平山和周逸群。这是一件神圣的事情。谭平山和周逸群对像学生那样虔诚地坐在一条板凳上的父亲说：贺龙同志，此刻我们代表党向你问话，你必须如实回答，不得隐瞒。请问你的动产、不动产、现金等，还剩多少？

父亲淡然一笑，摊开双手说：我什么都没有了。

谭平山和周逸群又问：那么你的社会关系呢？你在工农军政各界有什么社会关系？他们对待革命的态度怎样呢？

父亲说：以前的社会关系，参加革命后都不来往了。

或许还问了很多，但那份党员登记表只记录了这些。

我不知道经历了那么漫长的年代，那么多战火，又是在那么严酷的行军途中，父亲这份入党登记表为什么还能保留下来。但我知道父亲上不愧天，下不愧地，是个对共产党绝对忠诚的人。当他把脚迈进中国共产党的大门，便开始与党患难与共，不离不散。

# 婆婆的党龄

马晓丽

电话里婆婆的声音极度不满："你怎么把我的入党时间写到四三年了？我是1942年入的党！"

我脑袋里嗡的一声，心想这下完了，搞错什么我也不该把婆婆的党龄给搞错啊。

婆婆是组织上的人，她几乎是我见过的最看重组织，最信赖组织的人了。组织这个词，是婆婆在生活中使用得最频繁，也是婆婆认为最管用的一个词。赞成你的时候，婆婆会说，对了，组织上就是这样要求的。指责你的时候，婆婆也会把组织上搬出来，说组织上不会允许你这样做的。明明是自己花钱请来的小保姆，婆婆也要一本正经地教导人家，说组织上分配你到我这里来工作，你就要把工作做好，要对组织上负责！甚至跟儿子拌嘴，婆婆都会动用组织，说别以为我说不过你就没人管你了，还有组织呢，不行我就去找组织上反映你！

这几天婆婆一直在看我写的这本《阅读父亲》，几乎每天都能从中挑出瑕疵，每天都会在电话里向我发出各种质询，我已经快要崩溃了。赶紧翻书查看，上面果然写着我婆婆是1943年入党。我历来自认为是个很严肃、很尊重事实的作家，既然我白纸黑字地这样写下了，肯定就是有出处的。找了半天，果然找到了出处——我公公的履历表。在我公公亲手填写的这张履历表上，我婆婆入党时间那一栏里清清楚楚地写着：1943 年。

问题到底出在哪了呢？

我明白不管问题出在哪，这件事必须搞清楚。

难，想跟我婆婆搞清一件事情的来龙去脉真难。婆婆快 90 岁了，记忆在婆婆这个年纪就像是个玩捉迷藏的顽皮孩子，时而会冒出个清晰的头给你，但当你想捉住他仔细辨认时，他却转身跑开，消失得无影无踪了。何况婆婆从来都不会顺着一个话题讲到底，总是讲着讲着就岔到一边去了，死活都拉不回来。

我问婆婆是在哪里入党的？婆婆竟然一连说出了三个不同的单位：山东抗大一分校、八路军陇海南进支队宣传队和一一五师战士剧社。婆婆说她也记不清自己到底是在哪里入党的了，但却突然说，我有三个入党介绍人呢。我问为什么是三个？入党不都是两个介绍人吗？婆婆说我出身不好，是地主，所以得三个人介绍。我很吃惊，我从未听说过这样的规矩。看到我那副少见多怪的样子，婆婆的脸上浮现出老资格的得意。婆婆说，不光得三个人介绍入党，预备期也比别人都长呢。我问一起入党预备期还不一样长吗？婆婆说当然不一样，贫雇农出身就没有预备期，中农是三个月预备期，富农是半年，地主是一年。

1938 年，正在中学读书的婆婆受到学校里地下党的影响，决心参加革命。这个地主家的二小姐，在一个月黑风高的深夜，用力移开顶门的粗木杠，偷偷溜出家门，走上了革命道路。那一年，婆婆 15 岁。

婆婆的革命道路似乎并不顺利，刚到革命队伍后不久，婆婆就开始接受审查，因为党内开始抓托派分子了，因为把婆婆那一批学生带出来参加革命的地下党人被怀疑是“托匪”了，婆婆受到了牵连。审查婆婆时，一听人家问她是不是“托匪”，婆婆就哭了。婆婆哭着说，我才不是土匪呢，我家有房子有地为啥要当土匪啊……见这个小姑娘连“托匪”土匪都搞不清楚，一副泪水涟涟的委屈模样，负责审查的人就说，算了算了把她送回去吧。婆婆就回去了，但带她出来参加革命的那个地下党人却再也没能回去。

大概在那之后，婆婆被送到山东抗大一分校学习。婆婆对这里有入党的记忆，是因为婆婆就是从这时开始积极争取入党的。起初，婆婆不被组织接受，其中的原因并不是因为婆婆表现得不好，也不是因为婆婆的家庭出身不好，而是因为婆婆曾被审查过，是有托派嫌疑的人。婆婆因此在各方面都分外努力，结果当上了班长，还当上了优秀班长。婆婆清楚地记得，组织上在这时就已经准备接受婆婆入党了。但婆婆是不是在这时入党的呢？

从抗大一分校毕业之后，婆婆就记不清自己是到陇海南进支队宣传队了呢，还是到一一五师战士剧社了。这两个单位工作性质太相近，婆婆的记忆在这里就变得格外模糊。婆婆忽然把话题岔到了一边，讲起自己的眼睛曾经被演出用的炸药炸出血了。当时大家以为她的眼睛肯定瞎了，都唏嘘不已，说那么漂亮的一个小姑娘眼睛瞎了真可惜。婆婆后来被送到了一个女医生那里治疗。那女医生是部队首长的妻子，婆婆在女医生那里住了好长时间，女医生每天用盐水给婆婆洗眼睛，竟然把婆婆的眼睛给洗好了。我赶紧帮助婆婆回忆，把婆婆往回拉。我问婆婆记不记得那女医生是哪位首长的妻子了，只要婆婆记得，我就能查出婆婆当时是在哪个部队。可能是曾国华吧？……要不就是梁兴初？婆婆目光迷茫地看着我，随后坚定地摇摇头说，不知道，我想不起来了。

没办法，我只好转而问婆婆的入党介绍人都是谁。婆婆说出了三个名字。我问婆婆后来跟他们还有联系吗？婆婆说早就失去联系了，战争年代没法保持联系。婆婆的眼神儿忽然有些黯淡，说后来那个女的入党介绍人在大扫荡时被敌人抓住了，结果当了叛徒。我问婆婆鬼子大扫荡那么残酷，她有没有遇到过危险？婆婆说有，说她有一次差点就被鬼子给抓住了。那次婆婆和另外一个女兵躲在老乡家的床底下，眼睁睁地看着鬼子的马靴在眼前晃来晃去。鬼子把这家的大嫂拖到院子里打骂，逼她说出八路的下落。婆婆躲在床底下心急如焚地听着敌人的怒骂和大嫂的喊叫，她们不能出去，如果暴露不仅她们完了，大嫂全家也完了。婆婆只能紧紧地攥着手枪，做好了最坏的准备。就在这时，大嫂那个五六岁的儿子突然跑进来，冲着床底下小声喊："八路姑姑"、"八路姑姑"，他大概是想叫八路姑姑去救自己的妈妈。婆婆情急之下，一把把这个孩子拖了进来，赶紧捂住了他的嘴巴……好在敌人很快就走了，大嫂忍着痛把她们叫出来，只说了句，你们快走吧。我听着婆婆的讲述，仿佛是在看一场红色电影。不知为什么，婆婆亲身经历过的那些事，拿到今天的背景下来放映，竟会显得太过离奇，显得如虚构般不真实了。

大扫荡的回忆终于使婆婆记起了什么，婆婆突然说，要不我就在抗大入党了，结果敌人开始大扫荡，我们赶紧转移，我入党的事就只好搁下了，大扫荡之后就没机会了，我们这批抗大学员都毕业分到部队了。这就对了，婆婆不是在抗大学习期间入的党。如此推算，婆婆也不是在陇海南进支队宣传队入党的。南进支队宣传队应该是婆婆参加革命后进入的第一支队伍，婆婆就是在那时被当做托派嫌疑接受审查，也是在那时被炸伤了眼睛。这就清楚了，婆婆应该是在眼伤治好之后，被送到了抗大一分校学习，从抗大毕业之后，婆婆就去了一一五师战士剧社。也就是说，婆婆肯定是在战士剧社入的党。

婆婆对此不置可否，她大概实在是想不清楚了。但婆婆却清楚地记得第一次党小组会。婆婆说，她参加的第一次党小组会是钻进庄稼地里开的。我问为什么，婆婆说保密呀，那时在革命队伍里党的活动也是秘密的，谁也不知道谁是共产党员，发展党员也都是秘密发展。婆婆就是在参加党小组会之后，才知道自己身边哪些人是共产党员的。我问为什么在革命队伍内部还保密，婆婆说当时情况复杂，如果暴露了身份，万一碰到特殊情况怎么办，万一有人叛变了怎么办？

我明白了，婆婆说的没错，如果婆婆是在战士剧社入的党，那就应该是在 1942 年。因为 1943 年初婆婆就与公公蔡正国结婚，跟随公公的部队去胶东了。那时，公公是一一五师教导二旅的参谋长，刚被任命为改编后的教导二团团长，即山东八路军抗大第三分校校长。婆婆说，他们结婚时买了一毛钱的花生请大家吃。我不知道婆婆说的一毛钱是什么钱，也不知道这一毛钱到底买了多少花生，只知道他们结婚两天后，公公立刻就带部队出发赴任去了。那以后的一个半月的时间里，部队一直在马不停蹄地奔走，他们穿越了敌人的封锁线，突破了敌人的包围圈，冲出了敌人的大扫荡。婆婆就在这样危险的不断奔波的日子里，度过了她的新婚蜜月，也度过了她的入党预备期。

现在我知道了，婆婆是在 1942 年成为中国共产党的预备党员，在

1943年成为正式党员的。婆婆记住的是自己成为预备党员的日期，而公公记下的是婆婆成为正式党员的日期。我不知道当年的党龄应该怎么计算，不知道那时预备期算不算党龄，但我宁愿算，因为我知道婆婆很在意。我知道婆婆这一生中失去了太多的东西，先是在敌人的追杀下失去了她的女儿，又在解放战争中失去了孕育中的孩子，接着在朝鲜战场上失去了她的丈夫，随后又在一次事故中失去了她的大儿子，而对组织上的信任和依赖几乎已经成了婆婆生命中所拥有的一切了。

我结婚的时候，婆婆的身份已经由一个三八年参加革命的老八路、一个在抗美援朝战场上牺牲了的副军长的遗孀，变成了一个没有工作、没有职务、没有收入的家庭妇女。公公牺牲后，婆婆在组织的关照下改嫁他人，但却一直没再参加工作，因为组织上把婆婆的档案给丢失了。也想过恢复档案，但从战争年代一路走来，婆婆与很多证明人都失去了联系，有的已经牺牲了，有的是下落不明。没有档案就没法安排工作，没有工作婆婆就没有经济来源，只能靠继任丈夫的收入生活。尽管如此，婆婆对组织上却没有丝毫的怨言。只是在每月交党费时，婆婆才会现出一些尴尬。婆婆曾在私下里对我说，你看我每个月交五分钱的党费，还得伸出手来跟别人要。我看到婆婆在说这话时，眼圈有些红，我以为婆婆会流下眼泪，但婆婆却立即就掩饰过去了。

婆婆从不抱怨组织，无论在什么样的处境下，婆婆都始终坚持按时交纳党费，积极参加组织活动。唯一一次听出婆婆有点意见，是因为换支部的事。婆婆晚年后在组织上的关心下解决了待遇问题，以离休干部的身份住进了干休所，婆婆因此一直在老干部支部参加组织活动。忽然有一天干休所通知婆婆，说让她今后到家属支部去参加活动。不知道干休所为什么做这样的安排，也许是因为人员替换，他们已经不记得婆婆本身就是离休干部，认为婆婆只是个家属了；也许他们虽然记得，但总觉得婆婆这样一个没身份的老太太混在那些有职务的离休干部中间不合适；也许他们压根就没把这样的调整当回事儿。但婆婆当回事儿，婆婆的神情在很长一段时间里都显得很落寞。过去，婆婆一直因为自己是以离休干部的身份独立进入干休所的而自豪，没想到一下子就被划到了家属里面，顷刻间就把她仅存的那一点点优越感消解掉了。但婆婆很快就又振作起来了，再提起这件事时，婆婆只说是自己当时没能及时向组织上反映情况，现在的这个结果是要怪自己的。

我正在跟婆婆探讨着她的党龄问题，婆婆却突然转向孙女，说你得积极争取入党啊。孙女漫不经心地抬头看了奶奶一眼，什么也没说。

婆婆急了，说奶奶告诉你，不入党找对象你都会被人瞧不起!

孙女忽然笑了。我也憋不住笑了。婆婆看着我俩，张开缺牙的嘴也跟着笑了。

看着婆婆那苍老的笑容，我在心里暗暗地想，等这本书再版的时候，我一定要把婆婆的党龄改过来，一定!

# 巍然天地之间

## ——记叶毓山的歌乐山烈士群雕

刘白羽

1989年9月26日上午驰车至重庆郊外的歌乐山烈士陵园。

这就是中美合作所多年囚禁屠戮革命烈士的渣滓洞、白公馆所在地，在国庆40年前夕，来此瞻拜，我的心情是庄严而又沉痛的。

我一站到拔地而起、呼啸苍天的烈士群雕之前，我为艺术大师叶毓山所塑造出来的巍巍神魄所震慑了。我要说：我的希望、我的追求在这儿实现了，多年来我渴望在中国大地上耸立起精湛完美的雕塑，而现在我终于在中国大地上第一次看到这一精湛完美的雕塑群像，怎能不使我肃然起敬呢!？我愿以一瓣心香献给这艺术之神。这高十一米、由花岗岩石塑成的群雕，像一座大山，红色石雕使人想到：逝者长逝了，但他们的血还在沸腾、还在流动——是的，这是鲜血的凝聚、生命的凝聚、中华民族火一般英灵的凝聚……

正面巍立着一个巨人，是的，他是囚徒，更是巨人，他是群像的主体，群像的灵魂。他全身肌肤像钢铁一样坚强，他袒露胸膛，迎接风暴，两只赤脚撑住巨柱般的两腿踏在血沃的国土之上，左右张开两臂，一下把粗重的锁链挣断。如果说这巨人的脸是无比庄严、无比坚毅的，他的左肩上露出一个男囚的脸充满愤怒，像涌着大海怒潮呈现出的神态。与此对称的巨人的右方，一个女囚则是现出宁静的仇恨，她横抱着一个年轻的女性的尸体，死者的脸像鲜花一样俊美，长长的头发像流水一样垂垂而下，正是这种美叩击着人们的心弦。孔武有力的巨人把锁链挣断，一节断裂的铁环，锵然巨响，跌落在石基之下，这一艺术的力度、艺术的强度，迸发出威撼苍天的浩然正气。

在艺术家卓越的创造之下，石头不是冰冷的，是温暖的，石头不是凝静的，是跳跃的。石头在说话，石头在申诉，石头在愤怒地呐喊，石头在悲壮地呼啸。想一想，那是怎样的一场不是悲哀而是壮烈的悲剧呀！烈士们不是死在黎明前的黑暗之中，而是死在曙光降临之际，解放的炮声已经在重庆上空回响，人们眼看铁的牢门就要粉碎——希望！希望！再生！再生！但是万恶的美蒋特务，在濒临灭顶之灾时发出残暴的兽性，竟对300多烈士施行了灭绝人寰的大屠杀，一刹那间，歌乐山下赤地汪洋，一草一木都沾染了烈士的鲜血。这些卑贱的鼠辈，为了消灭罪证，又放了一把大火，烧得尸体焦如木炭，枯骨遍地狼藉，正是在这时刻，烈士的魂魄凝成呐喊，凝成呼啸。今天当我站在群雕之前，我深深感到整座群雕的造型，那样粗犷，那样雄健，洋溢着生命力，使你感到宁死不屈的生死搏斗，变成永恒不息的正义与邪恶的搏斗。

群雕的左侧，是从正面左角上露出圆睁两眼，紧闭双唇，紧紧跟着前面用胸膛迎接风暴的巨人，前赴后继，视死如归，一往无前。群雕的背面一个精致的细节震动了我的心灵。一个童真的孩子，面对两个妇女，用他那稚嫩的小手捧着一只白鸽，一个妇女用手揽抱着孩子，一个妇女轻轻抚着白鸽。在这儿，像英雄交响乐中一个抒情的插曲，使你理解到她们所以能够坐穿牢底，因为她们有着美的心、爱的心，这种美，这种爱，在铁窗与镣铐之中像火一样微微跳荡。当我转到群雕的右侧，我的心神一下得到升华，我的热泪潸然而下，在这儿立着一个满头森森的怒发、满腮苍苍的长须、慈眉善目、微绽笑容的老人，这是整个群雕中的一个智者、一个圣者，他坚强有力的巨手从上面提着五星红旗的一角，他前面，一个披着长发的年轻的妇女，何等温柔，何等甜蜜，像梦一样微闭两眼轻轻亲吻着红旗。你能说那圣者拉着的、那贞女吻着的，只是一面红旗吗？不，歌乐山的烈士们！是你们用最后的生命捧出一个太阳、一个世界、一个社会主义新中国。

我在国庆四十周年前夕来到这里，对我来说是一次神圣的洗礼。为了让人们记住崇高，也记住卑贱，我在这里记下中美合作所这个万恶滔天的特务机关一个美国人的名字——那就是梅乐斯。我们不能忘记，在那血与火的抗日战争年代里有些美国人主持正义、支持中国，有些美国人手上却沾满中国人民的鲜血，前事不忘，后事之师，记下这个丑恶的名字，他们欠我们的笔笔血债是多么沉重、多么沉重。

这面五星红旗是当年从外面把建立新中国升起五星红旗的消息传递进来的一个标志。这是多么令人振奋，多么令人高兴的事呀！人们决定在监狱里以迎接曙光的心情，偷偷绣制一面红旗，这是多么激动人心的时刻呀！一针一线，意密情深，人们准备举着红旗，走向生之途，走向胜之路。就在黑暗即将消逝，光明就要来临的时候，一场血腥的屠杀，一把残酷的烈火，火还在升腾！火还在升腾！经过艺术家的精心结构，死难者的灵魂便在烈火中永生了。

人的生命是短暂的，艺术的生命是长存的。这整个群雕是一座了不起的纪念碑，是一座了不起的艺术杰作。我爱雕塑，我曾踏遍异国乡土，寻觅艺术的光辉，在意大利我为米开朗基罗而震撼，在法兰西我为罗丹而惊叹，后来我的眼光转向现代的英雄雕塑，我在南斯拉夫，在苏联看到一系列非常感人、非常动人的纪念英勇献身者的塑像，我以为歌乐山烈士群雕，以其神情之凝重，气势之磅礴，将其列入这一世界行列，也是杰出之作。看得出，叶毓山这位艺术大师，是用自己的全部血液与生命来塑造这一伟大群雕的，他发展了云冈、龙门中华民族雕塑艺术的传统，又吸收了希腊、罗马雕塑艺术的精华。但我以为最重要的是人的品格决定了艺术的品格，作者没有伟大心胸，便创造不出伟大艺术，正因如此，天地钟灵之气渗透在群雕之中，碧血丹心洋溢在群雕之上，它是现实的，又是象征的，在这儿你听到血水汩汩的申诉，心脏怦怦的呐喊。这群雕最大的艺术魅力是使人感受到活生生的灵魂的激荡，从而感受到民族精神浩气长存，永远光辉，永远闪耀，因为它以人之呼吸、血之迸流、生之呐喊，凝成了巍然天地之间一种伟大神魄。

我久久凝视，深深思索：这群雕是什么？如果说诗是美学中最崇高、最巨大的字眼，那么，我说这群雕就是花岗岩的诗。群雕基座下是一个环形大厅，四根铜柱上镌刻着312位烈士的英名，在这里我看到我尊敬的江竹筠的名字，我看到我们熟悉的胡其芬（胡南）的名字。大厅正中，由群雕底座垂下一条又粗又黑的铁链，一直注入于心形池中，像一道光彩夺人的英灵，永驻亿万人心灵之中，闪出诗的火、发出诗的光，千秋万世，亘古不息。

# 渡过长江去

林　非

已经是整整60年前那么遥远的往事了，却常常飘曳在自己的眼前。

还清清楚楚地记得，我默默地匍匐在低矮的芦苇丛中，从长江北岸这一片潮湿的滩地上，张望着前方滚滚的浪涛，滔滔不绝地向远处流去。

黄昏时分的太阳，像一团熊熊燃烧的火球，坠落在江水翻腾的漩涡里。这大半轮血红色的圆圈，正透过颤抖的波纹，缓缓地沉没下去。江面上浮起了一股暗紫色的雾气，蔚蓝色的天空中间，却依旧闪烁着明亮的光芒，一道道姹紫嫣红的晚霞，和一阵阵轻轻飘舞的白云，多么无忧无虑地俯瞰着我们，哪里会知晓大家万分焦急的心情，火烧火燎似地等候着，期待这黑黝黝的夜晚，赶快来罩住茫茫的大地，好搭乘藏在附近的多少艘帆船，飞快地渡过长江去。

4月下旬的天气，一点儿不觉得寒冷，也一点儿不觉得闷热，钻在芦苇丛里很久了，浑身都感到挺舒适的。我睁大了眼睛，透过一朵朵粉白的芦花，和一株株青褐的枝叶，瞧见左边好多荷枪实弹的武装战士，和右边一群赤手空拳的工作队员，都悄悄埋伏在自己的身旁。他们一定也在注视着浩浩荡荡的江水，盼望着立即响起出发的军号声。

“渡过长江去，解放全中国!”这是我们日夜都惦念着的多么令人神往的壮举。我瞅着卧倒在自己旁边的许多战友，心里很明白地觉得，他们一定比自己更急着要冲锋过去，因为在昨天的誓师大会上，多少人的喉咙，都已经呼喊得嘶哑起来。连房东家那个七八岁大小的女儿，也紧挨在整整齐齐的队伍旁边，瞪着闪亮的眼睛，噘着鲜红的嘴唇，跟大家一起呼喊着口号，等到散了会，竟咝咝地发不出声音来了。

正好在今天这样的时刻，是一点儿都不准许发出声音来的。早就下达了命令，只要队伍集合好了，埋伏在江边之后，不管发生什么天崩地拆般的紧急情况，也都不能够随便地动弹，总是估计到了，敌人会出动飞机，进行扫射或轰炸。我心里也暗暗地想着，天决不会倒塌，地也决不会开裂，最坏的可能，就是敌人的飞机，在我们的头顶盘旋。我悄悄地扭动着颈脖，观看前方汩汩倾泻的江水，和长江南岸淡淡的蓝天，忧心忡忡地猜测着，会有敌人的飞机，疯狂地俯冲过来吗?

苍茫的长空，终于渐渐地暗淡下来，灿烂的红霞和洁净的白云，都已经消失得无影无踪了。背后碧绿的田畴，和面前浑浊的江水，也都笼上了一层浓墨似的颜色。

我在幽暗的芦苇丛里，突然想起上海的多少高楼大厦，大概已经打开了一盏盏明亮的灯光。最多也就是半年前的事情，当我在那里上学的时候，偶或前往繁华的市区购买物品。永远记得那一座多么挺拔的银行门口，挤满了成百上千的人群。他们已经被每天都飞涨着的物价，折腾得心惊胆战，万分恐惧，急着要抛出这日日夜夜都在贬值的纸币，好去兑换永远能够保持着昂贵身价的黄金。

不知道什么缘故，银行的大门忽然关闭了，于是这包围得水泄不通的人们，像掀起了一阵凶猛的波浪，向前后两边剧烈地晃荡起来，有人在相互使劲地推搡中间，被压倒在地下，被连续地践踏着，阵阵的喊声和哭声，遮盖了街道上汽车的声响。

当这群跌跌撞撞的人们，被手握木棍的警察驱散开来之后，只剩下一个衣衫朴素的老妇，弯曲着身子，悄无声响地躺倒在那儿，她已经被活活地踩死了。我从心底里升起了一阵悲哀和愤懑的情绪，沿着街道慢慢地走去，瞧着百货公司灯光闪闪的玻璃橱窗里面，陈列着多少昂贵的珠宝和豪华的家具，除开财大气粗的达官贵人之外，谁又能够享用得起？他们掌控着腐败和无能的政府，却让多少平民百姓遭尽了苦难。

“现在可以渡江了罢！”我紧张地瞪住双眼，眺望着阴沉和混沌的长空，庆幸大家已经平安地度过了紧张的白昼，立即又升腾出期盼了许久的愿望，得赶紧冲过长江去，拯救和解放多少受苦受难的民众。

突然在漆黑的天空中，闪烁和疾驰着几点暗红色的星光。我正惊愕地想跟身旁的伙伴耳语时，这不祥和邪恶的光亮，迅速地逼近过来，随着一阵刺耳的噪音，几架朝向江面俯冲的飞机，像魔鬼似地掠过我们头顶，噼噼啪啪地扫射起枪弹来，难道是在迷茫的夜色中发现了我们？

当杂乱的枪声消失过后，这黑魆魆的土地上，又变得分外寂静起来。我听见了自己突突的心跳声，刚想要轻轻地嘘一口气，那几架飞机又兜着圈子，回转过身子来，呼啸着冲向我们的头顶。我的心依旧在剧烈地蹦跳着，扑通扑通地像是直往喉咙里窜去，赶紧侧着身子，闭住了眼睛，等候那一串密集的子弹，从半空中扫射过来。

“会有哪一颗枪弹，击中我的头颅吗？”我将自己的胳膊，支撑着柔软的泥土，透过微风吹拂的芦苇，隐约地瞧见旁边几个战友，正紧缩着双腿，牢牢地贴住了地面，似乎也在倾听和分辨这罪恶的枪声，正在哪儿毁灭着青春的生命？

敌人的飞机终于消失了，黑夜又陷入了有点儿恐怖的沉默之中。度过这短短的一分钟，竟像是等待那长长的一整天。

忽然从后边传来哨子与军号的声响，多少战友们都高兴地呼喊着，纷纷站立起来，排成了长方形的队伍，像刮起一阵风儿似的，穿过茂密的芦苇，往前边的港汊走去，跨上了早已停泊在这儿的多少艘帆船，不声不响地起锚航行，于飞溅的浪花里颠簸着前进。

浓密的雾气，弥漫在乌黑的江面上。浩瀚的天空中，有几颗闪亮的星星，正神秘地眨着眼睛，是想要指引我们渡过长江去吗？刚才来扫射过的那几架飞机，已经消失得丝毫都没有踪影了。长江南岸的江阴要塞附近，也始终是无声无息的，从未传来过枪炮的轰鸣。

昨天夜里，有个消息灵通的战友，得意洋洋地告诉我说，结集在扬州西边的大批主力部队，已经渡过长江，攻克了反动派的首都南京城，那些压榨平民百姓的残兵败将和贪官污吏们，大概都已经丧魂落魄地往南边逃跑了。

汹涌的波涛，拍击着帆船的左右两舷，哗啦啦地震响着，却遮掩不住背后的几个伙伴，悄悄说话的声音。他们都悲哀地叹息着，刚才向芦苇丛里扫射的敌机，打死了一个很熟悉的战友。就在那天出发前的黎明时分，他还很兴奋地跟我诉说，等到革命胜利之后，得上大学里去读书，好学到浑身的本领，建设民主、自由和富强的新中国。他怀着壮志凌云般的气概，要为自己的祖国，做一番轰轰烈烈的事情。可是他已经长眠在这芦苇丛里，无法实现自己美好的理想了。我禁不住伤心地淌下了滴滴的泪水。

帆船很平稳地向前行驶着。在头顶的天空中间，逐渐泛起了灰褐的颜色，可以朦朦胧胧地瞅见，长江南岸零零星星的树木和房屋。一抹绯红的朝霞，忽然装点在天边的几颗星辰底下，好像是在鼓励和祝贺我们，顺利地抵达了长江的南岸。成百艘灵巧的帆船，终于都陆续地停泊在滩地旁边。

然而那个多么熟悉的战友，却再也不能跟大家在一起，欢快地唱着革命的歌曲，英武地踏着噔噔的脚步前进了。牵挂着他在这瞬间的突然死去，猜想着还有多少并不相识的战友，也会像他那样，在激昂慷慨的征途中，并没有丝毫的预兆，就牺牲了自己多么珍贵的生命。他们有着许多欢乐的向往与崇高的理想，却从此烟消云散，永远从人世间消失了，永远都无法实现自己神圣的追求了。思念着这样令人悲恸的情景，含在我眼眶里的泪水，又潸潸地淌满在脸颊上。

多么漫长的60年之前，于深夜里乘着帆船，渡过长江去的这一段经历，也还常常出现在我的睡梦中间。曾经有多少个夜晚，梦见过当时的种种情景。这样的梦，有时候逗留得十分短促，有时候却又绵延得很长很长。最长的那一个梦，是10年前攀登芝加哥的西尔斯大厦之后，于深夜时分扑朔迷离地游弋在脑海里的。

我站立在一群金发碧眼的人们中间，排成蜿蜒曲折的队伍，终于走进了高耸的电梯里面，还没有站稳脚跟，竟像飞箭似的射向顶空，耳朵两旁响起了飕飕的风声，电梯在倏忽间就抵达了离开地面103层的看台。站在这世界闻名的摩天大楼顶端，俯瞰着左右前后多少雄壮与俊秀的高楼，显得很低矮地分布在游客们的脚下，真让我惊叹着人类多么巨大和智慧的创造力量。

我忽然想起昨天傍晚的时分，在这大厦附近的密执尔湖边徜徉时，瞧见了好几个皮肤雪白的乞丐，正坐在青翠的草坪旁边，悠闲地伸出自己的手掌，握住了人们从口袋里掏出的零钱。为什么有的人那样奋发有为，想替大家作出许多辉煌的业绩？有的人却寻觅不到正常的工作，只好依靠乞讨来维持生活？这世界上真还存在着许许多多的问题，迫切地等待着去获得妥善的解决。

我顿时想起了芦苇丛中的那些战友们，在60年前长途行军的日子里，曾经热情洋溢地议论过，怎么能够在革命胜利之后，使得整个的人间，都变成一座无比幸福的乐园？这一群年轻的伙伴，充满了多么纯洁和绚丽的诗意。

大概是因为在整个的白天，走得太劳累，心情又太激动的缘故，才有了夜晚这个悠长的梦————

我默默地匍匐在低矮的芦苇丛中，从长江北岸这一片潮湿的滩地上，张望着前方滚滚的水波，滔滔不绝地向远处流去。我还瞧见了埋伏在这儿的多少战友，瞧见了牺牲在这儿的那个伙伴，瞧见了把自己嗓子喊哑的那个幼小的女童。

我们还一起走向长江之滨，惊讶地眺望着波涛澎湃的江面上，飞架着一座长长的大桥，连接着南北两岸的土地。许多高高大大的轮船，鸣响着汽笛，从巍峨的桥梁底下，来来往往地穿越过去。当年乘坐过的多少帆船，怎么都不见了呢？

在阵阵的惊讶与兴奋之中，就从动情的睡梦里醒了过来。我怀着一种很急切的心情，盼望着在什么时候，真正能够前往长江北岸的那一片滩地，去寻觅多少熟悉或陌生的风景。早就听说过了，在那里已经建起凌空挺立的大桥，我得赶快启程，立即前往那里，徘徊在桥梁的两旁，看看田野背后多么美丽的农舍，听听人们的欢声笑语里面，蕴藏着哪些通向未来的理想？

# 硝烟散去

丁　宁

抗战八年，漫长的岁月，人们称之为血与火的年代，那确是惨烈、悲壮的年代啊。从那时过来的人，多已白发苍苍，可他（她）们心中，都会埋藏着很深的记忆。

那天节日，当五星红旗在天安门的晨曦中，冉冉升起，如潮的人群，一齐仰头，目不转睛地注视那一片神圣的红光。我看见站在人群前面，有个身穿老式军装、胸前佩戴奖章的老兵，略显苍老的面颊上，滚动着晶莹的泪珠儿。记者立刻对他举起麦克风，老兵用深沉的声音说道："我的心很不平静，我为我们伟大的祖国，为这面胜利的红旗，感到自豪，但此刻我想的是，无数为祖国为人民牺牲的同志，他们曾用自己的鲜血，染红了我们的旗帜，我只希望我们——我们的人民，不要忘记他们啊！"

老兵的话，深深触动了我。脑子里立刻浮现出许多战友和英烈们的形象。其中一人，被历史的风尘埋没了很久，他仍然那么年轻、英武，那么壮怀激烈。他的名字叫邹琳。

我认识他，是 1941 年深秋，我第一次到他的连队去教歌。他们的驻地，在一个寂静的山谷，村边有一条小河，水极清，跳动在鹅卵石上，叮叮咚咚，鸣琴般地悦耳。我踏着一块石头，正欲掬起一捧解解渴，一不小心，滑到水里，鞋袜、裤脚全湿了。

在村口迎接我的，是一位腰间插着手枪的青年军人，一副英俊而文雅的样子。先自我介绍："指导员邹琳。"

这时，全连的战士，早已集合在打谷场上，我就那样腿脚湿漉漉地教唱《在太行山上》。

中午，在连部吃过饭，正想在老乡家里休息片刻，邹琳进来了。他带给我一双粗线袜子，还有一双大得不能穿的纳底鞋。他很热情，说他和战士们感谢我教给他们新歌，问我有没有印好的歌片，他会简谱，也喜欢唱歌。

我立刻从书包里拿出几页新印的歌片，是一首苏联歌曲，歌名如今已想不起来，只记得头两句："太阳升起，我们渴望你，我们渴望着太阳你的红光。"他接过去，一面看谱，一面便唱起来，歌声浑厚、柔和，十分动人。

我说："你该到我们剧团，当个歌唱家。"他摇摇头说，军人都应当会唱歌，中外古今的战史上有些著名的战役，战士们常常是在充满激情鼓舞的进行曲和歌声中，冲锋陷阵的。

他告诉我，他爱读书，喜欢看小说，更爱看有关打仗的，如中国的《三国演义》、《水浒传》，苏联的《铁流》、《毁灭》和《夏伯阳》（后来被译为《恰巴耶夫》）。他说，书是老师，特别是苏联文学，从中能学到许多革命和做人的道理。

他又问我，读过《第四十一》吗？我说读过。"那么你是怎样看待这部小说的？"我说，这书的故事很浪漫，很动人。他却说，这书是宣扬一个革命者失掉立场的资产阶级爱情。我不以为然，只淡淡地说，在那种特殊环境产生的爱情，难能用一般道理解释，不是吗！最终那位女战士，还是开了第四十一枪，打死了那个反革命军官。他微微点头："要不，这书还有什么价值！"

我觉得他有一定文化素养，便说，他若做文化工作，该更合适。不想，他一反文雅的风度，变得慷慨激昂："我的岗位就在战场，我不能忍受我们的大好河山被敌人蹂躏，不能忍受自己的同胞被敌人屠杀！"还带有几分讽刺意味说，光读几本书，背些新名词有什么用？有志气的男子汉，在民族生死存亡的关头，就该拿起枪，上战场！

他那激烈的言词和庄严的表情，至今深印在我的心中。

下午，他们备了一匹马，邹琳亲自送我回到驻地。

从此，只要他们的部队不转移，或离我们驻地较近，邹琳便抽空来我们剧团，借书，借歌本。有时我也去他的部队教歌，或帮助排练文艺节目。见面时，他爱交流读书心得，有时还有争论，但常常是他的论点占上风。如谈到《毁灭》中的莱奋生是不是真正的英雄，我说，莱奋生作为带兵的队长，麾下 150 人，竟只剩下 19 人，落得那样悲惨的结果，怎能算得真正的英雄！他却说，英雄不是神，革命原就有牺牲，不能只以成败论英雄，莱奋生的斗争和牺牲精神，当然算得真正的英雄。红军二万五千里长征，牺牲可谓巨大，但那却是前无古人、震惊世界的壮举，真正的革命英雄主义。他最赞美夏伯阳，说夏伯阳虽过失很多，仍不失为大英雄。

那时，苏德战场上，斯大林格勒的血战，牵动着每个人的心，每次见到邹琳，必谈这个话题。谈时，他说得那样壮怀激烈，一面拿笔画着图，一面分析战场形势，他几乎像是对天发誓，苏联红军肯定能把德国法西斯消灭在国境之外。那个时代，我们的心理都是相同的，对屹立在世界上唯一伟大的社会主义国家，谁不是怀着最崇高的信仰，最痴情的信赖。

邹琳的记忆力特别好，读书过目不忘。他曾经给我背诵过《论持久战》的某些段落，一字不差。

像他那样对国家民族一片赤子之心的军人，心中也埋藏着痛苦和烦恼。有一次，他对我说，他出身不好，生在“布尔乔亚”之家，母亲原是那家的丫头，后被东家纳妾，在家庭的地位很卑微，他也因非嫡出，常受大人和同辈们的欺凌。幸而家乡来了八路军，那时正读中学，怀着国仇家恨，毅然逃离学校，参了军。有趣的是，刚到部队，还未穿上军装，父亲便派了两名大汉追来，硬要把他绑架回去，他怒火中烧，三拳两脚，把两条汉子打了个鼻青脸肿，抱头鼠窜。我好生奇怪，一个文弱书生，怎能打过两条大汉？他当即伸臂踢腿，拉开一个架式，好个英武的雄姿！原来他自小学过拳术，什么少林拳、鹰爪拳，都有一手。

他说那个家，他早在感情上和它切断了，心中只挂着可怜的妈妈，还有未婚妻。未婚妻是青梅竹马的表姐，在省城读书，她盼着他回来。他说有朝一日，他会把她从敌人的铁蹄下解放出来。

那时，他正学日语，是组织派他学的。有一次，我请他说给我听听，他装作日本鬼子，叽哩呱啦，蛮像那么回事。正好剧团领导人进来，认为他是个做演员的材料，便动员他来我们剧团。邹琳摇摇头说，不打败鬼子，他决不下战场。

那时，他大约只有十八九岁，却已饱经战火。我曾多次请他讲讲他经历过的战斗故事，他总是不讲自己。我从别人那里听说，他打仗十分英勇。一次，他所在的青年连，趁黑夜突袭一个鬼子据点，他们把十几个敌人包围在一间农舍，鬼子用机枪堵门，猛烈扫射。邹琳灵机一动，飞身跳上屋脊，正欲扒开一个洞，往屋里投集束手榴弹。不料，年久失修的屋顶轰然塌下，邹琳不歪不斜正巧落在做饭的铁锅里，瓦片、朽木砸得鬼子哇哇直叫，满屋灰尘滚滚，分不清敌我，机枪也哑了。敌人正想向外逃窜，邹琳用日语一声大喊："站住，别动！"鬼子一下被镇住，邹琳趁他们惊魂未定，挥舞大刀，一连砍死五个，我们的战士也一拥而进，把鬼子全部消灭了。这一仗打得十分漂亮。

我问邹琳，你一声大叫，那么大威力，敌人竟乖乖地不动？他说："大约鬼子在慌乱中，误以为是他们长官的命令。"

我心想，像他这样文质彬彬的人，竟一连砍死五个敌人而手不软，便问他，"哪来那么大的力量？"他斩钉截铁地说："仇恨！"

我还曾听说，邹琳曾扮作商人，潜入敌穴，机智巧妙地完成了一项重要的侦察任务，也传为佳话。

那时，有一位熟悉邹琳的同志曾对我说，邹琳打仗勇敢，思想觉悟和文化水平都比较高，在军中的职务，原该提拔得更快。

我问："有什么问题么？"

那人沉思了一会儿说："想来是因为出身的问题，和一般人相比，要经受更多更严酷的考验。"

我大惑不解，邹琳在战场上，出生入死，还要作怎样严酷的考验呢？难道让他把早已甩开的那个“布尔乔亚”的家庭包袱，永远背在身上吗？

此后，约有一年多的时间，不知邹琳的消息。这时我已从剧团调到战士女子中学作教员，那正是1942年冬，日本鬼子大“扫荡”前夕。一天中午，邹琳忽然风尘仆仆，闯到我住的老乡家里。我问他，这么长时间，藏在哪儿？他幽默地回答：“藏在一个安乐窝里。”原来他在一次战斗中，身负重伤，在后方医院养了几个月。我问他伤在哪儿？他指指自己的肺部：“这儿，敌人给我留下一个很好的纪念：一颗没有取出的子弹。”

我劝他应该考虑离开战斗部队，换一个工作。他仍然像从前那样，脸色立刻变得严峻：“我立下的誓言是不会变的。”

临走时，他给我一枝小小的“勃朗宁”手枪，说是他在这次负伤的战斗中缴获的，可留作纪念。并说，他们的部队将有大仗要打，今后能否再见，难以预料。我送他到村头的河边，他满面洋溢着胜利的喜悦，却轻轻吟诵：“风萧萧兮，易水寒。壮士一去兮，不复还。”

再见邹琳，又是很久很久以后，抗战已经胜利，解放战争爆发的前夕。那时，我在胶东文协工作。一日，邹琳又像从天而降，飒爽的英姿，像是一个凯旋的英雄。

一见面，我就说，抗战结束了，你终于离开了战场。他却指指自己一身戎装（这时他已是营教导员），又指指天空：“你看，硝烟还未散，蒋介石灭我之心未死，作为革命军人，我仍然随时准备上战场。”

我又说：“阶级斗争是长期的，究竟什么时候才能下战场呢？”

他又指指天空：“当天空碧蓝碧蓝的时候。”

这人是“顽固”到底了，在文雅的外表里面，藏着一颗不屈的钢铁般的心。

我问他，表姐有无消息？他摇摇头，显出怅惘的表情。遂即从口袋里掏出一首苏联的新歌，那是根据著名作家西蒙诺夫的诗谱写的。他用低沉的声音唱：“等着我，我会回来，不过要久待。等着当冬雪飘飞，炎夏难熬时；等着当别人不再等待亲人时。等着我，我会回来……”

严酷的战争，又是几年，邹琳又经过几多考验？硝烟终于散去，我们的新中国在举国欢腾中诞生了。可是，那个在血与火中千锤百炼的共产党员，那个大无畏的战士，却不再回来。他没有等到我们的胜利，没有看到新中国，也永远没看到他曾经憧憬的碧蓝碧蓝的天！

# 血水、泪水、汗水汇聚成的长河

## ——漂萍回眸片断

吕　雷

所有时间，都终将变成历史。而一百多年来中国的历史，则是一条由血水、泪水、汗水汇集成的河流。我出生晚，今年也六十有三了，在这条汹涌澎湃的长河中，只算得一星半点、载浮载沉、随波逐流的浮萍。回首凝望前尘，感慨顿生：太史公言，天下熙熙，皆为利来，天下攘攘，皆为利往。人活着，尽情享受生活，追求幸福天经地义，但千百年来，总有人追寻信仰而来，践行信仰而去，惟有他们的血水、泪水、汗水，才能聚汇成历史长河。我既置身这长河中，总得时时向上游回顾。人，惟有知从哪里来，才会知晓到哪里去，惟有知过去，才能见未来。

### 我，父亲，父亲的战友

我一出生便多灾多难。

1947 年，中国内战爆发，重庆乌云压城，腥风血雨。我出生在重庆民建中学的猪圈旁边，那年是猪年，属猪的我冥冥中开始接受磨难，因为是早产，生下来后我不会哭，连吸奶的力气也没有，接生婆抱过一看，皱皱眉头说，这个娃儿怕喂不活。可我活下来了。民建是地下党办的学校，于是我有许多“干爹”、“干妈”，母亲没有奶水，“干妈”们就弄来奶粉，调开了用棉花醮湿挤进我的小嘴里。六个月后，我被寄养在农村一个佃户老婆婆屋里，父母有时来看我，见我躺在灶台边的禾草堆上，大群苍蝇嗡嗡嗡地围着我飞舞，老婆婆熬好了米糊，用手指抠起一点一点抹进我嘴巴里。就这样把我养到一岁，当时谁也不知，老婆婆的东家有个肺痨病人，不满一岁的我感染了肺结核。

1948 年，重庆地下党组织遭遇灭顶之灾。作为乡建学院地下党组织负责人的父亲懵然不知，到了约定时间，未见学运特支书记胡有猷来接头，又较长时间未见地下传递的《挺进报》，预感到巨大的危险在逼近，父亲只好启动紧急程序，到北碚“接头”，由我母亲在后面远远跟着，一旦发现不测立即回去报信。就在北碚一座石桥桥墩旁，父亲与一个穿长袍的青年对上了暗号，细一打量，发现他竟是化了妆的重庆北区书记齐亮，他在重庆新华日报工作时，父亲就和他有过联系。齐亮机警而冷静，却低声说出了晴天霹雳的几句话：“有人叛变，摊子被搞烂了，胡有猷被捕了，情况非常严峻。你回去马上把已经‘红’了的人，不管是党员还是外围六一社员，尽量撤离重庆，回家隐蔽、分散下乡都行。你家在香港，你最后走，如有实在没有地方去的人，得把他们带到香港去。你要准备好！什么时候走，等通知。”说完他们紧紧地握了手，齐亮旋即匆匆离去。

父亲回校后马上安排党员和外围积极分子撤离到上海、武汉、云南以及四川各地。自己也在焦急地等待最后的通知，一天清晨，风尘仆仆的齐亮突然来找父亲，紧急通知：立即带着找不到隐蔽地方的同志撤到香港去！分手时他紧紧和父亲拥抱，并深情说：“恐怕今后很难再见面了，望多多保重。”然后又一转身飘然而去。

老父亲每每向我追述那一时刻，都令我怦然心动，思绪难平，那真是个千钧一发的生死关头，是考验一个人信仰的严酷时刻，60 多年后，我已经无法探究那个清晨时分齐亮在通往歇马场乡建学院小路上疾走如飞时会想些什么？我只知道，往前走，他可能挽救党的一个基层组织和一批进步青年，成为救出几十条生命的天使、英雄，也有可能身涉险境，一步跨入牢笼，因为整个组织已经破坏了，乡建学院的地下组织是由条块结合组成的，任何一个环节出问题，他的舍命奔走都有可能变成自投罗网；如果退回去，他可以有更多时间自保，更有机会逃出虎口，他应深知自己已是敌人重点追捕的目标，每分钟都有被捕的危险，先摆脱追捕隐蔽自己也似乎无可厚非。可是，他义无反顾地作出抉择：逐一通知别人先撤离，把生的希望先给同志，死的危险留给自己，信仰！党性！在那清晨的疾走中发挥到极致。

当年父亲与齐亮分手后，马上到老婆婆家里接走我，按原来预设方案，没有暴露的母亲留下继续坚持，父亲和一男一女两个党员带我坐船撤到香港。同行的女同志充当我的母亲，不料，发着低烧的我死不认这个“妈”，拼命啼哭，同船的旅客纷纷投来诧异的目光，有人问：这娃儿怪咧！咋不肯跟妈？父亲尴尬地“解释”：孩子妈一直在乡下教书，我在城里做事，带孩子方便些，所以孩子只认我，跟妈反而生分了。江轮每停靠一个码头，都有军警特务上船盘查，父亲见我们这引人注目的“一家三口”破绽太大，临时改变计划不从上海转船去香港，而在宜昌下船，从陆路经武汉南下广州、香港，并与转移到香港的南方局领导钱瑛大姐接上头，这时父亲才知道：无耻叛变了的重庆市委书记刘国定竟带特务飞到上海搜捕当时地下工作最高领导钱瑛同志(解放后任中组部副部长)，并在码头上拦截从重庆撤离的地下党员，正是父亲决定在宜昌下船这一随机应变，让我们又逃过一劫。我奶奶在香港的家，是“东纵”的地下联络站，不久，我母亲也回到香港，一家人总算团聚了。父亲在钱瑛大姐领导下，投入紧张的工作：以办香港学生杂志的公开身份，秘密租赁了一所大房子，筹办准备接收城市的培训班，从事收集广州的情报资料工作。北平解放后，他又作为代表国统区和香港的七名青年代表之一(其中一名是著名作家马识途的妻子)，北上北平参加第一次全国青年代表大会(即共青团一大)。

当时生活依然是极贫困的，我的病情加重了，整天啼哭，至今我依稀记得，奶奶抱着发烧的我，整夜在昏暗的马路上蹒跚。幸而当时香港已经有肺结核的特效药“麦仙”（大概是链霉素）上市，父母靠组织上的接济，给我买药救命。1949年底，广州解放，刚从北方回到香港的父亲到广州公干，抽空上街看看新面貌，不料被一老上级发现“捉住”不放，父母只好先后奉命调回到广州，在党的怀抱里，我治好了重病。但不久传来噩耗：我们的救命恩人齐亮和他的爱人马秀英同志（马识途的妹妹），在转移隐蔽到成都以后，被任重庆市委副书记的叛徒冉益智出卖，解放前夕双双英勇牺牲在渣滓洞，父母的同学和战友胡有猷、杨翱、陈诗伯也惨被屠杀。为了信仰，他们把宝贵的青春和鲜血抛洒在历史的河流里。

由于高层领导的叛变和出卖，重庆地下党员和进步青年遭受逮捕和屠杀达数百之众，有个别侥幸者逃过严酷的追捕，日后也难免蒙受不白之冤。潜伏在敌人内部的程途同志，就是典型的一例：他早在抗战从事"民先"活动时就与父亲相识并成为好友，但彼此间并不知道对方真实身份，其实，他当时是我党重庆地下电台的特支书记，著名的《挺进报》的消息来源，就是成善谋同志和他用电台收录后秘密递交陈然烈士编辑成报的。组织被破坏时，他和成善谋同时被大叛徒刘国定出卖，那天他正好与成善谋约好接头，远远看见一群特务围住成善谋，为首的逼问：说，程途在哪里？成善谋睚眦欲裂大呼：我就是程途！成善谋用顶天立地的一声呐喊，践行了自己至死不渝的信仰，以自己的生命换取了战友的安全。程途得以脱险，解放后，他在重庆市公安局任职，不料在肃反中因他在敌特机关潜伏过而且上线牺牲无人证明清白，不幸蒙冤受屈，被打成历史反革命关押新疆劳改。程途虽然身处逆境，但信仰不泯，忠心不改，他获平反昭雪后担任了重庆市纪委常委，1982年时他已病重，父亲和我到重庆医院探望他，他依然双目炯炯，握着我的手一再叮嘱：信仰，不要迷失信仰……他说出一段在新疆劳改时的传奇，把我感动得潸然泪下——那是新疆一个大雪纷飞的冬天，他们被押到野外劳动，一个囚犯触怒了看守队长，队长竟当众扒下那人的棉衣来惩罚他，程途向来好打抱不平，冲上前去论理：这么冷的天，你扒了棉衣不是要冻死他吗？这样干还叫共产党？队长大怒，命令把程途的棉衣也扒掉，他光身昂首挺立雪地里，全队囚犯一下子全跪倒地上为他求情，那队长更恼羞成怒越发一意孤行，就在这时，远处驰来一辆吉普，见路边跪着一大片人，一位清瘦冷峻的老军人连忙下车，一问缘由，老军人双目圆睁，喝令该队长也脱掉棉衣站在雪地里，并怒斥：他们也是人！你光身受冻试试？冻死你这王八蛋！程途得救了，事后，他才知道，那正气凛然地挽救他的老军人，正是鼎鼎大名的王震将军！

信仰的光辉，在时间的河流中闪烁。不仅闪耀在战场、刑场、生离死别的瞬间，也闪耀在突如其来的灾难中、人生蒙冤受屈之时，更闪烁在默默无闻、隐姓埋名的埋头苦干之中。

2003年非典疫情震惊全球，我到第一线采访写作并发表了有关钟南山院士的报告文学，香港报纸也转载了。香港的爱国工会便邀请我去香港给工会会员们作一场内地抗击非典的报告，会场上，我看见一大群白发苍苍的老人，他们都是工会的老骨干。意外地，我见到了我的“干妈”——当年与我父亲假扮夫妻把我从重庆带到香港的那位女同志。尽管当年我在船上不认她这个“妈”，但长大后我一直叫她干妈，那年她已经八十岁了，她竟带着助听器、笔记本来听我的“报告”，把我感动得鼻子发酸，眼睛发潮。六十多年来，高官厚禄、级别待遇始终与她无缘，尽管她党内的“辈分”比起公开在港工作的许多高级干部“高”出许多倍，她却在香港一直只担任一个基层工会的秘书，几十年如一日，勤勤恳恳任劳任怨地为工人服务到2008年溘然长逝。那天，我一接到噩耗，便代表全家赶到香港世界殡仪馆为她守灵，看着一群群的工友、学生、街坊亲友来向她挥泪告别，我的泪水再也无法强忍，汩汩地往下流淌，流到脸上，流到心里。我一生坎坷，一出生就差点夭折丧命，成人后又适逢“文革”、下乡，心脏做过两次大手术，可谓几度“死而复生”，人说人世间不如意事常有八九，然而，对比起这位为信仰奋斗一生清苦一生而且光荣经历几乎无人知晓的老人，我们还有什么可攀比、可抱怨的呢？

## 奶奶

我奶奶识字不多，但在我心目中她是无所不知，无所不能的。她会讲很多很多的故事，令我常常在上幼儿园时过于依恋她而紧抱她的腿坚决不肯放手，她只好终日守在幼儿园里陪着我，让老师们非常为难。她喜欢听“大戏”（粤剧），偶尔也会唱几句，我至今仍记得几个粤剧大老倌的名字，就是从她嘴里听来的。

奶奶是个了不起的革命母亲，这是我年齿渐长慢慢知道的。她早年守寡，靠当佣人含辛茹苦养大五个儿女，全部送他们参加革命工作，她在日军占领香港期间，也曾奋不顾身参与斗争。

香港九龙有条太子道。当年威震港九的东江纵队港九大队市区中队的老战士提起这条路，会产生一种特殊的感情，他们忘不了太子道174号的女主人吕妈——我奶奶。

奶奶的家其实也是知名人士荆老伯的家。荆老伯是老同盟会员，早年留学日本，回国后曾在湖南一师当过毛泽东的老师，香港沦陷后，他坚决不当汉奸，逃回内地，委托当佣人的奶奶看管房产，奶奶便当上了女主人。当时香港已成恐怖世界，天天都有人饿死，奶奶深明大义，毅然送走了可以持家的大儿子、大女儿，让他们到游击区参加革命，还在家中开设了"东纵"市区中队的联络站。

奶奶家里经常开着一桌"麻雀局"。四楼住着一户汉奸，楼下住着日本鬼子的马队，他们却对三楼经常通宵达旦的"雀战"声从未产生过怀疑，他们做梦也想不到，这"麻雀局"竟是在港九神出鬼没的游击战士在开会！在这种"夹心饼干"式的险恶环境里，指战员们反而"风雨不动安如山"。这里，是他们温暖的家。

1944年初春，盟军飞虎队飞机轰炸香港的日军目标，多架次军机被击落。其中一位美国飞行员克尔中尉被迫带伤跳伞，被我"东纵"一个11岁的小交通员李石奇迹般营救到游击区。日军眼看着美国飞行员在眼皮底下消失，狼奔豕突在城里城外大肆搜查，港九突然变得十分紧张。

一天早上，我奶奶梳妆打扮，雍容华贵地出门了。身后还跟着一个衣着入时的少女——我的大姑。她们要完成中队长方兰交付的特殊任务：采购贵重药物、高级食品，还有一项奇怪的物品——西洋人吃饭用的刀叉！原来，游击区内食物药品奇缺，生活极其艰难，为把国际友人接待好，东纵领导决定：通过秘密联络站在香港购买。领导还细心地考虑到，今后进入游击区的国际友人会逐渐增多，他们不会用筷子，因此还必须买若干副刀叉。

174号楼下，日军马队一个新来的日本军曹阴鸷的眼睛盯上了奶奶母女俩，手一扬拦住她们，接着就动手翻我姑姑手中的藤篮，奶奶竟拉住他，笑嘻嘻地摇了摇手。军曹恶狠狠地打了奶奶一耳光。奶奶愤愤地揭开藤篮上的白布，军曹吃了一惊——里面装着一叠洗得干干净净、烫得整齐笔挺的日军将军服。

日军马队队长闻声赶来，“嗨，八格!”板起脸孔把军曹训斥两句，接着左右开弓，大巴掌扇得军曹眼冒金星，然后客气地把头一低，摆手向母女俩示意放行，还连声“翘秀哭”（对不起）。

奶奶在这队日军眼中，是大大的“良民”，她天天到“大日本香港占领地总督部”的高级军官家里洗衣服。可是他们做梦也没想到，这两个“良民”，一个是专以替日军军官洗衣服为掩护的游击队母亲，一个是年方十七的女游击队员，他更不能想象，就在他头顶上的三楼，竟会是东江纵队的一个重要联络站!

奶奶母女俩凭熟人熟路，机警地在港岛置办了指挥部要的物品，但回九龙时，在渡轮上却突然发生了意外。她们母女在船上刚坐定，全船就乱哄哄地闹起来——几个宪查和印籍“摩罗差”，窜上船来要搜查了。“摩罗差”见母女俩，就径直过来动手翻东西，一看她们的藤篮里装满了蛋糕、西饼、炼奶、罐头、刀叉……面如菜色的“摩罗差”，顿时两眼放光。立即围拢过来了。“带这么多东西上哪儿去?”一个宪查问。“探舅父。他病了，需要营养。”我大姑说。“你舅父干什么的?嗯?”一个宪查突然狂嗥起来。奶奶说：“他在为皇军做事，当翻译官。”说着，她揭开另一个藤篮，露出那几套军官制服：“这是他的替换衣服，要我们给他送去。”敌人面面相觑，谁敢得罪“皇军”的翻译官?只得悻悻地走开了。

第二天，我大姑离开九龙市区，在新界化装成客家妹，挑着担子秘密把这批物资转送到游击区。

克尔中尉离开游击区时，给东江纵队的指战员写了一封感谢信，信中说：“……我知道，你们当中还有很多人是我所见不到的，他们为保护我的安全，在危险和困苦中工作着，我只有用这样的办法来表示我的感谢……”在二战后期，“东纵’共营救英、美两国军官十多名，为国际反法西斯统一战线作出了重要贡献。

那时，香港每个居民每天只配给六两四钱（小、秤）的碎米，奶奶外出俨然是一个贵妇，其实衣服饰物全是主人的，她却是一贫如洗，经常饿肚子。小女儿才 8 岁，饿得骨瘦如柴，被迫去工厂当童工。从游击区潜入市区的交通员，常常把一篮篮番薯、芋头和白米送来接济奶奶一大家子。但是她绝不肯轻易动用这些部队接济的粮食，宁愿一家大小捱“神仙糕”（用少量碎米加硼砂熬成稀粥凝结而成），也要让住在家里的同志们吃饱、吃好，同志们都把她看作是自己的妈妈，亲切地称她为吕妈。

那时才 7 岁的我叔叔小竹，有一次饿得眼冒金星，忍不住拿起一块准备送游击区的糕点就要咬，奶奶见了，劈手夺下，朝叔叔的小手掌拍了几下，边打边叱：“以后还敢不敢乱拿大哥大姐的东西?”叔叔摇着头哭了，奶奶也濡湿了眼睛。午饭喝粥的时候，她从锅里给叔叔多打些粥渣，自己却只喝了一碗米汤。市区中队的负责人王大哥看在眼里，趁着执行任务，把叔叔带在单车尾到了大街上。他叫叔叔闭上双眼，口中念念有词：“小竹小竹，有福有福，吃块番薯，肚胀卜卜。”说着变戏法似的掏出一块自己省下来的番薯，放在叔叔的小手里，叔叔睁眼一看，喜出望外，低头大啃起来。以后，王大哥就经常带着叔叔外出执行任务。王大哥是个灵俏人，会讲故事，会教唱歌，很快成了家里的孩子王，孩子们和游击队员的朝夕相处，受了熏陶，小小年纪就知道了“打跑了萝卜头（日本鬼子）才有活路”的道理，都懂事地掩护大哥大姐的行动。在战士们撒传单、发送东纵《前进报》时，有时会遇到巡逻的“摩罗差”，孩子们便故意唱起当时香港几乎无人不晓的童谣：“ABCD，大头绿衣，捉人唔到，猛吹 BB……”被奚落的“摩罗差”恼羞成怒，扬起警棍追打孩子，孩子们便机灵地四散奔逃，把敌人引开让大哥大姐们圆满地完成任务。

美国飞行员的安全脱险，令派驻香港的日本天皇特使震怒异常。日军对游击区血腥的扫荡开始了。在市内，敌人残暴统治也变本加厉。“方姑”的母亲冯芝老人和女游击战士张咏贤不幸被捕，很快就牺牲了。

为了打击和牵制敌人，市区中队决定在市区内开展轰轰烈烈的“四月行动”。

4 月的一天夜里，一声巨响震撼了九龙地区，市区中队成功地爆炸了亚皆老街四号火车桥，威震港九的刘黑仔手枪队也在沙田击毙了一个日军头目及其翻译。"'老八'打进城来了!"震惊全城，当晚，日本天皇特使正在亚皆老街附近的宪兵部开会，吓得魂飞胆丧。立即全市戒严，第二天，开到城外和宝安、东莞扫荡的日军也全部拉回市区。

一天深夜，中队长"方姑"从游击区送来了一位伤病得很重的领导干部老卢。东纵曾生司令员把老卢交给了市区中队，指示要千方百计将老卢送进可靠的医院动手术。老卢在太子道174号隐蔽了一夜，第二天奶奶把他送进了法国医院，并亲自护理老卢。

法国医院是当时香港的高级医院，只有富人才能就医。老卢乔装富商，奶奶则冒充老卢的表姐，日夜在病榻旁侍候。老卢既然装成阔佬，伙食就不能寒酸，奶奶想方设法把他的伙食搞像样一点，保证老卢的营养。而她每天还靠番薯、"神仙糕"度日，而且只能在洗手间里偷偷吃，在这样的贵族医院，吃得太差会招致怀疑，带来危险。

老卢手术后第三天，医生提出要用一种针药，医院里没有，只能靠家属想办法，奶奶只好去找关系搞药，在归途中，四周突然响起了凄厉的防空警报。街上戒严了，行人惊惶失措，日本宪兵和"摩罗差"拼命弹压，奶奶被驱赶到日本兵营附近"石屎楼"墙角里，动弹不得。她试图挤出人堆，可是刚一挤到前面，胸前横架过来一把刺刀——日本兵拦住了去路。

"我家里有病人，急病，很危险……"她推开刺刀，焦急地往前走。

啪!她又挨了一耳光，一个中国宪查油腔滑调地说："真是寿星公吊颈嫌命长!你不看看这旁边是什么?——兵营!你跑出去暴露了目标，炸弹一扔下来大家一齐上西天!"

就在这时，一辆日军的敞篷小汽车发疯似的窜过来，急刹在兵营门口，一个日军军官跳下车钻进兵营。奶奶眼睛一亮，认出开车的原来是一个日本将军的司机——台湾仔阿南。有一次，她看见阿南的衣服破了，主动替他补好，阿南特意送奶奶一小罐炼奶，奶奶不肯收，他见四下无人，突然用中国话悄悄说："我不是日本人，是中国人——台湾人。"这举动把奶奶吓了一跳，后来不断观察，发现阿南确实还有点爱国心，正想做些争取工作，他却被调走了，没想到在这里又碰到他。奶奶突然心生一计，竟大声喊起来："阿南，阿南——"不管三七二十一，拨开刺刀奔到阿南的汽车旁，气喘吁吁地说：“将军家里有急事要办，能送我去吗?”

阿南一见奶奶，格外热情，连忙招呼她上车，在戒严日军众目睽睽下一溜烟把车开走了。奶奶在医院附近下车，绕路赶回法国医院交药，看见老卢用药后安然无恙，心里一块石头才落了地。可是她再也没机会见到那位曾经深情地自认是中国人的台湾仔阿南了。

奶奶完成了掩护老卢的任务不久，太子道联络站有暴露的危险，市区中队撤离了。一天深夜，一队日本宪兵如临大敌地包围了奶奶的家，横蛮地闯进来突击搜查。奶奶紧紧地护着被惊醒的孩子，默默下了决心：如果敌人发现了什么线索，就一头从阳台上跳下去，宁为玉碎，不为瓦全！由于市区中队撤离时工作做得干净利索，敌人什么也没捞到，只好胡乱把一个临时寄居在奶奶家的亲戚抓走了，据说这个当教师的男青年骂过日本人，被住四楼的汉奸听到了。但对奶奶，敌人却抓不到任何把柄，只得草草收兵。

解放后，我家搬回广州，和华南团委的干部挤住在烈士陵园那座有圆顶的建筑物里（原清朝咨议局，孙中山在此就任非常大总统，现为革命博物馆）。父亲则被指派到苏联留学，当时广州三天两头被国民党飞机轰炸，损失惨重，所有干部家属被疏散到粤北，奶奶孤身带我到乐昌暂住了大半年才回广州。大约在我五六岁时，一天家里来了两个身材高大的叔叔，他们和奶奶谈了好一阵，又与我妈妈谈了话，从此以后，奶奶就经常带着我或者带着我妹妹去香港“探亲”，因为我两个姑姑还留在香港工作。直到我长大后，妈妈才告诉我，奶奶的“探亲”，是肩负特殊使命的。

“探亲”中我印象最深的经历有两次，一次是奶奶带我到香港启德机场铁丝网旁看飞机，还教我把涂着青天白日的飞机数量记下来，记得她指着几架螺旋桨飞机喃喃地说：“这些飞机都是我们中国的，英国鬼把它扣下了，不让它们飞回广州去。”后来我才明白，那是解放初期轰动一时的香港“两航起义”的飞机，当时被港英当局扣留在香港，最后被强行运回台湾。

还有一次，她带我到尖沙咀的天星码头看船，刚好那天有一批英军伤兵在码头上岸，有的断手，有的跛脚，更重的是用担架抬上救护车，有个香港警察边看边说：共产党的兵真好猛好犀利，英国鬼平日牙刷刷，这次俾打残晒，边够打！懂事后我才恍悟：那是朝鲜战场下来的英军。那一幕，深深地印在我的脑海里。

解放初期，奶奶有次带我上街，路过她当年掩护过的老卢同志的机关，便想进去探望他。门卫很牛，说首长很忙，哪能你想见就见？快让开。刚好老卢同志的车子要开出门，老卢一见连忙下车，高兴地说：吕妈你怎么来啦？说一声我好派车接您啊！奶奶说：你好难见，门卫不让进。老卢同志就对门卫说：你们不知道，老人家救过我，比亲妈还亲，她是老革命，老英雄！

奶奶在上世纪六十年代初患癌症去世。不久“文革”开始了，极“左”路线在她头上强加了种种恶名，后来更是连这位革命老人的墓碑也砸碎了。当我在荒凉的小山上重新找到奶奶的坟墓时，发现坟前只有一块无字的石碑……一切供人凭吊的标记都被破坏了，只有那萋萋荒草和星星点点装缀其间的野菊，伴陪着寂寂无闻的坟茔。

## 母亲和她的表姐妹

我母亲出身广西容县沙田乡一个显赫家族，驰名中外的广西沙田柚，就出在她家的果园里。她从小叛逆，上房攀树，顽皮任性，不被她父亲喜爱，但她的舅舅很喜欢她，所以她常常住她舅舅家里。她舅舅叶琪是首先挥军攻入北京、后来又孤身到沈阳促成张学良“东北易帜”的北伐名将，受封上将。叶琪攻占北京后，母亲还随他在颐和园里住了一段时间。母亲的亲叔叔夏威，也是上将，任桂系总参谋长，是“李、白、黄、夏”四大首领之一，后来“解放战争——大决战”系列电影中，也有专门描写他站在白崇禧旁边出谋划策的镜头，演员选得还挺像。母亲从小过继给小叔当女儿，她小叔夏国璋是中将，抗日时英勇战死在淞沪战场上，所率一师部队全部阵亡，无一降者。至今南岳衡山抗日忠烈祠里，仍有他的纪念碑和照片。

偏偏这个尽出国军将领的家族，女儿几乎都当了叛逆投入共产党一方。这是国共内战中一个几乎带规律性的奇特现象。

母亲在中学时就参加救亡活动，迷上了进步话剧，差一点就被送到上海拍电影当明星。她的老师如解放后担任过副省长的李嘉人、珠影副厂长卢怡浩等都是地下党员。母亲中学毕业后，家里急于让她嫁人，好束缚她，她终于离家出走，与表姐叶新（她舅舅叶琪的大女儿）一起跑到重庆求学，误打误撞地入读了平民教育家晏阳初开办的“乡村建设学院”，在那里认识了我的父亲。她以为追求革命就可以去延安，但那时国共双方已经和谈破裂，去延安已经不可能了，只好留在学校搞学生运动。据说，那时我的父亲外号“土匪”，头发乱蓬蓬的，爱打球爱开玩笑，平时“不问政治”，像个毛头小子，完全不像外人传说的地下党形象，反而我母亲爱出头露面，争强好胜，辩论竞选是一把好手，倒像个学运领袖。反动学生知道她一家有两个上将，有点无可奈何不敢招惹她。后来有进步学生才知道，地下党支部书记竟是我父亲，不禁大为吃惊：他？不像啊！

重庆地下党遭毁灭性破坏，父母撤退到香港后，解放战争形势急转，四野挟雷霆万钧之势，威逼湖南，在三大战役中未曾遭受打击的桂系白崇禧集团试图抵抗，还在湖南青树坪伏击了四野一个师，国民党便在“临时首都”广州“庆祝大捷”，大吹大擂。在大战一触即发关口上，母亲曾接受任务，策动夏威的如夫人和她一起去衡阳前线，对统率一个兵团十几万人马的夏威做工作，给他三条出路：一起义，二投诚，三离开部队出走香港。打算决战的夏威见母亲竟来劝降，惊得眼睛瞪得铜铃般大：你？你一个小女仔能代表共产党？走！快走！母亲只好返港汇报，但没几天，夏威兵团就全线崩溃了。解放后父亲多次嗟叹：当初如果我跟着一起去，可能夏威会临阵起义的。我却不以为然，如果他们一起去，可能我那位死硬的舅叔公会把他们捆起来一齐崩了。事后证明夏威的确不会学傅作义、陈明仁。他对蒋介石不满，坚决不去台湾，也判定白崇禧去台湾必定倒霉，但他又决不改换门庭。1965 年李宗仁回归定居北京，在香港养鸡种果的夏威对报界说：李德邻晚节不保。

与我母亲一起出走的表姐叶新，后来到了南京求学，就住在担任国防部长和总长白崇禧公馆里。白介绍她到国军的报社工作，然而她竟在学校里加入了共产党，而且成了南京地下市委情报部的成员。在地下斗争中，她单线联系的“上线”是潜伏在国民党机关内的地下党员王集时，两人因工作需要，虽然不是恋人却时常要假装“拍拖”，王精通英、日两国语言，她带他去见白崇禧，很为白赏识，还叫他常来玩。后来，南京地下市委情报部的一些会议，干脆就在白公馆开了，这是白崇禧至死也不知道的。

解放大军过长江后。南京顷刻解放。他们的“假拍拖”变成了真夫妻。一天，王集时接到紧急任务，要他为刘伯承、邓小平两位首长巡视南京做导游和解说。他登上了首长乘坐的美军吉普，发现车上除警卫员外还有一名英俊青年，看得出来，刘、邓对那青年厚爱有加，说说笑笑，还问你爸爸失眠好些了吗？烟还抽得凶吗？事后王集时才知道：那青年是毛岸英！

叶新的两个妹妹也参加了革命，成为共产党员。

然而，历史长河不光有血，也有泪。母亲这些叛逆者在革命阵营中，无可幸免地遭受怀疑和严厉审查，在历次“左”风凄厉的运动中，她们像小托尔斯泰说的那样：在血水里泡三次，在碱水里泡三次，在开水中泡三次。戴极“左”眼镜的审查者总是反复盘问：“你们这些国民党高官的大小姐，怎么会放弃舒适的生活参加革命？”认定她们必有“打进来一拉出去”的图谋。母亲解放初期就是行政科长，下放白云山农场因劳动积极，又当了机械厂副厂长，然而调到茂名后，尽管丈夫是领导干部，但组织部门只安排她到一家小木材公司当出纳，后来出纳都当不了，在木场与工人一起守木材。母亲和她的姐妹们凭着毅力和信仰，才度过重重难关，侥幸活到离休。她们的出身也牵连到亲人，叶新和王集时因有功勋，解放伊始颇受重用，调到北京公安部工作，后来每况愈下，“文革”开始，王集时便被关进秦城，惨受折磨，以至瘫痪，叶新默默照顾成为植物人的丈夫多年，最后盼来改革开放、平反昭雪，2007年安然逝世。

我们总调侃父亲“车越坐越大，房越住越小”，他不到30岁便被定为十三级（当时算高干），又是留苏回国干部，本来前途无限，但后来亦每况愈下，原因是受母亲家庭问题牵连，加上当时康生等人对各地地下党安排有过“不可重用，长期观察，控制使用”的指示，所以他长期只能担任副职，因为他主管宣传部，“文革”中更是茂名市委第一个被

"揪"的"黑帮"、走资派，戴高帽游街，被批斗、关"牛棚"。

那是我人生一段最灰暗的时日，我从干部子弟一夜之间变成狗崽子、"小秦牧"、小牛鬼蛇神，被糊了一墙大字报，神憎鬼厌无人搭理。为了显示自己忠于革命、忠于毛主席，我陷入至今仍痛心疾首、心头滴血的荒唐：我与几个"黑帮"子弟一起，宣布对父母"造反"，在造反派支持下，我们各自押自己的父亲登车游街批斗。可是种种表白均无济于事，在炽烈的"左"风中，我无法回避怀疑蔑视的白眼，依然是个划入另册的"黑七类"。

至今，我仍对此痛悔不已。"文革"中有无数像我这样梦想当左派而不得的造反者，我们与千万人一样，曾热血沸腾地高举红宝书"横扫一切"，但日后又羞于深思、反省和忏悔，一味归咎大环境，这是民族的悲剧。我可以勉强承认，对青少年时树立的信仰，我没有遗忘，没有背叛，可是，从少年、青年到中老年，干过多少蠢事、傻事、荒唐事？走过多少弯路跌过多少跤？其实，坦然面对，猛然深省，才能清醒，才能长进，才有希望。

直到上山下乡到建设兵团，三更灯火五更鸡，我天天摸黑在胶林大汗淋漓地奔走割胶，压抑的灵魂才被汗水浸透得稍觉安生。一天一个项目组来到我们团部，逼令我揭发母亲的"罪行"，我的回答令他们不满意，他们便吹须瞪眼，拍桌打凳骂我不老实。团部一现役军人知道后，对我说：小吕你别怕，照实说就是了，他妈的凭什么来吓我的兵？下次再这样我叫他们滚蛋！

在兵团，因为我从不吝惜出力流汗，我倒没有受到歧视，从连队到团部，团部到师部，师部又调到兵团总部，总有爱护我的人一路提携，让我发挥所长，令我为日后从事文学创作走出坚实一步。

上世纪九十年代，著名华人作家白先勇先生（白崇禧的幼子）来广州，我对他说：家母小时候曾经在您家住过，他很惊奇地问：令堂是谁？我说：她叔叔是夏威。白先生大笑说：原来您是夏将军的后人啊！我没有说出叶新夫妇在他家做的事，怕各自尴尬。不过，当年各自为信仰奋斗，叶新们是义无反顾的，他们勇于为信仰牺牲一切，虽九死而未悔，唯其如此，方值得后人永远崇敬。

## 卫姑姑和莫伯伯

我奶奶还有一个并无血缘关系的女儿和女婿，他们就是卫姑姑和莫伯伯。

卫姑姑是奶奶三个女儿当童工时的工友，那时香港沦陷，日寇横行，无父无母的卫姑姑饿得骨瘦如柴，她的亲戚还要卖她，逼她嫁给一个年老的金山客，她就逃到奶奶家里，认奶奶做契妈，与我几个姑姑挤住一张床，一起返工、放工，一起参加进步组织的外围活动。

国共内战爆发后，香港地下党动员一批进步青年回到广东打游击，卫姑姑毅然投身其中，同去的有后来成为她丈夫的莫伯伯，他们在工厂时就相识。回到内地后，他们参加了吴有恒率领的部队，在粤西、粤中一带活动，经历了几年艰苦的游击战争，莫伯伯因在香港医药房做过药剂师，在部队里当了医生，战士们叫他莫医官，爱开玩笑的卫姑姑却常常调侃他，说他“莫医生，专医死”，是个没正规学过医的“黄绿”。每逢她取笑莫伯伯的时候，涵养极好的他都只笑笑，不反驳也不生气。

解放后有一天，卫姑姑穿着一身黄军装突然出现在奶奶面前，叫了一声妈，欢喜得奶奶抱住她大笑。原来她从粤西军区转业到省城工农速成中学学习。因为她在部队文工团演过戏（据说尽演些女丑角，如《白毛女》的地主婆、《小二黑结婚》的三仙姑之类），后来又被调到珠影工作，莫伯伯当时已经是大尉军官、粤西军区医务所所长，为此转业到我父亲所在的党校初级部当医生，他们夫妇就重新成为奶奶的家庭成员，卫姑姑虽然苦大仇深，但为人极豪爽风趣，爱唱爱跳，是奶奶全家的开心果。每到周末，一家人都回家大吃奶奶最拿手好菜腌鲮鱼和焖鸡脚，说说笑笑，其乐融融。餐桌上，卫姑姑最善搞笑，兴起时还高歌一曲红线女的《昭君出塞》，她擅长表演各地方言，有次她学游击战士的茂名土话：我一枪打卯中，两枪打卯响，三枪打中个参谋长，四枪打中个大襟章……笑得全家肚子疼。

三年困难时，我父亲调茂名，母亲下放农场，奶奶患癌症，我小弟刚出世不久，无人照顾，卫姑姑就把我小弟抱到自己家中抚养，视同己出，一把尿一把屎带了好几年，待我家景稍好时，才把小弟送回来。我下乡到兵团后，因条件艰苦得了风湿性心脏病，1974年被送到广州中山医院做心脏手术，手术过程出了意外，鲜血喷得主刀大夫满面都是，幸好大夫很镇静，眼睛看不见，仅凭手感钳住了主动脉止住了大出血，救了我一命。术后，卫姑姑和莫伯伯把我接到省党校他们家中调养，那时正闹“文革”，什么都凭票供应，可是卫姑姑仍天天想方设法给我弄好吃的，我在她家住了一个多月，直至身体康复。在这段时间里，我与他们朝夕相处，他们对我讲述过去不少经历，令我终生难忘。

他们在打游击时，两人并不在一起，莫伯伯在医疗队，卫姑姑在“白鸽队”，“白鸽队”是战士们叫的，其实这支女同志较多的队伍，既是宣传队，又是运输队、担架队、群众工作队。莫伯伯当然不像卫姑姑调侃的那样医术不济，在医药条件极困难的游击部队中，他是救苦救难的活命神医，以至几十年后吴有恒司令员还在《羊城晚报》的一篇文章中专门写到他。他用刮胡子的刀片做手术刀，用猪肠衣做成缝合线，把缝衣针烧红扭弯做成手术针，给伤员做手术，没有消炎药，就设法用中草药代替，他还琢磨出一套对付跌打刀伤的医术，最拿手的是针灸、正骨和按摩，他对官兵一视同仁，赢得了指战员们的极大尊敬，打仗的危急关头，战士们拼死保护的，首先就是司令部的首长，其次就是医疗队的莫医官。

有一次敌人突袭我们一个堡垒村，杀害了几个帮助游击队的村民，还抓住一位女战士，对她百般摧残后，竟兽性大发，活活地把她肚子剖开，正在这时，我部队打回来，发现那女战士仍有一丝气息，莫伯伯紧急手术抢救，试图把她被剖开的肚子缝合，但可惜她失血过多，终于牺牲。莫伯伯平日话少，追述往事也很平静，但他这段回忆仍令我毛骨悚然，惨烈残酷的阶级斗争激化时，有如恶魔出瓶，人性泯灭、天良丧尽，这幕历史惨剧，时时如警钟在我心头震响。

去年我到一家大学讲课，校方要求我讲讲“红岩”的故事，开讲前我做了个小测试：凡看过《红岩》或听过《红岩》故事，甚至只听过《红梅赞》这首歌的同学请举手，结果令我瞠乎其目，满满一礼堂五六百人，全是大学生的精英，竟只有寥寥几人举手。冥冥中，我似乎听见有人说：一代人做一代人的事。后人对先辈们茫然无知，举世皆然，用句很酷的话说：神马都是浮云。历史更有如轻尘，轻轻一吹便风流云散。

果真如此?

春暖花开的时节，我到重庆拜祭拯救我们父子性命的齐亮烈士。在渣滓洞，满墙都是烈士们的遗照，他们为革命信仰、为民主自由、公平正义献出一切，也用信仰造就了自己高昂的头颅。我仿佛觉得，这一个个高昂的头颅看着我，令我扪心自问：没有他们为信仰而血流成河，你不可能活到今天，而在这每天的平淡无奇、舒适安逸中，你的信仰安在?

我深深地低下头，面对满墙英烈，我这个幸存者耳热脸红，惭愧莫名。纵然，不可能要求人人都具有英烈们舍生取义、杀身成仁的精神境界，芸芸众生中终日为生存奔波劳碌的是大多数，可是，一个进取的社会里，能让人们心灵中信仰的绿洲变成荒漠吗?能让流淌着血水、泪水和汗水的长河干涸吗?正常人的眼睛，都不应该只有浮云、阴霾、黑暗，或者只有庸碌和低俗，也应该渴求信仰的温暖和阳光。有信仰的人生是美丽的，坚持信仰的生活是充实的。历史终将证明，先辈们流血牺牲绝非毫无价值、毫无意义，毕竟，一条大河依然奔流而下，它汇集着、也必将盛载着更多人的希望。它已经眺望到浩瀚无垠的海洋，没有任何理由要它从头再流淌一回，更不可能要它改道另选入海口。今天，人们也许有幸不必再流血流泪来汇聚力量了，但是，汗水、智慧同样可以涌动起奔腾的力量，闪耀出信仰的光辉——我坚信!

# 依依惜别的深情

魏　巍

我在凯歌声里来到了朝鲜。我又看到了这里的人民，这里的山水。多明丽的秋天哪，这里，再也不是焦土和灰烬，这是千万座山冈都披着红毯的旺盛的国土。那满身嵌着弹皮的红松，仍然活着，傲立在高高的山岩上，山谷中汽笛欢腾，白鹭在稻田里缓缓飞翔。在那山径上，碧水边，姑娘们飘着彩色长裙，顶着竹篮、水罐，走回开满波斯菊的家园。看到这种种情景，回想起朝鲜人民的遭遇，真叫人说不尽的激动，说不尽的欢欣！

可是，在这些日子，在志愿军就要跟他们分手的日子，深深的离情却牵着他们的心。他们可以承担一个浩大的战争，可以承担重建家园的种种艰辛，可是却承担不了如此沉重的离情。志愿军也是这样。他们在远离祖国的八年中，时时想着祖国，念着祖国，可是，当他们一旦要离开这结下生死之谊的人民，却是无限地依恋。

用什么来表达自己的心意呢，战士们又有什么呢，他们只有一双结着硬茧的手，一颗赤诚的心。在这离别以前的有限时刻里，我看见他们在日夜辛忙。人民军的战友们就要接防来了，他们把营房刷了一遍又一遍，就是墙上溅了几个泥点，也要重新刷过，就是一把水壶，也要把它擦亮。为了美化营地，他们简直成了传说中炼石补天的女神。他们从东山爬到西山，从北岭奔到南河，采来了红石、白石、黄石、绿石，还挖来了苔藓的青茸，给每座房舍的四围都镶了花边，给每座院心都修了花坛，说是花坛，实在是一幅幅绣在地上的彩画。这里有龙、凤、狮、虎，有白兔、彩蝶，有水中青莲，有雪地红梅，还有白云缭绕的天安门和牡丹峰。如果你走近细看，就更会看出战士们的苦心：他们是用手电筒泡涂了红漆，做成小白兔的眼睛；把瓶口切下来，镶上花瓷碗片，做成了蝴蝶翅上的花点；就是在那漱口池里，也砌了红日、雄鸡和“早晨好”的祝辞。正像战士诗里说的“园地道路作锦绸，摆花好似坐绣楼”，这里的一花一叶，都渗透着战士们的汗水和深情！

此外，战士们还把最心爱的东西，留赠给人民军的战友，在每一座礼品室里，都袒出了他们的一颗颗红心。就是我这在部队多年的人，也从没有赏识过战士们这么多的机密。这些赠品，都是他们从来不舍得用，从来不拿给人看，一直藏在小包袱的最里层的，都是包藏多年，跟他们跋山涉水，在水里火里就是牺牲生命也不肯丢的。这次，为了离开这块国土，为了最珍贵的友谊，他们的机密泄露了。这里有爱人分手时连夜做成的手帕，有一参军就背着的绣花袜底，有家传几代的瓷碗，有姐妹的绣花荷包，有洞房花烛之夜的合欢杯，还有未婚妻用红毛线织成的腰带。这些爱物，就是他们本人，也只是在没人的时候，才取出来看一下，接着又匆匆藏起。可是，今天他们拿出来了，而且用红纸题了诗句，摆在这里。有一双做得异常精美的绣花袜底，上面附着一首这样的诗：

妻子做袜千针线，临别赠我在江边，
爱情绵绵如江水，永远常流水不断。
此袜爱在我心间，藏在包内整四年，
转送战友表心意，两心相盼永相连。

这些动人心弦的赠礼，使得另一些战士们难煞了。战士胡明富等三个同志，决定亲手做绣花手绢给人民军。他们没有布，就扯了包袱皮，又找来颜料，染了几束彩线，染时候还放了碱，让它永不褪色。杀敌勇士就这样拿起了绣花针，变成了绣花姑娘。绣啊，绣啊，两条绣花手绢终于绣成了。他们还题了下面的诗：

粗手绣花夜更深，绣了一针又一针，

针针线线心相印，中朝友谊比海深。

在这有限的时刻里，战士们还多方寻思着，为当地的父老们尽一点力。他们思虑着：哪些溪涧在山洪到来时不好通过，就架起一座座石桥和板桥；哪些人家离河太远，就在散居的村舍边，挖下一口口水井；哪些水井靠近大路，又在水井上加了井盖。他们还挨家挨户去看，看谁家的房子漏雨，就苫了新草；谁家的灶台裂了缝，用灰泥把它抹好。他们还拾来美国的炸弹片，生起炉火，打成了镰刀，割下山藤编成筐篮，按照朝鲜式样做成活腿的小圆桌，然后把它分赠给朝鲜的阿爸基和阿妈妮。另一些心灵手巧的战士们，他们还为孩子们制作了小手枪、万花筒和滑冰用的小冰车；为年迈的老人雕制了龙头拐杖。当这些饱经沧桑的老人把拐杖接到手里，他们昏花的老眼涌出泪水，他们感慨活过了几个时代，从来没有见过这样的军队，这制作万花筒和龙头拐杖的军队！他们称颂着，中国共产党和毛泽东教导得好，这些中国孩子的心，简直是金子一般的心，银子一般的心，水晶石一般晶莹玲珑的心！

在阳德郡日岩里，我看见战士们正急急忙忙赶修着一座朝鲜式样的房子。原来村里有一个驼背的孤苦的妇人，带着四个孩子，十年来没有一间住房，在这儿那儿借居着。这房子就是为她修的。战士们怀着深切的爱，把廊柱染成红的，还在飞檐下绘了鸟虫花卉，绘了两国人民并肩作战的彩画。直到出发前一天，他们才把房子刚刚烘干，用白纸裱好。搬家时热闹非常。部队出动了好几十名战士，有人端锅碗，有人抱坛罐，有人扛木头，有人背草袋，有人赶小猪，小猪吱吱叫着，锣鼓敲着，排成了一长队，热热闹闹，把这一家送进新居。接着，战士们手拉手，围着房子，围着这位朝鲜妈妈跳起舞来，朝鲜妈妈伏在战士肩上，倾流着自己的眼泪。这时候，她的老母亲也从阳德赶来了。这位头发斑白的老人，斟满一杯酒，捧到政委的唇边，说昨天晚上她做了一个梦。她说她梦见一条天龙从天上下来了。这条天龙在空中悠悠冉冉，消失了，就听见一派乐声。乐声里，从四面八方涌来了不知道多少志愿军，向她的女儿走来，围着她的女儿跳舞，就像今天战士们围着她女儿跳舞的情景一样。她说，在梦境里，她的女儿用双手提起了裙子，志愿军就争着向她的怀里投着鲜花，投着珠宝。那些珠宝上，还写着“寿福”，那些花朵，看来很轻，可是一落下来，每一朵都沉甸甸的，把裙子都坠沉下来……深情的人民啊，你对我们的军队作了多么美丽的歌颂！可以想见，人们要离开这样的一支军队，怎么会不深深地依恋！

可是，志愿军的行期，仍然是一天天地迫近了。朝鲜父老们，他们白天做活也安不下心去，夜里也不能安静睡眠。他们再三探问志愿军的行期，唯恐人们悄悄离开，一听见汽车声响，就要推开门窗来，张望一回。如果哪个战士到了他们家里，阿妈妮们就会端出一铜碗一铜碗的栗子，再不就从鸡窝里慌忙地抓出发热的鸡蛋，向你怀里乱塞。他们还把熟识的战士请到家里，杀鸡，买酒，眼看着你吃到肚里，仿佛才能宽舒一下他们的离情。温井里有二十二个老妈妈，她们集了钱，准备酒食，请了几十个战士去谈心，这一夜，她们向中国孩子们倾吐了自己的感情。有的说，你们走了，就像我掉了一扇膀子；有的说，你们走了，就像是吃饭时缺少了盐；有的说，要是背得动，妈妈要把你们背着送过鸭绿江！她们带着泪，把头上的银簪拔下来，把带了几十年的结婚戒指取下来，把传留几代的跳舞时带在身上的小铜铃拿出来，塞向战士的怀里，戴在战士的手指上。她们还把菜一口一口夹到战士们的嘴里，有的人含着热泪咽下去了，有的人背过身去，把阿妈妮喂到嘴里的栗子又悄悄吐出来，用纸包好，小心地放在衣袋里，作为对朝鲜母亲终生不忘的纪念。战士们激动地说：“如果美帝敢再动手，就是我活到八十岁，胡子三尺长，我也要带着儿孙们来抗美援朝！”

朝鲜人民的深情厚谊，就是这样叫人终生难忘。温井里有一个瞎老妈妈，自她的女儿被日本人抢走，她的一双眼睛，就被那年年月月的泪水沤瞎了。当二十几个战士去向她告别的时候，老妈妈动情地说：“你们在这儿住了几年，我也没看见过你们的模样儿。你们帮我修好了房子，我也看不见修房子的是谁。天哪，要是叫我的眼睛睁开，看你们一眼，就是立刻死了我也甘心！”她拍拍自己的心，又摸摸战士们的胸口：“孩子，我看不见你们，让我摸摸你们吧！”说过，她把二十几个战士，从头到脚都摸了一遍。

在这惜别时刻，简直无一处不是友谊的诗，感人的诗。人们编成许多诗歌来赞颂这珍奇的友谊。在古阳德的枫林柴门中，住着一位满头白发的无名诗翁。我去访问了他。谈到志愿军的撤离，老人异常惋惜地叹了口气，拔笔写下几个汉字："完似股肱，人民全部之言"。老人还递给我五六个自糊的白纸信封，信封上都写着："平安南道阳德郡东阳里七十八岁翁朴仁俊谨奉"的字样，打开来，都是赠给志愿军的送行诗章。其中有一首是：

还乡千里路，雁叫三月秋，

两国兄弟谊，苍江不尽流。

还有一首：

夜霜红深千林树，可作明朝欢送情，

戴白头髻车下满，连呼万岁动山城。

在这惜别时刻里，朝鲜人民对牺牲在这块国土上的中国人民志愿军烈士们，尤其怀有深深的感情。

在修建东阳里九龙江桥的时候，流送的木头常常被石头堵住，为了排除阻塞，年轻的蔡定琪，奋身跳进急流，不幸被卷进旋涡而牺牲了。这也许是志愿军牺牲在朝鲜的最后一人。牺牲后，就葬埋在志愿军的烈士陵园。可是，东阳里的人民，坚持要把他葬在东阳里，并且选择一块最好的向阳墓地，按朝鲜的仪式重新安葬。深情的人民呵，他们要东阳里的男女老幼，抬起头就能望见蔡定琪的坟墓，也让蔡定琪，能够望见他所献身的九龙江桥。志愿军答应了这个请求。移葬那天，东阳里的男男女女都参加了葬仪。下葬前本来是极好的天气，可是在下葬时，忽然间送来了一片乌云，下了一阵大雨，这时候，在墓地上空，现出了一弯美丽非凡的彩虹。下葬完了，彩虹又渐渐隐没。事后，在东阳里居民中，流传着一段神话式的解说，说这是中朝友谊感动了天地，所以才出现了这样美丽的彩虹。

离别的日子，终于不顾人们深重的离情来临了。行李装上了汽车。大车套上了骡马。大炮着好了炮衣。营门上已经换上了人民军的哨兵。战士们最后一次扫净了院子，挑满了水缸，拍一拍身上的尘土，打好了行囊。

这一夜，有多少朝鲜人家没有合眼，有多少人家午夜3点就亮起了灯，他们再一次整理好花束，把礼物放进竹篮，坐等着集合号就要响起的拂晓。拂晓，这是深秋的拂晓啊，可是人们已经走出来了，穿着单薄的衣裳走出来了。老人们戴着高高的乌纱帽。妇女们顶着竹篮，背着孩子。人们都拿着枫叶。就是背上的孩子，小手里也拿着枫叶。他们站在大路边，站在寒气袭人的晓风中。

部队集合了。妇女们打开竹篮，分赠着礼物。孩子们爬上大炮，把红叶插上炮口。小吉普也被无数的彩纸条和成串的纸花缠成了花车。阿妈妮们，孩子们，姑娘们，她们做这些事情的时候，统统没有哭。昨天晚上，战士们就告诉他们说不要哭。里[①]干部们也告诉说，为了不使志愿军难过，让她们不要哭。她们很听话，她们真的抑制住了，在做这些事情的时候，统统没有哭。

出发号响起了。战士们背起背包，挎上了枪，走向夹道欢送的人群。“万岁”声响起来了，火红的枫叶举起来了，孩子们奋力地撒着纸屑的花雨，欢呼着：“荣光——伊斯达！”“荣光——伊斯达！”[②]志愿军的脚步移动了，人们的眼睛潮湿了，但谁也忍着，竭力喊着口号，仍然没有哭。

可是，当战士们握着老妈妈的手，叫了一声“阿妈妮，再见！”不知道是哪个老妈妈忍不住了，捧着战士的手，第一个哭出了声。接着是姑娘们、孩子们哭出声来，然后是那些男人们无声的眼泪，低低的啜泣。这时候，战士们简直是在朝鲜人民送行的泪雨中行进，这不是哪一个人在哭，这是全朝鲜人民在捧着赤心送着他们至亲至爱的友人！

我的一滴泪，也止不住滴在这千行泪雨中。呵，亲爱的、可敬的朝鲜人民！在纷飞的战火中，你是那样刚强！敌人把你的城镇变成了废墟，你没有哭；敌人把你的家园烧成了灰，你没有哭；敌人杀死了你的亲人，你没有哭；敌人把你绑在大树上，烧你，烤你，你没有哭；你真是一把拉不断的硬弓，一座烧不毁的金刚！可是今天，当你的战友——中国战士们要离开你的时候，你却倾洒了这样多的眼泪！仿佛要把你们每个人一生一世的眼泪，都倾洒在今天！你是多么刚强而又多情多义的人民！

---

①里：即村。

②荣光——伊斯达：即“光荣啊”。

请收起眼泪吧，亲爱的、可敬的人民！你的泪是这样倾流不止，已经洒湿了你们的国土。我知道，你是为中国战士的鲜血而痛惜，为中国战士的一点点工作而感怀。你今天的泪，是对中国战士的最崇高的评价，是给予中国战士的无上的光荣！我知道，这泪雨中的每一滴，都不是普通的眼泪，一颗，一颗，都是万金难买的友谊的珍珠！

在这送行的泪雨中，中国战士们也个个垂泪，一小时已经过去了，还没有走出二里路。这时候，在送行人的行列里，不知是谁喊了一声："不要哭了，替他们背背包呵！"人们才像忽然醒转过来，擦擦泪，去夺战士们的背包。小孩子也把背包抢过去背在肩上，妇女们把夺过的背包，高高顶在头上，飘行在战士的身边。这时的队伍，已经不分行列，不分军民，不分男女，错错落落，五光十色，互相搀着扶着，边说边走。这是什么队伍啊！也许这不像队伍吧，可是这确是世界上最强有力的队伍，这是心连着心、肩并着肩的友谊的巨流！这支巨流，行进着，行进着，越过了一道道水，一道道山，他们行进在枫林烧红的山野，行进在社会主义的东方……

# 赴朝慰问

新凤霞

一九五三年，朝鲜停战后，我随中国人民第三次赴朝慰问团到了朝鲜，为我们最可爱的人——中国人民志愿军战士和兄弟的朝鲜人民进行慰问演出。这次慰问团比第一二次阵容都强，各界知名人士、各剧种的著名演员都去了。我被分配在东北代表团。这个团有京剧著名演员裘盛戎、言慧珠等。我们虽在一个分团，但各自到军、师、连队分别慰问演出。

环境能改造人的思想。过了鸭绿江以后，看到刚刚停战后的朝鲜一片废墟，没有一间完整的房子，更感到和平是多么重要，我们应无比珍惜自己祖国的一草一木，更加热爱祖国，热爱人民的军队。那时候人和人团结，相互关心，无论是演戏排练还是日常生活，领导和一般群众都齐心努力，没有嫉妒，没有家族帮派。

我们每天的生活都很紧张，行军、演出、慰问，一刻不停。

我们剧团当时大多是青年人，穿着一色的棉制服，坐着大卡车，爬上爬下精神饱满。搬道具、抬布景，大家一齐动手，领导带头吃苦耐劳，同心同德，什么事都好说。

慰问团常常夜间行军，汽车开在盘山公路上，朝鲜刚刚停战，路上还不安全，随时得提高警惕，防备坏人，汽车不开大灯，所以车走得很慢。党团员坐在车边上，有情况先出来战斗，我们几个主要演员都是领导陪坐左右保护着。

志愿军战士们驻地到处搭着用松树制成的大牌楼。欢迎的队伍站两边，军队首长带头、战士排队迎接。

经常是一夜行军，天蒙蒙亮到达，战士们已在冰天雪地等了一两个小时了。我们下了车就化妆，片子像冰碴子一样贴到脸上，可是想到那些热情看戏的战士已经坐在雪地里等着开戏，就一切也不顾了，日场都是在露天地里，有时连演两三场。想想战士们的辛苦，自己忘了冷，忘了累，只记住要为最可爱的人好好演出。

我们评剧在朝鲜慰问演出得到战士和领导的欢迎。无论哪个剧团因事不能演出，我们就替演，点什么唱什么。整个慰问任务结束后，大队回到丹东，朝鲜又让我们评剧团再赴朝慰问演出，说评剧通俗易懂，中国人民志愿军、朝鲜人民军都要求我们再回朝鲜。我们二次赴朝，这是对我们最大的鼓励。大家很兴奋，没有一个想家要求回国的，都抱着为祖国增光、为最可爱的人演出的感情。不能大型演出的地方我们就分成小节目慰问，送到第一线，还到炊事班慰问，到伤病员跟前慰问。每场演出都很热烈，常常是台下的观众向台上呼口号，台上向台下呼口号，台上台下融为一体，真有排山倒海之势。亲人分别，每次都是难舍难离，欢送几里以外。

在朝鲜，我们常常是住在老百姓家里。朝鲜老百姓对我们十分亲热，拿出最贵重的礼物送我们，如祖上留下的铜碗，陪嫁的短袄、长裙，我至今还保留着一个铜盖碗。

跟老百姓住在一起，学习到了他们勇敢勤劳的精神。孩子们在被炸得粉碎的墙壁旁露天念书，使我体会到“家贫出孝子，国穷显志士”。他们满怀信心地改变现状，建设新朝鲜。

一次，一位老大娘在雪地里远远地朝我们走来，她是中国人，给祖国的亲人送炒米来了，我们拥抱在一起，亲热得眼泪流个不止。老大娘说她本想回祖国，但得等朝鲜建设好了再回来，中国人的好传统是雪中送炭，朝鲜有困难不能现在就走。

朝鲜妇女下地干活还把孩子背在身上，几十斤的分量顶在头上，男人十个有九个已经在战场上牺牲了，她们不悲伤不流泪，团结生产建设祖国，这种坚强勇敢的精神教育着我们每一个人。

在朝鲜接触到的首长战士，都热情朴素，都一样的亲切，他们是人民的军队，人民的亲人。到军里演出，就住在洞子里边。一次，一位四十多岁的军人领我进山洞宿舍去，安顿我住下，还为我提来暖水瓶，我以为他是炊事员，原来他是军的领导同志。这些老同志在抗日战场上、解放战争中出生入死，立下了汗马功劳，建国不久，他们刚刚卸甲收鞍又穿上军装奔赴朝鲜战场。这些护国英雄诚恳亲切的态度，使我这个在旧社会受欺负、受侮辱的民间艺人有说不尽的感激之情，我感到自己真正翻身成了主人。

我们的一举一动都被照顾，有的同志注意不够，换下来的衣服放在外边，他们就偷偷地拿去给洗了。吃饭时，哪个菜吃得快就马上又端来一盘让你吃个够。有一次在聊天时有人说："咱们这人就是这样怪脾气，有这么好吃的苹果，倒想祖国的紫心萝卜了。"过了几天，每人发到两个紫心萝卜，我们把萝卜切成一条条的，真是萝卜赛梨太好吃了。后来差不多一个星期发一次萝卜，原来是照顾我们的战士听到演员在念叨吃萝卜能让嗓子下火，首长命令从祖国运送食物时带来两车皮紫心萝卜，发给祖国来的亲人。

有一次，每人发了一包杭州龙井茶叶。原来是一个京剧演员嗓子不好，另一个演员说：冲一壶龙井茶叶，浓浓的放一点糖，火冲下去嗓子就好了。于是，演员每人都发一包龙井茶叶，一包白糖。

我们演员也想尽了照顾战士们的办法，为战士演出清唱，看见他们的衣服破了为他们缝补。

有一个小李是战斗英雄，他脱鞋上炕，我们发现他的袜子破了，大家抢着为他缝，最后还是我手快早穿好针线，三针两针为小李缝好了，为英雄做点事，我感到无上光荣。

在朝鲜，所到之处，临别总要开个欢送会，军民联欢。朝鲜老百姓和文工团都来同我们联欢，亲人战士也跟我们慰问团联欢，医生、教授、知名人士、地方领导、老红军都热情参加，唱什么的都有，每次联欢会都很热闹新鲜。

最难忘的是在志愿军司令部平壤山洞小礼堂开的一个阵容最强的联欢会。京剧团去的是言慧珠、裘盛戎，评剧团只有我一人去了。这天言慧珠同志表演的节目最好，她还有一个经验，身上带大量的剧照便装照片向大家分送，连我也得了两张。言慧珠清唱了一段《贵妃醉酒》，又唱一段老生，很受欢迎。可能是贺老总和金日成在场的关系，大家比较肃静，欢迎也只是拍拍手。忽然裘盛戎同志手里端着一杯茶走到言慧珠身边为言慧珠饮场，看见裘盛戎来送水饮场，整个会场立即热烈活跃起来，盛戎对着麦克风说："现在我提议让新凤霞同志唱一段《刘巧儿》好不好？"大家说："好！新凤霞唱《刘巧儿》好！"唱完了《刘巧儿》，我也对着麦克风说："我提议让裘盛戎同志唱一段《铫期》好不好？"周围回答，"好！《铫期》！"盛戎同志非常痛快地说："我已经站在这里准备好了。"原来盛戎同志没有走远，站在我身后等着呢。盛戎同志唱完《铫期》，整个场子更活跃了。

忽然一位分团的领导说："建议新凤霞、裘盛戎合唱《秦香莲》。"我听后，站在那里发愣不好决定。可裘盛戎同志从我身后走了几步对我说："贺老总是慰问团的总团长，他下命令了，我向大家表示：一定完成任务……"他是对着麦克风说的，扩音器把他的话传遍了整个会场，立刻掌声如雷："好！"

这次是清唱，都不带乐队，我跟盛戎同志早就对好戏了，清唱没有问题。我们并排站着对准麦克风，正准备着，整个场也静下来了，裘盛戎同志开始演唱。我真佩服盛戎是个好演员，说进戏就进戏，虽然没有乐器伴奏，可盛戎同志情绪饱满，十分真实，他的唱是一句一个好。本来场子很静的，我的耳朵被他震得够呛。我们两个认真严肃，每一句哭腔我都真的流下了眼泪，我们两个的真实表演感动了全场人，很多同志在擦眼泪，整个场子顿时很静。演唱的入戏，听众也入了戏，比化妆扮戏的效果不差。清唱《秦香莲》就这么结束了。时间不长，唱词多，但能看出有很多人被这段戏感动了，效果很好。

演唱完，贺老总亲自把我们接到位子上坐下，在大家的掌声中，盛戎同志像在台上一样，把我推在前边，谦虚地请我向观众致谢。贺龙同志说：这是一场最好看的《秦香莲》了。

在朝鲜慰问时，我跟裘盛戎合作演出，从内心尊敬他。在台上学习他认真严肃，在台下学习他平易近人，过去虽然常常见面，没有处过事，常说“处事才知人”。

我们在朝鲜战争的环境中受到了教育，看到、听到的都是爱国主义精神，因此在工作中体现了集体主义精神，没有个人的打算，我一直珍惜这段时间。

回国后，我受到的教育全都表现在工作上，我忘记疲劳拼命演戏，总想那些英雄形象，比一比、量一量自己，应当怎样工作才能对得起他们。没有这些英雄保卫祖国，我们能够幸福地工作吗？我能够站在台上唱戏吗？那时的思想多么单纯哪，一个心眼儿地好好工作，要向英雄学习，谁能说这种优美纯洁的精神境界不宝贵呢？

# 松树的风格

陶　铸

去年冬天，我从英德到连县去，沿途看到松树郁郁苍苍，生气勃勃，傲然屹立。虽是坐在车子上，一棵棵松树一晃而过，但它们那种不畏风霜的姿态却使人油然而生敬意，久久不忘。当时很想把这种感觉写下来，但又不能写成。前两天在虎门和中山大学中文系的师生们座谈时，又谈到这一点，希望青年同志们能和松树一样，成长为具有松树的风格，也就是具有共产主义风格的人。现在把当时的感觉写出来，与大家共勉。

我对松树怀有敬佩之心不自今日始。自古以来，多少人就歌颂过它，赞美过它，把它作为崇高的质量的象征。

你看它不管是在悬崖的缝隙间也好，不管是在贫瘠的土地上也好，只要有一粒种子——这粒种子也不管是你有意种植的，还是随意丢落的，也不管是风吹来的，还是从飞鸟的嘴里跌落的，总之，只要有一粒种子，它就不择地势，不畏严寒酷热，随处茁壮地生长起来了。它既不需要谁来施肥，也不需要谁来灌溉。狂风吹不倒它，洪水淹不没它，严寒冻不死它，干旱旱不坏它。它只是一味地无忧无虑地生长。松树的生命力可谓强矣！松树要求于人的可谓少矣！这是我每看到松树油然而生敬意的原因之一。

我对松树怀有敬意的更重要的原因却是它那种自我牺牲的精神。你看，松树的干是用途极广的木材，并且是很好的造纸原料；松树的叶子可以提制挥发油；松树的脂液可制松香、松节油，是很重要的工业原料；松树的根和枝又是很好的燃料。更不用说在夏天，它用自己的枝叶挡住炎炎烈日，叫人们在如盖的绿荫下休憩；在黑夜，它可以劈成碎片做成火把，照亮人们前进的路。总之一句话，为了人类，它的确是做到了“粉身碎骨”的地步了。

要求于人的甚少，给予人的甚多，这就是松树的风格。

鲁迅先生说的“我吃的是草，挤出来的是牛奶，血”，也正是松树的风格的写照。

自然，松树的风格中还包含着乐观主义的精神。你看它无论在严寒霜雪中和盛夏烈日中，总是精神奕奕，从来都不知道什么叫做忧郁和畏惧。

我常想：杨柳婀娜多姿，可谓妩媚极了，桃李绚烂多彩，可谓鲜艳极了，但它们只是给人一种外表好看的印象，不能给人以力量。松树却不同，它可能不如杨柳与桃李那么好看，但它却给人以启发、以深思和勇气，尤其是想到它那种崇高的风格的时候，不由人不油然而生敬意。

我每次看到松树，想到它那种崇高的风格的时候，就联想到共产主义风格。

我想：所谓共产主义风格，应该就是要求于人的甚少，而给予人的却甚多的风格；所谓共产主义风格，应该就是为了人民的利益和事业不畏任何牺牲的风格。

每一个具有共产主义风格的人，都应该像松树一样，不管在怎样恶劣的环境下，都能茁壮地生长，顽强地工作，永不被困难吓倒，永不屈服于恶劣环境。每一个具有共产主义风格的人，都应该具有松树那样的崇高质量，人民需要我们做什么，我们就去做什么，只要是为了人民的利益，粉身碎骨，赴汤蹈火，也在所不惜；而且毫无怨言，永远浑身洋溢着革命的乐观主义的精神。

具有这种共产主义风格的人是很多的。在革命艰苦的年代里，在白色恐怖的日子里，多少人不管环境的恶劣和情况的险恶，为了人民的幸福，他们忍受了多少的艰难困苦，做了多少有意义的工作呵！他们贡献出所有的精力，甚至最宝贵的生命。就是在他们临牺牲的一刹那间，他们想的不是自己，而是人民和祖国甚至全世界的将来。然而，他们要求于人的是什么呢？什么也没有。这不由得使我们想起松树的崇高的风格！

目前，在社会主义革命和社会主义建设的日子里，多少人不顾个人的得失，不顾个人的辛劳，夜以继日，废寝忘食，为加速我们的革命和建设而不知疲倦地苦干着。在他们的意念中，一切都是为了把社会主义革命进行到底，为了迅速改变我国“一穷二白”的面貌，为了使人民的生活过得更好。这又不由得使我们想起松树的崇高的风格。

具有这种风格的人是越来越多了。这样的人越多，我们的革命和建设也就会越快。我希望每个人都能像松树一样具有坚强的意志和崇高的品质；我希望每个人都成为具有共产主义风格的人。

# 车轮上的共和国

蒋子龙

当年，红军在异常艰苦卓绝的长征途中，中央首长曾想杀掉马匹为战士充饥。而战士们却保护住了首长的坐骑，并响亮地喊出一句富有经典意味的口号："让革命骑着马前进!"

革命骑着马，最终创立了共和国。

而飞速建设中的新中国，光有马的速度不行。还需要装上飞旋的车轮，获得一种汽车的速度。济南规模最大的一家兵工厂换牌改成汽车修造厂，副厂长王子开是个"老兵工"，某一天突然被召到北京，做梦般地见到了机械工业部副部长、充满神奇色彩的大权威沈鸿。紧接着他听到了一些似懂非懂、如诗如歌般的话语：你是个老兵，肯定懂得反围剿的意义，我们成功地进行了无数次的军事突围，才赢得了革命的胜利。今天国家在进行着一场政治和经济上的反围剿，速度就是生命！我们制造两弹一星，就是要拥有空中的速度、宇宙的速度，在地面上我们要掌握所有车轮的速度，无论是铁轨上的还是公路上的车轮。国家要强大，必须车轮滚滚……

在延安时期就被誉为"机器神（沈）"的这番话，王子开并没有完全领会。但副部长给他下达的任务，却是神圣而硬邦邦的，他不仅听懂了，还把每一个字都用凿子刻在了心上：制造八吨以上的载重汽车！他像战争年代接受战斗任务一样，不打折扣，不讲二话，待热血沸腾地走出了国家机械工业部的大门口，才忽然想起自己还没见过八吨载重车。见都没见过的东西怎么制造呢？没有吃过猪肉，无论如何也得见识一下猪走啊！

王子开本就是个能耐人，他急中生智决定在长安街上蹲守。长安街是中国的脸面，凡是稀奇古怪的好玩艺儿，比如八吨载重汽车，一定会到长安街上来显摆。如果在长安街上还看不到这种车，那到别的地方就更见不到它了。他坚信守住长安街，就一定能看到"猪走"。每天早晨天不亮，就揣上两个馒头来到长安街道边上守候，眼睛死死地盯紧每一辆过往的车辆。守到第十一天的下半晌，才看见一辆大家伙，平头高肩，车体雄壮，他拦住一问果真能载重八吨半，是捷克造的。他仔仔细细地看了个遍……

1960 年 4 月，济南生产出第一辆八吨载重卡车。半个月后，毛泽东、朱德等国家领导人就来到这辆大卡车跟前，从前到后，从左到右，围着车看了一圈儿，这儿拍拍，那儿摸摸，洋溢着抑制不住的喜爱之情。国务院副总理李先念，还坐进驾驶楼子亲身感受了一番它的性能。朱老总当场挥毫，为此车命名："黄河"。

此名一出，响亮而厚重。

黄河被誉为中华民族的"母亲河"。于公元前 2800 年就孕育了中国文明，并以其雄浑壮阔和坚韧不拔，著称于世。黄河载重卡车也一样，它是中国重型汽车史上第一个民族品牌，传承着黄河的精神。

——那是一种民族的精神，母亲的精神。

"黄河"车一上公路，别的车都情不自禁地为它让道。是向它表达一种敬意，也因为它的块头太大了，在当时的公路上堪称巨无霸。

黄河滚滚，车轮滚滚。从某种意义上说，各种型号的黄河重型卡车，改变了共和国的建设速度，演绎了建设者创造的激情。作为对他们创造了"黄河"的奖赏和鼓励，当然也是一种重托，1983 年，国家给"济南汽车制造总厂"挂上"中国"的牌子，成立了"中国重型汽车工业公司"。1989 年末，再次升格为"中国重型汽车集团公司"，有职工十万余人，一个名副其实的重型汽车王国。

然而，这是一个消解神话的时代，大有大的危险。在上个世纪末的“亚洲金融风暴”之后，重卡业终于盛极而衰。表面上看是起因于现实，实际却沉积于历史。2000年7月26日，朱镕基总理主持国务院办公会议，鉴于“中国重汽集团”的根基以及大本营一直在济南，“黄河牌”重型卡车又是中国汽车工业的一个里程碑，它不仅是重卡业的一个标志，也是共和国成立以来一个标志性的文化符号。于是国务院办公会议决定将“中国重汽”下放给山东，进行重组，希望能绝地再生，重振雄风。

重组，是为了重生。要重生，就得先死过！一个企业债台高筑，一片萧索，停工停产，停发工资，比死还难受。国家改换了集团的高层管理人员。所谓高层管理“高”在哪里？还不就是解决难题、解决复杂问题的能力高一些。重汽一恢复生产，氛围大变，连厂区的味道都不一样了，好看的场面也多起来。在总装配线上，一个叫和光的小伙子，发疯般地不知连轴干了几个昼夜，当他亲手装配的第三百辆车下线的时候，突然坐在地上哇哇大哭起来。班长问他怎么了，他说太累了。班长朝他屁股踢了一脚：“你个熊包，累了就歇一会，要不躺下睡一觉，哪有一个大老爷们儿累了哭的？”班长正数落着却发现和光打起了呼噜……

2000年11月16日，国务院总理朱镕基来山东考查国有企业的发展态势，在一个跟企业家的座谈会结束之后，把重汽集团的新总裁马纯济叫到眼前问道：“据说你们重汽亏损八十多个亿，可是真的？”

总理态度温和，但口风凌厉。马纯济非常紧张，来不及多想便据实而答：“不是真的，比这个数大得多，经中央审计署核查确定之后是104亿。”

总理似乎有些意外：“一提到亏损别人都往少里说，你怎么往大里说？”

马纯济的汗下来了：“不说实话不行啊，今天跟您再不说实话，还要等到什么时候说呢？不过请总理放心，自我接手后重汽的事情就都由我负责，包括债务，我们不会再这么亏损下去，所有欠债也都会归还的。”

朱镕基总理以特有的锐利眼光看着他，半天没有再吭声，似乎是在考量眼前这个临危受命的马纯济……忽然，总理起身离座：“谢谢你能跟我说实话，这让我对你的承诺也有了信心。来，我们合影留念。”

此时，马纯济已浑身透湿。

获得重生的中国重汽，此时既不缺方向感，又有了可信赖的领导班子，剩下的就是“干”了。也唯有通过“干”，才能验证和体现企业的全部管理理念。装配车间450米的生产线上，有上百个工人在33个工作岗位上每六分钟就下线一辆重型卡车，红的黄的蓝的绿的……不同品种、不同型号、不同配置，几乎没有重样。他们同时可以装配27种车型。很快在民间就有了顺口溜：“远看像进口车，近看是中国车；打开车门往里瞧，竟然还是咱黄河！”

黄河少帅、黄河王子……被称为“中国重型汽车的神来之笔”。紧跟着又开发出“飞龙”系列，先后推出一百多种车型。以重汽产品为标志的中国重型卡车，开始向人性化、舒适化发展。从此，中国重汽走上了“生产一代、储备一代、开发一代”的良性运营秩序，源源不断地推出新产品，总能给市场和消费者以鼓舞，有更好的和更适合你的新车造出来，等待你去拥有、去感受。

紧接着被命名为“斯太尔王”的新车下线，如横空出世，立刻引领市场潮流。随之一鼓作气重汽又开发出“豪沃”系列重卡，简直令人目不暇接……2005年春节前，胶州市开重卡致富的小伙子李进，别出心裁地组织了一个庞大的重卡车队迎娶自己的新娘。打头的是“黄河王子”，后面还有新型的“黄河14×14”、“豪沃”、“斯太尔王”等共有11辆。吸引了一大片人围着看热闹。新娘的娘家人不知想难为他，还是故意让他显摆显摆，大声问他“豪沃”是什么意思？他张口就来：这还不懂？“豪沃”就是豪华沃尔沃，“斯太尔王”就是世界名牌重卡的王中之王！人家再问：明明是中国车，为什么要起个洋名字？你又不是娶外国新娘？李进说你们才是老外呢，现在的世界名牌哪还讲国界！你喝的可口可乐就是在中国生产的。沃尔沃也不是瑞典话，是拉丁字母，翻成中国话就是“我滚”。这个“滚”可不是“我滚蛋”，是“我滚动无前”，“豪沃”滚动无前！

其实，无论合资也好，引进也好，都算不得是今天才有的新鲜事，早在80年前，中国就做过这方面的尝试。1929年，张学良兴心在沈阳迫击炮厂筹办汽车工厂，投资80万大洋，两年后制造出成“民生牌”载重1.8吨的货车。该车的发动机、电气设备及后桥都是外购，其余部件自制，可以说是国内正式生产的第一辆卡车。正准备陆续投产，“九一八事变”爆发了，工厂被日军强占。

1936年，上海筹建了汽车工业公司，与德国奔驰合作，购买其图纸、设备，聘请对方的技术人员，先由德国运散件来上海装配，然后逐步生产零部件直到整车。商标确定为圆环内一个中字，名“中圆牌”，计划生产货车和公共汽车。不料第二年爆发“八一三”沪战，工厂被迫停产。一批制造业的仁人志士心有不甘，同年又准备在昆明筹建全国最大的中央机器厂，其中包括汽车制造厂，生产美国设计、试制的“资源牌”货车，计划月产百辆以上。不久爆发抗日战争，刚建好的工厂落入日军之手。

又是日本……说起中国汽车工业的命运，实在是一个沉重的话题。许多人可能还记得，在改革开放之初，有一个很霸道的汽车广告，几乎家喻户晓：“车到山前必有路，有路就有丰田车。”当时中国公路上行驶的水泥搅拌车清一色都是日本产品。重汽集团到2003年，就完全具备了制造水泥搅拌车的技术实力，不干是不干，要干就大干，几乎又打了一个“八年抗战”，成为重卡市场上的主导，终于把日本搅拌车挤出了中国。

他们有另外一个时间进程表：2005年开始整车出口，重型卡车中也包括水泥搅拌车。2006年整车出口10000辆。2007年向俄罗斯出口重型卡车6000辆；还用一个月的时间为泰国设计出重型环卫车，当年便出口3000辆；当智利的公路上出现了中国重汽集团生产的重型卡车时，惹得看新鲜的圣地亚哥人一阵阵大呼小叫：“中国人来了，中国汽车来了！”

无论是金融界、经济界，还是企业界，没有人不相信这句话：“当今世界，是资本的江湖。”一个企业的价值，以及考核其干得成功与否，在于它能否上市？在哪儿上市？企业的投资价值，取决于企业的价值。中国重汽集团于2008年11月，在香港成功上市，立刻吸纳资金90亿港元。

2009年7月，拥有250年历史、世界重卡前三强之一的德国曼公司（MAN），以5.6亿欧元（约合人民币53.9亿元）购买中国重汽25%的股权，成为中国重汽的战略股东，双方签署了长期合作协议。如此，中国重汽的地位和分量，便与它的名字十分契合了。

共和国 60 年大庆，北京要举行大阅兵，自然需要一批重型卡车，国内外有不少重卡公司想得到这批定单。投标前重汽的代表只说了几句话，连标也不用投就将任务拿到了手。他是这样说的：能为国庆 60 周年的阅兵造车，是极大的荣誉，是重要的机会，但更是责任，一个中国企业的责任，一个中国公民的责任。所以我要当仁不让了，我不说别人的车不行，但要说只有我的车行。为什么？大家都知道汽车的魂儿是芯片，目前在中国只有我们的车，用的是自己的芯片。先不说别的条件，仅仅从安全可靠这一点考虑，谁能跟我们比？从 1960 年朱老总为我们生产的第一辆重型卡车命名为“黄河”，重汽的产品就有了浓重的军工色彩，国庆 35 周年时邓小平同志阅兵，用的就是我们的车。为国庆六十周年阅兵提供用车，我们同样是责无旁贷。

2009 年早春，全国人民代表大会开幕后的第二天上午，国家主席胡锦涛来到山东代表团参加讨论，山东的代表们站在门口迎接。国家主席一眼看见马纯济，便走过去低声问道：听说你现在是世界第一了？

马纯济一惊，急忙解释：仅仅是产销量排第一，去年整车销售 11.2 万辆，收入 520 亿，出口整车 1.8 万辆，创汇 5.7 亿美元，今年的前两个月也都是第一。但这并不说明我们最强，是世界经济下滑，让我们显得突出了。在重卡的质量和技术水平上，我们跟世界第一还是有些差距的。

国家主席频频点头，流露出一种欣赏：你这个话是实事求是的。

一个月后，国家主席又来到中国重气集团实地考查……足见国家对重汽的重视。因此人们一直将中国重汽喻为“国家的车轮”。

国家有无个这样的车轮，可以想见车轮上的共和国，也必雄风浩荡，一往无前。

# 昆仑飞瀑

李若冰

我曾经漫游过不少名山大川，但不知为什么那巍然屹立于祖国西部的昆仑山，总也牵挂在我的心头，使我时常想着要回到它的身边。

我至今弄不明白，到底什么时候萌生了这种思恋之情。啊，人的感觉器官是这样奇特，也许第一眼的印象非常重要，以致影响此后的记忆、观能和感情。我回想 26 年前，当我第一次和野外勘探者，踏入人迹罕至的柴达木，远远看到昆仑山的时候，它整个儿被飘流的云雾萦绕着，带着莫测高深的神秘风韵，只有绵绵蜿蜒而时隐时现的峦峰，在天空勾勒出了一线伟丽磅礴的轮廓。其实，等你靠近了才会发现，它是那么眨巴着乌黑晶亮的眼睛，袒露着宽阔丰润的胸脯，以其坚韧刚健的风姿，挺立在荒古大摸上。尤其在墨黑的夜晚，当你在沙漠里奔跑了一天，困卧在它身边的时候，仿佛觉得有双无形的强大手臂环抱着你，抚慰着你，促使你安稳而甜蜜地睡去。其时，你在朦胧中也会感觉到昆仑山的倩影，像安睡在它温馨的怀抱里。

但是，当我再度看见昆仑山的时候，却感到过去对它了解得很少。这次，我来到这里，正是高原八月，天气凉爽极了。我和旅伴心情兴奋，一出格尔木城，就直往前面走去。沿途，我看到这荒凉无边的大戈壁，虽然仍有十年浩劫的痕迹，但已有新开垦的黑沃沃的农田，和将要收割的金黄的小麦。再往前走，那一丛丛自然生成的浓密的怪柳，舒展着把颀长嫩绿的枝叶，散发出淡淡的清香。戈壁一见到绿色，就有了生机，各色的鸟儿欢叫着。那乖巧的云雀群，鼓翅在高空上下扑旋，唱着自由快乐的歌，一直陪伴着我们，飞上昆仑山。

等刚走到昆仑脚下。我的旅伴就感慨万端，喘着气说：

“昆仑山呵，是大戈壁生命的渊薮！”

我惊异了，他的诗情竟来得这般快当。

“你看见了么，山上水电站的小屋子？”

我抬头望去，首先进入眼帘的是一条嶙峋层叠的深谷，而山口凛然坐卧着一尊像猛兽似的山头，虎视眈眈地察看着过往的行客。只在穿过它的视线，绕了一大圈、我才看清几根凌空飞架的天线，通往嵌在高峡中间的小屋里。我们一边往上爬，一边耳旁传来隆隆的吼声，这莫不是水电站机轮的运转声么！此刻，在谷口听起来，显得异常高亢洪亮，有种撼天动地的气势。与此同时，我还隐约分辨出一丝仿佛从昆仑心窝里飞弹出来的音响，其声如行云流水，朗朗悦耳，和机轮的轰鸣声糅合一起，回荡着一种更其摄人魂魄的旋律。

我们越往山上走，越觉得呼吸急促，气不够用。而且风也越来越狂，有时不得不背转身倒走。等爬上深谷里的水电站营地，才算缓了口气。我们先遇见一位姓郝的陕北绥德汉子，长得高大健壮，是水电站负责人。还有一位长得瘦削结实的老王，是专管水务的。他俩脸庞都像久经酷风寒霜洗炼过，闪射着褐红透亮的色泽，并肩站在昆仑狂风中，犹如两根铁柱子似的。我开口便说：

“你们这里的风可真够厉害！”

“风季早过啦！”老郝呵呵笑着说：“如果你们赶冬月或春上来，那才真叫飞砂走石，风刮得人连路也看不见，身子也站不定，栽楞爬坡的。这里是昆仑山的风洞嘛！”

我这才察觉到，我们已置身于昆仑山一条罕见的幽深的大峡谷中，抬眼回望，两边石山高高耸立，直插云天。周围悬崖倒挂，绝壁陡峭，既看不透前头的边缘，又摸不清后面的底细，俨然是条深奥狭长的天然风道。我简直难以想象，人们怎样在这陡壁险境里造就了这座水电站？难道他们是倒栽葱式的在空中施工么？噢，我猜得还有点门道。据说，那些来自青藏高原的汉、回、撒拉族兄弟和支边青年们，正像山鹰般飞身登上悬崖，用绳子把自己吊起，在峭壁上勘察测量，正是在半空中搭起脚手架，一步步攀援而上，给大坝喷水灌浆。他们就是这样在无比艰险的峡谷里，在不同的窄狭的工作面上，一任狂风飞砂的扑打，一任严寒酷暑的煎熬，开挖着导流、冲刷洞，搬运着笨重的闸门机件，安装着电器仪表……

这一阵儿，我们已走上48米高的薄拱坝。忽然，眼前涌现出了一泓碧绿如镜的大湖。呵，应该叫它作天湖，因为它竟奇迹般漂流在这远离人间的高峡里。天湖呵天湖，你是这样恬静地轻荡着涟漪，这样温存地拂动着浪花，清澈得照得见天上的飞霞，碧绿得映现着昆仑雪峰的影子，致使不远千里来到你湖畔的行客，依依不舍，流连忘返。

还是老郝提醒了我们："这座水库容量2400万立方米，是昆仑山雪水汇集成的。"

"那深山里还有不少条河吧？"

"嗯，上游有清水河、雪水河、于沟河。离这不远40里，还有个昆仑桥，肚子很大，也在峡谷里，如果能早些开发利用，电容量冒估也达一亿多千瓦！"

"呵呵，你们这儿的前景很乐观哪！"

"我们如今是有多少水，发多少电，满发是9000千瓦。"他矜持地笑了笑，却转过了话题："你们到这里来还适应吧？"

我说："适应，才上来有些气喘。"

老郝立即快活起来："这儿海拔3000米以上，目前是中国第一座最高的水电站！"

噢，中国最高的第一座水电站！我从他们谈吐里已晓得，这座水电站从设计到投产，时间竟拖沓了20年之久。站在昆仑水电站身旁，我感到格外激动，也格外惋惜！如果不是"四害"横行，贻误了那十年春华，那十年光阴，这座水电站不是会早些出现在昆仑山上么？那么，在我国许多富饶的高山峻岭之上，不是还会出现比这座更高更漂亮的第二座、第三座水电站么？我想，一定会的。就在这昆仑深山中，不是还潜藏着个肚儿挺大的昆仑桥，早在等候着有识之士去开发么！我和旅伴们不由得欢呼起来。

就在我们沿着水波粼粼的湖边漫步，穿过坝头那间小屋子的时候，有种扣人心扉的声音，一直在我耳边鸣响。这时，我惊疑地掉转身，循声望去，蓦地只见在宽阔的大坝前面，深谷里白云翻卷，水烟升腾，一条飞银吐珠似的瀑布，发出嗯嗯的喧响，急速地翻卷滚动，直落万丈谷底。飞流荡漾的瀑布，仿佛拨弄着巨大雪白的竖琴，悠然在水云浪花中旋舞，欢奏着喷薄激情的英雄交响乐。起初，我们进山时，远远看不到瀑布。只听见隐约的哗哗声，轻柔的汩汩声，而此刻身在瀑布面前。它的声韵是这般豪迈奔放，这般壮怀激烈，好像昆仑山里埋伏着千军万马，正在浩浩荡荡地疾行，向着广袤的大漠挺进似的。多么宏伟壮观的昆仑飞瀑，多么摄人魂魄的昆仑飞瀑呵！

我们在欢腾的飞瀑声中，转弯下了条大坡，走进靠山的电气运行控制室。瞬间，喧闹的瀑布声隐去，代之以静谧肃穆的气氛。这间大大的控制室是现代装置，在这里工作的同志似乎很轻松，也很悠闲。随即，我也发现，这儿每个人的眼睛却异乎寻常的专注忙碌，手脚也出乎寻常的敏捷麻利。这里管水管电，这里一举一动，牵扯着水电站的生计，关乎着山下格尔木城的命脉，而且维系着戈壁农田、工矿和草原的兴衰。我看见立在操纵台前，掌握水电命运的人，多是支边的姑娘和小伙子们。他们毅然摆脱世俗的羁绊，长年在昆仑高山上生活，在荒寂的峡谷中战斗，使巍巍昆仑焕发出了新的生命，新的血液，新的光华。我想，应该称颂他们是昆仑勇士，是可爱的昆仑山人！

从电气控制室出来，我们迎面又看到了飞飘迷人的昆仑瀑布。也许因为距离太近，又看得见瀑布的底部，使我感到眼前如同矗立着一座晶莹的万仞雪峰，流水和云天相连，喷溅着珠玉翡翠，闪烁着斑斓炫目的光点。我倏忽觉得，仿佛是娇丽的云雀、天鹅和仙鹤群集的长阵，是这样潇洒自如地飞荡着，以气盖山河的流势，凌空呼呼欢叫，旋即俯冲而下。转眼间，它却宛如莫高窟飞天肩披的长长的飘带，飞落于幽深的谷底之后，霎时拍波击浪，掀起狂涛巨浪，继而在闪闪的霞光里，哼着自由悠扬的歌，跌宕有致地向大漠奔去。我被这飞瀑震慑了，被它瑰丽多姿的景象迷惑了。呵，这飞瀑来自何处？它莫不是从天宇里倾泻人间的金波银流？它莫不是从昆仑胸脯里喷涌的奶汁玉浆？

我翘望着昆仑飞瀑，心如潮涌。这飞瀑，发源于伟丽的昆仑深山里，和无数条大小溪流相融合，于是铸就了一派势不可挡的巨流，永无休止地流向戈壁荒漠，流向城乡村镇，流向八十年代的今天，流向斑斓透亮的明天。这飞瀑，始终鸣响着昆仑母亲亲昵的声音，有时像讷讷的甜蜜的呼唤，有时像声震寰宇的呐喊，它无疑是永恒的自然，执著的爱恋。生命的元素，它是这般源远流长，无穷无尽，飞载千古。此时，我从飞腾不息的瀑布声中，倾听到了祖国大地心脏的激跳，也触摸到了中华民族向前奋进的脉搏！

我站在昆仑飞瀑面前，思绪驰骋。我还清醒地意识到，我是这样无限热爱着自然的创造，然而也无比热爱着创造的自然。此时此刻，我怎能不惦念这昆仑山英勇的开拓者和那荒古大摸艰苦的勘探者。我想到，在祖国的名山大川里，飞荡着不少闻名于世的瀑布。但是，没有昆仑瀑布这么吸引我，这么使我留恋的了。这犹如搏击长空的海燕般的昆仑瀑布，正以无与伦比的滚滚洪流，穿过千沟万壑，跨越千难万险，向生活的大海奔去，向历史的未来奔去。

昆仑飞瀑啊，我愿意投身在你的怀抱中，化作你飞流里的一只云雀，随你飞去……

# 望着总理的遗像

巴　金

11 年中间我只写了一篇文章。这第一篇文章刚刚发表，那天我开了一整天的会，傍晚回家，感到疲劳。有一位陌生的中年人来找我，说是从北京出差到上海，住在我家附近的招待所里，一两天就要走了，只是因为我在文章里用感激和怀念的词句讲到敬爱的周总理，他冒着小雨来找我谈谈。这是一位贫苦出身的北方干部，他在我的屋子里坐了一会，我们谈起来像熟人一样。后来我送他到门口，才问清楚他的姓名，可是我感觉到我是在同一位亲近的朋友握手、告别。

这是一件真事，这样的事情在一年前是绝不可能发生的。对一个连姓名也不知道的陌生人像弟兄一样地倾吐自己心里的话，不怕他、也不怀疑他会利用这些话来陷害自己，只是因为他触动了自己最深的感情，只是因为我们的心上有着同样一位伟大人物的光辉形象。这说明今天的上海和一年前在王、张、江、姚“四人帮”及其余党严密控制下的上海完全不同了。我还记得去年 8 月一位北京朋友避震南下，经过上海，来到我的住处表示对老友的关心。他知道我的地址，可以不经过批准就找到了我。他告诉我两年前另一位朋友从北京来要找我谈话却遭到拒绝。当时我们都有多少心里话要向彼此倾吐，可是话都给咽在肚里了，我们只谈起彼此的健康。那个时候朋友们见面常常谈的一句话就是“保重身体”，因为这样的话不会引起别人的注意，而且的确只有活得久才有希望看见“四人帮”的灭亡。有时我在街头遇见多年不见的熟人，紧紧握着彼此的手半天只讲出这样一句，这一句话里有多么深、多么复杂的意思啊！但是就在那一次，朋友告诉我，他瞻仰过总理的遗容，总理瘦多了……他说得短，说得尽可能少动感情。可是他的声音颤抖，他的眼光向下。我什么也没有说。我们心里都很清楚，万恶的“四人帮”为了诬蔑、攻击、陷害我们的好总理，调动了一切艺术手段，使用了手里控制的全部舆论工具，写小说、编历史，含沙射影，借古喻今，甚至明目张胆在总理的光辉形象上投掷污泥。全国人民看在眼里，他们忘不了这个深仇大恨。

敬爱的总理离开我们的时候，竟然有人不许我们戴黑纱，不准开追悼会，不让送花圈。一个国家的人民不能公开地悼念自己敬爱的总理，我们的报刊不能报导人民的悼念活动，不能反映人民的思想感情。人们冒着严寒站在十里长街长时间等候，只为了用泪眼看一看总理的灵车，唤两声“我们的好总理”。多少人痴心梦想灵车在中途停住，总理从车上走下来。夜深了，孩子们还把身上戴的小纸花一朵一朵地系在人民英雄纪念碑后面几百米长的柏树墙上……这些在人们中间流传的激动人心的真实故事竟然也变成了后来被追查的“谣言”，因为悼念总理构成了一种罪名。有的单位甚至记下人们在总理逝世时表现的哀痛，准备将来算账。我有一个朋友为总理戴黑纱超过了三个月，一直到清明节以后才把黑纱拿掉，在那一段时间里我和别的熟人替她担了多少心。“四人帮”陷害敬爱的周总理已经成了公开的“秘密”了。然而人民的眼睛是雪亮的，在荧光屏上谁不脱帽，谁表现得特别奇特，他们看得清清楚楚。当反动文痞姚文元挥舞刀斧乱砍乱杀的时候，我只能在心里发出无声的诅咒，却不敢在大庭广众之间公开表示自己的真实的感情。我多么为自己的怯懦感到惭愧！那天听到北方朋友的话以后，静下来时我望着总理的遗像出神，心里有多少话要对总理讲啊。

晚上我梦见自己也跟随瞻仰遗容的群众，向总理的遗体告别，我也看见总理瘦多了。我醒在床上，紧紧咬着自己的嘴唇，用手搔自己的胸膛，有一团火在我的心里燃烧，有多少小虫在咬我的心。我痛苦地问：为什么现代医学的巨大成就还不能减轻这个伟大人物的病痛？在那个时候我怀着深仇大恨诅咒这一伙无恶不作的黑帮。我知道在我们广大的国土上有多少人怀着同样的深仇大恨咒骂他们，我知道真理的光芒是翻滚的乌云掩盖不了的，我相信我们伟大领袖毛主席亲手缔造的、敬爱的周总理为之献出毕生精力的中华人民共和国绝不会改变颜色，我相信中国人民的好总理的光辉形象将永远活在人们的心中……于是我又看见了我们总理的亲切、慈祥的面容，我又听到了我们总理的愉快、爽朗的笑声，总理并没有离开我们！我回忆起过去多次看见总理的幸福日子。

1941年春天在重庆文艺界抗敌协会的欢迎会上，我第一次和总理见面，他那紧紧的握手和亲切的笑容给我驱散了雾重庆的寒气。从这个时候到1966年7月，25五年中间我听过总理多次的报告、演说和谈话，我受到总理多次的接见，我后悔不曾把总理的一言一行记录下来。不论是在抗战时期的重庆，解放前的上海，新中国诞生后的北京，总理那些恳切、明确的言词里总是闪耀着毛泽东思想的光辉，总是闪耀着共产主义必胜的信念。总理和知识分子接触较多，他亲切交谈、谆谆教诲，有时鼓励，有时批评，有时还用他自己的经历来引导听话的人。今天中国的知识分子常常含着眼泪谈起我们的总理，像谈起自己敬爱的长者和亲密的朋友，因为他忠实地执行了毛主席团结、教育、改造知识分子的政策，因为他苦口婆心把他们引上改造的道路，让更多的人参加革命，为革命贡献自己的力量。我听见总理讲过几次，说他是毛主席的学生，他在谈话中间一提到毛主席就流露出敬爱之情，我特别注意到这一点，我就是通过总理的教导开始学习毛泽东思想的。

我还记得1944年年尾蒋介石的军队在湖南打了败仗，衡阳的守军投降敌人，于是开始了国民党军队的湘桂大撤退，日本侵略军跟踪进入了贵州。湘、桂、黔三省的难民历尽艰辛，向四川奔逃，国民党反动政府却封锁消息，谎报胜利，不让人民了解战事的真相，因而造成了更大的混乱。重庆的文艺工作者对国民党反动派的逃跑政策愤慨万分，但又束手无策，无人领导，不知道怎么办才好。在这个时刻，总理应邀出席我们的座谈，我们都把总理当作亲人一样，求助于他。他坚定明确地用八路军抗战的情况鼓励我们，用共产党领导的人民军队胜利抗击敌人的具体事例说明敌军貌似强大，实是虚弱，他还给我们指出了继续抗敌的道路，让我们在困难的时刻看到光明。他的态度恳切，话语明确，通过一个晚上的交谈，他把他那坚定的信心传染给我们了。我们感觉到他是我们可以依靠的巨大力量，在危难的时刻他可以领导我们前进。我们不再像先前那样彷徨无助了，大家坚守各自的岗位，和国民党反动政府的投降、逃跑阴谋作斗争。在日本投降以后，总理又应邀在重庆张家花园文协会所里向我们宣讲毛主席的为工农兵服务的方向，并且用生动亲切的言词介绍延安文艺工作者深入生活、参加集体生产劳动的情况和收获，还举出一些我所熟悉的作家的名字，并讲到他们的进步和成就，例如欧阳山和他的描写新人的小说《高干大》。这两次座谈深深地打动了我的心，给我打开了新的广阔的眼界。知识分子改造的光明大道摆在我的面前，可是我始终没有勇气改变生活；解放区作家的新生活吸引我，我也想丢开我的写惯了痛苦的笔，可是我不能同旧的生活决裂，又害怕痛苦的磨炼，不能毅然决然地走上新路。但是我已经接触了毛泽东思想的光辉，它终于把我引上了新的道路。1949 年中华人民共和国诞生的前夕，我就换上新的笔，开始写人民的胜利和欢乐了。当时国民党反动派在重庆曾家岩总理办事处门外安置了不少特务，总理进出都要受到监视，但是总理坚定沉着地同敌人战斗了八年，完成了党交给他的任务。

1946 年有一个晚上，总理在文协讲了话，最后出来，走上张家花园通大街的一级一级的石板坡，后面只有一个陪同他来的同志，总理披着一件旧的黑大氅。我怀着崇敬的心情走在他的身旁。重庆的夜使人有一种透不过气的感觉。四周非常静，再看不见一个人影。总理脚步稳定地慢慢上坡。我问他什么时候去南京，他告诉我明天去。他说国民党对谈判毫无诚意，然而还是要谈下去，这样可以向人民揭露他们企图发动全面内战的阴谋。在重庆，国民党反动派活动猖獗，他们什么事都干得出来，我真有点替总理担心。但是我知道总理在任何危急紧张的情况下都能够沉着应付，他从来不为个人的安危操心。我想起一个朋友讲过的话，她有一次同总理一起从重庆飞回延安，中途遇险，在紧急关头，连带的行李都抛下去了，总理却非常镇静，他只顾照应别人。她说："在周副主席身边，即使遇到危险，你看见他又坚定、又从容的表情，也感到很安全。”在快到最后一级石梯的时候，我说：“斗争很艰巨，希望多多保重。”总理满怀信心地说：“只要坚持斗争，人民一定胜利。”上了坡，我看见他同另一位同志都上了车走了，我突然觉得十分孤寂。我感觉到我多么敬爱这一个人，这样一位完全没有私心的人，在他的身边我也感到十分安全，听他谈话，我一切个人的考虑都消失了。无论在困难时期，或者在胜利时期，在革命时期或者在建设时期，总理始终是精神饱满，意气昂扬，光明正大，坚持原则，进行工作，进行战斗。他那些恳切、明确而充满信心的言词经常在我的耳边回响。

1950年我参加中国代表团出席第二届保卫世界和平大会，出发前总理在中南海接见代表团全体成员。已经是午夜了，总理还对我们谈了两个多小时，分析了当前的国际形势和抗美援朝的重大意义。有些刚从外地到京的代表对抗美援朝的意义还认识不清，担心“这个时候派出人民志愿军抗美援朝会影响我们国家的建设”。总理侃侃而谈，指出苟安不能得到和平，火烧到门口，我们也无法关门建设，更不能隔岸观火。总理还激动地谈到朝鲜人民同我们的血肉相连的革命友谊。最后他还分析了美帝国主义的纸老虎的本质。总理谈得如此生动、有力，我听着，听着，仿佛见到一片晴空，非常明白，一切顾虑和疑惑都消失了。那一夜我坐在后排，总理进来的时候没有看见我，还拿着名单问我来了没有，见到我又问起我的生活和工作的情况。我从中南海出来，凌晨的寒气使我感到一阵冷，可是我心里却十分暖和，好像看见了几小时以后就要上升的朝阳。回到旅馆，我就拿起笔开始写我那封《给西方作家的公开信》，呼吁：“落在朝鲜土地上的千万吨炸弹是对世界文明的严重威胁，朝鲜人民的苦难激动着全世界的良心……作为有良心的作家，我们有责任团结人类，促进全世界人民的大团结……让我们团结在一起，为保卫世界和平，为创造新的世界文明而奋斗。”一年半以后我自己也到了朝鲜战场，深入斗争生活，在朝鲜人民中间，在中国人民志愿军战士中间连续生活了一年。我常常亲切地回想起总理的那一次谈话，我又一次感觉到毛泽东思想的威力，事情正是像总理所“预言”的那样进行的。在朝鲜生活的一年是我一生中最有意义的一年，无数的年轻战士一心为公、有人无我的思想感情使我受到深刻的教育。最近我还在写歌颂这些年轻英雄的短篇小说。

几年后，1957年夏天反右斗争开始的时候，总理在中南海接见文艺界，我又是坐在后排，他没有看见，又提起我的名字，要我坐到前面去。这一次总理谈得特别亲切，他鼓励知识分子认真改造世界观，彻底同过去决裂，他再三告诫，反复解释，甚至以自己为例，讲他的家庭出身和他的兄弟的事情，用亲身经历来勉励我们。他出身剥削阶级，但是他同家庭彻底决裂了。他有一句话我至今还记得："不要重视自己少年时期的印象，当时见到的房子，地方，见到的事物，以为很大，后来再看见就觉得并不是那么一回事。"我常常用这句话来分析自己过去的一些印象，的确是这样。总理总是鼓励人朝前看，不要留恋过去。他鼓励知识分子丢掉包袱，积极参加斗争。和总理握手告别的时候，我总有这样的感觉：他的笑容和他的紧紧握手含有多大的关心！

我还记得一1955年4月发生的克什米尔公主号事件，那个时候参加万隆会议的中国记者包乘的印度飞机克什米尔公主号在空中爆炸，这是由于国民党特务安放定时炸弹造成的破坏事故，目的是妄图暗害出席万隆会议的总理。我当时在印度新德里参加一个会议，我们这个人数相当多的代表团是在十天以前包乘印度飞机从香港机场起飞的。会议闭幕，我们准备包乘原机飞回香港的时候，突然接到命令总理要我们等候通知，准备改道直接飞回昆明。总理在会议繁忙、斗争紧张的时候，还关心我们这些人的安全，作出这样具体的妥善安排，我们都很感动。我常常感觉到他关心的不止是某一个人，整个国家、全体人民、全体干部的事情都时时萦绕着他的心。

1965年年底在总理为斯特朗80岁生日在上海举行的宴会结束后，总理留下来同参加宴会的几位歌唱家谈话，要他们再唱一遍《长征组歌》。总理说："我很喜欢听。"他明亮的眼光里流露出很深的感情。我不禁想起他以前在一次报告中提到的话剧《霓虹灯下的哨兵》里面老班长的一段话，那段话是："他们用小米把我们养大，用小车把我们送过长江，送到南京路上，就让她含着眼泪回去了？乡亲们知道了会怎么样？"总理说："我每次听到这段话就要流眼泪。"他说话时声音微微颤动，他动了感情，他又想起过去那些艰苦的日子了。总理对人民真有一种血肉相连的感情。这次总理还向歌唱家们解释“毛主席用兵真如神”这句歌词的深刻意义，他同他们一起唱起来，还作手势，和司徒汉同志一起指挥。他这样喜爱《长征组歌》，他病重期间，在医院里想再听一次《长征组歌》，可是“四人帮”不让人给他送《长征组歌》的录音磁带去！就是在这次的宴会上，我又见到了总理，他同在座的人都碰了杯。他到了我前面，陪同他走来的陈丕显同志说：“他刚从越南回来。”总理点头笑道：“我知道。”他对我说：“你比我先走了一步。”他的鼓励的笑容使我充满了感激之情。

我最后一次和总理谈话，是在1966年7月，总理在北京人民大会堂招待出席亚非作家紧急会议的外宾，总理到得早。他和我握手，笑着说：“你先到了？”我说：“总理，您太忙了，也不休息一会儿？”总理说：“我习惯了，不觉得忙。”我看见他的和蔼的笑容，就想起三年前，春节农历初四，总理在上海泰兴路文化俱乐部召开座谈会，吃晚饭的时候，邓颖超同志说：“这些年总理从未休息过，只有这次因为痔疮出血才休假几天。”其实这哪里是休假？总理召开座谈会了解各方面的情况也是为了工作。我们的总理，哪里有过一天的休息？招待宴会后第二天我又看见总理了，那是在人民大会堂召开的支持越南人民抗美斗争的大会上，大会结束，总理和陈毅同志有说有笑地离开了主席台，他的脚步稳健，声音洪亮。望着他的背影，我做梦也没有想到他已经患了心脏病需要随身携带硝酸甘油了，我更想不到这会是我最后一次看见他……

关于总理的回忆是说不尽、讲不完的。我在这里只是简单地讲了几件事情。十年前我在小报上看到张春桥的一次报告，当时窃取了上海市革委会主任职权的张春桥杀气腾腾地说，上海文艺界有一些通天的人，因此他已经向总理打过招呼，不要管上海文艺界的事情。从此上海文艺界的一些同志就给剥夺了看见总理的权利，也就完全落在“四人帮”及其在上海的余党的手里，由他们随意摆布了。我是绝不甘心的。然而个人的遭遇毕竟是很渺小的事情。我们更关心的是毛主席和周总理的健康。十年来我天天盼望能再看见总理一面，再听一次总理的教诲，我愿意接受总理的批评，向他保证我要认真改造自己。但是我从报纸刊出的照片上看见总理一天天地瘦下去，病容越来越显著。前年九月总理在医院里会见罗马尼亚外宾的照片给全国人民带来多大的焦虑。有什么办法能够挽救总理的光辉的生命？谁也不能想象总理会离开我们。但是每个人都感觉到这个日子一天天在逼近。大家都有这样的心愿：想一切办法让总理活下去，尽一切力量减轻总理的病痛。然而“四人帮”及其余党不是这样想，他们想方设法陷害总理，迫害总理，破坏总理的治疗。总理在病中不但要为国家大事和人民生活操劳，而且要跟疾病战斗，要跟祸国殃民的“四人帮”战斗，一直到生命的最后一息，他还聆听新近发表的毛主席词二首的朗诵，他还反复唱《国际歌》：“团结起来到明天，英特纳雄耐尔就一定要实现。”这说明我们的好总理在忍受巨大病痛的时候，对共产主义的事业始终怀着坚定的信念。

去年1月9日凌晨，电波传来的哀乐终于使我的希望破灭。我还记得，我刚刚打开收音机，意外地听到了哀乐，我愣了一下。睡在旁边另一张床上的我的儿子马上惊呼了一声“总理!”再也讲不出话来。这个在新中国生长的青年也和老一辈的人一样热爱我们的总理。“人民的好总理，我们不能离开你!”人们哭着，喊着。我们的总理为八亿人民操了那么多的心，总理给毛主席亲手缔造的新中国注入了那么多的心血，每个人的幸福生活里都有总理的无限的关心。八亿人民用什么来表示我们热爱总理的感情呢？八亿人民用什么来表示我们对陷害、迫害总理的“四人帮”的深仇大恨呢？

我去年和那位朋友见面的时候，我和少数几个熟人经常谈起总理的时候，我静下来想起总理为了我们这些人的进步和改造花费多少心血的时候，我想到这位大公无私连骨灰也献给祖国大地的伟大人物遭受“四人帮”迫害的时候，怒火烧着我的心，我反复地问：用什么来表示？用什么来表示？我们究竟用什么来回答总理临终前反复唱的“团结起来到明天”呢？

回答终于来了。八亿人民的心愿实现了。恶贯满盈的“四人帮”给粉碎了。这一伙张牙舞爪、不可一世的妖魔鬼怪全给打翻在地上，再也翻不了身了。毛泽东思想的阳光普照大地，万众欢腾的歌声又响遍全国。人们可以心情舒畅、毫无顾虑地倾吐自己的感情。人们在报刊上、在讲台上、在会场里畅谈总理的丰功伟绩，在舞台上、在银幕上、在荧光屏上尽情歌唱怀念总理的深情，演员淌着眼泪，听众也淌眼泪，泪水流成一片，演员还是要唱，听众还是要听。人们在交谈中常常含着眼泪讲起总理，到今天还是这样。像这样的事情过去哪里有过？这些流不尽的、感情真挚的眼泪，像一根带子把八亿人民的心牢牢地拴在一起了。这些眼泪是为了什么呢？这是为了表示对我们总理的无限感激和无限敬爱。我们没有权利在敬爱的总理的遗像前面流下悲伤的眼泪。八亿人民团结得比任何时候都更紧密，团结得像一个人，迈着坚定雄伟的步伐奋勇前进。

我又一次翻开纪念总理的书册，望着总理的遗像，我止不住满眶热泪。我再也听不到敬爱的总理的教诲了。但是我一定要把心里话讲出来，我的心才能够平静：对于千方百计迫害、陷害总理的人，绝不能心慈手软。一定要把揭批“四人帮”的斗争进行到底，彻底肃清“四人帮”的流毒，把社会主义祖国建设得无限光明、无限美好。我们总理的骨灰长留在伟大祖国的江河、山野，他的光辉形象将与山河共存、日月同辉；子孙万代将牢牢记住他的英名。

# 这个秋天没有乡愁

柳　萌

如果把自己比喻一辆车，在这漫长的人生路上，走过的沟沟壑壑实在多，几乎对前程失去信心时，忽然，一条顺畅道路铺在眼前，惊异中让我的心为之一震。曾经有过的愁苦和怨怼，顿时变成车轮下尘土，扬弃在渐渐远去的路上。前景似乎不再暗淡。即便后来也有坎坷，但是，对于生命再构不成威胁，总算平安到达目的地。

让我扭转命运的时间是 1978 年——这年板结的政治土地开始松动。给我发展机遇的地方是《工人日报》社——这家报纸停刊多年即将复刊。我可以毫不掩饰地说，1978 年这个年份是我的吉时，《工人日报》社是我的福地，我常常怀着感激之情，回忆那段美好、舒心的日子。

年轻时由于天真幼稚，在动员鸣放的运动里，说了几句真话实话，结果给自己招来祸患，沦落成政治贱民，从北京流放边疆。苦重的劳动，缄口的惩罚，这些都好忍受，唯一难耐的，就是那思念——思念故乡，思念亲人，思念自由，思念欢乐，思念人应该过的正常生活。每年到了秋冬时节，听着那呼啸的风声，看着那飘落的雪花，想起家乡和亲人，就会感叹多舛的命运。更忧虑这样的日子，何时算是个尽头，一想到可能终老他乡，脆弱的生命支点，如同一张薄薄的纸，被轻易地捅破了，显露出来的自己，原来是如此难堪。倘若不是考虑再获罪，痛快地放声大哭一场，或者淋漓尽致地大骂几声，这样的念头常常闪在脑海。唉，毕竟罪身不容，于是只好在忍耐中，想念远方的亲人，回味有过的欢乐。

记得小时候在家乡，秋天捡拾落叶把玩，冬天在雪地里戏闹，回到家里母亲看见，先是问问冷不冷，而后立刻端杯热茶，让赶快焐一焐双手。万一有个小病小恙，母亲总会给些药吃，饭食上更是加倍关照，自打成为罪人流放外乡，别说母亲的照抚了，连见面的机会都很少。留在母子心中的都是思念的折磨。因此这之后的每个秋冬，只要被什么景物触动，勾出我思乡的情绪，就会自然而然想起，在母亲身边的那些往事。我被流放 22 年，22 个秋天，总会有这乡愁。读到有关乡愁的诗文，想起家乡景致和幼年生活，有时就独自悄悄落泪。男子汉的尊严，此时荡然无存……

还好，忍耐了二十几年，祈盼了二十几年，幸运之神突然眷顾。几乎在毫无准备情况下，我获得一个返京的机会。从此改变了生存状态。尽管这时我已经是人到中年，生命季节正是秋天，但是心野依然蓬勃，渴望在新的时代里，认真地做点自己喜欢的事。

那是在遭逢“文革”大难之后，被破坏的中国百废待兴，停刊多年的《工人日报》准备复刊，经多年好友王文祥（原《人民日报》海外版副总编辑）推荐，我被借调到《工人日报》当编辑。在此之前的十数年间，我都在农场、工厂劳动。“文革”中先是进学习班受审查，后又被送到五七干校劳动，直到“清理阶级队伍”结束，分配我到《乌兰察布日报》社，政治命运才多少有些好转。但是“摘帽右派”的政治身份，却依然像个幽灵盘旋心中，做什么事情都是小心翼翼，生怕在被视为“专政工具”的报社，再犯什么不可饶恕的过错，重新遭贬斥成“牛鬼蛇神”。作为有如此政治身份的人，在一个什么都讲出身的年份，我能得到这个岗位已经知足。这是我当时唯一的愿望。而且做好在此终了一生的准备。

然而，政治伤疤明摆在头上，想不让人揭不大可能，特别是在牵涉个人利益事情上，政治身份是取舍的重要标准。在工资调整停顿多年之后，国家准备给大家增加工资，名额毕竟有限，总有人调不上，可是机会却是平等的，谁也没有权力剥夺谁。在报社调资动员会上，编辑部一位负责人讲话，公开点名拿我做例子，先是夸奖我一番，而后说“因为名额有限，这次恐怕就不好考虑了”。工资还未正式调，就先剥夺我正当权力，听后心里很不是滋味儿，当天夜晚怎么也睡不着觉，满腔的忧愤无处诉说，本能地想起家乡想起父母，浓浓的乡愁犹如乌云，推开我痛苦和不解的闸门，委屈的泪水顿时急淌下来。

假如他不是公开这样讲，私下里跟我交换一下意见，我想我是会理解和放弃的，因为，即使在1957年受处分降了级，在那家报社职工工资中，相比之下我还属于高的，放弃一次根本算不得什么。他这样公开表态剥夺，很明显是拿政治身份说事，在我看来，这不仅是不按政策办事，而且是对人格的伤害，无论如何我都无法接受。在我的心目中，人格和尊严位置，远比政治生命，更为珍贵和重要。在人格和尊严上，我从来都不让步。这也正是我倒霉的原因。此刻，尽管有可心工作和稳定生活，按说应该用忍耐求平安，但是，天性不允许我有丝毫退让，既然没有权力享受，我也没有义务当陪衬，这个工资我就不调了。次日便请假回天津探亲，起初领导一再劝阻，最后在我的坚持下，领导只好批准。当夜我便乘上返乡列车。

跟每次路过北京一样，我总要看望几位好友。见到王文祥说起这件事，他也觉得不合乎国家政策，并且对我的遭遇很抱不平。稍停片刻，他说：“干脆，我想想办法，你回北京吧。”要知道，那时“右派”问题，还没有改正啊，这种事怎么可能呢？我简直不敢相信自己耳朵。接着他又说：“到《中国青年报》、《工人日报》都行，我给你联系，不过青年报有个年龄限制，呆几年你还得调动，还不如直接到《工人日报》。”话都说到这个份儿上，我又不能不相信，何况此时，王文祥正参与《中国青年报》复刊准备，更没有理由不相信他的话。只是想到自己的政治情况，心里难免犯嘀咕：在内蒙古连调工资的资格都没有，现在说调北京就真能够调来吗？万一人家再从政治问题上卡，岂不是会受更大的羞辱？王文祥是我年轻时的同事，几十年的交往是值得信赖。经过再三思索，还是听了文祥的话，连天津父母家都未去，带着几分疑惑和期望，当夜乘车折返内蒙古。谁知事情竟然很快有了眉目，未过几天，便接到《工人日报》借调信。办理调动手续时，虽说有人设置障碍，用种种借口阻拦，在几位好友的帮助下，最终我还是到了北京。

到《工人日报》报到时，正是1978年的秋天。这是北京最好季节，满街槐花飘香，蓝天白鸽飞翔，闻着这久违的气息，心中有说不出的快乐。饱受“文革”灾难的首都，刚刚从窒闷中苏醒，行人脸上荡漾着喜悦，说话都不再那样拘谨，这种情绪无形中感染着我。使我隐约地觉得，这世道真的变了，不然，我的调动不会如此顺利。

筹备复刊的《工人日报》社，大院走动的人，楼内上下的人，都显得异常紧张而又兴奋，如同冬眠迎春的花树枝，每株都想早点绽放异彩。我被分配到文艺部，并以老编辑的身份，被委任为编辑组长，主编《文化宫》副刊，跟其他同仁一样，为报纸复刊尽心忙碌。有时上完夜班回到宿舍，睡不着觉在床上辗转反侧，我就独自想：同在一片蓝天下，北京和内蒙古两地，地域距离并不很远，政策执行咋就不同？假如没有朋友帮助到《工人日报》社，我还不是依然在那家报纸，满足于得来不易的编辑职业。当然，更不会有我后来的发展。人的命运就是这样奇妙，哪怕一步走错或走对，都有可能影响自己一生。

同样是从1978年起，我搁置多年的笔，开始捡拾起来。先是因工作需要，给我主持的副刊，写些配合性文字，后来应《中国青年报》之约，为《青春寄语》专栏，写些适合年轻人阅读文章。《寻找你青春的歌》、《不要熄灭心中的灯火》两篇短文，在报纸发表后竟然得到读者认可，其后《解放军报》、《辽宁青年》、《河南青年》、中央人民广播电台、吉林人民广播电台等媒体，都相继来信来人找我约稿，中国青年出版社和四川人民出版社，还派编辑找上门来要为我出书，这样，在不知不觉中又开始业余写作。我的第一本散文集《生活，这样告诉我》，由中国青年出版社出版后，此时正好中宣部、国家出版局、共青团中央、全国总工会举行图书评奖，这本书被评为“全国首届优秀青年读物一等奖”，这也是我平生第一次因写作获奖。此后，四川人民出版社又出版了我的第二本散文集《心灵的星光》，这就给我的写作增强了信心和动力。比这更为重要的是，曾经因笔墨罹难的恐惧感，渐渐地在写作快乐中淡忘，沉寂多年近乎老死的心，仿佛又有了新的生机。追补失去的时光，找回原来的自己，尽管知道不大可能，却也成了我那时的向往。白天编报纸，夜晚写文章，睡眠有时三四个小时，并不觉得怎么累，积蓄多年的正常人体能，像山泉水似的喷发出来。

借助《工人日报》这个地盘，我重新熟悉了北京，重新融入了文学界。过去在各种政治运动中，受迫害乃至被治罪的大批作家，这时纷纷从流放地陆续回来。这些人中有的过去就认识，有的是我北大荒难友，有的是到《工人日报》认识的，大家都处于雨过天晴的兴奋中，彼此之间交往交谈再无防备。我以报社编辑身份向作家们约稿，我以报社记者身份出席文学会议，二十多年的痛苦经历被暂时遗忘。那时的北京文化界，如同久闭的潮湿暗屋，门户被一股清风吹开，感到格外的明亮清新。走过文化沙漠地段，迎来花红柳绿美景——禁锢的图书开禁了，封存的电影放映了，连《魂断蓝桥》、《翠堤春晓》等外国电影，都以内部参考名义播放，我这个穷乡僻壤归来人，着实地饱了眼福开了眼界。著名指挥家小泽征尔、小提琴家师·特恩的到来，让优美的纯音乐重新响起，使人们被“文革”歌曲折磨的耳朵，从此不再有受刑的感觉。我作为报纸从业人员，都能得天独厚最先享受，心灵和思想也就显得开阔。

就是在这种清风送爽的氛围里，我所在的《工人日报》文艺部副刊，先后发表或转载了《于无声处》、《乔厂长上任记》、《爱情位置》等文学作品，刊发了《祝酒歌》、《让生活充满阳光》等歌曲，还有老诗人艾青归来后写的《镜子》、《花样滑冰》等多首短诗，以及“三家村”作者之一廖沫沙平反后写的杂文。能够见证这段历史，我为自己感到欣慰。当然，比这更令我兴奋的是，相隔半年之久，具有里程碑意义的四届文代会召开，我以记者身份参加大会采访。那些我敬重的文学泰斗，那些我钦佩的艺术大师，经过长期磨难和漫长等待，此刻相聚北京西苑宾馆。亲见他们相逢时的情景，作为一个晚辈文化人，为他们失去的宝贵时光惋惜，更为他们脸上有了微笑欣慰。尽管开心的日子来得迟了，但是毕竟还是真的来了，怎么能不让人们高兴呢。有的人合影留念，有的人对盏言欢，多年的思想隔膜，在一时的欢乐中，仿佛都不复存在，共同迎来的美好春天，让人们的心胸变得豁达。

这时，时间仿佛也在追悔荒唐时段，许多被扭曲的历史事件，都在拨乱反正中重新审视。我的“右派”问题改正后，又顺利调入中国作家协会，在刚刚复刊的《新观察》杂志社，开始我后半生的跋涉。栖身在年轻时起步的地方，人是熟的，地是熟的，就连散放的气息都无陌生感。尤其是距家乡和亲人近了，心里也就比过去显得踏实。就是从这个秋天开始，长长的幽怨，浓浓的乡愁，好像永远不再属于我。我这辆半新不旧的车，在其后的人生道路上，又欢快地奔跑许多年，超过退休年龄才停歇。留下深深辙印的时间，是30年前的那个秋天。从那个秋天起，我没有了乡愁。

# 新大陆，旧大陆

余光中

## 一

自从 1949 年 7 月的一个夏日，我在厦门的码头随母亲登上去香港的轮船，此生就注定了半世纪之久不再见大陆。当时年少，更非先知，怎料得到这一走，早年的大陆岁月就戛然终止了。怎料得到，抗战的长魇也不过八年就还乡了，而这次流离，竟然“掉头一去是风吹黑发，回首再来已雪满白头。”怎料得到，当时回顾船尾，落到茫茫的水平线后的，不仅是一屿鼓浪，而是厚载一切的神州。更未料到，从此载我荫我，像诺亚方舟的，是一座灵山仙岛。

但是不幸中隐藏着幸运，当日那黑发少年已经 21 岁了，汉魂已深，唐命已牢，任你如何“去中国化”都摇撼不了。所以日后记忆之库藏，不，乡思之矿产，可以一凿再凿，采之不尽。丹田自有一个小千世界（microcosm），齐备于我。如果当时我还是一个十三四岁甚或更小的孩童，则耿耿乡心，积薄蕴浅，日后怎么禁得起弥天的欧风美雨？

在妈祖庇佑的蓬莱米岛上一住八年，从台大的插班生变成师大的讲师，从文艺青年变成文坛新秀，从表兄变成男友、新郎然后是父亲，那时并不很怀念大陆，反觉得那一片空阔愈来愈陌生，那陌生的社会正取代了我熟悉的童年，而运动接运动层出不穷，口号界面号触目惊心，简直像一场醒着的梦魇。那感觉并不能撩人乡愁，只能带来乡怯。

旧大陆的种种像因缘未了的前世，不续不断，藏在内脏的深处像内伤隐隐，隐隐未发。这么内耗兼偏安，到我30岁那年，母亲死了，旧大陆似乎更远了。而几乎是同时，珊珊出生了，她响亮的啼声似乎是一个新时代在叩门，铜环铿铿。也几乎是同时，新大陆在西半球召我。

## 二

三去美国，第一次读书，只留一年，后两次教书，各留两年。那时有志青年的正途正是留学，所谓镀金。我一年修得硕士，就迫不及待，匆匆回到岛上，只能算是镀银。我匆匆回来，为了还没有克服丧母之痛，为了丢不下还是新娘的妻子，而新生的女婴还没有抱够，甚至看清。

第一次旅美，我目眩于花旗帝国之新奇富丽，却心怀故国与故岛，乡愁所牵，故岛犹多于故国，担心故岛一朝醒来，忽已真的被“解放”了，此生悠悠，将永无归期。

我的乡愁真正转深，在山河的阻隔之上，更与同胞、历史、文化绸缪难解，套牢成一个情意纠结，一个不肯收口的伤口，是在第二次旅美之后。文化充军、语言易境、昼夜颠倒，寒暑悬殊，使我在失去大陆之后更失去孤岛，陷于双重的流离。唯一能依靠甚至主宰的，只剩下中文了。只剩下中文永不缴械，可仗以自卫、驱魔、招魂。

美国的经验似乎是陌生的，但是又不尽然。我出身于外文系，对西方后来居上的第一强国当然不无了解，更不无向往。那时我们读的英文其实是美语，对当代西方生活的印象也大半来自好莱坞。不过我在去美国之前早已读过不少美国文学，甚至为台北与香港的美国新闻处译过五十多首美国诗，而我最早出版的两本中译小说：《老人和大海》、《梵谷传》，也都是美国作家所写。

第二次去美国，教书的负担不算很重，而待遇又不薄，更值壮年，体能正当巅峰，自信臻于饱满。为了认识新大陆，做一个真正的现代人，我决定学驾驶，并且用三分之一的年薪买了一辆新车。从此美国之大，高速路之长，东岸与西岸之远，都可以应招而来，绕着我的方向盘旋转。我似乎驰入了惠特曼豪放的新史诗里，一目十行，纵览美利坚魁伟的体魄，汇入了第一世界的荡荡主流。

那当然只是方向盘后最初的幻觉。从大西洋浒到太平洋岸，四轮无阻，纵然踹遍了24州，也不过是被吸入了美利坚抖擞的节奏，随俗流转。高速的康庄大道无远弗近，但没有一条能接到长安。时速70英里，纵使将芝城旋成急转的陀螺，也无法抖落岁月的寂寞。四轮之上的逍遥游，不过是一场睁眼的梦游。那几年，尤其当家人尚未越洋去相会，这一缕郁郁的汉魂，深切体认了寂寞的意义：绝对的自由，彻底的寂寞。

第三次再去火鸡帝国，不但寂寞，而且孤高。命运把我的棋子下在西部的首都，城高一英里的丹佛，所谓Mile-High City。不过这一次我不再逍遥梦游了，只孤悬在落矶峰群的山影里，两年悠悠的岁月像一程延长的重九登高，但用以辟邪的不是茱萸和菊酒，而是，你再也想不到吧，西部的民谣、乡村歌曲、灵歌、蓝调、摇滚乐。

其实也不是辟邪，而是抵抗寂寞。第一次赴美，我修读的是现代艺术，但认真聆听的是古典音乐，从拉摩听到拉罗，从格希文听到拉赫曼尼诺夫，其实大半都不算美国音乐，而现代艺术的大师也轮不到美国人。我只是站在美国的窗口，遥窥欧洲罢了。

第二次旅美那两年，正当四披头席卷西方，迪伦也崛起于美国，我却仍奉古典音乐的正统，浑不知美国青年侧耳倾心的是另一种节奏，和众而又曲高。第三次才轮到我，一个迟到的周郎，来侧耳听赏。于是从却克，贝瑞到艾莉萨，富兰克林，从琼·拜丝到玖妮，米巧，从汉克·威廉姆斯到唐诺文到亚尔伯乐，我买了近百张的此类唱片。至于四披头的唱片，包括那张封套对褶的《花椒军曹寂寞芳心俱乐部乐队》，我更是搜罗齐全。美国知识青年厌弃正统的美国生活格调，有意“去美国化”，而且拔去“黄蜂”（WASP: White Anglo-Saxon Protestant）的毒刺，所发展出来的嬉皮文化甚至反文化，要在这些江湖乐手的琴音歌韵里才能领会。

这种通俗而不庸俗的江湖风格，对我颇有启发，令我认真思考，摇滚乐何以热而现代诗何以冷，并且领悟，曲高未必和寡，深入不妨浅出。1971年我回到台湾，一气呵成的那几首民谣风的短歌：《乡愁》、《乡愁四韵》、《民歌》、《民歌手》，后来果然入乐成曲，汇成了民歌运动，助长了校园歌曲，都是由美国黄蜂社会的此一另类文化所触发、转化而来。

## 三

第三次旅美后回到台湾，此生的“美国时代”就结束了。后来虽然又多次访美，但内心的波动已远不如前，自知新大陆的缘分已尽。1974年举家迁去香港，本以为可以近窥大陆，多了解一点日渐陌生的母亲，却没有想到，从此竟开启了去欧洲之门，得以亲近另一个旧大陆，西方的大陆。原本要用香港做北望的看台，不期更进一步，竟找到了西游的跳板。

第一次去英国，是从纽约起飞，伦敦入境的。这样的行程正象征倒溯的怀古。其实当初我去新大陆，也是从西雅图入境，然后是中西部，最后才是东岸。就怀古之旅而言，那渐入渐深的心情真可谓倒啖甘蔗。

美国东岸的地名，以“新”开头的不少，大家习以为常，恐怕很多人都不知道原名是指何处了。纽约人里有多少说得出“约克”在哪里呢？换了是纽罕布什尔、纽泽西，恐怕也一样。我住惯了美国中西部，初去新英格兰，就处处觉得古旧。在那一带驾车，加油站的工人竟然对我说：Yes, governor. 这“化石口语”据说在今日的英国仍然通用，当时我却受宠若惊，幻觉是走进了旧小说里，听人称我一声“官人”。

这种古腔英国人也会带来东方。香港的“收银处”，中文已经古色古香了，但其旁的 shroff 就更加冷僻，连在大字典里都查不到，美国人当然更不认得。

到了伦敦，才会觉得美国有多新，多大，多嚣张。英国的出租车是端庄的方轩，司机更像稳健的老绅士，谈吐斯文。泰晤士河边的国会大厦堂皇而不失庄重，那不倒翁的大笨钟阅世太深，钟面上却看不出多少感慨。只有朱红色的双层巴士满街游行，为迟暮而矜持的帝国古都带来童话的稚气。唐宁街十号该是全世界最不起眼的首相府了，跟白金汉宫的排场怎么相比？英国官署所在的 White Hall 似乎迄无定译，不知该叫白厅、白堂或白衙。没有人不知道华府有个白宫，但敢说很少人知道伦敦有个白衙。

中文把美国的总统府译成“白宫”，歪打正着，恰中洋鸡的下怀。美国人尽管标榜民主，潜意识深处仍以帝国自命，但是总不好意思在波多马克河岸建一座皇宫，也不便在落矶山上盖一座古堡。其实，他们把肯尼迪与贾桂林是当做金童玉女的帝后来移情的。

不过英国毕竟不算正宗的欧洲。直到1978年，我50岁时，走在香热里榭的街头，甚至登临凯旋门上，才真有实践欧土的感觉。如果伦敦是美国人的阁楼，藏着祖父的日记，巴黎就是欧洲人的阳台，可览邻居的花园。巴黎的成功在于包容拔萃，说它是欧洲首府也许还有争议，但是当欧洲的艺都应该同然。梵高、毕加索、夏高、莫地里安尼、史特拉文斯基从各国蜂拥来朝圣，肖邦、王尔德、邓肯、布朗库西殊途同归，都来此安息。欧洲之子爱伦·坡没有死在巴黎，太可惜了，幸好他终于复活在法国。

凡坐船进纽约港的人，都会仰见矗立的自由女神，一手握着法典，一手高举着火炬，欢迎前来投奔的移民。那景象太有名了，简直成了美国的店招，却是法国人送给美国人的，设计人也是法国雕塑家巴尔托地。这是法国精神启发美国的最显赫地标，但其光芒却遮蔽了同一造型的雕塑，许多游客竟然不知道还另有一座，具体而微，竖立在塞纳—马恩省河上，格禾纳尔桥畔的一个岛上，正是美国人所回赠。

从初践欧土迄今，我去过的欧洲国家已有17，约为我周游列国之半：加起来旅欧的时间只有六个月，但启发颇多。于此17国中，所见当然有深有浅，浅的像卢森堡，只有一夕，他如丹麦与匈牙利，各仅两晚；至于意大利，只到了科摩与米兰，是从瑞士入境，当晚就回露加诺了。

比较深的是西欧的大国，依次是英、法、德、西。我在这四个国家都开过车，也搭过火车。在英国与德国且开过长途：尤其是在德国，从北到南，自波罗的海畔一直到波定湖边，纵贯了日耳曼的全长，不但路况完美，秩序井然，而且高速无限，真不愧飘车的“乌托邦”（Autobahn）。德国人在我所见的欧洲人中，是最爱整洁、最守秩序、最为勤奋的民族，一大清早日耳曼人就浩浩荡荡，在街上健步来去了。西班牙人正相反，不但早上人少，而且午休很长，晚餐要拖到九点以后，生活节奏一贯地悠悠缓缓，只有斗牛和跳佛拉曼戈时才使出劲来。

南欧与北欧之分，全凭阿尔卑斯山系，再加上比利牛斯一脉吧。瑞士恰在分水脊上，南下的火车入隧道之前，轮踩的还是德语地区，一出隧道，咦，怎么竟闯进意大利语区了呢？德国跟西班牙的对照，也正是北欧与南欧，新教与旧教，矜持与朗爽，日耳曼子音切磋与拉丁文元音圆融的互异。至于法国，则介乎其间，难以归属南北，只能视为西欧。英国更其如此，还带一点偏北。

相对于西欧，东欧从哪里开始呢？德国以东应该就算东欧了，不但由于地理方位，更因波兰、捷克、匈牙利与巴尔干各国已属共产集团，而且多用斯拉夫语，对西欧说来显已非我族类了。我去欧洲二十多年间，前半期多游西欧，后半期也去了东欧，包括匈牙利与捷克，而波兰与俄罗斯甚至各游了两次，对共产国家的观感也有了一些改变。

九十年代初，匈牙利开而不放，观光条件仍差，服务态度生硬而冷漠，但是多瑙河中分的布达佩斯却难掩国色，临流自鉴，明艳十分动人。一条斜行的大街以阿提拉（Atilla）命名，而匈牙利人姓在名前，也令我感到惊喜。至于布拉格，早已敞向西欧甚至全世界了，没有旅客会不喜欢。年轻俊美的海关官员竟然会和旅客开玩笑，反比美国的海关可亲。

在布拉格拥挤的地铁车厢里，一位小学生竟然让座给我。这种礼貌在“自由世界”也很罕见。华沙的街头，汽车也非常有礼，常常慢下来，甚至停下来，让行人过街。莫斯科的麦当劳快餐店根本不播音乐，街边确有乞丐，但那些老妪的衣衫都朴素而整洁，只静静坐着，脚边放着空盘，并不追缠游客。满街都是纤修高挑的丽人，轻灵的步态似乎踏着天鹅湖而来，至于小孩子，几乎找不到一个不好看的。

在圣彼得堡——当然是圣彼得堡了，谁要列宁格勒呢？——一位俄国教授请我们去他家作客。狭窄的客厅里临时搭起一张餐桌，主客六人必须在迫挤的沙发、书架与钢琴之间绕道而过。那是2000年初夏，俄国正苦于粮荒，红军都被迫上山去采菇充饥了。主人却罄其所有，做了美味的肥菇与鱼汤飨客，我们嚼着、咽着，感动而又不安。想到普希金与托尔斯泰的子孙还有人正蹲在街角行乞，我几度要掉下泪来。

二次大战以后，英语与美国文化逐渐风行：所谓英语，其实是美语，这方面的全球化早已开始了。50年来，台湾接受西方的影响，主要以美国为门户，其实美国文化只是西方文化的下游。我去欧洲，乃是溯其上源，正如爱伦·坡所喟叹的："回到希腊不再的光彩，和罗马已逝的盛况。"然而迄今我始终无缘去两地：原本计划好的亚波罗神庙之旅，和威尼斯海上之行，先是阻于波斯湾的交兵，继又挫于南斯拉夫的内战。

## 四

另一个旧大陆，近十年来却不断召我回去，不是回希腊与罗马，而是回去汉唐。我曾戏言："欧洲是外遇"，然则回到自己的旧大陆，该是探亲，不，省亲了。

自从1992年接受北京社科院的邀请初回大陆以来，我已经回去过15次了，近三年来尤其频密。例如南京，我的出生地，也是我读过小学、中学、大学的古城，三年内我就回去了四次，最近的一次是今年5月，去参加母校南京大学的百年校庆。像我这样在海峡两岸三校（南大、厦大、台大）都是校友的人，恐怕很少了。这样的"圣三位一体"隐喻了我身逢战乱的少年沧桑，滋味本来是苦涩的，不料老来古币忽然变成现金，竟然平添出许多温馨的缘分。在南大校庆的演讲会上，我追述这一程夙缘，把"挤挤一堂"的热切听众称为"我隔代又隔代的学弟学妹"，赢得历久不歇的掌声。

十年来我去过的省份，如吉林、辽宁、黑龙江、湖南、山东、广西，都是第一次去；而访问的名城，如北京、苏州、武汉、广州，小时候也无缘一游。听众和记者常问我回乡有什么感触，我答不出来，只觉得纷沓的记忆像快速的倒带，不知道该在哪里停格，只知道有一样东西咽不下去又吐不出来，像苦涩的喉核，那深刻而盘踞的情结，已根深蒂固，要动大手术才铲除得掉，岂肯轻易被记者或听众挖出。若是母亲能复活，而我又回到21岁，那我就会滔滔不绝，向她吐一个痛快。

我的祖籍福建永春，迄今尚未能回去，每次到厦门，都为行程所限，只能向北遥念那一片连绵的铁甲山水，也是承尧叔父的画境。中学时代整整住了七年的四川小镇，江北县悦来场，是我记忆的藏宝图中一个不灭的坐标，也是我近作长文《思蜀》的焦点。我在心底珍藏着它的景象，因为它是我初识造化的样品，见证巴山蜀水原来就如此，也见证一盏桐油灯映照的母子之情。真希望晚年还有缘回去一吊。

至于常州漕桥，我的母籍兼妻乡，也是我江南记忆的依托，今年4月5日倒是回去了一趟。那天正好是清明节，我存和我随众多表亲与更繁的后辈，去镇外的葬场扫墓。只见好多位舅舅的葬处，墓简碑新，显系“文革”期间从他处匆匆迁来，也就因简就陋了。小运河仍然在流着，水色幸而不浊，流势也还顺畅，远远看得见下游那座斑驳的石桥，小时候那句童谣：“摇摇摇，摇到外婆桥”似乎还缭绕在桥栏杆上。此外，一切都随波逝去了，只留下河边的一大片菜花田，盛开着那样恣肆的黄艳，像是江南不朽的早春，对忙于加班的蜂群提醒：“有些东西永远是不会忘记的。”

乡愁真的能解吗？恐怕未必。故乡纵能回去，时光不可倒流。山河或许长在，但亲人和友人不能点穴或冷冻，50年不变地等你回去，何况回头的你早已不是离乡的你了。何况即便是山河本身，也难保不变形变色？洞庭不是消瘦了么，湘夫人将安托呢？再迟去一步，三峡就不再是古迹的回廊了。

所以乡愁不全在地理，还有时间的因素，其间更绸缪着历史与文化。同乡会该是乡愁最低的层次；高层次的乡愁该是从小我的这头升华到大我的彼端。七年前我在吉林作协的欢迎会上，追述自己小时候从未去过东北，但老来听人唱“长城外面是故乡”，仍然会震撼肝肠，因为那歌声已深入肺腑；说着，竟忍不住流下泪来。未来如果有人被放逐去外星，回望地球该也会落泪，那便是宇宙的乡愁了。

韦庄词说：“未老莫还乡，还乡须断肠。”难道老了再还乡就不会断肠吗？李清照词却可以代我回答：“春归秣陵树，人老建康城。”就算春色不变，而归人已老，回乡的沧桑感比起去国的悲怅，又如何呢？

孩时的旧大陆早已消逝，只堪在吾心深处去寻找。我回到生我育我的南京，但父母和同学都已不在，也没有马车挽挽，蹄声铿铿，驶在中山路旁。秣陵树当然还荫在两侧，都是刘纪文市长开路时栽植的法国梧桐，但是树犹如此，还认得当时爱坐在马车夫旁座的少年吗？

不，旧大陆我已经回不去了，迎我的是一个新大陆，一个比美国古老得多同时比美洲更新的大陆。高速公路从上海直达南京与北京，鲜明的绿底白字，说，左转是杭州，右转是无锡。以前是我在美国，用一本中国地图来疗乡愁，现在，是我在新建的沪宁高速公路上，把那张地图摊成廿一世纪明媚的江南水乡。想不到，六十年代在北美洲大平原上的逍遥游，一转眼竟能跳接到姑苏与江宁之间，通向吴越的战场，六朝的古迹。

是啊，我回去的是这样一个新大陆：一个新兴的民族要在秦砖汉瓦、金缕玉衣、长城运河的背景上，建设一个崭新的世纪。这民族能屈能伸，只要能伸，就能够发挥其天才，抖擞其志气，创出令世界刮目的气象来。文革的梦魇已醒，“红而不专”的陋习已让位给“专而不红”。反讽的是，对岸却似乎向“绿而不专”的陷阱逼近。另一方面，向对岸要求民族主义之余，如果也能以民主主义反求自己，当更能赢得对岸的归心。这一番“硬道理”，想必新大陆有智慧接纳，有度量实行。

# 一个老知识分子的心声

季羡林

按我出生的环境，我本应该终生成为一个贫农。但是造化小儿却偏偏要播弄我，把我播弄成了一个知识分子。从小知识分子把我播弄成一个中年知识分子；又从中年知识分子把我播弄成一个老知识分子。现在我已经到了望九之年，耳虽不太聪，目虽不太明，但毕竟还是“难得糊涂”，仍然能写能读，焚膏继晷，兀兀穷年，仿佛有什么力量在背后鞭策着自己，欲罢不能。眼前有时闪出一个长队的影子，是北大教授按年龄顺序排成了的。我还没有站在最前面，前面还有将近二十来个人。这个长队缓慢地向前迈进，目的地是八宝山。时不时地有人“捷足先登”，登的不是泰山，而就是这八宝山。我暗暗下定决心：决不抢先加塞，我要鱼贯而进。什么时候鱼贯到我面前，我就要含笑挥手，向人间说一声“拜拜”了。

干知识分子这个行当是并不轻松的。在过去七八十年中，我尝够酸甜苦辣，经历够了喜怒哀乐。走过了阳关大道，也走过了独木小桥。有时候，光风霁月，有时候，阴霾蔽天。有时候，峰回路转，有时候，柳暗花明。金榜上也曾题过名，春风也曾得过意，说不高兴是假话。但是，一转瞬间，就交了华盖运，四处碰壁，五内如焚。原因何在呢？古人说：“人生识字忧患始。”这实在是见道之言。“识字”，当然就是知识分子了。一戴上这顶帽子，“忧患”就开始向你奔来。是不是杜甫的诗：“儒冠多误身”？“儒”，当然就是知识分子了，一戴上儒冠就倒霉。我只举这两个小例子，就可以知道，中国古代的知识分子们早就对自己这一行腻味了。“诗必穷而后工”，连作诗都必须先“穷”。“穷”并不是一定指的是没有钱，主要指的也是倒霉。不倒霉就作不出好诗，没有切身经历和宏观观察，能说得出这样的话吗？司马迁《太史公自序》说：“昔西伯拘羑里，演《周易》；孔子厄陈蔡，作《春秋》；屈原放逐，著《离骚》；左公失明，厥有《国语》；孙子膑脚，而论兵法；不韦迁蜀世传《吕览》；韩非囚秦，《说难》、《孤愤》；《诗》三百篇，大抵圣贤发愤之所为作也。”司马迁算了一笔清楚的账。

世界各国应该都有知识分子。但是，根据我七八十年的观察与思考，我觉得，既然同为知识分子，必有其共同之处，有知识，承担延续各自国家的文化的重任，至少这两点必然是共同的。但是不同之处却是多而突出。别的国家先不谈，我先谈一谈中国历代的知识分子，中国有五六千年或者更长的文化史，也就有五六千年的知识分子。我的总印象是：中国知识分子是一种很奇怪的群体，是造化小儿加心加意创造出来的一种“稀有动物”。虽然十年浩劫中，他们被批为“一心只读圣贤书”的“修正主义”分子。这实际上是冤枉的。这样的人不能说没有，但是，主流却正相反。几千年的历史可以证明，中国知识分子最关心时事，最关心政治，最爱国。这最后一点，是由中国历史环境所造成的。在中国历史上，没有哪一天没有虎视眈眈伺机入侵的外敌。历史上许多赫然有名的皇帝，都曾受到外敌的欺侮。老百姓更不必说了。存在决定意识，反映到知识分子头脑中，就形成了根深蒂固的爱国心。“天下兴亡，匹夫有责”，不管这句话的原形是什么样子，反正它痛快淋漓地表达了中国知识分子的心声。在别的国家是没有这种情况的。

然而，中国知识分子也是极难对付的家伙。他们的感情特别细腻、锐敏、脆弱、隐晦。他们学富五车，胸罗万象。有的或有时自高自大，自以为“老子天下第一”；有的或有时却又患了弗洛伊德（?）讲的那一种“自卑情结（inferiority complex）”。他们一方面吹嘘想“通古今之变，究天人之际”，气魄贯长虹，浩气盈宇宙。有时却又为芝麻绿豆大的一点小事而长吁短叹，甚至轻生，“自绝于人民”。关键问题，依我看，就是中国特有的“国粹”——面子问题。“面子”这个词儿，外国文没法翻译，可见是中国独有的。俗话里许多话都与此有关，比如“丢脸”、“真不要脸”、“赏脸”，如此等等。“脸”者，面子也。中国知识分子是中国国粹“面子”的主要卫道士。

尽管极难对付，然而中国历代统治者哪一个也不得不来对付。古代一个皇帝说：“马上得天下，不能马上治之！”真是一针见血。创业的皇帝决不会是知识分子，只有像刘邦、朱元璋等这样一字不识的，不顾身家性命，“厚”而且“黑”的，胆子最大的地痞流氓才能成为开国的“英主”。否则，都是磕头的把兄弟，为什么单单推他当头儿？可是，一旦创业成功，坐上金銮宝殿，这时候就用得着知识分子来帮他们治理国家。不用说国家大事，连定朝仪这样的小事，刘邦还不得不求助于知识分子叔孙通。朝仪一定，朝廷井然有序，共同起义的那一群铁哥儿们，个个服服帖帖，跪拜如仪，让刘邦“龙心大悦”，真正尝到了当皇帝的滋味。

同面子表面上无关实则有关的另一个问题，是中国知识分子的处世问题，也就是隐居或出仕的问题。中国知识分子很多都标榜自己无意为官，而实则正相反。一个最有典型意义又众所周知的例子就是“大名垂宇宙”的诸葛亮。他高卧隆中，看来是在隐居，实则他最关心天下大事，他的“信息源”看来是非常多的。否则，在当时既无电话电报，甚至连写信都十分困难的情况下，他怎么能对天下大势了如指掌，因而写出了有名的《隆中对》呢？他经世之心昭然在人耳目，然而却偏偏让刘先主三顾茅庐然后才出山“鞠躬尽瘁”。这不是面子又是什么呢？

我还想进一步谈一谈中国知识分子的一个非常古怪，很难以理解又似乎很容易理解的特点。中国古代知识分子贫穷落魄的多。有诗为证：“文章憎命达。”文章写得好，命运就不亨通；命运亨通的人，文章就写不好。那些靠文章中状元、当宰相的人，毕竟是极少数。而且中国文学史上根本就没有哪一个伟大文学家中过状元。《儒林外史》是专写知识分子的小说。吴敬梓真把穷苦潦倒的知识分子写活了。没有中举前的周进和范进等的形象，真是入木三分，至今还栩栩如生。中国历史上一批穷困的知识分子，贫无立锥之地，决不会有面团团的富家翁相。中国诗文和老百姓嘴中有很多形容贫而瘦的穷人的话，什么“瘦骨嶙峋”，什么“骨瘦如柴”，又是什么“瘦得皮包骨头”，等等，都与骨头有关。这一批人一无所有，最值钱的仅存的“财产”就是他们这一身瘦骨头。这是他们人生中最后的一点“赌注”，轻易不能押上的，押上一输，他们也就“涅槃”了。然而他们却偏偏喜欢拼命，喜欢拼这一身瘦老骨头。他们称这个为“骨气”。同“面子”一样，“骨气”这个词儿也是无法译成外文的，是中国的国粹。要举实际例子的话，那就可以举出很多来。《三国演义》中的祢衡，就是这样一个人，结果被曹操假手黄祖给砍掉了脑袋瓜。近代有一个章太炎，胸佩大勋章，赤足站在新华门外大骂袁世凯，袁世凯不敢动他一根毫毛，只好钦赠美名“章疯子”，聊以挽回自己的一点面子。

中国这些知识分子，脾气往往极大。他们又仗着“骨气”这个法宝，敢于直言不讳。一见不顺眼的事，就发为文章，呼天叫地，痛哭流涕，大呼什么“人心不古，世道日非”，又是什么“黄钟毁弃，瓦釜雷鸣”。这种例子，俯拾即是。他们根本不给当政的最高统治者留一点面子，有时候甚至让他们下不了台。须知面子是古代最高统治者皇帝们的命根子，是他们的统治和尊严的最高保障。因此，我就产生了一个大胆的“理论”：一部中国古代政治史至少其中一部分就是最高统治者皇帝和大小知识分子互相利用又互相斗争，互相对付和应付，又有大棒，又有胡萝卜，间或甚至有剥皮凌迟的历史。

在外国知识分子中，只有印度的同中国的有可比性。印度共有四大种姓，为首的是婆罗门。在印度古代，文化知识就掌握在他们手里，这个最高种姓实际上也是他们自封的。他们是地地道道的知识分子，在社会上受到普遍的尊敬。然而却有一件天大的怪事，实在出人意料。在社会上，特别是在印度古典戏剧中，少数婆罗门却受到极端的嘲弄和污蔑，被安排成剧中的丑角。在印度古典剧中，语言是有阶级性的。梵文只允许国王、帝师（当然都是婆罗门）和其他高级男士们说，妇女等低级人物只能说俗语。可是，每个剧中都必不可缺少的丑角也竟是婆罗门，他们插科打诨，出尽洋相，他们只准说俗语，不许说梵文。在其他方面也有很多嘲笑婆罗门的地方。这有点像中国古代嘲笑“腐儒”的做法。《儒林外史》中就不缺少嘲笑“腐儒”——也就是落魄的知识分子——的地方。鲁迅笔下的孔乙己也是这种人物。为什么中印同出现这个现象呢?这实在是一个有趣的研究课题。

我在上面写了我对中国历史上知识分子的看法。本文的主要目的就是写历史，连鉴往知今一类的想法我都没有。倘若有人要问：“现在怎样呢?”因为现在还没有变成历史，不在我写作范围之内，所以我不答复，如果有人愿意去推论，那是他们的事，与我无干。

最后我还想再郑重强调一下：中国知识分子有源远流长的爱国主义传统，是世界上哪一个国家也不能望其项背的。尽管眼下似乎有一点背离这个传统的倾向，例证就是苦心孤诣千方百计地想出国，有的甚至归化为“老外”，永留不归。我自己对这个问题的看法是：这只能是暂时的现象，久则必变。就连留在外国的人，甚至归化了的人，他们依然是“身在曹营心在汉”，依然要寻根，依然爱自己的祖国。何况出去又回来的人渐渐多了起来呢?我们对这种人千万不要“另眼相看”，当然也大可不必“刮目相看”。只要我们国家的事情办好了，情况会大大地改变的。至于没有出国也不想出国的知识分子占绝对的多数。如果说他们对眼前的一切都很满意，那不是真话。但是爱国主义在他们心灵深处已经生了根，什么力量也拔不掉的。甚至泰山崩于前，迅雷震于顶，他们会依然热爱我们这伟大的祖国。这一点我完全可以保证。只举一个众所周知的例子，就足够了。如果不爱自己的祖国，巴老为什么以老迈龙钟之身，呕心沥血来写《随想录》呢?对广大的中国老、中、青知识分子来说，我想借用一句曾一度流行的，我似非懂又似懂得的话：爱国没商量。

我生平优点不多，但自谓爱国不敢后人，即使把我烧成了灰，每一粒灰也还是爱国的。可是我对于当知识分子这个行当却真有点谈虎色变。我从来不相信什么轮回转生。现在，如果让我信一回的话，我就恭肃虔诚祷祝造化小儿，下一辈子无论如何也别再播弄我，千万别再把我弄成知识分子。

# 看待二十一世纪中国

萧　乾

去年夏天，在美国教美术的儿子回来探亲。他原想在家和我们团聚一番，但我只留他在家待了一头一尾各一周，中间安排他去了趟新疆和敦煌。今年他又带了一批美国青年去桂林、昆明、武汉、西安和延安旅游并写生。任务完成后，他把学生送上了回美的飞机，就坚决留下来同我们欢度半个月。

他是 1956 年——我被划为右派的头一年出生的。不像比他大九岁的哥哥那样，对我当时头上那顶帽子的印象不深，因而包袱也不重。然而 1966 年红八月，当我在红卫兵的威迫下，胸前挂牌跪在自己家院中挨斗时，11 岁的他就站在旁边。1969 年他随我们一道去了湖北咸宁干校。高中毕业后，插了几年队。新时期到来，大学的门一敞开，他就考进去了。小小年纪也曾从中世纪的文革走到改革开放的现代。既经历了坎坷，也曾时来运转。

这次回京，他注意到长安街两端的楼群又扩展了，也更摩天了。当年我常骑车带他到复兴门外来玩。那时除了玉渊潭，可都是一片荒地，偶有几间土屋。如今，我们所住的高层居民楼就盖在那荒地上。抚今追昔，他不断赞叹说，变化太大、太大了。

可也有些美中不足的事。亲戚家一位女婿（留日博士生）回国探亲。只因身上带了些外币，就在旅馆中遭歹人杀害。一路上，他也遇到一些在洋人面前有损国格（因而使他十分狼狈）的事。每天外出，他也看到听到一些使他感到困惑的消极现象。

在我送他去机场的路上，他突然问我是怎样看待二十一世纪中国的走向，并且进而问我悲观还是乐观。我毫不踌躇地告诉他：当然乐观。这里涉及我对历史的基本看法。

回想三十年代当东京——罗马——柏林结为轴心时，世界真是一片黑暗，恶魔称霸全球。从 1931 至 1945 年间，多少生灵惨遭涂炭啊！然而浓云过去之后，东南亚、拉美、中东以及整个黑非洲都摆脱了殖民枷锁。“十年浩劫”有时也曾使人绝望过。然而倘若没有那十年的折腾，今天我大概还在戴着那顶无形的帽子，中国也依然是与世隔绝的锁国。坏事总能变成好事。这是一个可喜的历史规律。

就中国而言，历史悠久，地大物博，对这一基本事实是我对二十一世纪的中国持乐观态度的出发点和主要依据。从大跃进到“文革”，换个小国，早完蛋了。咱们这里不管死多少人，受多大损失，丢多大脸，就是禁得起折腾。当然，最好不折腾或少折腾。那样，蜗牛本应是骏马。倘若开国之后，肃清了真正的敌人就转入经济建设，不疑神疑鬼，一批又一批地整，而是挽起袖子来奋发图强，今天这样的繁荣在二三十年前本来就可以实现。当时，不但没有什么“四小龙”，连日本也还挣扎在贫穷线。

可是中国的伟大就在于它禁得起折腾。所以今天更没理由去悲观。我一直感谢 1966 年 8 月把我救活了的那位大夫，也一直为当时没人救或没救活的朋友们而痛惜。即便在我的绝命书中，我也曾表示相信美好日子总会到来，只是我由于受不了那凌辱，等不及了。可及至我发现自己被救活了之后，我就对自己发誓说，再也不自戕了。至少要看到那帮歹徒的灭亡。当电视播放审判“四人帮”的画面时，我对自己说，居然等着了！来世报应是瞎扯，但现世报却千真万确。这里有“物极必反”的历史规律在。

所以我绝不因眼前的一些消极现象就动辄悲观。当然我坚决反对听之任之。我希望法律能管，舆论能揭，作家们能起而鞭笞。

二十一世纪到来时，我大概早已化为粪土。但我坚信中国不但亡不了，而且会更加光明灿烂。许多莠草蠹虫都将在历史的规律下被淘汰掉，正如我们走路碰到的绊脚石，必然会被踢入沟渠。

就个人而言，就是要当踢绊脚石的，而莫当绊脚石。

# 雄关赋

峻 青

哦，好一座威武的雄关！

——山海关，这号称“天下第一关”的山海关！

提起山海关来，这铮铮响的名字，我是很早很早就听到了。记得刚刚记事的童年，从我的一位四爷爷那里，就听到了山海关的名字，刻下了这座雄关的影子。

我的四爷，是一个关东客。还在他才十几岁的时候，就像我故乡中许许多多为贫困所迫无路可走的农民一样，孑然一身，肩上背着一张当做行李的狗皮，下关东谋生去了。及至重返故里，已经是七十多岁的人了。和他几十年前离乡时一样，依然是孑然一身，两手空空。而他带回来的唯一财物，就是他那漂泊异乡浪迹天涯的悲惨往事和种种见闻。

这当中，就有着山海关。

到现在，我还清晰地记得：冬景天，我们爷儿俩，偎坐在草垛根下，晒着暖烘烘的三九阳光，他对我讲述山海关的一些传说、故事的情景。那雄伟的城楼，那险要的形势，那悲壮的历史，那屈辱的陈迹，那塞上的风雪，那关外的离愁……

善感的心灵，也曾为背井离乡远徙异地的行人在跨过关门时四顾苍茫的悲凄情景而落下过伤感的眼泪，也曾为那孟姜女的忠贞和不幸而郁郁寡欢；然而更多的却是为那雄关的雄伟气势和它那抵御外侮捍卫疆土的英雄历史所感动，所鼓舞。幼稚的心灵上，每每萌发起一种庄严肃穆慷慨激昂的情怀。

也曾做过一些童年的梦：梦中，常常是身着戎装飞越那绵延万里的重重关山，或是手执金戈高高地站立在雄伟高大的城门之上。……

啊，梦虽荒唐，然而那仰慕雄关热爱国土的心却是真挚的，深沉的。

遗憾的是：这与京都近在咫尺的雄关，我却一直没有到过，它留给了我的依然还是童年时代从四爷爷那里得来的模糊的影子。

机会不是没有的：有一次，大概是1956年的春天吧，我出访东欧，乘的是横越东北大地和西伯利亚荒原的国际列车。列车从北京开出后，就从列车播音员的广播中，听到了沿途将要经过的一些城市，这当中，就有着山海关。当时的心情是十分兴奋的。列车过了秦皇岛以后，我就眼盼盼地渴望着能尽快地看到山海关。哪知列车驶近山海关车站的时候，我才发现：原来这车站和铁路线离山海关还有相当远的一段距离，我从车窗里探出头去，用力向北张望，心想能远远地眺望一下那雄关的影子也好。可是非常遗憾，因为这时已是黄昏时分，苍茫的暮色，笼罩着大地，任是瞪大了眼睛，竭力张望，也望不见山海关，只能隐隐约约地望见一抹如烟似雾的淡影，和从四野里升腾起来的炊烟暮霭融合在一起，像三春烟雨中的景色似的，迷离难辨。

我失望地转回头去，脑幕上留下的依然是童年时代从四爷爷那儿得来的模糊的影子。

现在，我终于亲眼看到这思慕已久的雄关了。

啊，好一座威武的雄关！

果然是名不虚传：

——天下第一关！

那气势的雄伟，那地形的险要，在我所看到的重关要塞中，是没有能与它伦比的了。

先说那城楼吧：它是那么雄伟，那么坚固，高高的箭楼，巍然耸立于蓝天白云之间，那“天下第一关”的巨大匾额，高悬于箭楼之上，特别引人瞩目，从老远的地方，就看得清清楚楚。这五个大字，笔力雄厚苍劲，与那高耸云天气势磅礴的雄关，浑为一体，煞是雄伟、壮观。但是，最壮观的还是它形势的险要。不信，你顺着那城门左侧的阶台往上走吧，你走到城墙之上，箭楼底下，手扶着雉墙的垛口，昂首远眺，你会情不自禁地发出一声又惊又喜的赞叹：

“呵，好雄伟的关塞，好险要的去处!”

你往北看吧，北面，是重重叠叠的燕山山脉，万里长城，像一条活蹦乱跳的长龙，顺着那连绵不断起伏不已的山势，由西北面蜿蜒南来，向着南面伸展开去。南面，则是苍茫无垠的渤海，这万里长城，从燕山支脉的角山上直冲下来，一头扎进了渤海岸边，这个所在，就是那有名的老龙头，也就是那万里长城的尖端。这山海关，就耸立在这万里长城的脖颈之上，高峰沧海的山水之间，进出锦西走廊的咽喉之地，这形势的险要，正如古人所说：

两京锁钥无双地

万里长城第一关，

站在这雄关之上，人的精神，顿时感到异常振奋，心胸也倍加开阔。真想顺着那连绵不断的山势，大踏步地向着西北走去。一路上，去登临那一座座屏藩要塞，烽台烟墩。从山海关、喜峰口、古北口、居庸关、雁门关，一直走到那长城的尽处，嘉峪关口。也想返回身来，纵缰驰马，奔腾于广袤无垠的塞外草原之上，逶迤翻腾的幽燕群山之间，然后，随着那蜿蜒南去的老龙头，纵身跳进那碧波万顷的渤海老洋里，去一洗那炎夏溽暑的汗水，关山万里的风尘。……

甚至，更想身披盔甲，手执金戈，站立在这威武的雄关之上，做一名捍卫疆土的武士。……

哦，童年的梦，又从长久尘封的记忆中复活了。

复活在这“天下第一关”的城楼之上，山海之间。

复活在这二十世纪的八十年代。

复活在这十年内乱后的一个励精图治的夏天。

这，能说是荒唐的吗?

不，你瞧，那是什么?

正当我凭栏四眺遐思迩想的时候，猛听得一阵喧哗，回头一看，啊，一个身披盔甲手执青龙大刀的武士，从那古老而高大的箭楼大门里面走了出来，我不禁吃了一惊，心里好生诧异，上前仔细一看，却原来是一个到这儿来游览的青年小伙子，故意穿着这一身戎装拍照留影做纪念的。这戎装，是从那设在箭楼大门里面的一家照相馆里租来的。这家照相馆在这儿陈列了一些盔甲和兵器，专门租给游人拍照留念。

这件新鲜事儿，使我非常高兴。开始我想到的是这家照相馆真是“生财有道”，会想点子赚钱；可是转又一想：这不单纯是个赚钱营利的问题，而更重要的是他们体会到那些从祖国的四面八方汇集到这儿来的游人们在登临上这座古老而著名的雄关时的心情。我由此也就懂得了：这身着戎装拍照留念的青年小伙子，也决不止是为了好玩和逗趣，这当中，也蕴藏着一种可贵的感情。

瞧，这小伙子手执大刀昂首挺胸的威武严肃的神情，不就是很好的证明吗！

看着这，有谁会感到滑稽可笑呢？

不，相反地，人们会情不自禁地从心里涌起一种肃穆庄严的感觉，怀古爱国的激情。

也许是受到了这种情绪的感染，与我一起来的一位青年女作家，也仿效那个小伙子的榜样，走进箭楼大门里面，花了五角钱去租了一套盔甲、兵器，披挂起来。当她披挂停当从箭楼里走将出来时，我简直不认得她了。那个一身天蓝色西装衫裙的时髦姑娘，一刹那间却变成了一位威风凛凛的古代武士。她头戴朱缨金盔，身穿粉底银甲战袍，手抚绿色鲨鱼鞘青锋宝剑，昂首挺胸地站立在城楼之上，俨然是一位身扼重关力敌千军的守关武士，叱咤风云的巾帼英雄。

我们的这位青年女作家，过去曾当过演员，还拍过一部电影，在那部电影里，她演的是一个从穷山沟里出来的农村姑娘，当上了飞行员，驾驶着银鹰，翱翔在蓝色的天空，保卫着祖国的神圣疆土。现在，她又身披戎装，手执金戈，在扼守这重关要塞了。8 月的骄阳，映照着金盔银甲，闪烁出耀眼的光芒。她高高地站在那里，两眼凝视着远方，脸上的神情，是那样的庄严。真个不啻是花木兰再世，穆桂英重生。

看着这，一刹那间，我竟然仿佛置身于中世纪的古战场上。一股慷慨悲歌的火辣辣的情感，涌遍了我的全身。

啊，雄关！

这固若金汤的雄关！

这“一夫当关，万夫莫开”的雄关！

在我们那古老的中华民族的伟大历史上，在那些干戈扰攘征战频仍的岁月里，这雄关，巍然屹立于华夏的大地之上，山海之间，咽喉要地，一次又一次地抵御着异族的入侵，捍卫着神圣的祖国疆土。这高耸云天的坚固的城墙上的一块块砖石，哪一处没洒上我们英雄祖先的殷红热血？这雄关外面的乱石纵横野草丛生的一片片土地，哪一处没埋葬过入侵者的累累白骨？

啊，雄关，它就是我们伟大民族的英雄历史的见证人，它本身就是一个热血沸腾顶天立地的英雄好汉！

如今，这雄关虽已成为历史陈迹，但是它却仍以它那雄伟庄严的风貌，可歌可泣的历史，来鼓舞着人们坚强意志，激励着人们的爱国情感。

我相信：假若一旦我们的神圣的国土再一次遭受到异族入侵的话，那位手执大刀的青年小伙子，还有我们的现代花木兰，以及所有登临这雄关的公民，全都会毫不犹豫地拿起武器，奔赴杀敌救国的战场！

由此，我又悟出了一个道理：雄关，这早已变成了历史陈迹的雄关，虽然已经失去了它往日的军事作用，但是这雄关的伟大体魄，忠贞的灵魂，却永远刻在人们的心中。

哦，更确切一点说，这雄关，不在地壳之上，山海之间，而是在人们的心中。

是的，在人们的心中。这才是真正的雄关，比什么金城汤池还要坚固的雄关！

不是吗？山海关纵然是坚固险要，可也有被攻破的记载：而吴三桂的开门揖盗引清入关，更是不攻自破，多尔衮的铁骑，不就是从这洞开的大门下边蜂拥而来席卷中原的吗？

恸哭六军皆缟素

冲冠一怒为红颜

吴梅村的《圆圆曲》，道出了所有爱国人士对民族败类的愤慨和痛恨。尽管历史学家对吴三桂叛国的动机究竟是不是为了“红颜”这一史实，还有争议，但是雄关被出卖而不攻自破却是事实，也是教训。

这遭到过玷污的雄关，至今还蒙受着耻辱的灰尘，并在无声地向人们诉说着这一段痛苦的历史，也仿佛在向着人们告诫：

谁道雄关似铁？

任是这似铁的雄关，也有那被攻破的时候。

说什么“一夫当关，万夫莫开”？

在我们那辽阔的疆土之上的许许多多重关要塞，从来就没有哪一座关塞真正起到过这样的作用。它们或者被强敌攻陷，或者为内奸出卖。而尤其是后者，堡垒易从内部攻破，历史上是不乏这种沉痛记载的。

吴三桂的丑剧，只不过是其中的一件而已。

由此看来，古往今来的大量史实证明：那所谓“固若金汤”的雄关，是从来就不存在的；而真正坚固的雄关，只存在于人们的心中。

——这，就是信念！

对社会主义，对革命事业，对我们伟大的祖国的坚贞不渝的信念，就是最坚固最强大的雄关，是任凭什么现代化的武器都不能攻破的雄关！

千百万吨级的热核武器攻不破它，重型轰炸机和洲际导弹攻不破它，资本主义腐朽思想攻不破它，灯红酒绿金钱美女也攻不破它。它，永远巍然屹立于我们伟大辽阔的国土之上，亿万英雄儿女的丹心之中。

这才是真正的雄关！

“固若金汤”的雄关！

啊，雄关！

无比坚固的雄关！

# 青春的芦苇

赵丽宏

说起“青春”这两个字，我们这些人未免有些失落。额头的皱纹和两鬓的白发，似在宣告生命的青春正在离我们而去。这是自然规律，谁也没有办法改变。我们的青春已经留在了逝去的岁月中，留在了我们身后那条曲折坎坷的道路上。去年夏天，我曾经和一批“老三届”的作家一起，为一本名为《苦难与风流》的书签名，“老三届”的读者，可以凭身份证得到赠书。这是一本关于“老三届”的书。那天，艳阳高照，热风熏人，无数“老三届”的读者还是闻讯而来，出版社门前的道路被潮水般的人群阻塞了。面对着无数和我同龄的朋友，看着岁月的风霜在他们的脸上留下的痕迹，看着他们兴奋激动也略带悲凉的表情，我的心为之震颤。说实话，我也有些惭愧，和我面前的这些同龄人相比，我们有什么可以自夸的呢？只是多写了几篇文章而已。我知道，这些读者，决不是为了来看我们这些坐在凉棚下签名的作家，他们是为回顾流逝的青春而来，是为寻找失落的理想而来，是为了解这一代人的现状而来。我想，会为了一本书如此激动，这些人心中的青春和理想的火焰一定没有熄灭。这就是“老三届”——这样想着，我在惭愧的同时，也有了些许欣慰。

在《苦难与风流》这本书中，有我的一篇短文，题目是《痛苦和财富》。我要说的意思是：人生的坎坷和磨难，可以成为财富，使你在精神上成为一个坚强而富有的人。这一点，对所有的“老三届”都一样。不管你是当官，是经商，是从事科研，还是普通的工人和农民，都是如此。我想，衡量一个人的成功与否，决不仅仅是看他是不是出名，是不是拥有金钱和财富。我有很多“老三届”朋友，他们至今默默无闻，但他们活得很充实，他们不人云亦云，有自己的见解，有自己的事业，尽管他们的事业在有些人的眼里或许微不足道。和他们在一起时，我也感到充实。

如果有人问我，作为“老三届”的一分子，你的现状如何？我大概可以问心无愧地回答：我还没有虚度光阴。我仍然在追求我理想的境界，仍然在思索自然和人生，仍然爱我之所爱恨我之所恨，仍然在做我乐于做并且愿意为之献身的事情。尽管周围的世界千变万化，但我心中那些最珍贵的东西不会轻易改变，因为它们是我经历了黑暗和浑浊追寻而得，它们经过了岁月风雨的沉淀和筛选。有人说中年是人生的收获季节，这话对我当然也切合。从八十年代初出版第一本书至今，我已经出版了30本书（其中五本在海外出版），这些书是我徜徉世界的心得，是我跋涉人生的脚印，也是时代在我的灵魂中引起的回声。我最近出的一本新书，书名是《喧嚣和宁静》，我是想以此来说明我的一种心境，即在喧嚣中保持自己的人格的独立，保持自己心灵中那一份珍贵的、谁也无法将之驱逐的宁静。在这30本书中，有一本是写我和儿子的交流。有人对此不以为然，似乎作家写自己的孩子就是“不务正业”，这使我感到非常奇怪。在这十来年中，抚养教育儿子，是我生活中非常重要的内容，文学既然是源于生活，我在自己的文字中倾吐作为一个父亲的感受，应该是很自然的事情。在我所有的著作中，这本写孩子的书是字数较少的一本，它们只是我创作中的极微小的一部分，而这部分内容在我的生活中所占比重是那么大。有意思的是，这本书，在读者中却有很好的反响。我的很多“老三届”朋友们，都在这本书中找到了共鸣，因为，这些年，养儿育女，是我们这一辈人生活中的大事情。中学的语文课本选用了其中的篇章，我的儿子不久也会在课堂里读到这些记录我和他交流的文字。前几天，还有朋友从美国来信，说那里的一些中国移民正在争相传阅这本书，他们很感兴趣。我想，这也不奇怪，因为，只要人类的亲情依然在这个世界上延续，那么，这样的文字永远会在陌生的心灵中激起共鸣。尽管有高深之士不以为然。

对我们这代人来说，工作着是幸运的，也是幸福的，如果你从事的工作正是你所钟情的，那就更其如此，两鬓陡生的白发无法掩盖工作带来的快乐。就这一点而言，我可以说是一个幸运者：然而，面对着自己写的一大叠书，我并没有飘飘然的成就感，它们代表的是我的过去，是已经流逝的岁月。对我的工作最大的奖励和安慰，来自读者。最近两年，我多次在书店为读者签名，每次都有几百个读者冒着风雨前来买我的并不时髦的书，有些人还专门从外地赶来。我不可能和每个读者讲话，但从他们的眼神中，从他们简短真挚的问候中，我能感受到他们所有的善意和友好的感情。我想，这种善意和友好，不仅仅是对我个人，也是对曾被很多人认为面临困境的文学。我常常收到读者的来信，他们有的读过我的书，有的只是读了我的几篇文章，但却想到写信向我倾诉他们的感想，对我讲他们自己的故事，把我看作一个值得他们信任的朋友。每次新年将近时，总是会收到许多认识的或者陌生的读者寄来的贺卡，贺卡上的美好祝愿使我如沐春风。这时，我觉得自己是何等富有，也深感自己没有理由不更认真地面对生活，面对读者，面对自己所钟情的事业。我曾用《文学不会死亡》为题写下过我的感慨，有这样的读者在，中国的作家不会孤独，中国的文学也决不会走投无路。

我把我的书房称为“四步斋”，没有玄妙的典故，只是因为它小。在农村“插队”时，我的“四步斋”是半间草屋，后来，是一间没有窗户的暗室，再后来，是新工房中卧室的一角。现在，它还只是一间不到十平方米的斗室，不过是一个可以关起门来读书写作的安静空间。值得一提的是，“四步斋”里有了两台计算机，一台486台式计算机，一台386便携式计算机，它们成了我的不可分离的密友。写作时，键盘的敲击声已经取代了笔和纸的摩擦声……“四步斋”的变化，大概也可以看作是我们的社会和生活变化的一个小小象征吧。

我书房门口的一个花盆里，插着一束芦苇，这是我从当年“插队落户”的岛上采来的。我喜欢芦苇的银色，喜欢这些盛开在荒滩上的独特的花朵，它们曾是我青春的见证。这些芦花，是结束了生命，但它们却把蓬勃的生命形态以最美丽的方式留在了世界上。它们常常使我想起帕斯卡的话：“人是一根会思想的苇草。”世界和历史如原始的森林浩瀚无际，任何个人，都只能是其中的一点微绿。然而我相信，只要把美好的思想和情感留在了这个世界上，你就没有白活，你就不会消失。

# 车轮滚滚

铁　凝

不久前，在一个聚会上，我的一位同事又说起了车。一个时期以来，我不止一次或直接、或间接地听这位同事讲起有车的种种好处和开车的种种意义。这位同事已经买了属于自己的车，可他的听众，大多是还没有私家车的群体。有车的人对没车的人讲述买车、开车其实也属正常——难道这不正是一个开口必谈“车事”的时代么？我们的媒体广告，汽车在其中已经占据了多么显赫的比例。谈车早就是一种时尚、一种先锋，一种优越甚至一种“派”。而我的这位同事，又从自身职业特点引申开来，说开车不仅可以开阔眼界，提高境界，并且对写小说也会产生积极意义。只可惜，迄今为止，我还没能看见有哪位作家是因为买了车开了车而把小说写得比从前更好。倒是这位同事的“车事”，让我想起了自己的“驾车”经历。

从前——30 年前——1975 年，夏天的时候，我和一些应届高中毕业生作为下乡知识青年，被冀中平原上的一个村子接纳下来，开始了与农民一样的劳动和生活。当秋天到来，我们已经有了些许农事经验，生产队长对我们的劳作能力也基本上心中有数了。一天下午，这位队长派给我一样农活：赶着毛驴车去公社供销社拉化肥。这使我欣喜若狂，与我同行的两个女生也兴奋不已。因为，和大庄稼地里的活计相比，赶驴车又何止是个轻巧活儿呢，那简直是一次奢侈的时髦之旅。生产队的毛驴是头小灰驴，那驴车只是一辆小排子车。驴的秉性比起骡、马，虽然稍显滑头和懒惰，却不暴烈，通常比较好驾驭。就这样，我们赶着小驴车上了路。两个女伴坐进车厢，由我负责驾车。我坐在左侧车辕上，手持一根细荆条，并不抽打驴的身体，只在吆喝它时晃上几晃以助声威。起步要喊“驾”，调整方向要喊“哦喝”，站住要喊“吁”。差不多，只要学会这三声呼喊，驴车就能够正确地在路上前进。驴车在我简单的吆喝声中不快不慢地走着，车轮下的乡间土路凹凸不平，让我们的身体领略着甘愿承受的轻微颠簸；而夹挤在土路两边的高大的白杨树，在秋风中豁啷啷地响着，威严又安谧。公社离我们的村子五华里，我们都希望这短暂的五里地能够无限延长——因为驾驭的欢乐初次降临到我的头上。我们的虚荣心也叫我们特别乐意被在附近地里干活儿的村人看见，我们乐意看见人们那吃惊的眼神：嗬，女学生也会赶驴车……几乎是一瞬间，公社就到了。我在供销社门前冲小灰驴喊了“吁”，停住车，我的同伴也跳下车，跟我一起进门去买化肥。但我们出门时却发现驴车不见了，原来我忘了把毛驴拴住——或者说我根本就没有拴住它的意识。于是驴自己拉着车扭头就走了，也许它是想独自回家呢，也许它是用这种行为表示一下对我们的不屑：就你们，连拴车都不知道，还想吆喝我？我们急着在街上找驴车——驴和车可都是生产队的财产啊。幸亏好心的路人帮我们把已经走在出村路上的驴车截了回来，供销社的营业员替我们将化肥装上车，驴车才又开始正确前进。在回村的路上，我们三人不断指责着那毛驴，指责它的贼头滑脑和不听指挥。驴一声不吭地只顾走路，这就是驴滑头的一面吧，当然它也无法开口用人话与人对答。而驴在想什么就是人永远不知道的了。很久以后我想起我这初次的驾车，仍然能够感受到当初的愉悦，可也觉得我们三个人只顾了享受驾车的奢侈，似都缺少一点驾车人应有的厚道：驴已经在负重前行了，它承载的重量除了化肥，还有我们三个活人，又何必把自己忘记拴驴车的责任推到它身上呢。

我还想到，1975年的秋天我驾着驴车的时候，即使用尽想象力，也没去梦想有一天我还可能驾驶汽车。时间再往前推，上世纪六十年代，我的儿童时代，关于汽车的歌谣有这样两句：“小汽车，嘀嘀嘀，里边坐着毛主席。”在那个时代的童谣里，小汽车连中国人遥远的梦都不是，小汽车里坐的只能是毛主席这样的伟人。普通人如我，长大后只坐过另外的一些车：火车，公共汽车，卡车，摩托车，自行车……还有马车、牛车。在乡下的那些日子里，当我们到离村很远的地块儿干活儿，收工时累得腰酸腿颤，若能在回村路上搭一辆村中的牛车，便是莫大的享受了。牛是憨厚温顺的，牛车是缓慢、从容的，车把式的脾气多半也是好的，我们很容易就蹿上车后尾，坐进车厢，一边歇息着劳累的腿，一边得意着自己的好运气。那是一个不讲速度的时代，虽然火车、飞机都在奔跑和飞翔，但在中国的乡村，牲口车仍然像千百年前一样，是重要的交通和运输工具。1975 年的中国，自行车也仍然是重要的，是交通工具更是家庭财产的象征。一则轶事讲的是我的另一位同事，在那个年份里买了一辆产自上海的凤凰二八型锰钢自行车，却舍不得骑，放着又怕受潮，干脆将它吊在墙上。其老父从乡下来城里看病，每日步行去医院，颇感劳累，请求儿子将墙上的自行车放下来叫他骑一骑，这位儿子便说：“爹呀，您还是骑我吧。”这样，孝顺和实用就都让位于对这份财产的护佑了。在今天，中国人有谁还会奔走相告自己买了一辆自行车，并把自行车挂在墙上呢。

时代在前进，我也竟然有了学习开车的机会。我初次学习驾驶汽车是在 1990 年，那年我在河北山区一个县里生活、工作了一段时间。一位县政府的司机在拒马河宽阔的河滩里教我开北京吉普“212”。坦率地说，他教得含含混混，我学得糊里糊涂，但我居然把那吉普车开出了河滩，开上了公路。一如我当年驾着驴车，觉得一切都很简单。三天以后我就开着那车去了一趟北京，并邀请县里几位领导乘坐我开的车。今天想来，这实在是一件于人于己都极不负责的野蛮之事，真是无知者无畏啊！再后来当我真正去学习开车并考取驾照后，才知道当年我开着车不自量力地疯跑着去北京时，我其实并不会开车——虽然，车子在前进，车轮也滚滚。我在还没有资格开车的时候就上了车，不尊重自己，也不尊重他人。

接着，仿佛是忽然之间，中国大地变成了一个汽车的海洋。不是曾经有人说过，19世纪超过了以往的1000年么。而中国的近30年，又一下子超过了以往多少漫长的岁月呢？就在100年前，一位美国传教士名叫阿瑟·史密斯的，在《中国乡村生活》一书里还写道：即使中国乡村中的士人，也有人坚信西方国家一年有1000天并且天上无论何时都挂着四个月亮。今日的中国的确创造了奇迹。我们用30年成就了先人千百年不曾想象的事业，千百年不曾有过的现代之梦。

我庆幸我生在今天的中国，我驾驶过驴车，我也有机会去驾驶汽车，甚至我也可以有属于自己的汽车。啊，车轮滚滚，中国人从前在交通上的种种苦难、尴尬和算计好像一股脑儿就被抛在车后了——很多时候我们实在是健忘。还记得许多人当年为了省下三分钱的公共汽车票钱，坚持步行着走向目的地。人问："您是怎么来的呀？"答曰："乘11路汽车来的。"就是当年这些快乐而幽默的用"11路汽车"行动的步行者，在今天已经有多少人拥有了自己的私家车啊。我也亲眼见过我的一个亲戚，当年住在四合院里一个三平方米的小屋里，有一次打开一辆某某牌车子的车门，皱着眉头说：后排座空间太窄，空间太窄……更有各种媒体为各种牌子的汽车划分了"阶级"等级：某某车是市民车，某某车是白领车，某某车是小资车，某某车是官员车，某某车是富豪车，某某车是顶级至尊车……以此来引导着购车者的消费和向往，并制造着车与车之间、车主与车主之间微妙而又难耐的矛盾。大排气量的车好像天生可以藐视小排气量的车；而小排气量的车遇见大排气量的车也喜欢故意"别"你那么一下子。当他们共同遭遇自行车和行人时，便又会结成统一战线，异口同声地诅咒自行车和行人的不遵守交通规则，专门要和开车的人过不去。他们会说：这是对有车族的嫉妒。也许是吧，因为当我不在车上的时候，我也是行人中的一员。当我走在小区安静的路上，我讨厌一辆汽车在我背后突然鸣喇叭——你坐在车里有什么了不起啊，也许我想。我不让路，就叫那车在我身后磨蹭着走。而当我开车的时候呢，我不是也经常抱怨自行车们的不守规矩么，我也曾在不该鸣喇叭的地段大声鸣起喇叭，以威吓那个闯红灯的、阻挡了我正常行驶的骑自行车的人。这时我应守的规则上哪儿去了呢？是啊，生活在前进，为什么车上车下的人却变得这么脾气暴躁、火气冲天？还有些时候，我也是乘车的人。我坐在出租车上，发现这个女司机并没有真系安全带，她只是把安全带斜搭在肩上用来应付警察。我说您怎么不系安全带呀？她说“累得慌”。我又发现她变道、转向时从来不打转向灯，就说您怎么不打转向灯啊？她说“累得慌”。她一路和我说着“累得慌”让我心存不悦，虽然在我眼前的车流里，变道不打转向灯的车实在挺多。此时的我作为一个坐车的人，自然又会想到开车人的素质太低什么的。“素质”，这也是近年来我们挂在嘴边的话了，且多半是用来指责他人。我还发现为了省油，这女司机常是离路口的红灯还有百米左右就提前空挡溜车，让我倍感不安全。可女司机是个爱说话的人，她向我诉说了很多她的家庭负担和她的累。她的话我大半没记住，只有一个细节很久不忘。她说开车累营养要跟得上，牛奶她是喝不惯的（很多国人的肠胃不能消化牛奶），她每天早晨喝一包豆奶。她会在每晚睡觉时把豆奶放在自己的肚子上焐热，她的肚子脂肪厚，一夜时间捂热一包豆奶是富富有余的。她早晨喝一包被自己肚子焐热的豆奶，人觉得很精神，也省了家里的煤气。她就那么精神着开她的出租车去了。这时我的不悦似乎又随着女司机的豆奶消失了，这是一个劳动着的人，一个节俭持家的人，我真有资格去和她讨论“素质”吗？如此，莫不是谁都有着谁的道理？

那些开着“顶级至尊”车的公民，不是也有落下车窗就冲着大街吐痰的吗？而在我听到的许多关于车的议论中，人们大多是说品牌，说欧洲车和日本车之高低，说钢板的厚度车身的自重，说自动挡和手动挡或“手自一体”，说排气量，说真皮坐椅和天窗，说车内音响和电视，说安全气囊的安全系数……唯独很少听见开车人说开车的规矩，偶尔提及，竟也是说如何用不着去讲那些规矩。

2005 年的岁末，我是一个乘车的人，我是一个骑自行车的人，我是一个坐“11 路”而来的人，我——有时也是一个开车的人。我开着车走在山里一条狭窄的公路上，遭遇着种种不守规则的车。而当我遇到前方的某辆车在变道时打起转向灯时，便立刻觉得自己受到了格外的礼遇。我多么想告诉那辆文明的车：陌生的车啊，我感谢你！在经过一个寂静的村子时，我遇到了一辆拉着柴火的驴车。赶车人不是 30 年前的我，而是一个老汉。他跳下车来，紧轰着牲口忙不迭地给我的车让路的样子使我有种受宠若惊之感。这个谦逊的山里老人，他显然还没有对汽车这物件产生敌意，他把它当成这山里的客人了吧，主人应该礼让客人的。在老人积极的避让下，我顺利通过了本是狭窄的路。我忽然心生暖意。我在空无一人一车的公路上开着车，一丝不苟地系着安全带，一丝不苟地在该打转向灯时打着转向灯，虽然，很长的一段时间里，在我的前方和后方并没有车。那我的转向灯是打给谁的呢？我是打给车轮下这清晰可辨的斑马线吧，还有虚线、实线、双黄线……我是打给这抬举着我的条条公路吧，我是打给我本该遵守的规矩吧，我也是打给我手下这跟了我的车吧。当我在空无一人一车的公路上守着自己该守的规矩、限制着自己该受的限制开车时，真正享受到了开车的愉快和自由——没有限制，又哪里来的自由呢。当你接手一辆车的时候，你要给这车什么样的教养，你准备好了吗？我不断问我。

话题还要回到开头：我的那位有着“谈车瘾”的同事也许犯不上被我讥讽。这同事已年过60，一个年过60的中国人能赶上开自己的车，难道不也是一件很可爱的事么。就算是他把自己的买车和开车变成了一个事件而不是一种纯属个人的生活，可中国的朝气，中国人的心气儿，也在其中了。车轮滚滚，势不可挡，谁也无法压抑逐渐富裕起来的中国人蓬勃的各种欲望。问题是，当车轮滚滚向前时，我们该没有丢下人类那些本该具备的种种德性吧？我们有目测前方的雄心，也该有回望心灵的能力。

车轮滚滚，而人海更是茫茫。当车在人的生活中变得那么重要时，每一个人也都更加重要，即便你还是乘着“11路”来往于人海茫茫的路上。

# 山神的女儿

## ——鄂伦春即景

王昕朋

鄂伦春族是一个被誉为“山神”的民族。这个民族过去以在深山老林里游猎为生。上个世纪 50 年代，他们沐浴着新中国清新、绚丽的朝霞下山定居。几十年过去了，他们几代人的生活和工作怎么样？这是我到大兴安岭后十分关切和想了解的问题。

塔河县领导安排我去十八站鄂伦春自治乡调研时，专门安排鄂伦春族出身的女副县长魏云华陪同。

魏云华精明干练，也很质朴，话却不多。一路之上，塔河县其他陪同人员向我介绍情况。由于长期在山林里过着狩猎的生活，鄂伦春族居民性格很坚忍，女人也是这样。解放前，鄂族女人社会地位低下，根本没有任何权利可言，身受神权、父权、夫权的三重压迫。在家庭中她们无权对外交涉，完全被排斥在社会政治生活之外；在经济上没有财产所有权和继承权；日常生活中，还要受到各种禁忌的束缚，活得艰难困苦。按照族规，她们没有婚姻自主的权利，在丈夫死后还不能改嫁。而鄂族的男人们由于老是在山林里狩猎，非自然死亡的可能性很大。所以总有女人年纪轻轻就守寡，承担着养育子女的责任。长此以往，鄂伦春族的妇女养成了既软弱又坚忍的性格，当生活的巨担压到肩上的时候，她们会以超越常人的韧性承担下来。新中国成立后，她们彻底翻了身。尤其是下山定居后，她们人生的舞台越来越广阔，扮演的角色越来越重要。

“鄂族的妇女个个都厉害，尤其是魏家姐妹俩，那更是不得了。”这是我在大兴安岭听到的赞扬。

魏家姐妹俩姐姐叫魏春华，妹妹叫魏云华，都是呼玛县老民委副主任魏爱林的女儿。

魏爱林历任呼玛协领分署工作人员，十八站公社社长，呼玛县民委副主任，呼玛县第四届人大代表，呼玛县第二届、第四届党代会代表，是当地非常出色的一个鄂族干部。他从小聪明伶俐，打猎勇敢。1952 年，有着初中文化的魏爱林在刚组建不久的鄂伦春族护林队任班长，他认真负责，勤于职守，带动全班人马日夜守卫在森林深处。由于工作出色，他被选派到呼玛县协领分署工作，专门负责民族工作及生产、生活。后来一直当到了呼玛县民委书记。

魏春华 1958 年出生，在新中国的灿烂阳光下成长，是鄂族最早的有大学学历的居民之一。1974 年，她到呼玛县插队，在公路管理站当工人，后来，她先后担任公社团委书记、代理乡长、乡党委书记等职。

一次，魏春华到加格达奇参加行署鄂伦春生产生活座谈会。会上，她向地委领导汇报了鄂族经济社会的实际情况，以及她关于发展鄂族特色经济的想法，得到了地委领导的支持。回乡后，魏春华按照“以林为主、多种经营、全面发展”的思路，组建了十八站鄂伦春族林产公司。她亲自带领群众上山清林，自力更生，勤劳致富，十八站鄂伦春民族乡第一次出现了 73 个存款户，后来，鄂乡的富裕户逐步多了起来，生活条件也有了很大的改善。

1987 年，因工作需要，魏春华调到行署民族宗教局工作。她从民族大局出发，解决了几起比较棘手的民族、资源、土地纠纷。她还积极帮助鄂族同胞发展经济。在她的努力下，白银纳乡建单板厂等鄂族人办的企业发展起来。

1998 年，魏春华又被调往大兴安岭地区工商联工作。在她的努力下，大兴安岭地区成立了工商联合会总商会，填补了大兴安岭工商联的空白，并成立了大兴安岭地区个体私营经济服务中心和大兴安岭总商会行业商会，为大兴安岭的民营经济发展做出了贡献。

妹妹魏云华1961年出生，1977年高中毕业后到呼玛县林业局青年林场当知青工，1979年，调入十八站乡文化站工作，从事鄂伦春族音乐、舞蹈创作。1983年，她创作的节目参加全省少数民族文艺调演，获舞蹈创作奖和表演奖。1985年，她创作的节目参加大兴安岭地区优秀节目评比，获创作一等奖。1985年9月至1987年7月，她考入哈尔滨师范大学音乐系学习深造，1989年毕业后调到十八站乡政府，任妇联主任。她从小就有一个梦：给山神的女儿们插上飞翔的翅膀。她带领鄂伦春妇女学习文化和生产技能，还创办了“家长学校”。由于她工作成绩突出，深得群众信任。1994年，她当选十八站乡副乡长，1995年，代理乡长；1998年，当选十八站乡乡长。

1995年，大兴安岭地区由于资源危机，陷入“两危”（经济危机、资源危机）的困境之中，十八站乡的鄂族人将板障子当柴烧，拿铁皮房盖换酒喝，几乎天天都会有打架斗殴的事情发生，集体上访的事也很多，历史欠账高达千万元，干群关系非常紧张，严重地影响了正常的工作和生活。

魏云华针对当时的情形，果断采取了振兴经济的措施，一方面深化改革，实行政企分开，将企业的责权利下放，调动职工的积极性；另一方面带领鄂族同胞以民族特色为主饲养马鹿，开发旅游和桦树皮工艺品等。在她的带领下，十八站鄂伦春族自治乡体制改革和产业结构的调整取得了成果。

2001年，魏云华被塔河县人大任命为塔河县副县长，分管教育、卫生，计划生育、广播电视等工作。上任后，她认真学习党的方针、政策，熟悉并掌握各部门业务，亲临基层调研，解决了当时许多棘手的问题。第二年11月，她被派往浙江省宁波市挂职锻炼。挂职锻炼半年的时间里，她谦虚好学，掌握了一些新的科学文化知识及宁波市发展经济的先进经验，满载着学习收获，圆满完成了学习任务，把先进省市的好传统、好经验带到边远的山区塔河县。2002年11月24日，在塔河县第七届人民代表大会第一次会议上，魏云华再次当选为塔河县副县长。这是塔河县第三位鄂伦春族副县长。

她上任没多久，就迎来了2003年不寻常的春天，“非典”、“春季防火”给林区带来了不稳定的因素。但是，魏云华并没有慌张，她沉着勇敢地面对这突如其来的灾难，亲自带领机关干部，深入乡、镇、场、农村等抗击“非典”的第一线，指导基层干部群众开展抗击“非典”工作，建立起了从县到乡、村检测网络，为全县抗击“非典”创造了最佳的条件。

魏氏姐妹为山神的女儿们树立了一个很好的榜样。她们向外界证明：在新的时代里，山神的女儿们正在以崭新的姿态出现在世人的面前，她们勇敢、刚毅，在政治生活中和经济建设中发挥着越来越重要的作用。

从这些山神女儿成长的足音中，我们可以听到中华民族前进的脚步声。

## 鄂伦春人家

大概是在小学一二年级时，我曾学过一首歌，歌名叫《鄂伦春小唱》。歌中唱道：“高高的兴安岭，一片大森林，森林里住着勇敢的鄂伦春。”我从那首歌知道了大兴安岭，知道了鄂伦春人。到了大兴安岭，我专程去了一次十八站鄂伦春自治乡。

鄂伦春自治乡是一个繁华的小镇，宽广的街道两边，商铺林立，人来人往。一排排砖瓦房错落有致，一棵棵落叶松巍然挺立。

我们到了一户鄂伦春人家。从外边看，这是一个很普通的人家，木栅栏围墙，砖瓦结构的房子。大门前的雪地上，印着杂乱的脚印和深深的车辙。进到屋里才发现，两间房子里放着一张长条桌和一些简单的设备，几个工人正在用桦树皮制作着精美的小盒子。女主人是鄂伦春族，她告诉我们，这些精美的盒子，有的用来做大兴安岭特产包装，有的用来作工艺品销售。我看了看那些桦树皮小盒子，造型美观大方，色彩十分鲜明，做工精巧细致，让人爱不释手。女主人说这些产品都有订单，出来一批，就销售一空。言语中，充满了骄傲和自信。

在这家屋子里有四五个工人，最大的大约40岁，最小的大约十七八岁。陪同我们前来的塔河县副县长魏云华是鄂伦春族人。她指着一对残疾夫妻说，这对夫妻靠自己的手艺，生活也富裕起来了。那对夫妻听了，抬头冲我们友好地笑了笑。笑得很动人。

用桦树皮制作工艺品在鄂伦春族已经有很长的历史了。大兴安岭的山山岭岭之间到处都是高高的白桦林。在远古时期，鄂伦春人用白桦树的树皮，作为遮身的物品。鄂伦春人还用桦树皮做成桦皮船，在黑龙江上漂流，运输物资。因而，鄂伦春人对白桦树情深意浓，情有独钟。聪明的鄂伦春人还用桦树皮制作各种各样的工艺品，用于贸易。在上个世纪五六十年代的大兴安岭大开发中，鄂伦春族山民们用他们的马驮子、桦皮船为广大建设者运送粮食和建设物资，做出了突出的贡献。至今，在黑龙江江面上还可以看到三三两两的桦树皮船，不过，是供到这里来的游客漂流游乐用的。

说到桦树皮工艺品的繁荣，淳朴的鄂伦春人含泪向我们讲起了葛彩萍的事迹。

葛彩萍是一个只有初中文化的鄂族勤劳妇女，她 1965 年出生在十八站，曾经是全国农村妇女“双学双比”女能手获得者、黑龙江省农村妇女“双学双比”女能手获得者、塔河县“十大杰出妇女”获得者，被塔河县评为塔河县农业战线致富能手。

由于受母亲及长辈们的熏陶，葛彩萍善于用她那双灵巧的手，制作各种精美的桦皮手工艺品。全国农村妇女“双学双比”活动开始后，葛彩萍与丈夫商量，不能坐享其成靠救济，要自强自立，靠自己的双手提高生活质量、生命质量。1997 年 9 月，在地区妇联、县乡妇联的鼓励和帮助下，葛彩萍与丈夫刘明开始大量制作桦树皮手工艺术品。

葛彩萍善于思考和创新，对原有的单一缝制品种进行了大胆的技术创新，制作了造型别致、花样繁多、品种齐全的桦树皮手工艺品，设计出了一批具有鄂伦春特色的礼品盒、帽子盒、药品盒、首饰盒、茶叶盒等产品。经过半年的辛勤努力，葛彩萍制作的产品打入了哈尔滨市场，仅用一个多月的时间为哈尔滨参茸药材公司制作了 1300 余件药品礼品盒，受到了客户的好评。有了第一批产品，第二批、第三批产品应运而生，葛彩萍夫妇制作的手工艺品一时在区内外、省内外有了小名气。1999 年的金秋十月，她的桦树皮手工艺品被列为全国“双学双比”十大成果展的展品，代表黑龙江省到首都北京展台去参展，这一喜讯使她夜不能寐。在仅仅1个月的时间里，她组织姐妹们连续奋战，精心制作，如期完成了任务。经葛彩萍制作的首饰盒、茶叶盒、药盒等六大系列、240多种产品，在北京一经展出，就受到国内外人士的青睐。时任国务院总理的朱镕基走到黑龙江省展台的时候，被这小小的桦皮工艺品所吸引，鼓励葛彩萍把民族的传统文化发扬下去。

富裕了的葛彩萍没有忘记身边的鄂伦春族贫困户、残疾的兄弟姐妹们，参加完展览会后葛彩萍回到家第一件事就是把自己的小作坊发展成了手工艺品制作厂，无偿地教姐妹技术，把自己的家当成了培训基地。在她的精心指导下，一大批鄂族同胞成为打花技术骨干，她的作坊里的制作人员也扩充到30多人，许多贫困的鄂族同胞在她的带领下走出了贫困，改善了生活。

在葛彩萍的带领下，桦皮工艺品的生产呈现出了规模化、多样化、多功能的生产格局，取得了喜人的成绩。1997年，鄂伦春族的桦皮工艺品参加了大连首届国际艺术品博览会；1998年，参加了在北京举办的少数民族产品交易会；2001年，参加了在深圳举办的全国少数民族和民族地区名优特产品交易会，被人们称为“高品位的艺术”。

葛彩萍只是鄂伦春族山民们的一个缩影，在党和政府的关怀下，鄂伦春人与时俱进，下山定居后一直在不断地改进生产与生活方式。在鄂伦春村，我们看了村民给我们放的录像带，录像带向我们展示了鄂伦春民族风情园。鄂伦春族的帐篷，鄂伦春的篝火，还有鄂伦春的猎民们围着篝火吃烤肉的情景深深地吸引了我们；鄂伦春族的桦皮船和鄂伦春的围猎圈让我们看得心神摇动。

从那些图片和镜头中，我们看到的是一个开放的鄂伦春族，是一个与时俱进的少数民族，也是一个自强不息的少数民族。

## 鄂伦春小唱

塔河县有一个十八站鄂伦春自治乡。据说，大凡到大兴安岭来参观或者旅游的人，都要到这里的鄂伦春人家看一看。因为鄂伦春族是大兴安岭的土著人，又是一个富有传奇和浪漫色彩的游猎民族。这个民族现在日子过得怎么样，是很多人好奇和关注的事情。

从塔河县城驱车一个多小时，就到达了十八站鄂伦春自治乡。时值午后，鄂伦春居民点一片寂静，一排排白雪覆盖的屋子上，蓝色的炊烟袅袅飘荡，在洁白的天地间如同浮云般美丽，将整个鄂伦春乡村装点得分外旖旎。村落也显得静谧而又安详。只有偶尔的几声狗叫和马达发动的声音。

鄂伦春人家家户户门口都挂着红辣椒、萝卜串和玉米串。有的人家大门前或院子里，还可以看到马，看到雪橇，看到轿车、吉普车、摩托车和只有雪山才有的带着宽宽的链条、可以在雪地里平稳行驶的四轮机动车。

我们到了一户鄂伦春人家。这是一个普通但又不平凡的鄂伦春之家。男主人叫郭宝林，女主人叫葛晓华。我注意看了看屋子里的摆设，彩电、电话、空调等现代化电器一应俱全。客厅的壁上挂着一幅照片，引起了我的兴趣。照片上，这家的男主人骑着一匹白马，身后背着一杆猎枪，威风凛凛地站在一片原始森林前。照片说明上写着："最后的山神"，而且有中央电视台的台标。走近了，才看清这是中央电视台播出的片子剧照。女主人不无自豪地告诉我们，前几年中央电视台来采访过她家的男主人，至于为什么称其为"最后的山神"，引出了一段鄂伦春人的历史。

鄂伦春人自古就在大兴安岭游猎为生，在山林里过着风餐露宿、伏冰卧雪、四处漂泊的生活，生存状况极其恶劣。新中国成立后，党和政府为了改善鄂伦春人的生活，同时保护大兴安岭的森林和动物，动员鄂伦春人下山定居。大批鄂伦春人走出山林。

陪同我们前来十八站访问的塔河县副县长魏云华接话说，按照史料记载，鄂伦春人下山定居的历史有三次。

第一次是在清朝末期，当时，库玛尔路和毕拉尔路部分鄂伦春猎民在奇克、车陆、马浪沟等处建 15 所房屋定居，与其他民族合作务农、狩猎，希望能下山过上稳定、舒适的生活。但是，腐败、贪婪的清政府为了保持鄂伦春族兵源和游猎、捕貂进贡，竟然派员监督，放火烧毁鄂伦春族山民建起来的全部房屋，将鄂伦春人赶往了天寒地冻，无处躲藏的大兴安岭的崇山峻岭之间。

第二次定居发生在民国年间，当时的民国政府为了“抵御外患”、“荡平内乱”、“寓兵于农”，对鄂伦春族猎民强制推行“弃猎归农”，拨出定居费、建房费，购置牛马农具，规定具体任务。库玛尔路鄂伦春族开始了建村、设屯、种地。但是，这种好景只持续了十几年，日本人侵入中国东北地区后，又将鄂伦春族山民全部赶回山林。

直到 1953 年，鄂伦春人才真正实现了定居的理想。党和政府在经济上对鄂伦春族采取了扶持的措施，免费供应大量的布匹、粮食和枪支弹药，开办学校教育鄂伦春族子弟，并由国家出资金补贴，由广大鄂伦春族人民自己动手，砍树拉木料，在汉族兄弟帮助下，当年春季施工，10 月份的时候就全部搬进新居。到了上个世纪 80 年代，党和政府又一次性拨款，将鄂伦春人的木质结构房子，全部改造为砖瓦房，使鄂伦春人的生活条件得到了很大的改善。

50 多年来，鄂伦春族的人口素质得到了提高，人均寿命不断上升，在鄂伦春族流传了几百年的结核病也得到了遏制，山民的子女们接受教育的越来越多，许多人还从此走出了大山，到上海、北京这些大城市工作和生活，有人进了国家机关，也有人进了中央电视台，还有人进了各种各样的大公司。留在山里的鄂伦春人也过上了富裕的生活，住进了阳光充沛的房屋，用上了各种各样从未用过的家具，彩电、组合音响、VCD、缝纫机、自行车、摩托车、汽车都有了；小伙子姑娘们再也不用穿着兽皮制作的服装了，西服、皮夹克、休闲服等各式各样的衣服都有。

女主人说，她家的男主人因为对游猎生活怀有一种情感，下山定居后，还常常到山上去打猎。50 年代是骑马去，70 年代是开着摩托车去，90 年代是驾着吉普车去。女主人说，过去的鄂伦春有句话叫“两匹马驮走全家财产，一背包装下一户口粮”，这种时代已经一去不返了。

鄂伦春人过去只靠狩猎和采摘野果生活。现在的鄂伦春人不但种上了庄稼，还发展了各种各样的副业。鄂伦春族的特色野菜绿色食品——老山芹已经远销全国各大城市；鄂伦春族的民族工艺品——桦皮工艺品享誉世界；猎民们的各种猎品也能卖上个好价钱，古朴的民族风情也吸引了大量的游客，这一切都为鄂伦春族人民带来了丰厚的经济回报。

主人还告诉我们，他们的儿女都能够受到良好的教育，村里原来根本不知道大学生是怎么一回事，现在却出了很多大学生，他们把鄂伦春族的文化带向了外界，又把外界的文化带回了鄂伦春。今天的鄂伦春已经不再是在大山里的那个“男猎女织”的鄂伦春族了。

走出这户鄂伦春人家，听着村民们说着流利的普通话，看着他们穿着的漂亮的衣服，我的耳畔又响起了那首《鄂伦春小唱》……

# 《中央党校日记》序与跋

高洪波

## 自序

北京海淀区大有庄100号，又一个称呼是中共中央党校。

坐落在颐和园北宫门，她的水脉乃至山川走势都与这座世界名园息息相关。她的历史可以追溯很远，譬如革命圣地延安的窑洞，还有昔日延河畔一群活泼泼的青年学子，以及他们迎着朝阳唱出的青春的歌。

我和这座学校有缘。

1993年的初春，我成为中央党校进修部的一名学员。半年时光，终生难忘。乔石校长是在为我们这批学员颁发了毕业证书后离任的，所以我戏称自己是乔石校长“关山门的弟子”。当时的建制准确的称呼是“中共中央党校进修二班第20期”。由于正赶上小平同志巡视南方讲话发表，中央党校师生们思想活跃，光是对“社会主义初级阶段”的研讨就很下了一番工夫。当然我们这批学员更占便宜的是小平同志另一条具体指示：“学马列要精、要管用。”于是把对大部头《资本论》的通读限于十万字，顿时我有了一种轻松感。这种轻松感的具体成果是半年不到的时光，竟然写了99篇散文随笔，后来结集为《避斋走笔》，在中央党校出版社出版了。

从此念念不忘中央党校。

12 年后，我的愿望再次得到满足。2005 年几乎一年的时光，我再次踏人中央党校大门深造。这次由进修部变为培训部，有趣的是建制的序次：中共中央党校一年制中青年干部培训班（培训一班，第 21 期），由 20 期变为 21 期，时间跨度 12 年，一次冥冥中的巧合。

拿到入学通知时我惊喜莫名。通知上这样写道："该班以邓小平理论和'三个代表'重要思想为指导，贯彻落实党的十六大和十六届三中、四中全会精神，在系统学习'马克思列宁主义基本问题'、'毛泽东思想基本问题'、'邓小平理论基本问题'、'三个代表'重要思想和'当代世界经济'、'当代世界科技'、'当代世界法制'、'当代世界军事和我国国防'、'当代世界思潮'、'当代世界民族宗教'等课程的基础上，深入研究其前沿问题，进一步夯实理论功底，提高理论水平，加强领导能力训练，增强党性修养，扩展知识面。"这就是同学们简称的"三基本"和"七当代"，还有"五目标"。

刚开学时沉浸在兴奋里，来不及细品通知上的具体要求，但随着课程的深入，师生的互动与教学相长、学学相长，才发现要学的东西实在太多太多，培训部课程设置上的那种实效性、针对性便显现出来，于是我再次认识到：今非昔比，要像当年那样边学习边写作几乎是不可能的。

既然不可能，我索性塌下心来，坚持做到每课必听、每课必记，然后自己反刍，记下一篇有意味的手记。我知道并不是每个中国作家协会会员都有机会进入中央党校深造，尤其进入两次的可能性更小。我偏偏是这样的幸运者。在党校学员与作协会员的双重视角里，我开始记这本党校日记。从 2005 年 2 月 28 日入住，到 2006 年 1 月 13 日撤出，其中还包括三次大的离校教学与调研活动（课题组国内调研、延安党性锻炼、新加坡国际考察）。

我所住的 18 号楼是一座快乐温馨的宿舍楼；我所在的二支部是一个朝气蓬勃的集体；我所身处的一年制中青班又是来自中直、国直各部门的后备干部，在同学们身上我学到很多长处，用一位老师的话说：同学们都是执政党的精英，人生道路上的成功者。可是话虽这么说，通过大家的从政经验交流，每个人都是一本厚重的大书，都有过坎坷、经过风雨，在各自的人生道路上，一步一步走进中央党校，个中艰辛，如鱼饮水，冷暖自知。

我力图尽可能忠实地记录下一个党校学员的日常生活、学习状况，还有业余活动。我会惊喜地观察门前玉兰花的荣衰、栏杆上蔷薇花的生长，还很耐心地与喜鹊们对话，向掠雁湖（即 12 年前的人工湖）上游动的野鸭母子们致意，向雪松上穿行的大尾巴松鼠表达我的关怀……有幸走过中央党校的四季，我真的很幸运。生命中的四季，也显现在其中。

需要说明的是，上述文字是在五年前写就的，迄今为止，已是五年时光一晃而过。每逢与党校师友聚会，大家都不时关切地询问起这本小书的“行踪”，遂激起我重新整理昔日文稿的冲动。现在恰逢入学五周年的时刻，心底依然升腾起当年的快乐，还有入学时的欣喜。我从内心里感谢一年间中央党校老师们的倾心传授，他们的言行举止和渊博学识使我得到真正意义上的“充电”；感谢四个支部组成的班集体及所有同学。五年来我和许多人保持着密切的联系，人事更迭，五年间虽然大家都有不少的变动，可唯一不变的是醇厚如酒般的同学情谊。从某种意义上说，这本小书是中央党校的老师和同学们与我共同写就的，流逝的是岁月，沉淀的是鲜活的记忆。

作为五年前一个中青班的普通学员，现在把这本小书借助人民文学出版社的平台呈现出来，历史意义已大于现实意义，或者说，我的记录近似于为当代生活提供某种实践标本。因为毕竟五年不是个短暂的时间，假若把时间坐标设在 10 年、20 年甚至 50 年后呢，也许这本党校日记会显得更加有趣。是为序。

## 悠悠党校情——代跋

我又踏进了中央党校的大门。一如 12 年前一样，同样地兴奋、激动，同样地忐忑不安。

12 年前（1993 年）我上的是进修部二班，记得入校第一天乔石校长作报告，他谈到刚刚发生在天津的禹作敏事件，当时各媒体未见报道，但从乔石校长对禹作敏仗势伤人的愤怒态度中，我感受到这一事件的分量。乔石校长还讲到四川的农民问题，他痛心疾首，说再不解决好农民问题，搞不好要出李自成！

党校第一课，振聋发聩，让我感受到党校坦诚的校风。自此之后，我和同学们度过了紧张而又愉快的四个半月，那联欢会上的笑语，结业典礼上的欢歌，研讨会上的争论，体育比赛场上的胜负……直至依依惜别的泪眼婆娑，我们三号楼的同学们相约：两年后再相聚！

1995 年的夏天，我们这一批学员果然如约而至，海南的、广东的、黑龙江的、上海的，天南地北的同学在组织员王雪玉老师的安排下，又住进了朝思暮想的三号楼，住进了各自的宿舍，在畅谈离愁别绪之际，大家还没忘了充一次电：请李忠杰老师讲一讲中国特色社会主义。

那真是很奇特的一幕：一群早已毕业的学员，像一群洄游的鱼儿一样，聚集在中央党校，重新聆听一次党课，大家真诚而不做作，由衷而不勉强，度过了难忘的两天。

事后李忠杰老师说，像三号楼的学员这样自动返校，他还是第一次碰到。

真的，1993 年上半年我的中央党校学习生涯，对未来几年中我的工作帮助极大，立场、观点、方法，潜移默化又润物无声，处理复杂问题时办法似乎也多了起来，学与不学大不一样。

12 年前的 3 号楼，生活条件比较艰苦，一层楼一个电话，同学们轮流守候当电话传呼员；一层楼一个卫生间，谁要是不小心闹肚子可就狼狈了；开水房在遥远的人工湖畔，打开水成为每天重要的功课。记得广东的一位同学从改革开放第一线来，做得最开放的一件事是买了一台洗衣机放在卫生间，这台洗衣机成为全楼的宠物，真帮了大家不少忙！如今这位同学早已是广东省的一位资深副省长，见面我还逗他：就凭那台洗衣机，你早该当副省长！

离开党校的最后一个月，天已大热，突然每个房间配置一台电扇，一问，才知道从中直管理局调来一位副校长分管后勤，魄力大，办法多，先配电扇，马上要给各个房间装电话，总之，中央党校的办公、学习条件要大改善。

真是个好消息，可惜我们马上毕业，赶不上鸟枪换炮了，但我记住了这位送电扇的副校长的名字：刘胜玉。

刘副校长现任天津市委副书记，恰巧又分管文教，我不止一次在天津的各种文学活动中见到他，也不止一次地向尊敬的刘副校长表达我的感谢，我一味称他校长。那一个炎热的夏天，一台电扇，唤起人多美好的回忆！

12年后又上党校，由昔日的进修部改到培训部，半年班变为一年制。12年前我是班上的小兄弟，而今成为老大哥；12年前下班老师贾高健，如今以教务部主任的身份成为我的同学；12年前文史部的年轻教员，我的文友李书磊，如今成为下去挂职的培训部主任；12年前谈笑风生的杨春贵老师，已经从副校长的岗位上退休；12年前苏星副校长的博士生梁言顺，已成为研究室主任，并在何建明的报告文学《永远的红树林》中成为主人公而名满天下……

12年，短暂而又漫长的12年，人事沧桑，世事沧桑。12年前我进党校时，我的岳父、一位老红军战士拿出他珍藏多年的笔记本给我，上面记满了他在1962年上党校时的笔记，字迹遒劲有力，内容是“一分为二”还是“合二为一”的哲学笔记。岳父送笔记给我，送的也是当年党校老学员的一份情感。毕竟时代变迁，授课的内容大不一样，这笔记本至今我还珍藏。岳父早已去世，可他的女儿、我的妻子却没忘记中央党校，她讲起当年九岁时独自乘公共汽车来到中央党校看爸爸。在她的记忆里中央党校遥远又荒凉，被一片村子包围着，她转了几次车，最后来到大有庄，用粮票跟农民们换了一堆老玉米，背到爸爸宿舍，爸爸喊来不少同学共享，吃得香极了，都夸这小姑娘能干！年过半百的妻子谈起自己九岁时为党校学员所做的贡献，至今仍感到骄傲。

这就是两代人的党校情。

如今党校已大变化，这个大变化涵盖在改革开放的中国历史中，这是让人充满自豪的变化，也是让人感慨万千的变化，没有经历过的人，感受不到这种既日新月异又潜移默化的变化。这种变化如春风化雨般浸润到每个角落，是综合国力的增强，是执政能力的显示，是历史向未来的证明，又是现实社会的折射。

重入党校，充满自豪。

3号楼依旧，在落雪的日子里我去踏访，屋外的雪松已无比高大，雪未融化，有喜鹊快乐地吟唱，喜鹊是中央党校资格最老的住户。它们执着，它们纯真，它们年复一年地盘旋在校园里，在高高的杨树上生儿育女。1962年的校园中有它们的身影，1993年的校园中它们给我很多的灵感，如今是新世纪的2005年的春日，喜鹊们迎接我们，它们认不得我，我却认得它们。毕竟，在北京这样一座热闹喧嚣的大城市里，喜鹊是久违的朋友了。

有一年的时间与喜鹊为伴，真好！

# 一飞惊世界

朱增泉

## 一

杨利伟，中国太空飞行第一人。随着中国“神舟”五号载人飞船在内蒙古中部草原成功着陆，杨利伟的名字迅速传遍世界。他的“首飞”壮举，是中华民族一次划时代的伟大飞行。

“太空一往返，中华五千年”。中华民族是最早产生飞天梦想的伟大民族。嫦娥奔月的神话故事家喻户晓。敦煌壁画上的飞天艺术形象美妙绝伦。中国明代的万户，在人类历史上第一个用火箭进行升空飞行试验，第一个为人类探索太空飞行献出了宝贵生命。杨利伟的“首飞”成功，使中华民族的飞天之梦想变成了现实。

从嫦娥、万户到杨利伟，从辉煌到衰落，从衰落到再度辉煌，中华民族经历了多么漫长的奋斗历程啊。

1988 年，美国第一位登上月球的宇航员阿姆斯特朗访问中国，他在北京航天医学工程研究所作报告时说：“人类最早产生飞天梦想的是一位美丽的中国姑娘，而人类最先登上月球的是一个美国人。这位美丽的中国姑娘就是嫦娥，这个美国人就是我。”会场上的气氛一下子活跃了起来。该所原所长、“921 工程”

副总设计师沈力平同志曾对我说，他当时听到阿姆斯特朗这两句话，别有一番滋味在心头。是啊，我们这个伟大民族，自古有着灿烂文明，但进入近代以来却远远落后了。前苏联的加加林 1961 年就上了天，美国的阿姆斯特朗 1969 年就登上了月球，中国的航天员什么时候才能上天？

世界在问中国，中国在问自己。

今天，迅速崛起的中国，终于具备了这样的科技实力和综合国力，可以去超越载人航天这座里程碑了，它是中华民族实现伟大复兴进程中的一个重要标志。

让谁去代表中华民族完成首次太空飞行的壮举呢？

历史选择了杨利伟！

## 二

人们是否知道，我们遴选“首飞”航天员的工作进行得多么慎重，多么庄严，因为我们是在挑选一位天之骄子。我是“首飞”航天员评选委员会的成员之一。在前后两个多月的评选过程中，我觉得十四位航天员个个都优秀，哪一个都舍不得让他们落选，但又必须从他们当中遴选出最棒的一位担任“首飞”。

第一轮遴选工作是在今年七月初进行的。几本厚厚的航天员考评报告交到了每一位评委手里，会议室里坐满了航天医学专家、航天员训练专家、心理学专家，以及航天员训练中心的领导，向评委们进行着详尽的介绍和汇报。经过逐人逐项认真分析比较，从十四位航天员中选出了综合素质最优的五人。其中，杨利伟的评定指数名列第一。

九月初，又进行了第二轮遴选。对第一轮选出的五位航天员进行了两个月的强化训练，根据“强中选强，好中选好”的原则，包括中国载人航天工程总指挥李继耐、副总指挥胡世祥在内的评委们，以无记名投票的方式，又从中选出三人：杨利伟、翟志刚、聂海胜。

我国的“神舟”号飞船返回舱是按照三人乘员组设计的：一名领航主任、一名飞船驾驶员、一名随船工程师。此次“首飞”虽然只上一人，但选出的三名航天员都要进入飞船发射准备的最后程序，都要做好太空飞行的一切准备。一直要到飞船点火发射前的最后时刻，再根据对他们生理、心理的检测情况，谁的状态最稳定，就由谁担任“首飞”。

九月下旬，航天员们从酒泉卫星发射中心进行“人、箭、船”模拟发射合练回来，杨利伟见到我的第一句话就说：“合练一切正常，感觉很好。”这时，我内心已越来越确信，杨利伟最有希望担任“首飞”。

## 三

杨利伟1965年6月出生，辽宁省绥中县人，正团，中校，今年38岁，正处在航天员的最佳年龄段。他个头不高，理了一个“航天员式”的平顶发型，肤色白净得像江南人似的，每次见了我都是一脸微笑。他成长于知识分子家庭，父母都是教师出身，有一个姐姐、一个弟弟。他父亲杨德元和母亲魏桂兰夫妇教子严格而得法，杨利伟小学毕业后考入本县重点中学尖子班，曾多次参加全县中学数学竞赛并获奖。良好的家庭启蒙教育，扎实的中小学基础教育，为杨利伟后来的学习成才奠定了坚实的根基。

杨利伟的家乡绥中县，地理环境相当独特。他夫人张玉梅在一旁插话向我介绍说：“火车出了山海关，继续向北开，第一站就是我们绥中县。”张玉梅也是一位中学老师。绥中县背靠蜿蜒于崇山峻岭的万里长城，面对浩淼无际的辽东湾万顷碧波，恰好处在中原与关外的战略通道上，历来兵家必争，屡受历史风云洗礼。古代秦始皇在此修过长城，近代是中华民族抗击外敌入侵的海防前沿，当代是辽沈战役的广阔战场。作为这片光荣土地的优秀儿子，家乡的独特人文地理环境赋予了他刚柔相济的可贵品质。

杨利伟似乎与生俱来就具备“当第一”的超常素质，但这绝不是天生的，而是他后天努力的结果。从尖子飞行员到航天员的特殊经历，既造就了他坚韧不拔的顽强意志，也使他养成精细严谨的良好习惯。

“在航校，我每一个飞行课目都是第一个放单飞。”他在航校是尖子学员，毕业后先后分配到华北、西北和西南的飞行部队，几乎飞遍了祖国的广阔蓝天。他飞过强击机、歼击机，飞行时间达到1200小时，飞行技能出类拔萃。关于他的飞行技术，通过他向我讲述的两件事可见一斑。有一次，他在新疆某飞行训练基地参加强击机超低空课目训练，刚飞到艾丁湖上空，只听“砰”的一声爆响，飞机一抖，一台发动机突然停车。飞机侧滑着往下掉，他与塔台的无线电信号已被天山隔断，只能靠空域内的其他飞机为他导航。他沉着冷静，靠一台发动机将飞机慢慢拉起，艰难地爬高了500多米，飞越天山干沟，飞回机场，将飞机降落在跑道上。当他从机舱内下来时，浑身衣服已全部湿透，战友们拥上前来同他拥抱，师首长当场宣布给他记了三等功。事后检查，发动机的一个叶片折断了。后来，他调到四川某飞行部队改飞歼击机，担任领航主任。全团训练空中打靶时，每次都由他驾机拖靶。训练结束后，他必须先把空靶扔掉，然后才能驾机返航降陆。他每次将空靶投到指定地点都投得特别准，新飞行员问他有什么诀窍。他回答说：“我是飞强击机出身的，练的就是投得准嘛。”新飞行员们对他佩服得五体投地。

“选拔航天员时，我到北京来参加体检也争了个第一。”他说，过去只是从报纸杂志上知道一点前苏联和美国宇航员的情况，觉得挺神秘的。他接到参加航天员选拔的通知时，开始并没有抱太大希望。他们那一批30名飞行员参加选拔，上级组织他们到青岛疗养院疗养，在那里接受体检。体检中，他一关一关通过得挺顺利，医生向他透露说：“你很有可能到北京去接受身体复查。”他顿时信心倍增，争当航天员的心情变得非常强烈。一旦人生的重要机遇出现在他面前，他绝不会放弃。不久，通知他到北京进行体检。他提前好几天就到北京空军总医院报到，医院的准备工作尚未做好，床还没有铺，日用品还没有配到位，护士就说他：“你也太积极了。”他笑着说：“争当航天员还能不积极吗?”他报到了两三天，其他人才陆续来到。

“航天员训练开始后，我第一次考试就争了个第一。”谈起这一点，他特别感激他当时的飞行师师长邵文福。1998年1月，他到北京航天员训练中心正式报到之前，去向师长告别。师长对他说：“我对你的身体素质和飞行技术都不担心，你今后面临的主要挑战是学习，你将学习大量载人航天的相关知识。”他把师长这句话牢牢记在心里，做好了发奋学习的思想准备，在心理上打了一个主动仗，一开始就争得了主动。第一阶段学习基础理论，一本《载人航天工程基础》教材，16K的大本子，厚厚600页。全书十八章，涵盖了载人航天各个方面的相关知识：飞行动力学、空气动力学、地球物理学、宇宙物理学、气象学、天文学、天体力学、航天器轨道理论、火箭推进原理、载人飞船系统组成、飞船结构、空间导航、太空飞行测量控制与通信等等。他回忆说，教材里面有些内容很深奥，许多都是当飞行员时没有接触过的，要记忆的东西很多。最初三年，他晚上十二点以前没有睡过觉。第一次考试，除了从俄罗斯留学回来的两位教练员，他在新入选的十二名航天员中名列第一。学习基础理论这个最艰难的阶段闯过来了，他的成绩是全优。他越学越有信心："我对自己有了底，我能行，我能学下来。"

## 四

上天难，上天确实难。中国老百姓常说某件事"比登天还难"，李白在《蜀道难》中说"蜀道之难难于上青天"。进入太空飞行，更比攀登蜀道难上万万倍。要想成为一名合格的航天员，除了必须具备特殊的身体素质，掌握深奥的相关知识，还必须接受一系列严格的特殊训练。杨利伟在航天员训练中表现得出类拔萃，他那坚韧不拔的顽强意志、精细严谨的良好习惯充分发挥了作用。

他同我谈到航天员训练时，经常用到一个词叫做"走程序"。这是他在当飞行员时就养成的习惯，每次飞行训练前都要在脑子里先把程序走一遍。他每个飞行课目都能第一个放单飞，奥秘就在这里。在航天员训练中，他做得更仔细了，每次在脑子里"走程序"可以做到不漏一个动作，不错一个程序。在航天员公寓他的宿舍里，墙上贴满了飞船舱内的各种电门、仪表的图标，整天看啊，背啊，记啊，弄得很熟很熟。每次训练结束后，他还要把操作程序在脑子里"复走"一遍，自己先检查有没有错漏的地方，然后再去听教员讲评。经常是这样的情况，教员拿着考评记录先问他："你这次做得怎么样?"他会毫不犹豫地回答："这次没有差错!"教员对他笑了："你的训练没的说。"

他胜人一筹之处，表现在他总能通过仔细分析客观条件，找准突破点，通过主观努力去争得主动。在模拟舱训练中，十四名航天员轮流进舱操作，每个人轮到的时间有限。为了使自己取得更好的训练效果，他用摄像机把模拟舱内的各种电门、仪表拍摄下来，输入电脑，编辑成模拟舱直观景象，自己可以利用更多时间熟悉、默记。他对我说：“我现在只要一闭上眼睛，眼前马上会呈现出一幅清晰的舱内景象，什么按钮在什么位置、什么形状、什么颜色，都记住了。甚至连哪个按钮上被手指磨出的发亮痕迹也都印在我脑子里了，闭着眼睛也能操作了。”强化训练中，有一个“数管失效”应急程序，一旦飞船进入太空后计算机管理程序失效，马上要改为手动操作应急返回，一共有 30 多道指令、50 多个动作，他做得分毫不差。强化训练阶段进行了五次考试，他第一次得了 99.5 分，第二次得了 99.7 分，后面连续三次得了 100 分。他抑制不住内心的激动，兴奋地对我说：“我对自己越来越充满信心。”

## 五

首次太空飞行，毕竟是一项超常任务，需要具备超常意志的人去完成。杨利伟对完成“首飞”任务充满了必胜信心。他的自信不仅表现在热情和意志上，更表现在他对自己适应能力的冷静分析上。他说，“首飞”中对他最大的挑战将是两个问题，一个是进入太空后的“空间运动病”，另一个是一旦弹道式应急返回时的“过载”。对于这两项挑战，他都早就做好了主动适应的准备。

所谓“空间运动病”，通俗的说法就是进入太空后犯迷糊。如果抗不住它，到了太空肯定会影响操作。他平时看了不少俄罗斯和美国有关“空间运动病”的资料，早就有意识地在训练中加强了这方面的自我锻炼。转椅训练是最难受的，但他每次都坚持做最长的时间，做最大的动作，以增加这方面的训练强度。练到后来，教员说他这个课目可以免试。

抵抗弹道式应急返回时的“过载”，他经过长期刻苦训练，也有了这方面的体能储备。飞船升空后一旦发生意外情况，应急弹道式返回时航天员可能要承受 8.5G 载荷。他说：“我属于兴奋型体质，能在短时间内爆发能量，百米速度现在仍能保持 11 秒 97。平时训练，我在离心机上做到 8G 载荷时心率仍可控制在 110 次。一旦发生意外情况，再入时抗住 8.5G 载荷是有把握的。”

我和他单独交谈时，也谈到了太空飞行的风险。他对这个问题的态度是冷静的、科学的、坦然的。他说：“载人航天是多么伟大的事业啊，我会坦然面对这种风险。我过去当飞行员的风险就很大，更何况为人类的航天事业献身，无论多大风险也值得。祖国要我去‘首飞’，我义无反顾。”此刻，我听到的是一位祖国之子的肺腑之言。

他也谈到了朝夕相处的航天员战友们。他说：“我们 14 位航天员是一个光荣群体，互相之间即使有些差距也不会很大，让谁担任‘首飞’都能完成任务。最后选上我‘首飞’，我是这个群体的代表，我要当好这个代表。”

我和他握手告别的时候，我衷心祝愿他“首飞”成功。并告诉他说：“你返回着落的时刻，我将在内蒙古着落场迎接你！”

# 上帝之眼

彭　程

"视野，指人在头部和眼球均不转动的情况下所能看到的空间范围。人的双眼形成的视野范围大致为一椭圆形。人眼在上下方向的最大视野范围，大约为125°，即以视水平线为准，最大仰角为50°，最大俯角75°。人眼在左右方向的最大视野范围约为200°。即以单眼计，以视中心线为准，向外侧为100°，向内侧为60°，两眼外侧视野范围即为最大视野范围。"

这是《人机工程设计》里对"视野"一词的定义。

一个专业化的表述，精确客观。普通读者理解起来也不会有什么障碍，因为这是每个人都会有的体验。

不过，还是换成口语式的表达更形象一些。在人体的器官中，一双眼睛堪称灵活，再配合以头部和身体的转动，视野叠加，东西南北，前后左右，一切存在之物尽入眼中。当然，这与置身何处有关。小时候生活在华北平原的农村，站在公路上或者某个高坡，毫无遮挡，空气清澈，一直可以望到十几公里外。居住在都市，则注定了与空旷绝缘。随着近年来城市飞速长高，视线更是随处被遮断，视野越来越逼仄贫乏，世界收缩为一个街区。

如今，每天在钢筋水泥的丛林中摩肩接踵，不由得时常怀念小时候行走在开阔的苍穹之下的那一种惬意。但那时候，也仍然会感到一些遗憾：我不知道地平线以外的事情。在天地交汇的远处，那影影绰绰、飘浮蒸腾的气流一样的东西的后面，是什么？有什么？伴随着少年的好奇心的，还有一种刚刚萌生的形而上的困惑。

成人化的标志之一，是世界不再具有哲学意义上的神秘。我们知道了天地固然极大，生活的面貌固然不同，但其本质上却是一样的。“生活在别处”，仍然也是生老病死，喜怒哀乐。不过，这并不妨碍我们的世俗的好奇心，经济发展尤其是技术进步，甚至是刺激了、强化了这种好奇心。因为，曾经遥不可及的目标，借助于它们变得现实可行了。

最近，飞速发展的技术给予了我们一种新的馈赠，令好奇心如虎添翼。这是一种名为“上帝之眼”的软件。只需要一台不必很高配置的上网电脑，很容易地下载一个软件，就能够拥有一双无所不及的目光。

上帝之眼，万能之眼。它是一款全球卫星地图集成软件，是著名的google公司发布的一个免费软件。它将商业卫星从高空拍摄的地球表面的图片，通过功能强大的计算机进行挑选、拼接、制作，再发布出来。巨大的地球表面，没有一处被遗漏，理论上讲，你可以看到地球上的每一个角落。神秘不复存在，每一片区域，每一个角落，千山万水，千沟万壑，都向好奇心敞开。不管是远在天涯，还是近在咫尺。

点开桌面上那个地球形状的google earth图标，节目便开始了。一片黑色的背景之上，是一粒粒微小的白色光点，闪烁不已，仿佛无边的宇宙和亿兆的星辰。俄顷，便会有圆球从中间浮出来，越来越大，直到占据了画面位置的一半时才停止。几大洲的形状历历在目，中间便是蓝色的大洋。同时，闪现出一条条的金色线条，勾勒出各个国家的轮廓。画面左边位置是工具栏，键入一个地名后，点击“搜索”，球体开始转动，旋转着迎面逼近而来，速度很快，你会感到些微的晕眩。球体越来越大，充塞了整个画面，然后开始显现出你要寻找的那个地方的图像。当然，这时的图像还是大范围的，模糊，遥远，平面化，像平时使用的地图一样。

接下来，一出大戏的帷幕才算是真正拉开。想找寻什么地方，将鼠标的光标定位在地图上的大致位置，然后点击，那个地方便会缓缓地迎面飘浮而来，由远而近，由小而大，占据了画面的中心，在这个过程中，其他地方则移出屏幕之外。某个时候，画面会停止不动，然后，逐渐变得清晰，直到达到这一款软件所设计的最佳效果。屏幕最下方的进度条不停跳动、变幻着，用百分比数字显示着这一进程。整个过程十分平滑流畅，仿佛好莱坞大片里的效果。

按照软件的程序设定，首先显现的是一种俯瞰的效果。你会看到高楼屋顶上的气窗，看到建筑物与其黑色的投影构成的几何角度，看到电视塔的尖顶直直地对着你的眼睛，似乎马上就要刺过来。这些都是平时从地面上很难见到的，仿佛乘坐直升机穿越城市的上空。但你随时也可以将俯瞰变成平视。屏幕右上方，有专司调整观察角度的图标，用鼠标左右推拉移动，可以得到立体的三维地图效果，在远与近、平视和俯瞰之间切换，从而获得不同的感受。

学会使用这个软件后，很自然地，我首先用它来观看自己所居住的城市。随着鼠标上下左右地移动，京城的许多地方，次第出现在电脑屏幕上，被目光检阅，一掠而过或者细细端详。长安街，两广大街，二环，三环，护城河，京密引水渠，机场高速，京开高速，百万庄，赵公口，紫竹院，陶然亭………我经常行经的道路，我曾经住过的地方，我偶或去游玩的所在，都随着光标的拖曳而显现，那些熟悉的景致，此刻以一种新奇的方式在我眼前展开。

被好奇心牵引着，找寻目标，定位，拉近，然后点击，放大。仿佛胶片底版放入显影液中显现出影像一样，光标指定之处，云翳般的东西散去，图像渐次清晰。这个赭红色的椭圆，是某大学里的一个操场；那个天蓝色的屋顶，是一座绿地环绕的剧院；这里显然是一个停车场，摆放了几十辆葵花籽大小的汽车，可以看出不同的颜色。能够分辨出干道上有几条车道，数得出多少辆车，甚至能够看到如同芝麻粒般的行人。从公园里一片蓊郁的绿色中，可以识别出一棵塔松，一座凉亭，湖面上的一艘游船。

目光如此这般地在屏幕上游走时，日常生活中的一些尺度被颠覆了，至少是需要重新审视。譬如，距离的意义被大大削弱。父母住在几十公里外京开高速公路边的一个小镇上，但在网上，却近若比邻。我沿着公路移动鼠标，在一座立交桥旁拐上支线公路，一直找到那个小区，小区里的那幢楼，楼中间的那个单元门，门前通往中心绿地的那条小径。小径边有一个红砖砌地的半圆形运动场地，我和女儿在上面打过羽毛球，好几次，羽毛球挂在旁边芙蓉树的枝梢上。此刻从图片上俯瞰，芙蓉树的树冠仿佛一簇蘑菇。遭遇挑战的，还有另一种政治学意义上的空间和边界的概念。平时无缘进入的一些区域，此刻也撤除了警戒，听凭目光任意游弋。曾经囚禁光绪皇帝的瀛台，苍翠蓊郁，静卧在中南海碧绿开阔的水面中央，仿佛一滴浓稠的绿色凝结成的叹号。岸边，那些青灰色的平房院落，掩映在绿树之中，整洁静谧，世外桃源一般。但这一小片区域，却是整个国家的中枢神经，多少政策、指令等等，都是自这里酝酿、产生，再通过仿佛密集的神经纤维传导系统一样的渠道，迅速地传达到广袤疆域的每一个角落。

在家门口盘桓久了，想去外地看看，便键入“上海”二字，点击“搜索”。画面自右下方向左上方，以一种均匀平稳的速度移动，须臾之间，即抵达目标。弯曲迂回的浦江是鲜明不过的标志，顺着它，很容易就找到已成为城市象征的东方明珠电视塔和金茂大厦。无暇更细致地打量这座东方大都市，目光移向东边，那一片水体便是东海。大陆架部分泛着靛蓝色光亮，而远处则是沉静的深蓝色，那是太平洋的深处，色彩的浓淡对应着海水的深浅。不必键入地名了，沿着海岸线，鼠标光标划了一个弧形，便到达了香港。首先映入眼帘的是维多利亚湾，几艘船行过，尾部拖弋出长长的波纹。突出地伸进海湾的，那座仿佛大鹏展翅、又仿佛异形飞船般的流线型上盖的银灰色屋顶，便是举办回顾仪式的香港会展中心。向右移动，隔着滨海公路与港湾里上百艘游艇相望，那一片绿色是维多利亚公园，我住过的宾馆就在附近，一天清晨曾走进里面，看若干退休的香港老人漫步、闲聊。在匆忙扰攘的香港，这里保留了一份难得的悠然。

受到鼓励的好奇心越发兴致勃勃，索性投入地来一次，把目光投向域外，到足迹曾经抵达过的地方，旧地重游，旧梦重温。我看到东京皇宫外苑的宫墙、护城河和二重桥，以及广场上大片的松柏和草坪。看到罗马的斗兽场，梵蒂冈的圣保罗大教堂。看到了莫斯科红场上洋葱头形状的圣母升天教堂，看到了彼得堡涅瓦河边的冬宫。看到了去新加坡时所住酒店的屋顶，就位于那条短短的新加坡河旁。最近一次是在去年的十一长假，去号称“金三角”的印度北部几个城市旅游。光标移动，找到拉加斯坦邦，再键入首府杰普尔的英文字母，破败的旧皇宫，土黄色的古天文台，渐渐地，从遥远模糊中显现出轮廓。轻轻挪动鼠标，由此去东北方向，二百多公里之外，便是蒙古莫卧儿帝国统治印度时的首都阿格拉，被列为世界新七大奇迹之一的泰姬陵就在这里。因为陵区面积广阔，每一处局部都十分清晰。纯白色大理石砌建的巨大陵墓不用说了，主殿四角上的圆柱形尖塔连同投影，陵墓左右两侧两座对称的清真寺，通往陵墓的笔直水道，中间的一方波光潋滟的水池，都历历在目。我甚至找到了和一家印度人合影时，身后的那一棵大树，就在从大门进入园区后不远处，那一条甬道的尽头。和置身其中的游览相比较，此刻从卫星地图上观望，由于拉开了距离，获得了广阔的视野，更能够体会伊斯兰建筑风格所讲求的对称、均衡之美。

当然，不同的地方，图片的分辨率有高有低，并不完全一样。一些地方可以看到城市轮廓，看到河流、道路、机场。另外一些地方，则能够看到街道、汽车，甚至行人。对于美国、加拿大和西欧的大都市地区，可以定位并放大单个建筑物和房屋的图像；至于一些人烟稀少的地方，你只能看到城镇和那些显著的地理特征，如湖泊等。不是技术不能，而是制作发布者不为——因为从商业价值的角度考虑，这些地方没有必要处理得那么清楚。那些繁华都市，不但每条街巷、每幢建筑都清晰可辨，还标出餐厅、酒店等建筑的地理位置。这些方面，突出体现了商业卫星地图的服务功能。

同样是大都市，照片的清晰程度也还是有区别的。像东京，地面上的大小物体看上去都更清晰，分辨率更高，色彩更明亮，照片质量明显优于北京、上海甚至香港。这肯定与那里空气污染轻、大气的能见度高有关系。十多年前曾去过东京，当时令我最感触动的，不是高楼大厦和物质的丰盛，而是到处都是那么清洁干净，一尘不染。

大约两个多小时里，我的目光掠过了几个大洲。距离的屏障不复存在，哪怕远在天边，借助这种技术，也都变得近在咫尺。这自然会让人产生一种与世界紧密相连的感觉。过去一些模糊遥远的地名，如今具有了形体、色彩，具备了真实生动的质感。地球村的说法，不再是一种夸张，而只是一种中性的表述。心有多大，世界就有多大——这句话通常是在比喻的意义上被使用，但如今却对应着具体的事实判断。心，就是好奇，是欲望，是能量的源泉。能量有强有弱因人而异，驱使着各自的目光，抵达或近或远的区域。只要你有那样的意愿，任何地方都在你的目光注视之下。不必办理护照，没有过境限制，就像到另外一个街区散步一样。

当然也产生了一些议论。不久前报纸上登出，有人到地图上寻找自己的家，却惊讶地看到自己躺在屋顶上日光浴。原来当时的情景被巡航经过的高空卫星拍照了下来，制作成地图发布到了网上。白色的躯体，头上的墨镜，下身的一簇黑色，都清晰可见。这引发了对于技术侵犯生活的私密性的担忧。这当然也称得上是一个问题，但并不新鲜，和城市公共场所布设摄像探头是相同的性质。任何技术都具有两重性，但和产生的困扰相比，其带来的便利是巨大的。在这方面，我倒是秉持着一种较乐观的态度。

这还只是商业卫星拍摄的照片，军事卫星的精确率更高，据说美国人新研发出的高精度军事卫星，能探测出地面上10厘米大小的物体。以前半信半疑，如今则是深信不疑。美国人用卫星照片精确定位，对他们眼中的所谓恐怖分子或其他敌人实行定点清除，也已经不再是新闻。

上帝之眼，万能之眼，酣畅淋漓地显示了技术的力量。再过10年、20年，技术还会产生什么匪夷所思的花样？令人悬想不已。千里眼，顺风耳，古人当作神话来加以描绘的，早在上个世纪就实现了。如今许多发明，已经远远超出了梦想的边界。且暂时拢住想象力的辔头，将目光拉回到眼前的这一方荧屏上，尽情驰骋一番，体验足不出户而游遍天下的乐趣吧！

# 笛鸣香港

韩少功

进入香港后的第一印象，就是不少高楼瘦长如棍，一根根戳在那里顶着天，让观望者悬心。

在全世界都少见这种棍子，这种用房屋叠出来的高空杂技。它们扛得住地震和狂风吗？那棍子里的灯火万家，那些蛀入了棍子的微小生物，就不曾惊恐于自己的四面临虚和飘飘欲坠?

我这次住九楼，想一想，才爬到棍子的膝部以下，似乎还有几分安稳。套间四十多平米，据说市值已过百万。家居设施一应俱全，连厨房里的小电视和小花盆也不缺。但卧房只容下一床，书房只容下一桌一椅，厨房更是单人掩体，狭窄得站不下第二人。我洗完澡时吓一大跳，发现客厅里竟冒出陌生汉子。细看之后才松了口气，发现对方不是强盗，不过是站在对角阳台上的邻居，透过没挂上窗帘的玻璃门，赫然闯入我的隐私。

他不在客厅里，但几乎就在客厅里，朝我笑了笑，说了句什么，在玻璃门外继续浇洒自家的盆花。

他是叫海伦还是汤姆?

我不知该如何招呼。

港人多有英文名字——多族裔机构里的职员更是如此。这些海伦或者汤姆在惜地如金的香港，如果没有祖传老宅或千万身家，一般都只能钻入这种小户型，成天活得蹑手蹑脚和小心翼翼，在邻居近如家人的空间里，享受着微型的幸福与自由。也许正是这一原因，港人们擅长螺蛳壳里唱大戏，精细作风举世闻名。在这里，哪怕是一条破旧的小街，也常常被修补和打扫得整洁如新。哪怕是廉价的一碗车仔面或艇仔饭，也总是烹制得可口实惠哪怕是一件不太重要的文件副本，也会被某位秘书当成大事，精心地打印、核对、装订、折叠、入袋，封口……所有动作都是一丝不苟按部就班，直至最后双手捧送向前，如呈交庄严的国书。

正因为如此，香港缺地皮，有世界上最大的人口密度、高楼密度、汽车密度，却仍是很多人留恋的居家福地。海伦们和汤姆们，即自家族谱里的阿珍们和阿雄们，哪怕在弹丸之地也能用一种生活微雕艺术，雕出了强大的现代服务业，雕出了曾经强大的现代制造业，雕出了或新潮或老派的各种整洁、便利、丰富、尊严以及透出滋补老汤味的生活满足感。毫无疑问，细活出精品，细活出高人，各种能工巧匠应运而生，一直得到外来人的信任。有时候，他们并不依靠高昂成本和先进设备，只是凭借一种专业精神与工艺传统的顽强优势，也能打造无可挑剔的名牌产品——这与内地某些地方豪阔之风下常见的马虎、潦草以及缺三少四，总是形成了鲜明的对照。

一些称之为 Mall 的商城同样有港式风格。它们是巨大的迷宫，有点像传统骑楼和现代超市的结合，集商铺、酒店、影院、街道、车站、学校、机关以及公园于一体，勾心斗角，盘根错节，四通八达，千回百转，让初来者总是晕头转向。它们似乎把整个城市压缩在恒温室内，压缩成五光十色的集大成。于是人们稍不留心，就会错觉自己在酒店里上地铁，在商铺里进学堂，在官府里选购皮鞋。想想看，这种时空压缩技术谁能想得出来？这种公私交集、雅俗连体、五味俱全、八宝荟萃、各业之间彼此融合、昼夜和季节的界限消失无痕的建筑文化，这种省地、节材、便民、促销的建筑奇观，在其他地方可有他例？

一代代移民来到这里打拼，用影碟机里快进二或快进四的速度，在茫茫人海里奔走，交际，打工或者消费，哪怕问候老母的电话也可能是快板，哪怕喝杯奶茶或拍张风景照也可能处于紧急状态。“你做什么？”

“你还做什么?”“你除了这些还做什么?”……熟人们经常一见面就劈头三问，不相信对方没有兼职和再兼职，不相信时间可以不是金钱。显然，这种忙碌而拥挤的社会需要管理，近乎狂热的逐利人潮需要各种规则，否则就会乱成一团。十九世纪末的英国人肯定看到了这一点。他们面对维多利亚港湾两侧乱哄哄黑压压的殖民地，面对缺地、缺水、缺能源但独独不缺梦想的香港，不会掏出太多的民主，却不能不厉行法治。他们把香港当作一个破公司来治理。米字旗下的建章立制、严刑峻法、科层分明、令行禁止，成了英伦文化在香港最需要也最成功的移植。“政府忠告市民：不要鼓励行乞!”这种富有基督新教色彩的警示牌，也从欧洲舶来香港街头。

一次很不起眼的招待会，可能几个月前就开始预约和规划了。电话来又电话去，传真来又传真去，快递来又快递去，参与者必须接受各种有关时间、地点、议题、程序、身份、服装、座位、交通工具、注意事项之类的敲定。意向申明以后还得再次确认，传真告知以后还得书函告知，签了一次字以后还得再签两次字，一大堆文牍来往得轰轰烈烈。不仅如此，一次主要时间只是用于交换名片、介绍来宾、排队合影再加几句客套话的空洞活动结束之后，精美的文牍可能还会尾随而至：关于回顾或者致谢。

不难想象，应付这种繁重的文牍压力，很多人都需要秘书。香港的秘书队伍无比庞大当然事出有因。

也不难想象，港人在擅长土地节约之余，却习惯了秘书台上日复一日的巨量纸张耗费，让环保人士愤愤不满。

但没有文牍会怎么样?

口说无凭，以字为据。没有关于招待、合同、动议、决策、审计、清盘、核查、国际商法等方面的周到字据，出了差错谁负责?事后如何调查和追究?追究的尺度和权利又从何而来?……从这种意义来说，法治就是契约之治，就是必须不断产生契约的文牍之治——虽然文牍癖也有闹过头的时候，比方说秘书们为某些小事累得莫名其妙。

车载斗量的文牍，使香港人几乎都成了契约人，成了一个个精确的条款生物和责任活体。考虑到这一点，在庞大秘书行业之后再出现庞大的律师队伍之类，出现数不胜数的检控之类，大概也不难理解了。

有一位老港人向我抱怨，称这里最大的缺点是缺乏人情，缺乏深交的朋友。光是称呼就得循规蹈矩不得造次：mister，先生就是先生；doctor，博士就是博士；professor，教授就是教授——大学里的这三个称呼等级森严，不可漏叫更不可乱叫，以至只要你今天退休，你的“×教授”称呼明天立马消失，相关的待遇和服务准时撤除，相处多年的秘书或工友也忽如路人，其表情口气大幅度调整。这种情况——包括不至于这般极端的情况——当然都让很多大陆人和台湾人深感不适，免不了摇头一叹：人走茶凉呵。

但人走茶凉不也是法治所在么？倘若事情变成这样：人走了茶还不凉，人不在位还干其政，还要来看文件，写条子，打电话，参加会议，消费公款，甚至接受前呼后拥，有关契约还有何严肃性和威慑力？倘若人没走茶已凉，人来了茶不热，有些茶总是热，有些茶总是凉……那么谁还愿意把契约太当回事？

契约人就不再是自然人，须尽可能把感情与行为一刀两断，用条款和责任来约束行为。这样，缺乏人情是人生之憾，却不失为公法之幸，能使社会组织的机器低摩擦运转。面子不管用了，条子不管用了，亲切回忆什么的不管用了，虽然隐形关系网难以完全绝迹，但朋友的经济意义大减，徇私犯科的风险成本增高。香港由此避免了很多乱象，包括省掉了大批街头的电子眼，市政秩序却井井有条，少见司机乱闯红灯，摊贩擅占行道，路政工人粗野作业，行人随地吐痰、乱丢纸屑、违规抽烟，遛狗留下粪便……官家的各种“公仔（干部）”和“差佬（警察）”也怯于乱来。哪怕是面对一个最无理的“钉子户”，只要法院还未终结诉讼，再牛的公共工程也奈何它不得。政府只能忍受巨大预算损失，耐心等上一年半载，甚至最终改道易辙。

因为他们都知道，法治治民也治吏。违规必罚，犯禁必惩，一旦出了什么事，就有重罚或严刑在等着，没有哥们儿或姐们儿能来摆平，也难有活菩萨网开一面。那么，哪个鸡蛋敢碰石头？

无情法治的稍加扩展就是无情人生——或者这句话也可反过来说。

这样，我们对人情与秩序能否兼得？在难以兼得之时又如何痛苦地选择？

这当然是一个问题。说起来，香港人并非冷血，每日茶楼酒馆里流动着的不全是社交虚礼，其中很大一部分仍是友情。特别是节假日里，家庭成了人性取暖的最佳去处，合家饮茶或合家出游比比皆是，全家福的图景随处可见，显现出香港特别有中华文化味道的一面。父慈子孝，夫敬妇贤，其情殷殷，其乐融融，构成了百姓市井的亲情底色。

这些人不习惯西服革履，更喜欢休闲便装；不习惯道貌岸然，更愿意小节不拘自居庸常——包括挂着小腰包光顾赛马场和彩票。与之相联系的是，他们的阅读大多绕开高深，指向报上的地方新闻和娱乐八卦，还有情爱和武侠的小说。他们使用着最新款的随身听、数码相机、mp4、便携宽频多媒体，但大多热心于情场恩仇和商界沉浮一类个人故事——这是通俗歌曲和通俗电影里的常见内容。内地文化人对此最容易耸耸肩，摇摇头，讥之为“文化沙漠”。其实这里图书、音乐、书画、电影的同比产出量绝不在内地之下，大量人才藏龙卧虎。稍有区别的是，他们的文化主题常常是“儿女情”而非“天下事”，价值焦点常常落在“家人”而不是“家国”，多了一些就近务实的态度，与内地文化确实难以全面接轨。黄子平教授在北京大学做报告的时候，强调香港文学从总体上说最少国家意识形态，是一个特别品种，值得研究者关注。据他说，学子们对这个话题曾不以为然。

学子们也许不知道，他们与大多港人并没有共享的单数历史。在百年殖民史中，港英当局管理着这一块身份暧昧的东方飞地，既不会把黄肤黑发的港人视为不列颠高等同胞，也不愿意他们时常惦记自己的种族和文化之根，那么让他们非中非英最好，忘记“国家”这一码事最好——这与一个人贩子对待他人儿女的态度，大体相似。这种刻意空缺“国家”的教育，一种大力培养打工仔和执行者而非堂堂“国民”的百年教育，也许足以影响几代人的知识与心理。

再往前看，香港自古以来就是天高皇帝远，“帝力于我何有哉？”这里的先辈们难享国家之惠，也少受国家之害，遥远朝廷他们眼里实在模糊。当中原族群反复受到北方集团侵掠或统治，那里的国家安危与个人的生死荣辱息息相通，国与家关系密切，忧国、亡国、思国、报国之情自然成了文化要件，“修齐”通向“治平”的古训便有了更多日常感受的支持，有了更强的逻辑力量。与此不同，香港偏安岭南一角，面对大海朝前望去，前面只有平和甚至虚弱的东南亚，一片来去自由、国界含混、治权零乱的南洋。在这样的地缘条件下，如果不是晚近的鸦片战争、抗日战争以及九七回归，他们的心目中那个抽象的“国家”在哪里？“国家”对于老百姓的衣食住行有多少意义？

大多数港人也修身，也齐家，但如果国家若有若无，那么“治国平天下”当然就不如“治业赚天下”更为可靠实用了。这样，他们精于商道，生意做遍全球，但不会像京城出租车司机们那样乐于议政，不会像中原农民们那样乐于说古。内地文化热点中那些宫廷秘史、朝代兴衰、报国志士、警世宏论、卫国或革命战争的伟业，在这里一般也票房冷落。国家政治对于很多港人来说是一个生疏而无趣的话题。更进一步说，如果国家的偶尔到场，不过是用外交条约把香港划来划去，使之今天东家，明天西家，今天姓张，明天姓李，一种流浪儿的孤独感也不会毫无根由。

殖民地都是精神和文化的流浪儿——香港不过他们中比较有钱的一个。想一想，这个流浪儿是应该责难还是应该抚慰？他们的文化在经受批评之前是否应该先得到几分理解？

1997年，很多港人在五星红旗下大喊一声“回家啦——”但这个家，对于他们来说还是比较陌生，比如有相对的贫穷，有较多的混乱和污染，有文化传统中炽热的国家观和天下观。但无论人们是珍爱这个家还是厌恶这个家，“国家”终于日渐逼近，不可回避了。

世界上并非所有人都有国家意识，都需要国籍的尊严感和自豪感。诗人北岛说，他曾经遇到一个保加利亚人。那人说保加利亚乏善可陈，从无名人，连革命家季米特洛夫还是北岛后来帮对方想起来的。但那人觉得这样正好，更方便他忘记自己的国族身份，从而能以世界文化为家。出于类似的道理，多年来几无国家可言的港人，是否一定需要国家这个权力结构？他们下有家庭，上有世界，是否就已经足够？他们国土视野和国史缅怀的缺失，诚然收窄了某种文化的纵深，但是否也能带来对狭隘国家主义的避免？……

无可选择的是，国家是现代共同体的基本形式。历史上的国家功罪俱在，却从来不是抽象之物，不全是旗帜、帽徽、雕像、诗词、交响乐、博物馆、哲学家们的虚构。对于1997以后的很多港人来说，即使抗英、抗日的伤痛记忆已经淡薄，但国家也不仅仅意味着电影里的“内战”和书刊里的“文革”，而有了电影与书刊以外的更多现实内容。国家是化解金融危机时的巨额资金托市，是对数千种产品的零关税接纳，是越来越值钱的人民币，是越来越有用的普通话，是各种惠及特区的人才输入、观光客输入、股市资金输入、高校生源输入、廉价资源产品输入……一句话，国家是这里日常生活的一部分，正在成为真切可触的利益，正在散发出血温。

即便有些人对这一切不以为然，即便他们还是贬多褒少，但无论褒贬都透出更多北向的关切，与往日的两不相干大为异趣了。即便有些港人还不时上街呛声某些中央政策，但这种呛声同样标示出关切的强度。

汶川大地震后，我立在香港某公寓楼的一扇窗前，听到维多利亚港湾里一片笛声低回，林立高楼下填满街道的笛声尖啸，哀恸之潮扑面而来。各个政党和社团的募捐广告布满大街，各大媒体的激情图文和痛切呼吁引人注目，学生们含着眼泪在广场上高喊“四川坚强”和“中国坚强”，而高楼电子屏幕上的赈灾款项总数纪录，正以每秒数十万的速度不断跳翻……这一刻，我知道香港正在悄悄改变，一块殖民地的心灵流浪大概行将结束。

我隔着宽阔海面遥望港岛，那一片似乎无人区的千楼竞起，那一片形状各异的几何体，如神话中寂静而荒凉的巨石阵。

我知道那里有很多人，很多陌生而熟悉的人，只是眼下远得看不见而已。

# 澳门的心

韩小蕙

一到澳门，我就被澳门的心吸引住了：她里外透明，很朴实，很纯正。

甚至没到澳门之前，早在差不多10年之前吧，我就已经很知道这一点了——那一年我们海峡两岸和香港、澳门的女记者在厦门召开交流会，来了两位澳门报界的女记者。在亮亮丽丽的台湾女记者面前，在风风火火的香港女记者面前，在轰轰烈烈的大陆女记者面前，两位澳门的女记者总是很低调，很谦虚，甚至有些羞涩和木讷，逢到要她们讲话时，俩人总是羞赧地笑笑，简单地说上两句，就躲到大家的目光之外去了。那是我第一次接触“澳门同胞”，尽管没有亮亮丽丽，没有风风火火，没有轰轰烈烈，但我对两位澳门女同仁留下了极好的印象，我喜欢她们那种内敛、实在和安静，喜欢她们的少说多做，沉默是金，也从她们身上看到了澳门的心，很朴实，很纯正，踏踏实实，重剑无锋。

可是我现在到了澳门，一时却恍惚了，不知道澳门的心在哪里？

我执意去找一找。

## 一

大三巴牌坊面前人流涌动，热闹非凡。来自全世界的游客，肤色白的、黑的、黄的，服饰红的、绿的、花的，长得美的、帅的、丑的，人人兴高采烈，纷纷在情绪高昂地拍照留念，唯恐辜负了这大美的景观。

大三巴牌坊是澳门最具代表性的名胜古迹，被誉为“立体的圣经”，是澳门的名片。我第一次看到它的照片，是在澳门回归那一年的春天，一位不知名的热心读者，从澳门寄到编辑部一包明信片，上面第一张就是大三巴牌坊。呀，刚看到它的第一眼，我的心就被它天国一般的精美绝伦震撼了，当时人的视野还很原始，互联网之手远远没有像今天这样随心所欲，想看哪儿轻轻一磕“老鼠”，就能够尽情地、没完没了地看个够。我把大三巴的照片夹在自己通讯录本子里，随时随地就拿出来看看，同时在心里做出一个瑰丽的梦：将来有一天，我一定要去澳门，亲眼看一看大三巴。

今天我终于来了！来之前，当然做足了功课：大三巴牌坊是1850年竣工的圣保罗大教堂的石雕前壁，其后面部分遇火已不存。大三巴糅合了欧洲文艺复兴时期和东方古代建筑的风格，巍峨壮观，雕刻精细，单是这座牌坊的造价，300年前就已高达3万两白银，可谓珍贵至极。细细欣赏牌坊上面的石刻，各种圣经人物、花鸟、文字、图案等等象征中西方文化的符号，各得其所在，各显其意义，和谐共处，共生共荣，真是既彰显了欧陆建筑的华丽风格，又结合了东方文化沉稳内厚的传统，体现出澳门在数百年前，就已在探讨中西方文化的结合问题，并且取得了令人惊异的成功。

在后来的参观中，我发现，这也是当代澳门文化特色的一个突出现象：常常是在绿叶低垂的长长的浓荫里，可以看到中西合璧风格的房子，伴有繁茂的花枝从里面探出身影；在香烟缭绕的中国妈祖庙毗邻，亦矗立着天主堂、基督堂、清真寺，还有其他一些民族的宗教建筑；在宽敞的大马路上或一弯一弯的小街角，不时会突然闪出或花枝招展或灯红酒绿的中、西、葡萄牙、泰国、印度、越南、马来西亚等等各种风味的餐厅，都宾客盈门，都欢声笑语；在大街上熙熙攘攘的人流中，更是欣欣然走着汉族、回族、满族、高山族以及葡萄牙人的后裔，他们都是中国澳门行政区同胞，和谐地共同生活在这29.2平方公里土地上……

那么是什么，把这些天涯海角的、迥然不同的文化元素，雕塑在一起的呢？

我向天空发问——我向大海发问——我向大地上的绿叶鲜花发问——

从历史深处飞来的信鸽“咕咕”叫着，告诉我说：澳门除了被侵略、被蹂躏的时期之外，基本上都是一块宁静致远的乐活热土。澳门人心地善良，生活目标纯粹，不贪心，对未来的生活不存非分之想，也不嫉妒别人，所以大家都能和睦相处，这无论是在西方还是在东方，都比较少见。

在我们离开大三巴的时候，牌坊下，支起一张桌子。有天主教会的工作人员站在桌前，开始分发《澳门导游》等小册子。游客们都自觉地排起队，安安静静地领取。我排的那个队伍的工作人员是位中年妇女，我看到她一边分发小册子，一边满脸笑容地对每位游客说：“神爱你！”

轮到我的时候，她也是对我一脸灿烂，亲切地说：“神爱你！”一瞬间，我的心突然被一股强大的温暖所软化。虽然我不信仰耶稣基督，也明白这位女士是在向我做宗教的宣传争取工作，但当亲耳听到有人对我说“爱我”时，一颗心还是止不住快乐地摇曳起来。

这就是澳门的心吗？

嘿，她对我说：她爱我！

## 二

仔细端详，澳门的每一片大大小小的绿叶上，都有着极其美丽的纹路，像澳门的每一处景点。

不，像澳门的每一寸土地。

不不，更像澳门的每一颗心。

历史的风吹来了，它们在风中起舞。

我到处看见它们。

比起北京的国家博物馆，澳门博物馆似乎既关注国家社会，亦重视人间烟火，有着浓浓的人情味。除了那些庄严的宏大叙事，我还看见了澳门普通人的身影，和他们生活中的诸多情节、细节：比如一个家庭的居家日子，一个厨房的锅碗瓢盆，一个木雕艺人的精雕细刻，一个渔民收获的大鱼大虾，一碗粉面和一锅杏仁饼的诞生过程。我甚至分享到了一个新嫁娘梨花带雨的出嫁喜泪，我甚至听到了一个婴儿唱歌般的啼哭声，我甚至嗅到了一个小杂货店沁人心脾的杂物的混香，我甚至看到了店主人童叟无欺、诚实待客的心……

而当我走进何东爵士捐赠给澳门民众的何东图书馆，一眼就看到一群十五六岁的中学女生正在宽敞的回廊下做作业，几位年纪不等的市民在藤萝架下读报看杂志。这座精美别致的园林别墅式图书馆，主楼是一座南欧风格的三层楼房，前后环绕着绿肥红瘦的中式园林，是一座集历史、文化、建筑艺术于一体的建筑，也是中西艺术结合的典范。1955 年何东爵士以 93 岁高龄病逝，其后人根据遗嘱将故居做成图书馆，期望能帮助尚在努力发展经济的澳门民众提高文化水平。今天，何东老人的心血果然没有白费，他双目炯炯，满心欢喜地看着市民们在读书……

我又走进海事博物馆。它的所在地就选在当年首批葡萄牙人登岸的地方，其造型模仿一艘扬着白帆的三桅船，停泊在澳门的心脏妈阁庙前面。昔日的 1 号码头已被列作博物馆的设施和休闲场所，供游客浏览以及与大海亲近。本来在进馆之前，习惯性的思维方式让我以为又是一场血雨腥风，却丁点没想到，它讲述的重点是澳门与大海之间的传奇故事，还有中国和葡萄牙在海事方面的历史，以及海洋在人类文明发展史上所具有的重要性。它给我的强烈信号是，澳门已经长成一个非常成熟沉稳的成年人了，他的心是爱心，在这颗心里留下的，不是刀光剑影，而是合作，而是发展，而是积极地向前看……

走上澳门历史城区的土地时，我情不自禁弯下腰，仔细端详着脚下的沙粒，感觉有一股天外罡风从远古的深处吹来。据说，这是中国境内“现存年代最远、规模最大、保存最完整和最集中”的历史城区，上面中西式建筑交相辉映，既有妈阁庙、哪吒庙，也有岗顶剧院、玫瑰堂等 20 多处历史建筑，充分展示出近几百年来，各种文化在澳门这块土地上互相碰撞、交流所结晶出的澳门魅力。另外，只是说它“在 2005 年被光荣地列入《世界遗产名录》”，似乎太冷静了，没有表达出澳门炽热的心跳；我更愿意听澳门朋友们说起他们的节庆连年，一年 12 个月，澳门月月有节日，无论是中国的传统节日春节、清明、端午、中秋，还是西方的复活节、花地玛圣母像巡游、圣诞节，或是佛教的浴佛节，以及独具澳门特色的国际音乐节、国际烟花汇演、格林威治大赛车……

哦，澳门的心，天天都浸泡在举城欢庆的日子里。

## 三

第三天，我们迫不及待地集体登车，一往无前。

目标——氹仔岛上的一家蛋挞店。

澳门特别行政区包括澳门半岛、氹仔和路环两个离半岛。澳门半岛北面与中国大陆相连，南面分别由三座大桥与氹仔岛连接。氹仔岛和路环岛则由 2.2 公里的连贯公路相接。不知是谁听说的，氹仔岛这家蛋挞店，不仅全澳门最好，能做出各种口味的蛋挞，能把人香得粘在那里七天七夜不走，而且还举世无双。我们便来了这次集体行动。

谁知到了那里才看见，那是一个非常小的、貌不惊人的小门脸。甚至说它是一间大厨房也不为过。只有一个门，玻璃擦得亮晶晶的，似乎连一个指纹都不存。东、西、南三面柜台，前店后厂，顾客们只能在门外排队等候——好在，澳门到处花树林荫，海天空阔，无一处不风景，置身其中，如同在公园里流连。

此时，还真有大队人马在排队，极耐心，不仅是肚子里的馋虫勾的，更主要是想体验一把澳门最佳。可是真的太慢了太慢了，比蚂蚁爬还要慢，因为需要一边做一边卖，熟了一“锅”卖一“锅”。

像我这个岁数的人，对“排队”还记忆犹新，更心有余悸。想当年“十年浩劫”中，大陆物资极度匮乏，许许多多的东西都是凭票证配给的，比如过一个春节，每人才配给三两花生二两瓜子，那还是在首都北京。说来现在年轻孩子们都“嗤嗤”嘲笑，那时候上街，只要看到排队，不管三七二十一，先排上，然后再去问卖的是什么，再回家取钱。我最有成就感的是有一次在王府井百货大楼，刚好碰上从哪国来的一批进口涤纶男裤，我竟然排了六个小时，才给老爸抢购了一条，等我喜气洋洋地捧着裤子回到家，父母正着急哪，连说“这孩子（指的是我）上哪儿去了？丢了吗?!”

世事沧桑，白云苍狗。今天，许久许久没排过队的我，居然在澳门又排队。

然而人是物非，人间和心情都彻底换了样，性质完全不同了啊！

这些感受，跟身边的澳门朋友说，他们不一定能体味。不过，要是跟他们说起当年俺们这些大陆“老土”对来自港澳的所有货物，都新奇、都羡慕、都高看一眼、都显摆不已，他们一定乐。而现在的我，自从来了澳门以后，就一直在犯愁：给家人和朋友们买回去点什么呢？如今的大陆什么都有、什么都不新鲜了啊！

我灵机一动：要不，就买这举世无双的蛋挞？哈！

花费了让人心疼的将近一个小时，我们终于吃到了金贵的蛋挞。啊，酥脆绵软，到嘴里就化成一股特殊的浓香，那个销魂啊，真的能把人粘在那里七天七夜不走哇——可惜我的港澳通行证哟，总共才给了七天时间哇塞！我不由得“抱怨”说：“这个店老板的观念，太保守啦，他怎么不到处开个连锁店啊？要是在大陆，生意这么火爆，早纽约巴黎伦敦东京的到处开花了，放着大钱不赚，就守着这么个小门脸，我都替他着急！”

澳门的朋友笑了，慢悠悠说：“这就是我们澳门人啊，做事讲究一板一眼，不越矩。开店得先保证品质，要是没有扩张的实力，索性不做，也不能砸了牌子哦。”

我有点尴尬。他却不动声色地为我解围道：“我们澳门地方小，所以店铺也都开得小。不过呢，看着门脸普普通通的，品质却都维护着不丢。码头那边有一家粉面老店，比这蛋挞店还小，门脸还旧，可是做的粉面那叫好吃啊，连特首夫人都去排队买。但是那家也是这个传统，每天就打那么多粉，不多做，一般到中午就卖完了。”

为什么不多做呢？

“怕影响了质量啊。做多了厨师必然就累了，累了就容易马虎，质量就不一定能保证了。我们澳门人是用心做事的，心思哪怕少一分，都必然会有影响的喽。”

啊，这不由得叫我想起大自然最普通的一件事：一粒种子被播入地下，仁厚的大地用心地孕它生了根发了芽。从此，和煦的阳光用心地照耀它，滋润的雨露用心地浇灌它，风儿用心地梳理它的叶片，白云用心地为它塑造体型，蓝天用心地导引它向上拔节，农民用心地打造它锻造它成就它。就这样，经过长长的、复杂的、艰苦的生长，终于，它也用心地长成了，它变成了百粒千粒万粒的丰收的硕穗——大自然又收获了一个用心生长的季节，人类又收获了一个用心做工的典范。

我也想到了人类社会最普通的一件事：一个生命的种子被植入母亲的子宫，仁慈的母亲用心地孕育了他（她），将他（她）领到世界上来。从此，母亲对他（她）的用心就是终其一生的了：用奶水哺育他（她）成长，送他（她）上幼儿园、小学、中学、大学读书，又把他（她）送上工作岗位，再为他（她）娶妻（嫁夫）生子，甚至还为他（她）照顾下一代儿女……母亲就这么用心地将自己的血肉、体力和精神，一点一滴地灌注给儿女，全部给完了之后就悄声离去了，轮到下一代母亲又继续用心地浇灌，人类就是这么一代又一代用心地递交而绵延繁衍的……

用心就是呕心沥血。

要想把我们这个世界变得更好，无他，大家都必须用心地做事。

成功其实很简单，就是用心地做好每天应该做的事。

用心做事的澳门人——澳门的这颗心啊！

## 四

最后还要庆幸的，是我在澳门学到了一个词——“手信”。

其实对澳门和广东沿海一带来说，这已经是古往今来、世代沿用的一个 long long ago（非常非常古老）的词汇了，可是我真的是第一次听到，所以很新奇。什么是“手信”呢？澳门文友们解释得比较唐诗宋词：“手信”就是“驿寄梅花，鱼传尺素”。哦，我似乎懂了，就是古代“鸿雁传书”的那个“书”，是通过手温传达的、寄予着浓烈感情的家信。

可是后来我发现，“手信”还有内涵更为宽阔的俗和雅两种解释：用下里巴人的说法，“手信”就是人们出远门回来时捎给亲友的小礼物。过去走海人重感情，每次归来时，都要把街上叫卖的杏仁饼、牛肉干、猪油糕、光酥饼、姜糖、花生糖等等零食信手捎回家，长此以往，就渐渐地把它们统称为“手信”了。而以阳春白雪的解释，则“手信”最原始称呼为“贽”，《左传·庄公二十四年》：“男贽，大者玉帛，小者禽鸟，以章物也；女贽，不过榛栗枣，以告虔也。”意思是说，古代外出访友的邦客必须带着礼物“贽”，男人的贽礼大到一块玉一匹丝织品，小到一只禽鸟，显示的是礼物的贵重；女人之间的贽礼不过是一把榛子、一包栗子或者几枚红枣，表达的是虔诚的情感。

澳门朋友又告诉我：澳门还有“手信”一条街，密密麻麻开着数十家“手信”商店，摆满了澳门特色的“手信”食品，各国游客欢天喜地游走于各个店铺之间，大包小包，把澳门“手信”带回到世界各地……

好形象、好生动、好诗意的一个词呀！这个带着澳门体温的词，非常温暖地感动了我，马上使我想起了家里的老父老母和远在英伦的女儿，此刻，要是能把我的“手信”立刻捎到他们手上，该有多好啊！人世间，最美丽的情感就是亲情。

我深深地吸了一口气，澳门的海云天风，都是甜的呢。我觉得自己的一颗心被浸得柔柔的，软软的，眼睛不由得湿润了起来。我把“手信”二字写在本子上，又存入手机里，并且已把它刻在了心上。

——“澳门手信”，不也是澳门的心吗？

# 亲爱的岛，亲爱的海

潘向黎

到厦门，就一定会到鼓浪屿。

去年，我住在岛上的海上花园酒店，游客退潮后的夜晚和清晨，小岛又向我露出了熟悉的静美朦胧。散步的时候，有时候抬起脚步会突然不敢踏下去，或者面对一枝挡道的三角梅犹豫着可不可以拨开，因为心里总觉得只要做一个动作就会从梦中醒来，被无情地抛回城市的万丈红尘、十面埋伏、无穷辛苦、重重烦恼之中。

鼓浪屿好像和我有很深、很特殊的缘分似的，到了这里，总有一种冲动，想要大喊一声："是我，你还好吗?"

是了，我是福建人，虽然我出生在泉州，却是血统纯粹的闽南人。我两三岁时就常到厦门，在鼓浪屿对面的亲戚家，凭窗对着海水咬字不清地说："海水啊过来，小黎要澎澎（澎澎者，儿语洗澡之意）"，成了全家许多年取笑的"典故"。长大后知道福建人的骄傲——林巧稚先生是鼓浪屿的女儿，成为中文系的学生后，更知道林语堂先生、弘一法师都曾经和鼓浪屿有过不浅的缘分；但我不曾像我所仰慕的林语堂先生那样在这里度过童年和青春岁月，更没有福分和诗人舒婷一样，神仙一般长久住在鼓浪屿上；甚至我的写作，也一直和厦门没有什么关系。于是，在很长的时间里，我暗暗承认自己对鼓浪屿所怀着的，是一种类似单恋的、没有来由的感情。

但是，生命真有她自己的逻辑，并让人拜服于她的神秘。大概是10年前吧，我读到父亲潘旭澜的文章《五十年之约》。说的是上世纪50年代初，父亲和他的两位同乡好友，曾华鹏先生、吴长辉先生，三位复旦大学的大学生在西湖边相约，等将来工作、结婚以后，要连同各自的妻子，六个人一起到鼓浪屿好好住几天。这“承载着中国大学生对美好生活的期望”、“以真纯友谊的名义签字存在心底的合约”，显然是当时的他们能够想象出来的美好生活的极致。然而就是这样一个毫不奢侈，对今天的人们来说几乎轻而易举的计划，几十年间竟没能实现——了解那段历史和中国知识分子命运的人们大概不会惊讶。

幸运的是，他们的友情从未改变，这也许要部分归功于闽地古风对他们的浸润。饱经忧患而一向语速迟缓、落笔谨慎的父亲这样评价他们的友情：“无论什么季节，无论风雨晦明，无论山呼海啸，即使音书断绝，即使朝不保夕，即使独处危崖，我们都知道，有那么两个好友，心底开着雷达，搜索着自己的动向，关注着自己的命运。”终于，在那个约定的50年后，他们在鼓浪屿住了一个星期，不过只是4个人，只有华鹏伯伯如约带了夫人，父亲和长辉伯伯都只是一人前往。父亲的解释是：“都老了，早就没有什么闲情逸致了，而且各自家里有种种杂事缠住。”那次相聚非常欢乐，他们毫无计划，每天在岛上散漫地信步，一日三餐在岛上找喜欢的餐厅吃，回宾馆午睡，晚上在一个套房里喝茶、饮酒，“三家村夜话”聊得十分畅快。父亲感慨地写道：“我能活过70岁，又能与也经过磨难的好友来这里寻梦，要说是幸运，自然可以。毕竟尚能行走的时候，踏遍全岛的街道和海边，找回50年前的旧梦。然而，它已苍老残破。”是啊，他们本该风华正茂、意气风发、大展才华的岁月，却在风暴的席卷、无情的摧折、备受压抑和歧视中度过，而且青春永不再来，一切无法弥补。

是2013年的今天，仔细重读《潘旭澜文选》中的这一篇，才发现当时他们住的就是海上花园，和我去年住的竟是同一个地方。父亲如鹤的身姿在 2006 年 7 月消失于长江入海处的苍茫——在此之前，华鹏伯伯和长辉伯伯各自从扬州和香港来看望了他。然后是长辉伯伯温暖人心的笑脸隐没于浅水湾的蓝天白云。最后，华鹏伯伯潇洒的身影也在 2013 年的 1 月悄然淡入江南的烟雨树木。在天塌般的悲伤、海啸般的哀痛和孤儿般的茫然无措之中，我紧紧抓住一个想象来安慰自己：他们已经在另一个世界得以欢聚，继续海阔天空地喝茶神聊……他们都是如此守信、重情的君子，一定是这样的，一定。

是的，鼓浪屿埋藏着父亲和父执们的青春旧梦，曾给他们带来一生中并不多的，因此弥足珍贵的悠闲和愉快，他们五味杂陈的感情和心绪，也肯定汇入过鼓浪屿海面上那不断涌动的波浪……鼓浪啊鼓浪，鼓起的是多少代人心中不灭的梦想和深沉的眷念，人们深爱的不仅仅是这个小岛，而是以“鼓浪屿”命名的一种生活：宁静、丰饶、舒适、优雅，以蓝天大海、琴棋书画为伴，在大自然和艺术的双重眷顾之中，远离贫穷和愚昧，远离政治运动、生存压力、精神创伤……但这种生活，对多少代中国人来说，始终还是离梦想近，离现实远。

如果说，是父辈对鼓浪屿一生不移的情感，让我对鼓浪屿有特殊感觉，应该算“虽不中，亦不远矣”。

命运神秘的拼图中还有一块，是不喜欢谈儿女情长的父亲没有披露的。去年，当我独自漫步在菽庄花园的栈桥上，身边的园景和眼前的海景包围着我，两句话蓦然跃上心头：海阔天空，尘虑顿消。我忍不住给母亲打了个电话，母亲笑着说：“那里我也去过的。当时我和你爸爸还在谈恋爱，就在你站的这个地方，我们第一次合影。”母亲回忆道，当时父亲提议合影，而家教良好、性格单纯的母亲内心颇为犹豫，总觉得一旦合影，好像两人关系就定了下来似的，事关重大，“我思想斗争得很厉害”，母亲说。我后来注意到了这张照片，就在菽庄花园的小桥上，背后是园林和小洋楼，照片上的两个人都穿着朴素的衬衣，父亲站着，个子高高的，一身书卷气，母亲坐在桥栏上，梳着两条小辫子，年轻秀丽，她的目光没有看镜头，自然中带着些许闺秀的矜持。他们的面前有大朵大朵的花朵，让人感觉到彼时的春暖花开。

“既遇良人，云胡不喜？”照片上的两个人就这样，在鼓浪屿初恋定终身，从此携手走过了40余年的风雨人生。

天风海涛，树影花香，红瓦雕窗，琴音诗韵，更兼花朝月夜，到处都是携手同行、低声笑语的双双对对。海上仙山哪有这么活泼的人间景气？哪似这般可以融入其间去看、贴在心里去爱？鼓浪屿，是亲爱的岛，亲爱的海。

而对我来说，是这些，又不仅仅是这些，还有来自家族和血缘的神秘缘分，让这岛，这海，如此亲近而让我深爱。

连先知穆罕默德都说“既然大山不肯到穆罕默德这里来，那么穆罕默德就到大山那里去吧”，早已成年的我如果再重复幼时“海水啊过来”的呼唤，就不再是天真而成了狂妄，大海不会为任何人“过来”，但我们可以一次一次地“过去”或者“归来”，向这个亲爱的岛，这片亲爱的海。

# 上苍的艺术

## ——乐陵枣林纪行

李存葆

是谁的意境，谁的想象，让风打了几个旋儿，便把五千年的时光，伫留在一棵棵老枣树上？是谁的构图，谁的手痕，让绿色的云落在了这片土地上，将璀璨的星化为累累的果，缀满这偌大的枣林里？近年来，我曾几度亲近乐陵，面对那由 2500 万株枣树，结成的茫茫然、滔滔然、浩浩然的 50 万亩枣林，辄会发出这样的浩叹。

坐落在鲁北平原上的乐陵，是一座历史文化古城。地以物显，物以地彰。乐陵因盛产金丝小枣而名播域内海外。东临渤海的乐陵，是黄河冲积平原。早在远古时期，枣树便眷恋上这片退海之地。到了商周，枣树就成了斯地先民的“铁杆儿庄稼”，经过祖先们不断地对其进行“优生优育”，乐陵枣出落成华夏枣家族中的“美媛丽姝”。后来，人们给她起了个美丽的名字：乐陵金丝小枣。

金丝小枣与他地枣的不同之处，不仅在于皮薄肉厚、丰肌细核，还在于熟透晾干后用手一掰，便能扯出一缕缕柔美的、晶亮的、二寸多长的金丝儿。我曾将他地枣与之作过比较，他地枣大多扯不出丝儿来，要么扯出的是银丝儿、铜丝儿、铁丝儿。就其口味而言，也不能同日而语。乐陵金丝小枣这种舍我其谁的“定义式”的个性，展现出上苍的艺术。

初夏时节，我曾走进乐陵枣林。这时，三春的花事已经结束。在这里，我却看到一个最纯净、最素雅的枣花的海洋。50万亩枣林，仿佛接到了上苍的统一号示，在一夜之间全部爆发性地绽开了。那一枝枝、一串串的米粒般大的枣花，密密匝匝、攒攒挤挤、层层叠叠。抑或为保持微躯的素洁，枣花没有以华美的衣饰和妖冶的装扮，给自己平添半分骄傲，而是以淡淡的浅黄，平易为裳，谦冲为怀。它们似乎懂得，过大的蓓蕾会影响家族的繁盛，艳丽的脂粉会损伤整体的合一，华美的珮饰会阻隔亲密的团结。亿兆枣花在望不到边际的枣林里，一起舒眉展眼，以幽幽的芬芳，汇成无涯的和谐，连空气中都弥漫着醉人的清香。五彩缤纷的蝴蝶翩翩鼓翼，把枣林当成忘情的天国；嘤嘤吟唱的蜜蜂穿梭忙碌，恋栈着枣林这甜蜜的城邦。徜徉在这连吸口气都感到清香的枣林里，我的身躯、生命和心灵，都成了这花香的“俘虏”，就像洗了一次“枣花浴”似的遍体通泰。这里没有猜忌，没有约束，没有督饬，我感到什么烦恼、忧伤、愁闷都不存在了。

世界上的一切事物，常是弱小里含纳着博大，孱弱里蕴藏着刚强。休看枣花这般细密、质朴，却集中代表了枣树的品格。春天，杏花开了，桃花笑了，枣树却谢绝春之神的邀请，兀自忍耐着寂寞，为的是让林间麦苗在和风的熏育下尽快茁拔。当麦苗半尺高时，枣树才急急钻出嫩芽；麦子灌浆时，枣树才匆匆开花。它们没有浓荫蔽日、枝叶蔓披的欲望，极力缩小着自己的树冠，为的是让夏日的谷粟更多地去承接甘霖和阳光。它们的根须不像其他树木那样霸道地扩张地盘，而是极力往深处扎，为的是让其他作物更多地吸吮土中的养分。深秋，当麦苗刚刚拱芽，枣树便把落叶化为麦垄的养料。隆冬，枣树又手扯手地以它们的身躯，为越冬作物遮风避寒。枣树从抽芽开花到果熟叶落，只有170天的时间。这“叶不争春，花不争艳，根不争地，冠不争天”的侠骨柔肠，唯枣树所独有。

仲秋时节，我来到深不可测的乐陵枣林，那闪金耀红的枣子，灿烂着我的眼睛。老枝新柯上，那一嘟噜一串的金丝枣儿，像玛瑙镶嵌在树桠间，像宝石辉耀于枝叶里，它们以果实的纯焰，强烈点燃起人们的甜蜜意识。嫩红、浅红、绯红、绛红、浓红、紫红、玫瑰红的枣子，斑驳陆离，溢光泛彩。世上有多少种红，在这枣林里都能觅到它们的倩影。这是谁家的顽童，躺在枣树下，正张着口儿，待风摇下的枣子落进他的嘴中；那又是谁家的小狮子狗，娇憨而悠闲地甩着毛茸茸的尾巴，扬着敏锐的鼻孔，恣意吐纳着枣林间的香甜……在枣林的一隅，我看到有农人在自己的枣园里忙着收枣。他们挥竿的挥竿，捡枣的捡枣。坠落的枣儿像不断溜儿的阵阵红雨，又像一个个的调皮猴儿，跳到人们的头上，蹦到人们的肩上，更多的则是在地上滚来碰去，铺起一层又一层的大红毯。枣林，你丰收的土地竟是这般的馨香而热烈!

移步枣林腹地的百枣园，我领略了千形万状的美的精灵。园内有枣树6000余株，荟萃了国内优质枣428种，堪称华夏枣的大观园。园中，有乐陵本地枣160余类，仅金丝小枣就有64种。圆红、小躺、笨铃、小木、响铃、小脆、紫皮、秤砣、亚腰、马铃、梨枣、辣椒枣……它们无一不是上苍意志的雕刻，大自然情感的结晶。那上扁下圆、中间有一圈儿缢痕的磨盘枣，精美绝伦，酷肖农家的磨盘；那花瓶枣，像是从钧窑里刚刚出炉的小小瓷瓶，其彩釉似在流动，闪烁着海棠红般的光泽，绮丽莹润；茶壶枣通体流泻着天籁神韵，旖旎无匹，那小巧的壶嘴儿，玲珑的壶把儿，直如明清紫砂壶大师们匠心独运的微雕……乾坤有精物，至宝无文章。面对百枣园内这么多极态尽妍，雅望异常的各种枣儿，任何语言的描绘，只能是刻鹤类鹜。

赵朴初老人在礼赞乐陵金丝小枣的诗中云："妙味宜天人，色香绝凡尘。"我与友人在乐陵枣林中穿行，随手摘下各种形状的枣儿，细细品尝着。香甜、蜜甜、酸甜、辣甜、脆甜、酒甜、蔗甜……毫不夸张地说，世上的甜有多少种，我们从乐陵小枣里，几乎都能品得出来。

中国是枣的故乡。直到今天，中国枣的总产量仍占世界的9/10，而乐陵枣又占中国枣产量的1/10。枣文化在中国源远流长，乐陵的枣文化最早与仙道文化结缘。睥睨天下的秦始皇东巡时路过古乐陵，见红枣遍野，瑞气腾空，便在此驻跸，以压制这里的帝王之气，古乐陵遂有"厌次”一名。在仙道传说中，仙家们常来古乐陵食枣，以求长生不老。徐福渡海东瀛时，曾在此挑选了五百童男五百童女，古乐陵又有了“千童城”之谓。枣的营养和药用价值，早已被我们的先祖一再验证。在《黄帝内经·素问》中，枣为五果之首；在张仲景《伤寒论》之113例经方中，就有62例用了枣。泰山顶上的碧霞祠里供奉的碧霞元君，被百姓俗称为泰山奶奶。泰山奶奶本是乐陵人氏。昔年，她曾用金丝小枣作药引子，治愈了诸多疑难病症，仙逝后被尊为神灵。迄今，碧霞祠里的解说员仍这样介绍泰山奶奶的功德：“本是乐陵人，尊为天下神，济世扶苍生，碧霞第一君。”

金丝小枣，是上苍写给乐陵人的一封佛偈般的“书信”。金丝小枣的主产区，集中在径流乐陵的马颊河与漳卫新河之间的一大片丰土吉壤里。有一种怪异的现象，令人百思难解：漳卫新河的南岸是山东乐陵，北岸为河北省的盐山、南皮两县。一河之隔，不足二里之遥，南岸的枣子是金丝儿，北岸的枣子却是银丝儿。在乐陵庞大的枣家族里，还有一种在《山海经》里就提及的乐陵无核小枣。苏东坡在啜食了这枣中极品后，逸兴遄发，曾以潇洒遒劲的苏体，挥写下《求无核枣帖》。乾隆年间的《乐陵县志》云：“邑有虚心枣，实小无核，亦名无核枣。移他处则生核。”由于无核小枣是稀世之果，外地人纷纷移而栽培。令人嗟讶的是，移栽他地的无核小枣，竟又生出核儿来。由是观之，乐陵的金丝小枣和无核小枣是不可复制的，也是难以“克隆”的。是乐陵土壤颗粒及微量元素的主主次次、有有无无、分分合合、紧紧松松，造成了乐陵枣的独特和唯一，还是其他因素决定着乐陵枣的品质，直到今天，农林专家们尚未得出令人服膺的结论。这些奇异的现象，也许只有上苍才能诠释。

冬日，风舞雪飘之后，乐陵的50万亩枣林，又变成了一个银铺的世界，玉碾的乾坤。我曾在大雪初晴，来到乐陵，欣赏过枣林的绝佳景致。雪后的空气，纤尘不染，透明清爽，加上雪光的反射，树影的变幻，人们像是走进了童话般的境地。久居闹市的我和朋友们，那松散的筋骨，在清凌凌的雪野里产生了有力的约束，也给我们倦懒的身躯来了一剂绝烈的刺激。我们的身心受到了凛冽而纯净的洗涤，无不精神抖擞。那一行行、一排排龙干虬枝的枣树，连绵、深邃、肃穆，充满着宗教的意味。

枣林里，那历经战乱、天灾、人祸仍幸存的千岁龄的古枣树，不时可以看到；百岁乃至500岁的老枣树，更是触目可见。它们身上留下的疤痂和斑痕，像各朝各代遗下的一枚枚军徽，在雪地里、阳光下，熠熠闪亮。古枣树、老枣树与处于青年、壮年期的枣树，平心静气地排列着，组成了一个个庞大的方阵，像是在等待春风的召唤，夏雨的命令。

我踏雪细细观看，每一棵古枣树和老枣树，就是一个天然的大盆景。从千年老枣树那甲骨文、青铜器般的肌肤上，我感悟着时空的苍茫，领略着唐诗宋词的风韵。一棵棵挺立的老枣树，就是一个个挺立的鲁北大汉，它们比历史上尸位素餐的昏君和阿谀逢迎的政客要高贵、永恒十倍百倍；比之历史上那些为争地盘而穷兵黩武的枭将也威武、雄壮千倍万倍！我想，若有国手级的画家冬日来此写生，定能在老枣树的身上，画出华夏的魂魄，民族的精神！

金丝小枣与乐陵有着前世之缘，今世之情，后世之约。上苍把金丝小枣的神奇梦幻，仅赋予乐陵这片神性的土地，是乐陵人的福分。乐陵的枣事，也曾几经兴衰。近30余年来，乐陵金丝小枣才真正进入黄金发展期。50万亩的大枣林凝结着乐陵人的憧憬与希冀。在人们崇尚绿色的当今，乐陵枣林无疑是华北平原上一个蔚为大观的存在。我想，乐陵人定会百倍珍惜这天赐的奇果，这膏血绘、汗水描的大枣林。

# 嫂镜

王宗仁

喜马拉雅山巅的那片六月雪，每天总是最先触摸到灿烂的阳光。多情的朝霞把它涂成了一只天河中的红鲤，静卧世界屋脊的制高点。太阳渐渐升高了，山巅才还原成本色，一片白雪。

这些日子，在山下哨所20多个兵的眼里，那片红鲤般的积雪突然变成一位亭亭玉立的军嫂形象。嫂子凝视着寂静的营房，日夜伴着孤独的兵们。她那美貌容颜比身边的雪莲花还要动人。很巧，军嫂的名字就叫雪莲。

雪莲是排长的妻子。

在不朽的荒原，在荒原的那个黎明，当嫂子满身沙土一脸疲惫地走下汽车，站在哨所后面的雪地上时，边防线上一下子就变得欢腾热闹起来。这里有女性落脚，绝对是历史性的。兵们除了在哨位上正执勤的以外，其余的倾城而出迎接这位仿佛从天国而降的花仙子。

用“千里少人烟，四季缺色彩”来形容边防线军人的单调生活和自然界的枯燥荒芜是一点也不过分的。哨所驻地是清一色的男子汉世界，他们穿的衣服、睡的床铺、吃的饭菜甚至连出口的话语皆为很规范的男子化、军事化。在此地难得见个女人，偶尔碰上一只狐狸也是公的（不知为何?）。在这里建厕所不必设女厕所，盖澡堂不需要修女池，兵们夜里睡觉时身上再赤露平日穷侃时言谈再粗鲁也不用担心撞上女性。

没有女人的世界是个苦涩而熬人的地方。

雪莲出现在兵们面前的那个时刻，喜马拉雅山的山腰肯定挂起了一道彩霞。兵们高高兴兴而又惶惶恐恐地簇拥着嫂子，谁都想和她握手，可是谁都害羞得不好意思把手伸出来。最后，忽然站出来一个兵，对围着嫂子的兵们说：

"听我统一指挥的口令，向后退三步走!"

兵们老老实实地听从他指挥，后退三步，离开了嫂子。那个兵又下达第二道口令：

"立正，敬礼，嫂夫人好!"

兵们齐刷刷地举手敬起了军礼，众口一声地喊道："嫂夫人好!"

嫂子怎么承受得了如此隆重的礼遇，忙用双手做着往下压的动作，连连说：

"弟兄们，别这样，千万别这样！我是来看望丈夫的，也是来看望你们的。放心吧，嫂子会把你们当亲弟弟看的，疼爱小弟兄们!"

说毕，她恭恭敬敬地给大家鞠了个躬，说："妻子是属于丈夫的，嫂子是大家的。我乐于为弟兄们做事!"

军嫂就是这样到了边防线上。

兵们就是用这样特殊的仪式迎接了军嫂。

嫂子的来队给哨兵增添了色彩。这，从兵们闪着光彩的瞳仁里可以看出，从他们那咧着的嘴唇间能感觉得出。当然，最主要的是每天早早飞来立在屋顶上喳喳叫个不停的那只喜鹊使兵们觉得这日子着实有了活跃的色彩，喜欢幽默的班长逗着大家说："以前你们谁见咱这儿天天来喜鹊，而且叫得这么欢畅？没有嘛！人家喜鹊眼里也有水水，嫌咱这清一色的地方太单调，现在有了嫂子这花棉袄，喜鹊经不住引诱，便飞来了!"有个兵故意犟嘴："照你这么说，喜鹊也会辨认个公母来了!"班长驳着："大家听见了没？这可是他强加给我的。我只是说喜鹊喜欢上了嫂子的花棉袄。"一阵哄堂大笑。

雪莲嫂的那件得体而素雅的对襟棉袄，确实很惹人爱，不管近看还是远瞧，都很入味。那件棉袄是浅红的底色上均匀地盛开着一朵朵近似梅花样的花蕾，间或还有一道道像射出来的光芒似的线条从花朵中间穿过，使人感到所有的花独立而不散，成为一个有机的整体。同一件衣服穿在不同人身上会有不同的效果。嫂子眉清目秀的脸盘，再配上那从脖后卷起在头顶挽成髻的头发，使人感到那件棉袄给天下的任何女人穿都不如她穿上这么有魅力。她早早晚晚地穿着这棉袄在营区忙碌着。因了她的忙碌、走动，以往寂寞而单调的营区也就跟着生动起来。

嫂子是杭州人，自幼喜欢唱歌，高中毕业便考上了音乐学院，后来就成了某歌舞团的演员，在当地颇有点小名气。现在来到边防线上，自然要为官兵们唱歌的，但是她的主要职责已经不是演员了，用她的话说："嫂子是大家的，哪儿需要嫂子，嫂子就出现在哪儿。"

她把战士们的被子一床挨一床地拆洗了一遍。末了，还自己掏腰包买来毛巾给兵们缝在被头上；战士们换下来的衣服，只要她见到就悄悄地拿去洗了，等兵们训练或执勤回来已经晾干后叠得整整齐齐地放在了床头；她还把自己会做的几道杭州菜的做法传授给了炊事班的两个战士。她对他们说，哨所里有一半的人来自杭州，你俩不会给这些人做家乡菜是要脱离群众的；当然，嫂子来队后，最让兵们开心、愉快的时刻当数晚上，这时她总是把兵们集合在食堂（这是集吃饭、开会、娱乐于一体的三用场所）里，为大家举行"个人演唱会"，大家点什么歌她就唱什么歌。点的频率最多的歌曲是《嫂子颂》。这支歌雪莲嫂在杭州不知唱过多少遍了，但是在这遥远的西藏为边防战士唱，感情不一样，效果也不一样。她每次唱下来都是热泪流面，兵们也跟着她哭；有时她还给兵们教英语。有些调皮的兵嫌英语字音太绕口，便说："嫂子，我们又不打算漂洋留学，学那玩艺儿不是一种负担么？等有一日想到国外去观光旅游，就请你当导游，我们光看光听不就行了！"她耐心地告诉弟兄们："到了你们复员回乡那个时候，家乡肯定少不了合资、独资企业，外国佬不会少。你们不懂几句英语，可就成了名副其实的'国盲'了！"

时间在欢乐中总是过得飞快。嫂子要离开哨所回杭州了。这时候，出现了一个反常的现象。排长当然恋恋不舍了，但却显得很平静。倒是那些兵们一个个淌下了难舍难分的眼泪。他们轮流握着嫂子的手久久不松开，都要求她再多住几日。有的甚至说："嫂子，我们以全体人员的名义给你们单位写信或拍电报，给你再续一周假。"

雪莲流着热泪迈不开脚步，她怎能不知道这些小弟弟们对自己的感情是多么清纯而真挚！她给大家掏出了心里话：

"你们以为嫂子就愿意离开哨所吗？为了到底续假还是不续假的问题，昨天晚上我和你们排长商讨了大半夜。他当然希望我能多留下来几天，可是，他又怕我耽误了工作。我毕竟是个有岗位的职业演员，团里下月要下乡去演出，我不回去那个演出方队里就会缺一块，我于心不忍，大家也不会原谅我。"

这时，兵们异口同声地吼了一句："那你现在就下个保证，明年休假时再来一趟哨所，我们等着你！"

听了这话，嫂子有点羞涩起来，低下了头。不语。

粗心的兵们哪里知道女人的事，又齐声喊了一声：明年还来咱们哨所休假嘛！

嫂子仍然低头不语，这时排长在一旁急了，不得不替嫂子说话了："傻小子们，你们不懂，你嫂子明年她来不了啦，她有啦！"

兵们一听，一个个把舌头吐得老长，不知说什么好。

雪莲嫂这时为大家解围说："明年来不了，后年、大后年不是照样可以来嘛。那时候我给你们带个小侄子，"她扑哧一笑，"当然，保不准也是个小侄女，咱这个大家庭里又添了个小宝宝，不是更热闹了么！"

兵们起劲地鼓掌。一个兵说：

"明年你来不了哨所，这有特殊原因，我们批准。不过，我们明年派代表去杭州看你。"

"那当然可以喽，热烈欢迎！"

"还有，你走时要把你的照片留下，我们想念嫂子时就能随时看到你。"

没想到这个兵的话音刚一落，嫂子就立即许诺："我回杭州后，给哨所每个同志寄一张我的彩照，就让我长期留在边防线上陪着大家一起执勤吧！"

又是一阵惊天动地般的掌声。那是雅鲁藏布江拍岸的涛声啊！

说吧，嫂子把多情的目光投向排长，排长会意地点点头。

一个在一些人看来也许很难下决心的棘手问题，排长夫妻就这么很默契地解决了：雪莲给每个兵赠一张自己的彩照。

从此，兵们就渴盼着这位“女兵”快快入伍。就像当初盼着她来哨所一样怀着满腔热忱。

嫂夫人说到做到。半个月后一摞彩照寄到边防。信封上写的是排长的名字，信却是写给哨所的全体战士。信不长，内容可是充满着情感与期望。

我时刻惦记着的弟弟们：

嫂子是一路流着眼泪回到杭州的，以致原来准备第二天就要照相，只因为眼睛红红肿肿的未照成。这就是半月后你们才收到我照片的原因。我在哨所时看到你们中有的人枕头下偷偷地压着从报刊上剪下来的影视明星照或一些美人照，我的心酸了好些日子。现在你们可以大大方方地把我的照片放在桌上的玻璃板下，夹在日记本里。嫂子就是嫂子，无需藏着掖着。

在哨所的40多天里，我深深地感到你们的生活过得太艰苦太单调。你们太需要有“嫂子”们的关心和疼爱了。嫂子希望你们每个人到时候都能找到一个知冷知热的好媳妇！

雪莲

这封信是由老班长在哨所全体军人大会上念的。读完信，下面仍然鸦雀无声，一片沉静。许久，才爆发出一片雷鸣般的掌声。有人还喊了一声“嫂子万岁！”

排长按照妻子的意思把彩照分给同志们，人手一张。兵们拿到彩照后那个喜呀，像自己做新郎似的乐得眉儿眼儿都挤在了一起。彩照怎么保管，大家颇费了一番脑子，最后兵们商量出了一个人人都拍手称好的办法：把她镶在每个兵随身带着的小镜子背面。兵们给镜子起名为“嫂镜”。这样，他们每次对镜整理军容风纪时都可以看到嫂子。嫂子也能看见她牵挂的战士。

看嫂子，多一份对亲人和故乡的深情；看嫂子，增加一份保卫祖国的责任和动力。

嫂镜成了边防线上一处独特而新颖的风景，招引了许多观光的人。不仅是当地的藏族牧民，就连部队领导机关的军官来边防检查工作时，都要久久地、深情凝望小镜上的彩照。一位将军来到哨所听了嫂子的事情后，连连说："这是一个很美丽的故事，她是一个伟大的女性！"之后，他对着小镜上的彩照恭恭敬敬地行了个军礼。

# 沿着雪线走

（节选）

裴山山

## 爱西藏的男人

其实我想说，爱上西藏的男人更多。

一般人爱西藏，都多多少少能说出自己的原因。西藏的确是个充满魅力的神奇的地方，诗人在能那里寻找到梦一般的意境，画家能在那里发现诗一般的色彩，歌唱家能在那里唱出天籁般的声音，舞蹈家在那里找到飞翔的感觉。

可是我知道，有一群人，他们爱西藏没有理由，他们走进西藏不是选择。他们对西藏的爱，不是源于感情，而是源于责任。他们是一群特殊的男人。

就讲三个爱西藏的男人。

38 年前，有位西藏军区的领导病倒在工作岗位上，他是边修路边进军、爬雪山数十座，趟冰河数十条、历经千难万险、流血牺牲走上高原的英雄群体中的一个。进藏后，他办矿厂、办农场，办皮革厂，拼命工作，活生生的给累垮了。医生和领导都以为他不行了，连忙让他的妻子孩子进藏看他，当年徒步走进高原的他，被担架抬了出来，送到北京治疗。

他的儿子，一个正读高一的青年学生，看到父亲被抬上飞机的时候，一种使命感油然而生，他要继承父亲的事业，在西藏当兵！说到做到，这个儿子就没再出来，义无反顾地留在了西藏。在那片土地上一干就是 25 年，从一个士兵，成长为一名大校军官。

三十多年后他跟我说，那时我真的是一腔热血，万丈豪情，毫无保留地爱上了那片土地。我为父亲自豪，也为自己自豪。那时我父亲还在军区当领导，但我从来没有想过要依靠他，一切都靠我自己，我就是想硬生生地证明我能行。

作家马原在西藏时就认识他，称他为“骠骑兵上尉”。

我认识他的时候，他已经离开西藏，调到了内地部队。但是他跟我说的一段话，我至今难忘。他说，每次我离开西藏回到内地，要不了多久，心情就会像一块皱巴巴的烂抹布，我就会很烦躁，渴望回到西藏。只要一回到西藏，在西藏的阳光下晒一晒，皱巴巴的心立即就被熨平了，重新变得舒展开朗。所以当有人说，西藏军人做出了牺牲、需要理解时，我就说我不需要。因为他们不知道，西藏给予我们的，多过我们给予西藏的。我们从西藏获得的心灵愉悦、灵魂的跃升，没人能知道。我终生感激西藏。

我想他爱西藏，是真爱，爱到了骨子里。

西藏让他成为一个理想主义者，但他的理想却不断地被现实击碎，虽不能说头破血流，至少也是伤筋动骨。我很为他感到遗憾。但同时，我非常敬重他，因为他依然不折不挠地在自己有限的天地里挣扎，他在被派到一个边远的军分区工作后，居然将那个分区的信息化水平提高到了让人难以置信的程度，全分区 283 个乡镇全部连通，他为此一直工作到退休前的最后一个小时。

无论结局怎样，我都敬重他曾经的理想、曾经的奋斗、曾经的执着。他不愧是 18 军的后代，不愧是在西藏成长起来的军人。

我又想起他说的那句话，我就是想硬生生地证明自己能行。

这是六七十年代的西藏军人。再说个八十年代的。

1982 年，有个来自山东农村的小伙子从军校毕业，因为成绩优异，学校让他留校。他跑去找校长，他说我考军校难道是为了当老师吗？不是的，我是为了戍边卫国。校长说，你要不愿意留校，现在只有两个方向的部队还有名额了，一个是西藏，一个是新疆，你去吗？他毫不犹豫地说，我去，去西藏。

就这么着，这个19岁的年轻人，凭着年轻气盛，凭着初生牛犊的劲头，毅然把自己的一生，和西藏连在了一起。

没料到这个选择给他的父母带来了极大的痛苦。当时他的家乡发生了一件事：一个被分派援藏的地方干部，因为害怕西藏艰苦拒之不去。那个年代，还是个谈藏色变的年代。于是人们纷纷传说，西藏是个非常可怕的地方，不仅缺氧、寒冷，还荒无人烟。他的母亲知道他要去西藏后，一气一怕之下，重病卧床。他感到很内疚，但还是义无反顾地踏上了高原。

踏上高原后，他就像西藏的山一样稳稳地站在了那里。当排长时，他是全旅最优秀的排长；当连长时，他把一个连带得呱呱叫；当营长时，他被评为西藏军区军事训练先进个人。后来被提拔到团长的岗位上，年仅34岁，是全军区最年轻的团长之一。

但事业上的成功并没有减轻他对父母亲的愧疚。他的妻子孩子都在拉萨，每次探亲，他都要拿出大部分时间回农村老家看望父母。而且总是选择农忙季节。回家一放下行李就开始干活，将父母亲积攒下的重体力活全部干掉，起猪圈、劈柴火、上房换瓦、割麦子翻地，两天干下来就满手血泡。村里人都说，你这哪还像个团长？简直是个地道的庄稼汉啊。

他是我采访过的一位团长。我当时问他，你爱西藏吗？他说，没想过。我又问他，想过要离开吗？他仍说，没想过。

那是1997年。如今八年过去了，他依然在西藏。我不知道如果我今天再问他，你爱西藏吗？他会怎样回答。也许他仍会说，没想过。

他无须用言语表达。

再讲个九十年代的年轻军官吧。

小伙子是北京兵，从军校毕业被分配进了西藏，而且一下分到了最边防的一个哨所，在那里当排长。他的同学亲人朋友都对他的分配深表同情，他们甚至用了“发配”这个词。他自己也情绪不高。只是因为是个热血男儿，没有当逃兵。

到了哨所，他和排里的一帮兄弟一起执勤，学习，生活，想家。日子到底怎么过的，我不知道。我想说的是，他最初是那样不情愿地去那里，只盼着有机会就调走，后来感情是怎么变化的，连他自己也没察觉。一年后他该探家了，他兴高采烈，甚至是迫不及待地回到了北京。北京多好啊，不仅是他的故乡，还是首都，还是繁华的都市。父亲母亲，哥哥嫂子，还有舅舅，姑妈，总之他身边的所有亲人，都像迎接劳苦功高的英雄那样迎接他。他们一致决定要好好地为他接风，隆重地为他洗尘。瞧瞧他那两颊的高原红，瞧瞧他那一身军装的尘土。亲友们看他的目光，充满了同情和怜悯。

于是在一家高档酒楼里订了包间，众星捧月地将他围在中间。他也很兴奋，换了一身笔挺的西装，陶醉在聚会的中心。已经有多长时间没有过这样的生活了？有多长时间没有吃过生猛海鲜了？有多长时间没看见漂亮小姐站在身边倒酒了？

父亲端起酒杯，像对待朋友那样，给他敬酒。众亲戚们也纷纷端起酒杯站了起来，他一口喝下酒，笑吟吟地说，谢谢大家，我太高兴了。我……我今天……

突然，真的非常突然，眼泪一下盈满了他的眼眶，他说不出话来。他垂下头，盯着桌面。母亲关切地问，你怎么了。他哇的一声，哭出了声。他一边哭一边说，我在这里吃这么好的东西，我坐在这么温暖明亮的地方，可是我的那些兄弟，他们还在哨所呆着，他们连电视都看不到，他们住在屋里结冰的地方，他们好多人从来没吃过海鲜，他们的嘴唇和牙龈老是出血，他们的指甲都凹陷了，我想他们，我吃不下啊……

一顿洗尘的宴会就这样被他的泪水淹没了。所有的人都红了眼圈儿，所有的人都在那一刻，挂念起了他们素不相识的遥远的西藏。母亲说，别哭了，等你回去的时候，我给你买好多好吃的东西，你带回去给他们还不行吗？你想要什么我都给你买，好不好？

后来，小伙子提前结束休假回到了西藏，回到了他的哨所。他提着满满两大包东西，全是好吃的。他看到他的那些兄弟围着他乐呵呵的样子，心满意足。

我想如果我问他，你爱西藏吗？他也许会说，我爱我的那些守在西藏的兄弟。

当西藏被越来越多的人喜爱，当西藏被越来越多的人向往，这三个男人，和他们所代表的群体，却始终特别。他们奔赴高原，不是为了好奇，不是为了风景，不是为了丰富自己的阅历，不是为了写作，不是为了舞蹈，不是为了绘画，不是为了音乐，不是为了自己的任何愿望。甚至，他们奔赴高原并非己愿。但他们一旦去了，就会稳稳地站在那里，增加高原的高度，增加雪山的高度。他们从不表达他们对西藏的爱，因为他们和西藏融在一起。

他们就是西藏军人。

## 无湖的无名湖

在煎熬中颠簸了近 400 公里后，我们终于从拉萨经山南经错那，抵达了乐。对我来说，“终于”这个词尤为重要。我已经两天没吃东西了，一路眩晕着呕吐着，完全是在毫无知觉的状态下被拉到乐的，怎么翻的山，怎么过的河，一概不知。

乐是一条沟。海拔比亚东和察隅还要低，就 2400 米。树木葱郁，空气清新，雨水充足。满山遍野都是绿。高原苔藓，荆棘灌木，针叶林阔叶林，一层层一叠叠的覆盖着同样的西藏的山。对我们这些从海拔 5000 米的雪山上下来的人说，这里就是天堂。如果换个说法，这里就是氧气瓶。

早饭后我们去某边防连。打开车窗，感觉氧气比成都还多。空气甜丝丝的，清凉的风款款流过。公路沿河蜿蜒而上。此河即来时见过的勒曲。河水热烈流淌着，充满激情，让我想到了察隅河，它们都可以用那四个字概括：纯净丰盈。

不到半小时，我们就到了某边防连驻地：得莽。整齐的营房坐落在海洋一般的绿色中，山下是娘姆江曲。放眼望去，有树有花有水有鸟，更有飘飘渺渺的云雾缭绕其间，真的是风景这边独好。可我们毕竟不是来旅游的，我们面对的是形势复杂严峻的边境线，是随时可能出现的敌情，是边防官兵们的日复一日的艰苦生活。

在这条边境线上，有个著名的边防点，叫无名湖。

崔大校将无名湖定义为整个一线哨所最艰苦的地方。它的海拔为 4460 米，我知道海拔一旦上了 4000 米，对人的生存就是一种挑战。但无名湖的艰苦还不在海拔上，而在它与外界几乎隔绝的环境上，在它极其艰险的道路上，在它极其恶劣的气候和自然条件上。

崔大校去过那里，他非常肯定告诉我，“你肯定不行。上不去也下不来。”曾经有个女记者，坚决要去，走到一半时受不了了，精神和体力都支撑不住了，后来是战士们把她背上去的。上无名湖没有路，从下面的边防连望冬上去，需要攀援三处绝壁，跨越两处深涧。绝壁分别是60度和80度，有绳索固定在那里，分六次才能攀援上去（或分六次才能跳跃下来）。深涧上横枕着两棵放倒的大树，中间钉上铆钉就算桥了。尽管它到望冬的直线距离只有八公里，但其海拔落差却是1000多米。于是这八公里的距离，就形成了完全不同的两个世界：望冬有树有水，有花有鸟，而无名湖，除了24小时不停地刮大风，就什么都没有了。

无名湖名不副实，不但没有湖，连水都没有。也许很久很久以前，那里是有湖的，就和错那的情况一样，不但有湖，可能还有金鱼，有白色的天鹅。但是现在，无名湖最著名的是风，又大又冷又硬的风，长着大魔爪的风，挥着利剑的风，吹着石头满山跑都不算了，还经常把连队的房顶掀掉，扔进山沟里，或者撂到边境那边去。为了固定住哨所的房子，官兵们在每个铁皮屋的四角，都用铁丝拴着大石头坠着。成为一道独特的景观。别看事情简单，还需要点儿技术呢，那些石头重了不行，铁丝容易断，轻了也不行，抗不住风，一定要恰到好处。

崔大校告诉我，他那年去无名湖的时候，还没有任何能通车的道路。他就从一个叫箫的地方出发，步行了15公里（耗时四个多小时），抵达了无名湖。在无名湖工作结束后，他要去望冬。他就问战士们从无名湖下到望冬需要多长时间？战士们说，只需要40分钟。崔大校就给自己暗中预定了两个小时的时间。他想自己年纪大了，又从来没走过，肯定得比战士多花两倍的时间才行。

可没想到两倍都不够，他花了三个半小时才走下去的，而且到最后是由战士们搀扶着的。整整三个半小时，人就在那些呲牙咧嘴的岩石上跋涉，没有一米的平地，只能一点点拽着绳子慢慢往下走。

他说，不瞒你说，到后来我的腿简直就不像自己的了，根本控制不了了。刚开始，我还假装拍照片，停下来站一站，歇口气。可是根本无法站稳，双腿抖个不停，得靠两个兵扶住我的腿，另外两个兵扶住我的肩，我才能举起相机。后来我也就不再假装了，走5分钟，就坐下来呼哧呼哧大喘气，再走。

由此一想，驻守在那里的战士真是了不起，他们不但忍受住了艰苦的生活，还锻炼出了超凡的体格和胆量。他们从无名湖下到望冬只需40分钟，从望冬上到无名湖，也只需一个多小时。

关于无名湖哨所，崔大校还讲了两个细节。

第一：由于上山的路太陡，给他们运粮食的马总是走得满身大汗，汗流马背，然后一滴滴地渗到装米的麻袋里去。由此，每一袋米都充满了马汗的味道，无论怎样淘洗都洗不掉，在那里吃的米饭，全是这种味道。当然，崔大校说这样的情形在其他一线哨所也有。

第二个细节：崔大校和工作组离开连队时，连队派了好些兵护送他们。崔大校说，不要去那么多人了，下去上来的，太辛苦了。不想连队干部小声告诉他，这对战士们来说，是美差，都争着想去。虽然爬上爬下很累，可毕竟能走出他们成天蜗居着的小天地，能看到树，看到溪水，能新鲜一阵子啊。

我听了之后，又犯女人心软的毛病，就问，为什么不能把这个点往下移八公里呢？那战士们不是好过得多？

话一出口我就知道自己太幼稚了，不，是太愚蠢了。

崔大校简洁地说，不行。我们的哨所只有在那个高度上，那个点上，才能很好的监控对方情况，才能应对敌人的不断蚕食。再说了，无论哪个哨所都艰苦，都不可能享受的。望冬也有望冬的苦。

我说望冬能苦到哪儿去呢？环境那么好。

崔大校说，我只跟你说一点，望冬晒不到太阳。一年有300天的大雾，潮湿得不得了。你知道不知道，望冬连队有个特殊编制，就是晒被员。

晒被员？这让我好奇。后来一位参谋告诉我，望冬常年大雾，难见太阳。战士们虽然住在吊脚楼里，也躲不过潮湿的浸入。雾是无孔不入的，即使不开窗户，它们也会从一些墙壁的缝隙中涌入。墙壁渗水珠，房顶上也滴滴答答地往下滴水。官兵们洗了衣服从来没有晾干过，只能用火烤干。盖的被褥更是常年潮湿阴冷。每天晚上睡觉，不是被子温暖身体，而是身体烘烤被子。烤干了，第二天又被雾水浸湿。所以望冬的兵，几乎个个都有关节炎。所以望冬的连队，就有一名晒被员。

晒被员可不好当，必须动作麻利、反应敏捷，抓住太阳突然出现的那一刻，把连队所有的被子都抱出去，抱到有阳光的地方铺开来。再在太阳离开前迅速将所有被子收回去，免得雾气来了白辛苦。望冬连队就发生过晒被员为了赶着晒被子和收被子，累昏过去的事情。

所谓镇守边关，在他们那里是非常具体，非常感性的。体现在每一个白天，每一个夜晚，体现在吃什么样的饭喝什么样的水。过什么样的日子，是天天吹风的日子，还是天天下雨的日子，在他们是不可选择的，只能接受和面对。

离开得莽边防连时，我再次遥望对面那郁郁葱葱的山峦。遥望那个我看不见的艰苦哨所，遥望那个在地图上没有名字、小而又小的地方。我为自己不能上去看一眼感到遗憾，感到歉意。我只能在这里，在纸上，向他们致以遥远的但却是非常真诚的敬意。

## 千山万水传遍

关于电话，在西藏有太多的故事了。

我第一次进藏时，不要说手机，就是有线电话也很难打。除了在拉萨勉强可以用军线和家里通个电话外，其他地方几乎不可能。所以一进藏，我就和家里不再联系了，直到回去。好像那个时候也没那么牵挂。电话不通，信也很慢很慢，我在西藏给儿子写的明信片，都是我回去之后才收到的。一走二十多天。

关于信的故事，在西藏也多得不行，可以写上几万字。我从拉萨发个信都要半个月，你想那些在边防的，得多长时间？有时信到了团部或营部，因为大雪封山，送不上去，所以很多边防连队经常半年收不到信，一收就是几麻袋。但是，许多事，许多情，在收到信时，都已成为过去。由此发生的悲剧，数不胜数。特别是像墨脱那样的地方，情况更为是严重。墨脱是中国2100多个行政县里，唯一不通邮的县。不通邮对当地百姓来说可能不是个什么问题，但对从全国四面八方去那里当兵的人来说，就是件非常痛苦的事了。因为通讯障碍，发生了多少心酸悲痛的事情啊。

说几个特别的例子吧。有个新兵，在送来的几麻袋信里都没找到属于自己的一封，就忍不住哭鼻子了。当兵离家，本来就有些不习惯，又在偏远的哨所，又与外界隔绝。好不容易盼来了信，却没有自己的，是我，我也会哭一场。排长和班长轮番来劝他，安慰他，都没用。他就是难过。后来排长想出个办法，动员那些信多的战士，每人贡献一封给新兵看，而且指定要那种“好看的”，即情书一类。有的人一下收到几十封呢。战友战友亲如兄弟，那就贡献呗。几封甜甜美美的情书，总算把那个新兵给逗乐了。

在西藏连队，情书公开是常事，我都参与过。1998 年去查果拉哨所时，我曾给战士们读过排长李春的情书，李春不但不生气，还幸福得脸色黑里透红。

还有个比较奇特的例子，发生在哨所军医志翔身上，当他得知他要去的哨所通信困难时，就事先写了数封交给在山下的战友，让战友每月帮他发一封，其中包括关于妻子晋级的，关于孩子教育的，还有给父母贺寿的内容。他的家里一直没有察觉，直到后来妻子进藏探亲才知道真相。

更有甚者，一位叫许光富的副指导员，在封山的半年时间里，给妻子写了一封长达 75000 字的信，妻子收到后，读了七个晚上才读完。我不知道这可不可以进入吉尼斯纪录?

现在，都市里已很少有人写信了。听邮局的同志说，现在写信的主要是两类人，一类是打工仔，一类是士兵。打工仔还有可能买个磁卡往家打电话，而士兵，尤其是边关的士兵，写信仍是他们与家人保持联系的重要方式，仍是他们情感世界最重要的支撑。

1990 年我在采访西藏女军人时，得知她们感到最最痛苦的，不是生活艰难、工作辛苦，不是寒冷缺氧，而是精神的寂寞，感情的寂寞。只要一进藏，基本就不能和家里联系了。特别是做了母亲的女军人，把幼小的孩子丢在内地，常常因为想孩子而痛哭，哭得撕心裂肺，也不能打一个电话。有的女军人为了缓解思念之情，就在探亲的时候，把孩子说的话和哭声笑声录下来，带回到西藏，在失眠的夜里一遍遍地放出来听，边听边流泪。可以说仅仅因为这个原因，就令很多人难以在西藏坚持下去。

后来有了卫星电话。那个电话有很大的回音，你讲一句，必须停顿一下，等电话里回响一次你的声音，你再讲下句。很慢很慢。即使如此，也很难打通。通常要拨无数次才能通一次。那个时候在西藏的邮电局里，长途电话机，最先坏的总是重拨键，因为人们要一遍一遍地按它，直到按通为止。

当然那个时候，内地的电话也不甚普及，不是家家都有。特别是一些年轻军官，成家不久，家里没电话。或者家在农村，连周边都没有电话。为了能通上一次电话，他们想了种种办法。比如先写信，约好时间，约好地点，在亲戚家等，或者在村长家等，然后再由西藏这边打过去。打电话成了他们生活中的一件大事。

一位连长告诉我，他曾和妻子约好，中秋节打电话。可是到了中秋那天，连里有事，他怎么都走不开。他妻子一大早就去亲戚家等了，从早等到晚，到吃晚饭时间还没等到，实在不好意思坐下去了，只好离开。等他忙完工作赶紧跑去打，妻子已经走了。他就跟亲戚说第二天再打。第二天妻子又来等，他总算有了时间。可是线路不好，怎么都拨不通，他妻子在那边等得忧心如焚，他在这边拨得忧心如焚。天快黑时总算拨通了，他妻子喂了一声，就开始止不住地哭，一直哭到他放电话。

有很多军人告诉我，他们打电话，听到最多的，是妻子的哭泣。

由于通信联络的落后，造成了许多夫妻间恋人间的误解，还有家人的担心和惊吓。这还不是主要的，最主要的是，一些部队与上级的联系都很困难，只能靠电报。我曾采访过一个炮团，团里只有内部电话，没有与外界联系的电话，给工作带来很大的不便。

自从1997年兰西拉光缆工程完工后，这一切就改变了。西藏终于也有了光纤电话，也有了移动电话。所以那年我去西藏采访兰西拉光缆工程时，真的很激动。只有经历了过去，才会对今天的变迁有深刻的感受。

人们把兰西拉光缆线称之为西藏的第三条生命线，我想是当之无愧的（第一条生命线是川藏、青藏公路，1954年开通；第二条生命线是格拉输油管道，1976年开通）。它们的确赋予了西藏高原以新的生命。

现在的西藏，不仅到处可以看到直拨电话，还有了移动电话。不止是大城市，只要不太偏远的地方，都可以通电话了。连孤岛墨脱，都可以通手机了。有了光纤，上网也渐渐普及，你可以通过座机上网，也可以通过无线网卡上网。今年6月我们办了个业余作者培训班，西藏军区来了好几个作者，几乎个个带着手提电脑。其中一位的手提电脑就可以上网，比我这个呆在大城市的人还先进，后来我还是在他的帮助下，才安了无线上网卡的。

真是今非昔比，变化巨大啊。

不过，在一些边防连队、边远哨所，打电话依然不是件容易的事。

在那些偏远连队，不管到了什么时候，不管花费降得多么低，不管自己在内地的家有多少电话，他们想和家里通电话依然不容易。所以才会有那样的奇事：一个战士去县城，其他战士就把自己家里的电话号码告诉他，他拿着写满电话号码的纸条和需要告诉家里的事情，一个一个的拨打电话，逢父亲接电话就叫爸爸，逢母亲接电话就叫妈妈，哪怕这爸爸妈妈从未见过。

那样的情形，我想起来就想落泪。

什么时候，哨所的声音，也能万水千山传遍？

# 沱沱河，这一夜

李美皆

氧气，唯有氧气！

回到房间，已经七点多了，天光却还是亮的。外的天地如无法打破的永恒，使我茫然：世界究竟是什么？是什么构成了世界？什么样的世界算世界？这问题跟外面的天地一样空大，也只有在这么空大的天地间，才会产生这么空大的问题。我的心也变得一样空大。老子叫我们虚静无为，到了这样的地方，不用老子教导，你不虚静无为还能怎么样呢？

静听一下自己的身体，脑袋里还是痛，胃里还是恶心。我的自信心终于被摧毁了。我无比地想要返回，一点也不想往前走了，就算有人求着我，我都不想走了。我终于老实地向自己承认：我很难受，很想快点离开这个地方。我本来一直不允许自己那样想的，我训诫自己：你是人，别人就不是人了吗？别人能呆，你为什么不能呆呢？现在，所有的道德压力都不是问题了，为了离开，我可以不顾体面，可以落荒而逃，可以毫无风度。这里能看的就是这些了，我还在这里呆着干什么呢？就是体验高原反应，跟头痛恶心作战吗？有必要吗？就算有必要，我也已经知道是什么滋味了，够了。原来我还不愿意承认那是高原反应，现在我觉得是不是高原反应都不重要了，重要的是我难受，我要快点离开！离开的欲望使我对眼前的一切倍感沮丧。但我知道离开是不可能的。我到哪里去啊？宇宙是这样的无边。这是一个彻底无望的绝境，凭个人的力量是走不出去的，只有倒在路上。在正常的生活环境中，我们有时也会使用绝境这个词，但在我们的语境中使用的这个词，与这里是多么不同啊！我们的语境中的绝境还是有世界包孕着它的，而这里的绝境的边界就是世界的边界。在这里，人的存在是如此靠近生命的边缘，正常语境中的生死界线，在这里是抬脚就可以跨过的，不需要任何准备动作。在内地所说的那些全力以赴的抢救等等，在这里都是不存在的，人的无能为力使一切都简单化，甚至完全省略了。

认命一般地、按部就班地做着必须做的事情。首先我得刷牙。我把热水倒进牙杯，等待它凉好，一下一下慢慢地刷着。其次我得洗脸。怎么洗呢？我无法接受桶里的水，这里的水也容不得我浪费——且不说烧热水费劲，就是凉水，也是汽车拉来，战士们又忍着缺氧一步步拎上来的。我选择了经济的洗法：把热水倒进牙杯，再把牙杯里的水倒在洗脸扑上，凉一凉揩脸，正面用了反面再用，最后，用杯中水把洗脸扑冲洗干净，再用它把脸揩干。脸上拍上爽肤水，搽上滋润露，感觉舒爽多了。用尽量少的热水泡泡脚，感觉更妥帖了。带了好多消毒纸巾，也派上用场了。做这一切，我的动作尽量轻，尽量慢，像慢镜头一样。

我已经打消了离开的魔念，平心静气地接受眼前的现实了。也许我可以吃点抗高原反应的药。但没有。

不管怎么样，我已经来了。别人的脆弱往往能激起我的坚强，张干事的发烧反而使我镇定下来，不再指望他来帮助我、照顾我，反而做好了帮助他、照顾他的心理准备。我们是一起来的，我当然有义务这么做。我有意无意地留心着隔壁的动静。原本我觉得反应上来，是谁也顾不得谁的，何况让我反客为主，现在我发现，我能。

或许张干事的发烧反过来给了我一点自豪感。他是常来常往的主人，都发烧了呀！我只是有点正常的反应而已，在他的对比之下，这反应都应该忽略不计了。这点自豪感对我很重要，对我的高原反应起到了有效的平复作用。

该做的都做完了。我把窗帘拉拉好，不放心，又去仔细检查了一遍窗子。还好我不是住在一楼，否则，脑子里一定充斥着狼扒在窗玻璃上的恐怖幻象，活灵活现。恐惧感和不安全感往往与客观情况无关，而纯粹是一个非理性的主观问题。它是不需要理由的，它的理由就是它自身。

八点多了，天终于见黑了，可以考虑睡觉了。后来，儿子问我，沱沱河的星星是不是很大啊？月亮也很大？问得我一愣：对啊，我在那住了一夜，怎么没有任何关于星星月亮的印象呢？回忆了一下，我老老实实地回答，天黑我就没出门，没看见。然后又问他为什么这么说，他说，因为那里很高，离天近嘛。我想起了《两小儿辩日》，虽然小学就学过，但我到现在都不知道到底哪个小儿说得对。

把被子拉开，把枕头下的军用毛毯压上去，又把迷彩大衣压在毛毯上面。担心夜里会冷，但仍然不想把另一张床上的被子拿过来，我觉得那不是我的，我不应该动它，它的方方正正对我是个无声的禁止。把暖瓶拿过来，纸杯里倒上水凉着备用，这样随时一兑就可以喝到不冷不热的水，此时我特别仰赖多喝水的益处。把电视电源打开，遥控器放到床头柜上。坐进被子里，拿着手机，呆了一两分钟又放下了。现在感觉动脑都会耗氧，加剧反应，最好不思不想，把生命活动减少到最低。但还是睡不着，脑袋里钻来钻去地痛。打开电视，调到康巴藏语电视台，这是在内地看不到的，总觉得在这样的地方看这样的台才最地道。可是，天哪！藏语、藏歌、藏舞更使我头痛得要跳起来，可能这一切都与高原有关，而高原又跟高原反应有关的缘故吧？关电视时，因为太急切，手神经质地抖着。闭上眼睛，把一切都隔在外面。我感觉头痛得眼睛都睁不开了，好像被浓烟呛了，一睁眼就会哗啦哗啦流泪。闭了一会儿眼，才感觉稍微缓过来了。

在这里，感冒是要命的事。为保险起见，我下床来，把所带的感冒药按两倍的用量服了下去。又考虑了一下夜里上厕所的事。显然，我是没有胆量走出房间的，那就只好在房间里解决了。我看了一下那只盛脏水的桶，里面已经有大半桶水，而且是有盖的。就是它了。看了看锁，脆弱得形同虚设，不确定反锁是否有效，但也只能这样了。

再次上床，平躺下来，努力把大脑清空，让心也平躺下来，等待氧气驾临。不放心，再次检查了床头的氧气管，以确保它在，而且是畅通的。在这里，再没有比氧气重要的东西了，它意味着你的呼吸，或者直接意味着生命。可是，我没带氧气上路。什么叫无奈？此时此地，我有了新的理解。我们经常轻易地把“无奈”挂在嘴边，可是，与这相比，那算什么“无奈”！简直是无奈一词的滥用。我以后再也不会轻言无奈了，至少，我们可以自如地呼吸！我几天前去西安，是看望一位从事核研究的癌症患者，与这些特殊行业的人比起来，亦觉自己常言的“无奈”之轻，至少，我们的工作不会要了我们的命！

又想起了纠结于心的那件事情。在此时此刻的反思中质问着自己：有人生活在这里，喘气都成问题，这种生活就在你眼前，他们的诉求从何谈起？你的欲望又为什么一定要得到满足？你是不是把自己惯坏了？

人很容易在习而相忘中忽视了世界上还有许多真正的无奈，麻痹了自己对幸福的感知，看不到许多看似正当的要求其实都是多余的强求，只有切近的对比和触动，才能使人头脑猛然警醒。

在这里，人是渺小的，那点事也是渺小的。

在行走中，人可以有效地获得解脱，尤其是在绝地中的行走。

恢复需要过程，顺其自然吧。

躯壳和内脏好像脱节了，脑仁在头颅里滚动，胃在腹腔里晃动。每翻一下身、转一下头，脑袋里面都跳痛不已，胃液似乎要喷涌而出。孙悟空的紧箍咒戴到了我的头上，那个叫高原反应的东西就是唐僧，它的嘴巴一开一合，无休无止地对我念着咒语。重温了怀孕时的恶心感，真希望快点把它——那个令我恶心的东西生下来，生下来就没事了。尽量不动，不惊扰它们——那个附着在脑仁上的叫痛的东西，那个包藏在胃里的叫恶心的东西。平静地躺着，听自己的呼吸。这辈子，再也没有比此时此刻更加平心静气的平心静气了。

朋友打电话来了。这是一个让我终生感念的电话。所有我的世界里的人，再没有谁知道或在意：我在这里。我真的被遗落在世界之外了。感觉电话那端的人，是世界上离我最近的人，也是我与世界之间唯一的连接。这个电话好像来自冥冥之中，给我一种莫名的感动，使我感受到某种命运的连接。我说，谢谢你给我打电话。

轻声地、缓慢地跟朋友说着话。一个向来快言快语的人，突然持这样的语调，一定是令人一顿的。朋友的语调也变得有一点特别，我感觉是带有恻隐和不忍，这超越了一般的安慰。我们都充分感觉到，这是一种特殊境地中的特殊的对话。

说着话，我突然感觉头不那么痛了，或者因为说话使我淡忘了它，或者因为说话改善了我的心情。停止说话，再仔细确认一下，真的不那么痛了，头轻了很多，松爽了很多。我跟朋友说，你看，心情真的很重要。这时候，听见床头地上咝咝的声音，我说，大概氧气来了。那好像蛇信子吐出的声音，此时却给我无限安慰。我说，也没感觉到什么呀，至少没有立竿见影的效果。朋友说，你把氧气管拿上来，对着鼻子吸。我说，算了，那太像个病人了，就让它散发在空气中吧，长效机制，直接吸进去的话，一下就没了。朋友说自己当年上高原的时候就是吸氧的。我说，你觉得不吸就会怎么样呢？朋友说，憋闷，喘不过气来。我倒自始至终没有喘不过气来的感觉，因此，自以为有资格，小小地取笑了朋友一下。

咝咝的蛇信子的声音早已停止，我不知道这点氧散到一屋子空气里究竟能起多大作用，但至少已经对我的心理发生了作用。一切就绪，只等睡意来临。可是，脑子像水洗过一样，没有任何迷糊的意向。没关系，不管睡着睡不着，就这样躺着吧。不管睡着睡不着，明天总要到来，你总要离开这个地方。越平静，头痛恶心越有休眠的可能。平和。不急不躁。

你所置身的高原曾经是一片海，不都凝固成这样了吗？在它的凝固之上，你更清醒地意识到：自己不过是时间中沧海一粟的一个过客，生命的里程如蒲公英的飘飞，注定就是那样的远近，你急，你赶，都没有用。大自然自有让人平心静气的慑服力，在自然面前，人自然地达到了和谐。在内地，生活的洪流令人躁动；在这里，一切趋于平息，胡思乱想只会耗走你的氧气。总是跟自己作战，对自己有这样那样的不满，在那个难熬的时刻，竟意外地对自己有了一点安详的认可。

对那满满一世界的悲欢，我都是局外了。甚至就连想到孩子，我都觉得他自有他的命运，在主宰他的命运的力量面前，我是无能为力的；而当我的命运来临时，对于他，我也只有安心地放手。

什么时候睡着的不知道，那睡眠很轻很薄，如蜻蜓点水，如蝴蝶一碰即飞。特别害怕醒来时不知在哪里的感觉，仿佛掉进宇宙的一个黑洞里，没有了时间和空间的坐标，自己的存在都无从证明。这次还好，很快就明白了，我在沱沱河。

继续平躺着不动，陪伴我的只有头痛和恶心，身体似乎成了一个盛纳头痛和恶心的容器。想象中，世界只剩下一个高原，高原上只有祭台似的一张床，我躺在上面。其他全部消失了，爱恨、亲仇，都退隐到世界后面了。所有的漠然都是因为，我首先要把这一夜度过去。

不转头，侧目看着门，越看越觉得随时会有什么走进来似的。明知道在这个地方，想被打扰都是奢望，却还不免如此，因为对门锁没把握。上锁是心理的一道程序，是把心里的门栓落下。

陌异的环境使人产生鬼怪的想象，总怀疑一睁眼就会看见一头狼伏在脸的上方，口涎已经快滴到自己鼻子上了，所以，闭上眼睛就不敢再睁。幸好我晚饭时没吃狼肉。

其实这里首先让人害怕的并不是人，而是孤独，渺小的个体面对无边的自然界的孤独。在自然的坚硬面前，人是多么软弱啊。鲁宾逊即便独自呆在荒岛上，那也是一个适宜人居的岛呀，而这里，是一个不适宜人居的贫瘠的自然板块。这里的孤独是双重的，与人群隔断的孤独，与自然对峙的孤独。

在这里，我不要大房子，大房子寒光闪闪，像广寒宫，令人畏惧。在这里，我愿意亲人、爱人、朋友统统聚在小小的房子里，温暖而密集地呆在一起。

什么时候又睡去的不知道。又醒来了几次也不知道。反正一夜就是这样载沉载浮。

不可想象，被丢在这里。

早上睁开眼，立刻就清醒了，没有像平时那样赖一会，直接起了床。难以置信，这一夜，我已经熬过来了。奇迹般地，我发现头痛和恶心微乎其微了，身心轻松了好多。我又行了！如果现在要我继续下去，向唐古拉山进发，一直跑到拉萨，我愿意。这简直就像男人的某种身体表现，信心很重要，越行越有信心，越有信心越行。

我看着自己指甲上依然残留的闪亮的指甲油，觉得它此时此刻简直炫目得令人难过。如果长年累月生活在这里，我还会涂指甲油吗？想起离开格尔木时，还在为首饰、香水、指甲油带不带而纠结，我简直想批判自己一顿。最终我带上了香水和指甲油，是想着在沱沱河晚上没事时把指甲油补好呢。青藏线，这是一条去除女性感的路线，女性青睐的那些东西，我是越带越少，越用越少了。

再想起青海湖，便觉得那些美奢侈而又虚妄。还有在塔尔寺，居然为了美而坚决不穿迷彩服。在沱沱河，我已经不再有怎样的性别感，我已经融入了高旷凛然、严酷粗砺的荒原，越来越不讲究什么了。贾宝玉说，女人是水做的，可是，在漫天卷地的土性面前，水性渐渐退却了。在严厉的大自然面前，不会再有撒娇这样的事，也不会再有楚楚可怜的感觉，不管对人还是对己。这也是一种人与自然的和谐统一吧。

在这里，人衰老得快，快得让亲人揪心。在五道梁兵站吃饭时，曾有人说到，回家探亲时，跟自己的爹在一起，别人都分不清谁是爹谁是儿子。在西宁跟杨宣强聊天时，他沉重地犹豫着，选择了“无奈感”这个词来涵盖高原军人难言的苦涩。他说，离婚率很高。

在一个令人生畏的生存之境，一切生灵的存在都是了不起的，都令人心生敬畏，人的存在的重量尤其是惊心动魄的伟大。苦是肯定的，连一般的动植物都不肯在这里生长，何况身为万物灵长的人呢？现在还好，大雪封山的时候呢？人们抱怨一个地方的时候，经常会说，“不是人呆的地方”，但那其实都是一些容许人呆的地方。而这里，才真正“不是人呆的地方”，却又的确有一些人呆在这里。这些人，就是军人。

他们在这里，不是生活，甚至也不是生存，而是存在。他们在这里，首先是忍受，然后是坚守。能够忍受，就是一种境界。能够在忍受中有所作为，有所奉献，就很了不起。

看看这里的生存境况，才懂得，能在高原呆上20年的军人都是了不起的英雄，不管他们怎样其貌不扬，怎样黯淡无光。在这里，人可以说只有半条命活着呀，因为生命活动只能维持正常人一半的水平。他们的精神面貌说不上豪迈、英武，甚至还可以说是无精打采的，既毫无风度可言，又没有样板戏中身着白斗篷“穿林海跨雪原气冲霄汉”的杨子荣的革命气魄，但是，就是这些不起眼的人，以他们的并不轰轰烈烈的行动，履行了庄严的国家使命，构成了真正的巍巍昆仑。

张干事起床了，也来到院子里。一见他，我有点吃惊，他的脸色有明显的改变，发红并爆皮了。由此可以推知我自己了。

我知道，马上就要离开这里了。也许从早上一醒来，我的轻松就是由于这个缘故。

吃过早饭，我们就收拾离开。上车的时候，我看着那些脸，与昨天一样淡然。可能他们已经见惯了外人的来来去去，而且明白这些来去与他们是毫无关系的，他们依然只能在这里。也许，淡然是他们已经养成的一种自我保护。

也许从昨天晚上，我就在潜意识里催促着：尽快离去，尽快离去。确定离去，是免予绝望的前提。此前我都无暇去想他们，现在，就要离去时，看着他们，我突然觉得心酸。我们有处可逃，他们呢？我们绝尘而去的背影，对他们是否太残忍？

如果是我的儿子或侄子在这里，此时此刻，我会不会有种不顾一切把他带走的冲动？我想会有的，不管我最终会不会这么做，这种冲动一定会有的。我怎么忍心把孩子丢在这儿，自己转身离去呢？

车子启动的刹那，我既有解脱的轻松，又有逃跑的愧怍。不可想象，被丢在这里，车子走了……想想都怕。

走了。无论体验多少次，写多少字，你都无法代替他们别无选择又慨然担当的现实。这样一想，所有的感触、感想、感慨其实都是虚妄，甚至虚伪的，经不起多少叩问。

透过车玻璃抓拍着沼泽一般的沱沱河的河床。在逆光的照片上，那愈加像是随时会有个简·爱之类的人物走出来的欧洲荒原，或者更加令人不知所之的艾略特的荒原。

# 大海有多高

宁　明

我对特技飞行的深刻印象，是在一次比武竞赛中树立起来的。

1992 年 7 月，辽南的天气格外闷热，没风，也没有雨。中午，知了在窗外的杨树上拼命地喊热，也没盼来一丝凉凉的风。整个飞行大楼静悄悄的，听不见往日里偶尔传出的熟悉的说笑声，也没了飞行靴踏过走廊时或沉稳或俏皮的“嘎嘎”声。此时，飞行员们都在汗流浃背地为即将到来的飞行技术大比武做紧锣密鼓的准备。

这是一次非同寻常的大比武，整个战区的航空兵部队全部参加，以过筛子的方式对飞行员们进行“地毯式轰炸”，而且，全战区要进行个人排名，通报成绩，对技术不合格者进行降级直至停飞处理。是骡子是马，这次真要拉出去遛遛了。

特技飞行是最能充分展示飞机性能的课目，像杂技动作最能展示人体的灵活程度一样，需要表演者具有高超精湛的技能。我是飞行大队长，不论心里是否真的情愿，都必须以信心十足的姿态去选择最难飞的课目。全大队的飞行员都在看着我……

从先期进入考核的兄弟部队传来了消息：一名副大队长和一名飞行员已在特技考核中落马。军区空军考核组当场宣布：停止飞行！

失误，是飞行员最痛恨而又无法根绝的顽症。即使是演练过千百遍的熟巧动作，也难免会遇上偶尔的失误，而飞行员一生中只能有一次“严重”的失误，其惨痛的血的教训只能被他人来接受。兄弟单位的这两名飞行员就是由于一个小小的操纵失误而马失前蹄的。我完全能够想象得出他们跨出座舱时击节哀叹的懊丧心情……

两天后，考核组的大队人马进驻到我们机场。你瞧那阵势，哪里是一个小小的考核“组”，简直是一个庞大的考核“团”：肩扛金灿灿将星的将军带队，机关这“长”那“长”的一长排上校、大校们，看上去让人不由得心生肃然而又眼花缭乱。

一颗绿色信号弹从指挥塔台上终于鼓足勇气而又有几分犹豫不决地升上了天空。这柄绿色的利刃并没把云雾缭绕的天空劈开一道晴朗的缝隙。明媚的阳光，依然离我们很远……

我按下机内通话按钮，向后舱的考核官 002 报告：“请示开车！”002 没说“可以”，却迟疑地问我一句：“这天气……飞特技你有把握吗?”我的口气听起来似乎很坚定：“行!”

我别无选择——决不能在上级首长面前当熊包、掉链子，给部队丢脸。其实，这种多云雾的天气最不适合飞特技，这就像给杂技演员戴上眼罩让他去高空踩钢丝、翻跟头一样。

“003，2 号空域起飞！”指挥员刚发出口令，我便在心里狠狠地骂了一句：“王八蛋！”2 号是海上空域，那片海域中只有两只鞋底儿一样大的小岛——看不到地面明显的地标，云雾中天海一色又辨不清天地线……你让我怎么飞特技?!

地面上已没有可“讲理”的地方了，我只有硬着头皮执行命令。我迅速加满发动机的双发油门，飞机闷雷般的一声怒吼，一把将我和 002 推离了跑道，直刺云雾笼罩中的 2 号空域……真不知道站在塔台上观看我们起飞的将军和考官们，目光中几分是欣赏，几分是担忧。

飞机刚上升到高度 900 米，地面已开始变得模糊起来，云雾正在从四面八方悄悄地向飞机包抄过来，几秒钟后大地上的山川河流已彻底从我的视线中消失。我和 002 一头拱进了这团巨大无比的混沌乳脂之中……

大自然中有许多奇妙的东西还不被人所认知，这种似云非云、似雾非雾、亦云亦雾的霾状气团使人如临世外仙境，那亦真亦幻、如帛似纱的一条条洁白哈达与飞机擦肩而过，像在迎接远道而来的尊贵客人。如果坐在后舱的不是考核官，而是一位浪漫的诗人，置身在云雾中，说不定会写出一首感受独特、绝妙惊世的朦胧诗来。“003，看到2号空域了吗?”002不放心地用机内通话询问我。

高度4500米，飞机一个鲤鱼打挺儿，终于跃出了如浆液一样的云层。久违的阳光令人感到格外亲切，蓝水晶一样的天空清澈透明，飞机像一粒闪亮的银色宝石，滑动在这片无垠的蔚蓝之中。洒在头顶上的七色光芒有些刺眼，我抬手放下了飞行头盔上的墨绿色风镜。这时，缕缕阳光像伸出的一只只爱抚的手掌，轻轻拂去了我心中的忐忑。飞机被阳光擦拭得银光闪亮，穿云中粘在机翼上的那些茫然已荡然无存。

飞机继续上升，远处的海岸线也隐约可见。“003加入2号!”我像刚登上舞台的演员，兴奋中夹着一丝隐隐的惶然。再回头寻找那两只可供保持空域位置时做参考的“大鞋底儿”，早已被云海夹馅饼似的裹在了中间。本是方圆几公里的海岛，一旦改变了观察的高度和角度，竟倏然变得那么渺小。

我平衡好飞机，调整好高度、速度，将升降表准确地保持在“0”的位置上，就像花样滑冰运动员摆好造型只等伴奏乐曲的訇然响起——演出即将开始。

按照规定，我在今天的考核中，必须完成六套特技动作，而每套动作又由几个具体的特技衔接而成。特技飞行，最是讲究动作规范、数据精确、连贯娴熟、曲线圆滑的课目。它强调的是一种“特”别的“技”巧。

“003请示动作!”“可以!”没等002的话音落下，我压杆、蹬舵、加油门、反带杆……干净利索的一连串操纵动作使飞机迅速进入了“极限坡度”的盘旋状态。现在，我要将两个相反方向的盘旋连接起来，在空中同一高度层面上形成一个闭合的“8”字。“漂亮!”不知是高朗的阳光使得002的心情迅疾变好，还是我操纵飞机的“出手不凡”一下子博得了他的赞佩，反正他那略带几分兴奋的赞扬声令我心里格外舒畅——万事开头难。我已开了个好头！

前五套特技完成得不错，我自己非常满意。以前我根本不相信体育比赛中运动员会有什么“超水平发挥”。自己是什么水平明明在那儿摆着，不打折扣地发挥出来就算不错了，还怎么能去“超”？但今天我却不得不否定自己以往的看法，因为我觉得这次特技的确比平时飞得更漂亮、更娴熟。如果能把飞机的运动轨迹拍录下来，一定是一场比得满分的艺术体操更让人目不暇接、惊叹不已的精彩表演。我连续两天的精心准备终于得到了初步的回报。

最后一套动作是“半滚倒转——下‘8’字——跃升多次滚——双战斗转弯”。这套特技动作的难度系数并不比前几套高，但飞机的高度活动范围大、衔接难度高，稍有失误就会前功尽弃、功亏一篑。我一边判断空域位置，一边快速地默想了一遍操纵要领，敛容屏气做好了开始前的准备。

开始了！我把“半滚倒转”的操纵动作做得有力而柔和，飞机迅速转入倒飞俯冲，高度在以 150 米 / 秒的速度迅速下降，三五秒钟后飞机便一头扎进了糨糊般的云雾中。我在心中不断提醒自己：方向——注意方向！蹬平两舵，向正后方拉杆，不使飞机产生半点侧滑——这是在看不见地面参考地标的情况下，保持垂直运动方向唯一能够采取的有效方法，很有点像蒙上眼睛在平衡木上做后滚翻，方向稍有偏差，整个动作便会失败。我一边扫视退出俯冲的剩余高度、适时地往前推动油门、逐渐减小俯冲角度，一边焦急地盼望着海面上那两个小岛早些出现。

海面上，只有这两个从不随波逐流的小岛能够帮助我校正飞机的运动方向，以便及时发现和修正误差，为准确无误地进入下一个衔接动作——“下‘8’字”打好基础。我当然知道那些轻佻的云朵决不可相信，它们都是“跟着感觉走”的无根浮萍，只会把飞机的方向偷偷地引向歧途。方向，对于一件事情的成败显得多么重要。

高度 1500 米，这是歼 X 型飞机特技飞行最低的底边高度。朦朦胧胧的雾霭使我仍然看不到海面，不能再等了，飞机再平直飞行就会影响下一个特技动作的连贯。此时，时间已不允许我停下来去细想下一个动作，必须一气呵成，不留下犹豫的痕迹。

奇迹总是在山穷水尽的时刻出现，一条并不太宽的云缝裂开在我的斜前方。透过云缝，我迅疾地扫描到一座小岛，机头的方向与预定的方向稍有偏差，还好，没超出五分的范围。我一边悄悄地压杆、蹬舵修正方向，一边使飞机以圆滑流畅的曲线进入到下一个特技动作。这一切的暗度陈仓，后舱的002并没发觉。全部动作完毕，我看了一眼高度表：4000米。

还没待我均匀地舒完一口长气，002一反常规地摇晃了两下驾驶杆，那意思是：你休息一下，我来飞。我心中甚喜！这是我当飞行员以来在历次的考核中遇到的首次“例外”，也是考核官当场对被考者的一种最高“礼遇”和“奖赏”。

我的心中像蘸糖葫芦一样被抹上一层喜悦。我甚至恨不得赶快松开所有的飞机操纵设备：反正我已被考完了，后边的飞行与我“无关”，我只等着飞机返航后手捧鲜花“挨”表扬了……

人若有了好心情，看什么都会很顺眼，甚至在最枯燥的事物中也能发掘出无尽的诗意来。“天空没有翅膀的痕迹，但我已飞过。”我在心中情不自禁地轻吟出了泰戈尔的诗句。

飞机急剧下降。我扫视一眼地平仪，判明飞机正在向下“半扣”式俯冲！002什么时候开始做这个高难度动作的，我竟丝毫没有觉察，一定是泰戈尔优美的诗句让我的精神短时间出现了溜号。

歼X型飞机，规定向下“半扣”式俯冲的顶点最低进入高度是4500米，这样才能保证飞机沿最佳曲率半径退出俯冲时底边高度不违反安全规定。002进入俯冲时的高度究竟是多少？我没看清或说根本没有去看——真是“天空没有翅膀的痕迹”，一切已无法查证了！

我的头皮猛地一紧：飞机正以180米/秒的下降率急速下降！我迅速扫视高度表：仅剩900米！飞机以900多公里/小时的速度“哗”地冲出了云雾，波涛汹涌的海面忽然闪现在面前，那两只迅速“长胖”的海岛也迎面扑来……“拉起来！拉起来！”我不知当时自己气急败坏的呼喊声变成了什么腔调，但右手使出全部力气和002一起向后猛地拉动驾驶杆的情形却记得清清楚楚。

我和002瞬间出现了严重的“黑视”！

黑视，是飞行员在超大载荷下由于脑供血严重不足，而使眼前变得一片漆黑的一种危险状态。我和002仿佛一下子进入了另外一个世界……

在这几秒钟内，飞机究竟处于怎样的状态？我和002谁也不知道！但我们的头脑还算清醒，只知道飞机并没有与海岛相撞，也没有坠入大海而引起爆炸——因为此时飞机毕竟还在我们手中……

飞机在这样低的高度，按往常的经验，无论如何也是拉不起来的。记得兄弟部队在做飞行表演时，同样由于进入“半扣”时高度太低，飞行员眼睁睁地看着飞机撞向地面而束手无策。观礼台前那一声巨响和冲天的火光，让多少人几年后一旦提及仍旧唏嘘不止！

我们的侥幸只有一个理由：飞机是在超过“极限载荷”的情况下退出了俯冲！在这种载荷下飞行，就意味着飞机随时可能遭遇到空中解体……

返航。一路沉默。腰部剧烈地痛……

筋疲力尽地跨出座舱，短暂的对视后，我和002不约而同地向机翼望去：机翼表面的防护漆层被揭掉了一大块，像人的臂膀被刮掉肉皮后露出了白色的嫩骨，鲜亮的机徽上喷涂的红色五角星只剩下了四个角……飞机的机翼若不是在空中严重地变形、扭曲，绝不会出现防护层的脱落，而这一切都是巨大载荷作用的结果。

感谢大海！是大海辽阔而坦荡的胸怀宽恕了我们的失误，是海岛不显山露水的平凡给了我们又一次生命。

面对拥有无尽风光的高山峻岭，低矮的大海有多高？十几年来，每当我飞过2号空域的那片海域时，俯瞰那两只鞋底儿似的孪生海岛，都不禁在心中升腾起一种深深的敬畏和感激……

# 二十年前的一则日记

郭文斌

后面的山似乎马上要扑下来，盖了学校。

木框泥大门上的青瓦如老妪的齿，稀稀落落地残缺不全。

上完 29 级土梯，便是校门。进了校门是一个缓坡，缓坡上去是一排教室，教室背后是一个土台，土台上顶着几间泥房子。泥房子靠着崖背，贴了崖背竖一木杆，木杆上飘着一面国旗，已被风雨漂洗成白色。崖背上飞出一棵杏树，紧依国旗，粉生生放着花，仿佛有人掩了面，只从山崖上偷偷献出一束花给谁，让人猜不透，却给小学平添了许多精神和味道。

崖背后的山坡上吊着一头驴，低了头磨嘴皮。驴肚下坐着一个放驴娃，身边放着一根木棍，抬了头看天。

走走走，风大得很，快进屋。

才知道已失了态，忙握了校长的手，进屋，屋是崖背下的泥房子。

炉子是洋炉子，却烧的是木柴，火也旺，火苗上架一茶罐，茶罐黑黑泛油光。课表、计划、制度贴了满满一房，冒着校长气。老到的书法显示出一种不容忽视的力量。作业本、粉笔盒、锅碗瓢盆摆成一幅油画。土炕味很浓，大红喜字枕巾黑光灿灿。老羊皮衣叠在炕角，让人想起雪和西北风。

翻了翻教案和作业，无论如何也挑不出刺儿来。

有两位学生蹲在地上。问是几年级，校长笑着说，他们是两位老师，刚从师范毕业，家在苏堡，苏堡到这儿要近 200 里路。校长以感叹的口气说，这两个娃娃从开学到现在一直没回家。

问有什么困难。他们说没有，只是害怕星期六，星期六学生一走就寂得慌，被遗弃了似的。空荡荡一深山上只一座学校，空荡荡学校里只他两人，就脸也懒得洗，饭也懒得做，刮大风的时候，闪电打雷的时候，他们觉得满山都是狼和鬼。

学校距乡上约 30 里路，鸡肠狗肚似的山路得靠两只脚一步一步地往过量。菜该怎么买？面该怎么打？信该怎么发？他们说菜有乡亲们送的洋芋，面是赶集的乡亲们捎着打的，信也是赶集的乡亲们捎着发的。

一年级大教室里坐了 20 名学生，后面空出更大的一块地，洒了水，让人想起空阔辽远的大草原，担心不久会长出什么来。

娃娃教师正讲课，只听得有麻雀在叽叽喳喳地说话，抬头，原来就在大梁上，盯了讲台上的老师，仿佛正在回答提问。又看老师和学生，才知我的担心纯属多余，他们压根就没有听见，依然专注地讲，依然专注地听，房梁上什么也没有。又抬头时，那麻雀就悠悠然不慌不忙从没有被胡墼垒严的窗口飞出去了。

窗子被胡墼垒着，风从胡墼缝里往进挤。

黑土墙上贴了红字标语：好好学习，做共产主义事业接班人。

老师让学生背一首诗，学生就大声地背，声音震天。第一句是普通话，第二句是半普通话，继而带有土味，最后能掉土渣了。

老师就纠正学生的舌头。

下课了，校门外子弹似的射进几十个小孩，和奔出教室的学生在一起玩，玩得很亲很热。

上课了，又自动出去。

有的爬在大门槛上，面向教室，一种朝圣的目光，透人脊骨。

下课，又应铃声跑进来，打伏击一般。

去年五谷颗粒未收，开学初学校无“米”下锅，教师就逐户往来叫，答应将自己工资垫书费，才动员来几十个；还有更多的孩子，不久将要随父母进山抓发菜。

这是五年级教室，讲台下四个学生，讲台上一个教师，合起来才够“狼牙山五壮士”，不由得我想起红军，想起长征。

天黑了路上有狼，学区主任催我们回乡上。

校长送我们下完29级台阶，再回首，那两个娃娃教师还在校门口站着，一脸的憨厚和宁静。

# 美丽世界的孤儿

陆　梅

亲爱的小孩
今天有没有哭
是否朋友都已经离去
留下了带不走的孤独

亲爱的小孩
快快擦干你的泪珠
我愿意陪伴你
走上回家的路
……

——引自苏芮唱《亲爱的小孩》

## 一

这个延宕了很久的出行计划，终于在 2009 年 6 月 12 日这一天成行。目的地：安徽颍上王家玉孤儿院。

如果在百度或谷歌搜索“王家玉孤儿院”，会跳出很多相关信息。而我知道这个孤儿院，是在一本叫做《不哭》的书里，作者申赋渔。这本装帧素朴沉静、过目难忘的书，收录了申赋渔“从社会最边缘处收集来的一个个动人心魄的故事”，故事之一就是写王家玉老人和他的孤儿院。书的腰封上，赫然印着作家王蒙题写的一句话——“同情不幸的人，珍惜已有的幸福”。我也注意到了底下一行小字：您每购买一本书，将有两元钱用于资助安徽颍上“孤残儿童之家”。

这个“孤残儿童之家”，就是王家玉孤儿院。申赋渔书中写到的214个孤儿，以及这个叫“王家玉”的年迈老人，一次次，在脑海里、梦境中，倏忽闪现。它成了我的一件心事——无论如何，我该去看看这些孩子、和守护这些孩子的老人。

感谢我的大学同学！在我第一时间想到他们、发出邀请，远离校园17年的他们，都毫不迟疑地伸出了热情之手。时间，并未将他们磨砺成麻木的“空心人”。他们仍葆有一颗可贵的赤子之心。

十来个大大小小的纸箱子塞满了七人车后座。箱子里装着给214个小孩的夏令用品、糖果和童书。与我联系的小官老师，在我电话里征求他意见，买什么最适合时，他在电话那头停顿了一下，然后小心翼翼地说：夏天到了，孩子们可能最需要一些夏令用品……

一路风尘开了九个小时，我们在当晚抵达阜阳城，找地方住下。翌日一早，按小官老师指示的路线，在颍上到阜阳的102省道110公里处，看到一座小桥，桥对面就是“王家玉孤儿院”。

## 二

此刻、现在，距离我在孤儿院的时间已过去三天，坐在有空调的房间里回想一幕幕，我的耳边耳鸣般轰然炸响着孩子们纯真的笑声和闹声。这笑声和闹声，在正午的阳光下，如金属麦芒般的钝重与锐利。

我很难把这样一种感受描摹成文字，碎锦般的热烈，转瞬的耀眼，孩子们快乐得像过节，小脸小手灰灰脏脏，头上汗水涔涔，兴奋地走来走去，无羁地笑着，吸溜着鼻涕……冷不丁“突袭”你一下，从背后或侧身拍打你的手臂、拉拉你的手，拉了一次不够，再过来拉第二次、第三次……

以这样一种方式和你打招呼的，多半是智障孩子。这天恰好是星期六，不上课。正常的孩子可能都躲在屋子里避热，只有这些智障小孩，无视大太阳的暴晒，在一览无余的水泥院子里闲来荡去。女孩们穿着裙子和凉鞋，男孩们短袖T恤外再套一件亮白衬衫——裙子漂亮，衬衫簇新，这天，同时有两拨上海来的国外慈善家送来一辆面包车和一箱箱水果、饼干。为欢迎远道而来的客人，孩子们特意穿上了亮丽的衣裙。

问一个短发男孩，这样穿热不热？男孩羞涩一笑，小脸已晒得通红，却爽然地摇头。同行的周玉洁建议给院里的女孩每人一个头饰或发夹。女孩们都开心地拥上来。短发男孩也挤过来，一定也要一样，领到头饰后欢欣鼓舞地扎在头顶上。——这个男孩其实是个女孩。还有剃得像光头的女孩，因为穿着裙子才好辨认。那一刻，我突然意识到，对孤儿院的女孩们来讲，要在酷热的夏天、甚或寒冷的冬季，留一头黑亮、干净、不长虱子的长发，竟是多么不切实际的奢望！

虽然和我在《不哭》书里看到的三年前的孤儿院景象大不同，——三年前申赋渔看到的教室窗户，几乎没有一扇玻璃；一年级课桌，是一块块木板铺在水泥墩上；孩子们活动的院子，肯定也没浇上水泥……但是现在，因为媒体的介入，更多有爱心的社会团体捐来钱和实物。前头说起的上海来的国外慈善家每个月会来一次，先后帮孤儿院出资援建了厕所、购置了食堂蒸锅车、建立了特别康复室等基本设施。媒体的报道，也让王家玉扬名了。央视、凤凰卫视、人民日报等各大媒体都来争相报道，王家玉一度被评为“2004年度十大真情人物”……

然而媒体聚焦带来的意外包袱是，丢在大门口被父母抛弃的残疾孩子越来越多。不止临近地区，有些孩子甚至来自上海、河南、江西，乃至更远。还有开了奥迪车丢下孩子扬长而去的，工作人员发现后赶紧在后面追，可哪追得上绝尘而去的轿车？丢在门口的孩子只有收下。

214个孤儿，我去时已增加到230多个。这230多个，多半是残疾儿，弱智、脑瘫、聋哑或眼盲。余下健全的孩子不到一半，多为父母双亡，或父亲去世、母亲改嫁远走的。

我抄录了一组数据：1998年，孤儿院有34个孩子；2001年，有100个；2005年，达到199个；2009年6月，已到230多个。

网上有一个热心网友拍了很多孤儿院孩子的照片，有一张照片，王家玉从树林小径的阳光里走来，低着头，弓着背，手里牵着一个孩子。照片下的文字很感人：

“王爷爷，牵着那么多孩子的手，走在路上。他很辛苦，我很为他心痛，68岁的老人，每天晚上都要起来四五次……他把一个个别人扔下的包袱，放到了自己身上，他背着沉重的包袱，那么辛苦地生活着。他是一个伟大的，真正伟大的人。”

我忍不住想要把这段话念给王家玉听，我其实更想知道15年前因为一个朴素的念头——偶然收留了在垃圾堆里扒东西吃的一个小小孩，从此走上不回路的多病的老人，余生怎么支撑？有没有人，愿意接过他身上超负荷的重担？……说到底，我是怀了一个很大的私心，我太想见一见这个媒体传说中的“行为不合常理”的农村老汉，想和他面对面地说些话……

当真见到了，也在他们新建的食堂里，和他面对面地交谈，甚至还在他朴实热诚的邀请下，留下来吃了一顿简单——却对孩子们来讲丰盛的午餐，可是、可是我仍然无法抵达他的内心！我不敢贸然说，我懂了他。他坐在那里，眼神不看向任何人，心思沉沉，——真正的沉和重；他个子算是高的，70岁的年纪，乍一看身板不错，可他走路手要托在腰上，他的腰受过两次重伤，他还有高血压和心脑血管疾病；他住的地方，可能是这个院子里最小最破最闷最黑压压的屋子，根本就是个杂物间，以前用作浴室，除一床、一桌、一台小电视机外，再没有容身的空间，床上床下堆满了杂物，桌上的瓶瓶罐罐是他每天要吃的药……

他就那样心思沉沉的，脸上难见笑容。那些笑容和笑声都留给孩子了，笑容和笑声背后的生活的真相，由他来面对。230多个孤儿，吃饱饭不成问题，但是健康和教育，仍看不到希望；想成为合法学校，也一直没有批文……

这个孤儿院现在有三个名称：王家玉儿童福利院、王家玉孤弱聋盲学校、王家玉孤残儿童医疗康复中心——可这三个名称还只是印在名片上的愿景。对这些特殊孩子的教育、生理和心理的引导、疾病的医治和救助……都迫切需要有专长和爱心的特教老师、医护人员加入进来。然而目前状态下，有谁愿意投入持续、全面的关爱？

## 三

正午的阳光铺泄在水泥地面上，热烈、炫目。孩子们影子一样，突然地出现，突然地消隐不见。我在一排教室前转悠。一、二年级一个教室，三、四年级一个教室，五、六年级一个教室，然后是聋哑班、智障班、教师办公室，整个教学区就这么三排简陋狭小的平房。教室里空荡荡，一些课本翻开着。

一个小男孩在三、四年级的教室里玩积木，翻来覆去地摆弄着，似乎外面的热闹与他无关。问他叫什么，他不答。我表扬他积木搭得好，要他再来一遍，他听话地把搭好的积木拆了，重新组装。他搭得那么认真，脸上是专注的表情。终于又搭好，他高兴地举起来，展示给我看。我看到了他寂寞眼里的闪光。这是一个不喜热闹的智障孩子。

我随手翻开一个三年级学生的数学课本，老师打的都是红色的"√"，从头至尾竟没一道题错。再翻开桌上的语文书，扉页上手写了一篇作文《春天的景色》："星期四的时候，黄老师带我们去郊外玩。我看见柳树发芽了，粉红桃花和杏花，都很好看……我发现春天的景色很美丽。"我记住了课本上的名字：张阿梅。

在阳光下的院子里，我们找到了张阿梅，是个安静秀气的女孩。我送了她一本书，告诉她，如果喜欢，阿姨经常给你寄，她肯定又不无困惑地点点头。她还没明白，为什么"这个阿姨"会突然找上她，送她书。

还有个印象深刻的女孩，叫王媛媛。这个7岁的大眼女孩，是院子里最漂亮出色的一个。我问她名字，她说叫"王 yuanyuan"，我说我知道，你就是"王圆圆"啊，——我记起来有网友写过她。可是这个小女孩马上指着我本子上的字纠正：不是这个"圆"，是"女"字旁的"yuan"。她就那样看着你，乌溜溜的眼睛里写满超越她那个年龄的镇定、迷茫、无辜、尖锐……和敏感。她太像我小说《当着落叶纷飞》里的13岁留守女孩沙莎了！——可是她还那么小……如果她父母还健在，我真不知道他们为什么要把她抛弃？如果她的父母都不在，他们怎么舍得丢下她先走？

还有一个我记住了名字的男孩，叫徐传康——"宣传的传，健康的康"，他这样自我介绍。他是个盲孩子。眼睛大大，睫毛长长，却什么也看不见。他歌唱得很好。中午吃完了饭，上海来的慈善家和我们几个还坐在食堂里，好听的声音突然响起，依次是他和几个大女孩天籁般的歌声。我现在回想，已记不起他唱的什么歌了，但是他蒙着雾一样的眼睛像是会说话，耳边回旋起他的歌声：亲爱的小孩 / 今天有没有哭 / 是否朋友都已经离去 / 留下了带不走的孤独……

聋哑班是这个院子里最寂静的世界，——可这寂静世界是我看到的最色彩斑斓的地方。聋哑班的墙上贴满了孩子们的画。那些画，无论花和草，鸟和树，孩子和美丽的家……看了都叫你心动，是那种柔软的心疼。聋哑班里有个老师叫陈亮，读到高中毕业，2004 年被王家玉找来，先后送他到阜阳特教学校学手语、南京特教学院参加短期培训，已在这里教了五年。问他想过离开吗？他说：如果这里不再有聋哑孩子……

我在看画的时候，这个叫陈亮的老师一直安静地坐着，低头看书。在他边上，有个长得很秀气的大男孩在画画。他们两个，就那么默契地沉浸在各自的世界里，我为我的闯入感到抱歉，我在本子上写："你俩的名字？"——我以为他们两个都听不见。画画的大男孩看了本上的字，羞怯地指指陈亮，这个叫陈亮的大不了多少的男孩终于开口说话："他叫黄小成，听不见，在孤儿院长大，现在教孩子画画；我叫陈亮，是聋哑班孩子的老师……"

我很难把我看到的，一一写下。而我的匆促的来和去，除了给孩子短暂的快乐，似乎没有更多。我很汗颜我不能像那些志愿老师那样，自带干粮留下来，和这里的老师一起，给孩子们上课，一个月两个月，哪怕是一天两天。小官老师和小韩老师说，这里最缺英语老师和心理学老师。只有等到寒暑假，附近大学的志愿老师来了，孩子们才有机会学英语；而那些青春期的男孩女孩，很需要有爱心、耐心和责任心的年轻老师和他们促膝谈心……小韩老师说，爱心、耐心和责任心，没这三个"心"，没法持续下去。

小韩老师二十出头，因为一条腿残疾，通过当地残联介绍，她来到了王家玉孤儿院。她现在和小官老师都是王家玉选定的代院长。——这是我这一天里，听到的最鼓舞人心的消息。

铁门打开了，和我们来时一样，一群孩子簇拥在小官老师和小韩老师周围，在铁门内热烈挥手。门前的小径两旁，一排排杨树叶子在阳光下翻着亮片。我们的车很快过了桥，到了对岸，消失在孩子们的视野里。耳边，近乎耳鸣般炸响着孩子们的笑闹声，谁的歌声响起：一个人要抬头多少次，才能望见蓝天？

# 一条活色生香的路

丘晓兰

我认得一条很热闹也很普通的路，就在我家附近，十年了。

和许多与它类似的路一样，那路隐藏在城市的中央，承载着涌动的欲望、追赶的脚步、拥挤的人群、浓重的烟火味，活色生香！

与它紧连着的规整、堂皇、现代化的大马路不同，那路其实就是条大一点的巷子。最宽不过七八米，长倒是蛮长，时而肥一点时而瘦一点，婀娜婉转的身段左拥右抱地串着一格一格又一格的小商铺。卖粉卖粥卖快餐，卖鞋卖帽卖时装，还有日杂、五金、百货、各色小吃什么的，一个共同的特点是：便宜。至于移动、联通的收费点，还有连锁的药店、发廊，即便规模是小的，也是当然要有的。往更深处去，这巷子的枝杈还有农贸菜场、居民房、小旅社、彩票点、民办幼儿园、影碟出租店、小超市和诸多流动的摊贩，总之是别有洞天，越是近些年就越是五花八门。

这样一条活色生香的巷子，却有个一本正经的名字："某某村南路"，仿佛"中山北路"、"新华东路"的兄弟。有点绷着脸炫耀新贵的得意，也很有大咧咧满不在乎的实诚。这一本正经的名字搞不清是三年、五年还是十年八年前？被做成一个路牌，蓝底白字，一本正经地立在路口一根什么柱子的后面，让路过它的人们只看到半张脸，躲猫猫。

这附近年纪大一点的原住民都知道，方圆十几里，于二三十年前还是农田、菜地和城郊。我刚搬来的时候，路和路上的店铺固然是已经有了，人和楼房却都不多。若不是之前已有两个行业培训学校先后在这附近落户，只怕走在路上都得随时两脚泥。但时代的发展快呢，眼看着就日新月异了，从安静悠闲变得热闹拥挤，从小农耕作变成了小本经营。我是凡人，想不出再过二三十年这里又会变成什么样了。

白日里，这路并不起眼，可当夜幕降临，这条叫“某某村南路”的巷子可就“醒”过来“活”起来了。从连着某路延长线的南端起，一直热闹到可以连接四五条大马路的各枝节末梢。买卖各种吃的、穿的、玩的、用的人们，会挤满这条并不宽阔的道路。臭豆腐的味道滋滋地冒，卖挂件、手机链的小摊叮叮当当地响，偶尔一辆不识趣的汽车硬要从这路上过，真是一条街的人都要调整自己的位置来让它。然而人们在许多时候也并不恼怒，你要过，就过呗，大伙儿都包涵你，让让你……这难得的好脾气，连我都要诧异和佩服。

需要说明的是，离这巷口直径不到两公里的范围内，就有挺大挺出名的三个超市于近十年先后开张，继而共同繁荣，精致豪华的各种商品琳琅满目。可我却一直要在这路上逛，还要帮衬买东西。每次走过，还有麻酥酥类似喜悦的奇怪感悟从内里悄悄渗出：什么叫活色生香？那么多那么鲜活的人就是了啊！真实地，充满了人味。

时间长后，这路上我也有了许多“老朋友”。一个是健壮却总是十分沉默地择菜、收钱、抹桌子的粉店老板；一个是每次都必会“糊涂”地少补你钱的酸品店老板娘；一个是配钥匙、修单车、电动车、摩托车，养着条捡来的狗，喜欢絮絮叨叨地扯住主顾说闲话的年轻小老板；还有卖螺蛳粉的矜持小姑娘、卖凉茶甜品白稀饭一脸”正气”不苟言笑的小大婶……我留过心的，都是原来的村民或者外来的小生意人，也是我只要走过都会照面的老摊主了。哪天路过的时候没瞧见了还会想想：今天怎么不在呢？找了个谁来帮看摊啊？虽然走过了也忘记了，终究是记得也算想过了。

这条路上，我买过吃的、穿的、用的、玩的、看的。一些是生活必需品，更多的还是必须之外的点缀。比如一个看起来挺时髦的小包包，一两棵说不准名目的小盆栽，一两串解馋的小零食，还有许多零零碎碎中看不中用的小玩意。连自己都要取笑自己莫名其妙纯粹为买而买的行为非理性……

在买和逛的过程里，空着手，或者买个什么吃的边吃边逛，优哉游哉，东挑西拣，看一看卖主假装亏本大跳楼，又瞧一瞧各色买主或者豪爽大方"一掷千金"，或者实则喜欢却假装嫌弃地挑肥拣瘦唠唠叨叨。又或者走累了，来一杯凉茶就赖在嗡嗡转着风扇的小店里统计一会儿往来的人们用多少种姿势擦汗，看一小会儿老板新招来的小姑娘手忙脚乱……多快活呀！与同类们相聚共处，我们温馨又热闹！然而有时也会有淡淡的哀伤，甚至悲从中来。为我自己，也为这些热闹着的同类们。

此处的往日，回望烟村四五家，流水小桥依杏花的景象想必是有的，我却生得晚，没赶上。如"蝴蝶双双入菜花，日长无客到田家。鸡飞过篱犬吠窦，知有行商来买茶"般曾经十分普遍的安详也早已像个骗人的谎话。至于"鹅湖山下稻粱肥，……家家扶得醉人归"的舒坦呢，也是书本里才见得比较多。

五六年前，就在这条路上，白天，生意很淡，我走过路过，看到一个高瘦却足够结实的拉面店老板，挥着手里一张收费单样的东西，语速很快、很暴躁地用方言对着他请来的小工和他自己的妻子正哇啦哇啦地发泄着什么，却猛地停下，若无其事地去到一个拉了两筐香蕉走过的流动小贩身边，探头看看筐里的香蕉，摘一个，看看，剥皮，大口地吃，忽然就笑了，边吃边朝向一直沉默着揉面的他的妻子晃动手里的食物，转过头去，又兴高采烈地对着始终沉默不语，甚至头都没抬，却把腰弯得更深地离去的香蕉小贩大声地喊了句什么。在他划个弧线把香蕉皮扔到路边的同时，他那不到半分钟前的暴躁就似乎从来都没出现过了，回到店里，他又开始了正常的生意。

就像有风刮过需要把眼睛眯缝一下，他周围的人们，也包括刚看了新鲜的我，不过稍稍停顿了片刻，之后又一切如常了。

那个高瘦又结实得很的老板手艺我是知道的，相当的不错，也是个会笑脸做生意的人。之前去吃面的时候，他还笑呵呵地和我聊过几句闲话，说小本生意不容易，自己挂的兰州招牌却不是兰州人，但他做出来的拉面绝对比一般的兰州拉面还正宗！我也点头，同意他店里的面食确实一条街里最好吃。

后来，搞不清什么原因，也没在意什么时候，拉面店就换成那个矜持小姑娘开的螺蛳粉店了。那小姑娘不喜欢说话的，每次见她总是半垂着秀气的眼皮，麻利地烫粉、调料、收拾碗筷，要么就静静地坐着。就连她的帮手，一个个子不高的中年妇女也是不爱讲话的。只是粉的味道确实不错，给的量也足，几年下来，生意总是旺的。我也认准了似的喜欢那粉酸酸辣辣开胃的味道，十天半月就光顾一趟过嘴瘾。或许，生活吧，就是这样，走了拉面又来了螺蛳粉，好像有了新改变，又像什么都没变……

到今年 2011 年，我认得这路有十年了。而这路的兴起和买卖的开始，据我所知是少说也有十多近二十年的历史啦！看那一格一格的店铺从流动到固定，从各行其是到被初步地统一规划，看一些面孔换来换去，又看一些面孔坚持着留下来，日复一日，似乎每天都是新的，又似乎每天都是一样的。

不知道那些已经或曾经是“熟人”的老板们，在十年，或者十多年的持续经营后，家里是否已经建了楼房，买了汽车，又培养出了大学生。我所能见到的，不过是他们买卖时候的身影和表情，并以为活色生香。

活色生香，莫非这词汇就是要惹人伤感才存在的？

即便只是淡淡的，我也不喜欢哀伤。一切不愉悦的情绪我都但愿可以敬而远之避之唯恐不及。我喜欢温暖、明亮、舒展、平和、有序、欢乐的一切。我当然知道世界是纷繁的，事物是相对的，没有暗夜寒冷就没有光明和热烈。我还知道，所有在路上游荡奔波着的人们，不仅是为了生活，也还在为了更好地生活。

但我又实在不是一个聪明的人，十万个为什么不知于何时起便终日围着我打转。我爱探究活着的意义是什么，到底怎样，才是真快乐？

就像时代的一个缩影，我知道这路上的人们是少有我这样的疑问和烦恼的，谁那么无聊去想这个呀！多卖点东西多挣点钱才是实惠的，还有房租、水电、小孩的学费、老人的药费……那么多那么多的问题都还没解决呢！即便都解决了，也还有搏一搏，单车换摩托，摩托换奥拓，奥拓换奔驰的理想要实现呢……

不好说这理想是错的，好的生活确实需要物质强有力的证明和支持。在奔向物质的过程里，也有诸多类似实现"理想"、"抱负"、"出人头地"、"光宗耀祖"，甚至"繁荣社会"、"经济强国"的名目在闪耀，在理论上支持人们对物质的迷恋。可年复一年日复一日，怎么活着的辛劳从未远去，这辛劳的付出也总是为了吃和穿呢？十年了，这路上有越来越多的人为了吃饭、穿衣，从华灯初上忙碌到夜半三更，一年到头，无论节庆、假期，只要走过路过，就总有他们坚持守候的身影。也许他们是从未听说过，同样当街做小贩的传统生意人中，每日的营业也有限时限量的，每日仅售若干份，过时不候，明日请早，售价可以出奇的高，利润还明显出奇的好……

不好揣测在这路上营生的人们是否快乐，但我敢说，奔波在这路上的人们会敬仰高消费的生活，却不会有时间静下心来，听一段悠扬的巴赫或者梁祝，读一本关于历史或探究人性的书。不会细究人的活着除了吃穿还需要获得安全、认同、尊重、自我完善、充满愉悦的感受，也没有时间关注为什么美国的自来水公司归国防部直接领导，连美国私营公司都禁止进入，中国却有不止一个城市的水务等公共产业已由外资控股了？甚至，哪里会有关于商业的讲座，什么叫做GDP，它和自己有什么关系，中国是否已经自主造出了大飞机，等等，全都忙得顾不上去关注。目之所及，只是房价又高了，药费又贵了，米价油价又涨了……

忽然想起上世纪三十年代流行过的一首叫《春天里》的歌，诙谐的词曲朗朗上口，看："春天里来百花香，朗里格朗里格朗里格朗，和暖的太阳在天空照，照到了我的破衣裳，朗里格朗里格朗里格朗，穿过了大街走小巷，为了吃为了穿，朝夕都要忙……"

而今也正是春天里。技术的发展成本的下降，还穿破衣裳的那是少见了，最多是不够整洁干净的脏衣裳，要闻百花的香却得到公园里边去。

转眼，十年，一百年也就过去啦！还要等到什么时候，我们才可以有时间静下心来，想一想，所谓更美好的活着，除了最基本的衣食住行，到底还需要什么；永远只看到眼前直接利益的顽固习惯，是否也会带来最恐怖的后果……

每日辛劳地于路上奔忙着的人们啊，共存于同一片土地，事实上我们就是祸福相依命运与共的一体，无论你我是宝马香车夜夜笙歌的豪贵，还是夏日炎炎里引车卖浆的贩夫走卒。陶渊明“暧暧远人村，依依墟里烟。狗吠深巷中，鸡鸣桑树颠”的描画是往日传唱的歌谣，可如此景象下的心态，为什么就不可以成为原本就是泥土养育的民族今日乃至久远的共识呢？

停下追赶的脚步，多一些安静下来的默想，我祈愿活色生香的路上，所有的人们都可以走得更远……